W0382427

Bloodstream

SABRINA SPAZIANI

Copyright © 2022 Sabrina Spaziani

Tutti i diritti riservati.

Codice ISBN: 9798426747791

1

Viktor

Nulla è andato come previsto.

Questa era la frase che spesso usavano i miei genitori quando mi raccontavano nel modo in cui io e mio fratello eravamo venuti al mondo. Mia madre molte volte mi parlava di come il nostro destino doveva essere diverso, migliore...

In effetti, quando pensavo a come un giorno sarebbe stata la mia vita, non avrei mai immaginato di doverla descrivere con parole come: guerra, distruzione, morte, odio. In realtà, nessuno se lo aspettava. Noi, ovvero, io, avrei dovuto essere stato procreato per portare l'equilibrio nel mondo, la quiete... Quello che invece nessuno aveva previsto, era che insieme a me, sarebbe nato un altro gemello che avrebbe portato con sé...

La devastazione.

Sangue.

I miei occhi non vedono altro che sangue e morte. I corpi privi di vita intorno a me sono tanti, troppi, che non riesco nemmeno a contarli. L'odore metallico, mischiato a quello di terra, penetrano le mie narici fino a stordirmi. Molti sono i feriti. Quelli meno gravi cercano di aiutare quelli che invece lo sono e, mentre tra le mie braccia tengo il corpo di mio padre, ormai senza vita, al mio fianco sento urlare mia madre.

Il suo urlo arriva lontano, ovattato... Tutta la mia concentrazione è rivolta verso l'enorme pozza di sangue che si propaga intorno a noi come un immenso buco nero. Lo sguardo di mio padre adesso sembra solo uno specchio vuoto e freddo.

Il mondo sembra come essersi fermato.

Non sento più nulla, se non il dolore che si impadronisce di ogni singola cellula del mio corpo, mischiato all'ira, verso l'unica persona che ci ha traditi e ha causato tutti questi morti.

Mio fratello.

Lo vedo dissolversi a pochi metri da me con un sorriso di vittoria stampato sul volto. Ha ottenuto quello che voleva, o almeno una parte.

2

Viktor

«Cosa pensi che succederà adesso?» Chiesi a mia madre, avvicinandomi a lei. Era seduta su una poltrona lussuosa color crema che fissava la pigra esibizione delle fiamme nel camino con sguardo assente. Erano passati circa due mesi da quando mio padre era morto per cercare di salvarla, e lei sembrava essere morta insieme a lui.

In effetti, era così che sarebbe dovuta andare. Il loro legame "Entanglement", lì aveva resi una cosa sola, così come la loro vita, ma il fatto che mia madre avesse accolto nel suo corpo (anche se contro la sua volontà), il feto di un demone, nonché il mio attuale fratello, aveva in qualche modo spezzato quel legame, rendendola miracolosamente ancora viva. Tuttavia, mia madre non la pensava esattamente così. Morire insieme a lui, per lei, sarebbe stata una sofferenza minore. Non la biasimavo.

Era stato un duro colpo per tutta la nostra famiglia, o almeno quello che ne restava. Ora che eravamo più vulnerabili, la nostra specie si stava rivoltando contro di noi. Nessuno accettava che mia madre avesse procreato un demone forte quanto me. Lei era un disonore per la nostra specie, una feccia. E questo aveva creato una vera e propria rivolta di vampiri e demoni, in cui, mio padre ci aveva rimesso la propria vita.

«Non lo so, Viktor. Sei tu il nuovo re, adesso. Tuo fratello è fuori controllo e ci sta portando alla rovina. Io l'ho amato con tutta me stessa, gli ho insegnato ad amare, ad avere i giusti valori, ma lui sembra averli dimenticati. Ha perfino minacciato di uccidermi l'ultima volta che ho osato mettere piede nel castello.» La sua voce era racchiusa in un cumulo di dolore straziante.

«Aspetta, sei andata da lui?» Ringhiai incredulo, voltandomi di scatto verso di lei.

«Io... Dovevo vederlo, Viktor. Dovevo provare a farlo ragionare ancora una volta.» Confessò abbassando il suo sguardo, quasi si vergognasse lei stessa di quello che aveva fatto. La vidi torcersi le mani in grembo, cercando di restare calma.

«Anche dopo che ci ha voltato le spalle? Che ha minacciato di ucciderti, mamma? Ci ha traditi, dannazione! È colpa sua se papà è morto. Sua!» Urlai furioso non riuscendo a trattenere la rabbia. Non potevo crederci che era andata ancora una volta da lui, rischiando di essere ferita, o peggio, uccisa.

«Io devo capire, Viktor! Una madre non può e non si arrenderà mai a volere il bene di un figlio. Magari un giorno lo capirai...»

«Già, tu e il tuo solito buon cuore.» Sospirai, poggiando entrambe le mani sulla trave del camino. Guardai le fiamme ardere, come la rabbia che mi possedeva in quel momento come un demone inferocito. Come poteva anche solo pensare di mettere così a rischio la sua vita ora che mi era rimasta solo lei? Avevamo perso troppi cari durante questa battaglia. Mio padre, mio bisnonno Alucard e con lui la sua compagna. Centinaia di vampiri fedeli e se non fosse stato per me... Avrebbero perso la vita anche mia zia Electra e Blake.

Li avevo salvati e poi avevo ordinato loro di spostarsi il più lontano possibile da quel massacro, di trasferirsi in un luogo sicuro e non rivelare mai a nessuno la loro posizione. Mi addolorava non averli qui al mio fianco, ma la loro sicurezza era più importante. Avevamo perso già troppo e ora che i demoni non erano i nostri unici nemici, non vedevo altra soluzione.

«Mi ricordi così tanto tuo padre, siete così simili.» Il suo sorriso, seppur contaminato dalla tristezza, mi scaldò incondizionatamente il cuore.

«Allora sai anche che papà sarebbe stato della mia stessa idea.» Commentai acido.

Per un secondo vidi i suoi occhi velarsi di lacrime, consapevole della verità nelle mie parole, ma cercò di ricomporsi in fretta, sbattendo velocemente le palpebre e distogliendo il suo sguardo verso le fiamme del caminetto.

«Ti prego, Viktor... Prova a parlargli ancora una volta, prova a convincerlo a ragionare, a tornare qui da noi ed essere una famiglia unita. A governare al tuo fianco, piuttosto che trovare un modo per uccidere tutta la nostra specie. Solo così potremmo fermare questa rivolta.» Mi implorò con la voce ormai incline alle lacrime. Chiusi per un momento gli occhi, cercando di non farmi coinvolgere dal dolore che mi provocava sentirla e vederla in quello stato. Perché continuava ancora ad illudersi che avremmo potuto essere una famiglia unita? Lui non era uno di noi e non lo sarebbe mai stato. E soprattutto, lui non cercava la pace. Più creava scompiglio tra la nostra specie, maggiore possibilità avrebbe avuto di trovare alleati e di diventare lui l'unico re.

«Come puoi chiedermi una cosa simile, mamma? Lui non cambierà idea, né smetterà di compiere la sua follia. Ci ha già resi vulnerabili e sta cercando seguaci che si sottomettano a lui per creare un nuovo esercito. Quanto ancora dovrà spingersi oltre perché tu veda la sua spietata cattiveria?»

«Viktor...» Nella sua voce vidi racchiusa tutta la speranza che una madre può avere verso il proprio figlio. L'illusione che potesse ancora esserci dentro di lui il segno di un piccolo spiraglio di luce e di bene.

Non aveva idea di quanto si sbagliasse.

Dentro di lui non c'era mai stata la luce, ma solo le tenebre e il male puro. Il suo unico obiettivo era quello di diventare l'unico re assoluto, ad ogni costo. Chiunque avesse voluto "allearsi" con lui, doveva abbandonare ogni facoltà di ribellione, diventare un suo schiavo, fedele e sempre pronto a servirlo. Una proposta ignobile, eppure, molti demoni, nonostante la sua malignità, erano disposti a perdere ogni briciolo della propria dignità, pur di servire il grande e temuto re. La cosa peggiore era che anche molti della nostra specie gli erano ormai fedeli e questo avrebbe presto portato ad una nuova guerra. Non combattevo solo contro mio fratello... Ma anche contro i suoi seguaci e contro la ribellione della mia stessa specie. E tutto questo per causa sua.

«Sto cercando di farti aprire gli occhi in ogni modo, mamma, ma non si può aiutare una persona che si rifiuta di vedere. Ci distruggerà, ma se è questo quello che vuoi, andrò ancora una volta da lui. Spero solo che la delusione del suo rifiuto non ti distrugga troppo.» E sputando tutto il veleno di cui ero capace, uscii come una furia dalla stanza, lasciandola lì, sola, incapace di sentire ancora un'altra parola.

Una volta in macchina, tirai un grosso respiro, cercando di darmi una calmata e regolare il mio battito cardiaco, che galoppava come un cavallo inferocito. Peter (un tempo la guardia fidata di mio padre), mi lanciava sguardi preoccupati dallo specchietto retrovisore, probabilmente consapevole che avrei sbranato qualcuno non appena ce ne fosse stata occasione.

«Signore... È preoccupato?» La voce professionale e pacata di Peter era impeccabile quanto il suo completo scuro, mentre sfrecciavamo per le strade intasate dal traffico di Beverly Hills.

«Furioso, direi è il termine più adatto, Peter.» Ringhiai, allentandomi con movimenti bruschi il nodo della cravatta.

«Mi dispiace, signore. Posso fare qualcosa per aiutarla?»

«A meno che tu non riesca ad entrare nella testa di mia madre e riesca a farle capire quanto sia pericoloso e spietato suo figlio, no. Non credo tu possa aiutarmi molto, Peter.» Risposi senza troppi giri di parole, confessandogli il problema.

A dirla tutta, i problemi erano molteplici, seppur causati da una sola fonte. Troppi erano i nemici che volevano la mia testa e il mio trono, e, ora che eravamo in un momento di squilibrio, tra la nostra specie regnava il caos. Erano sempre di più i vampiri fuori controllo, così come l'aumento di omicidi di umani. E ora che c'erano molti demoni e vampiri a piede libero e senza regole, quanto tempo sarebbe passato prima che gli esseri umani ci averebbero scoperto? Dovevo cercare di riprendere in mano la situazione a qualsiasi costo e riportare quell'equilibro che sembrava essere ormai sparito.

«Non biasimo sua madre, signore. Ha subito una dura battaglia in passato dove sono rimaste uccise molte persone a lei care. L'unica cosa che le è stata "trasmessa" è stato il feto di suo fratello che, seppur adesso sta compiendo atti scandalosi, è per lei un grande dono. È un periodo buio quello che regna ora nel nostro mondo, ma sono sicuro che troveremo un modo per risolvere ogni cosa.» Disse continuando a tenere lo sguardo fisso sulla strada.

Sagge parole, pensai.

La fortuna di avere al proprio fianco un uomo come Peter era la sua incommensurabile esperienza, acquisita nei suoi innumerevoli anni di vita. Una parte di me sapeva che aveva ragione.

Mia madre, insieme a mio padre, compiendo il rito *Entanglement*, avevano sacrificato molto della loro vita, per combattere una battaglia forse anche più grande di loro. Avevano perso molte persone e sapevo che portava sulle spalle un fardello immenso. Tuttavia, doveva trovare il modo di affrontare il dolore e tornare a ragionare con mente lucida. Più volte le avevo chiesto di venire con me nella mia casa in Austria, ma lei sembrava preferire restare in quella dove un tempo aveva condiviso la sua vita insieme a mio padre e dove ora riposava la sua anima.

«Signore, dove siamo diretti?» Mi chiese distogliendomi dai miei pensieri.

«Romania, Peter. Facciamo visita ancora una volta al mio caro fratellino.»

3

Miya

Le persone ti volano via accanto in un attimo, senza che tu te ne accorga. E che tu lo voglia o no, se ne vanno via... Per sempre.

Ti manca il respiro. Il dolore che provi è così forte che ti sembra tu stesso di morire... Eppure, sei impotente. Forse, ogni tanto, dovremmo fermarci a riflettere sul fatto che non siamo poi così forti e immortali come pensiamo, e che la morte, seppur silenziosa, arriva spietata e tagliente. E in un battito di ciglia, ti porta via tutto quello che di più caro possiedi su questo mondo.

Sola. Mi sentivo fottutamente sola.

Non riuscivo a pensare ad altro se non a quel vuoto che scavava dentro di me, sempre più in profondità, divorandomi corpo e anima.

Erano passate meno di quarantotto ore da quando mio padre era morto in quel maledetto esperimento e io ancora non riuscivo a crederci. Viveva per la scienza, diceva lui, non sapendo che proprio questa gli avrebbe tolto la vita.

Lì, di fronte alla fredda bara di mio padre, me ne stavo in silenzio, ascoltando la pioggia incessante che cadeva sulle strade di Londra, cercando di non sprofondare in quell'abisso chiamato dolore. Troppo giovane per restare sola, eppure a soli ventidue anni, non avevo più una famiglia con cui condividere qualcosa. Da tre anni, la mia vita era stato un continuo funerale. Una colonna dopo l'altra che crollavano, radendomi al suolo. Prima mio fratello, in uno sfortunato incidente, poi mia madre e ora mio padre. Esisteva un Dio? Perché se la risposta era sì, lui doveva odiarmi a morte. Questo era quello che pensavo inizialmente, poi, mi ero semplicemente rassegnata all'idea che il mio destino era stato segnato dal diavolo. Nessuna pietà, nessuno sconto. Come si può radere al suolo l'intera vita di una persona e pretendere che lei creda ancora in qualcosa?

Dopo aver seguito il ramo di mio padre ed essermi laureata in biologia, mi ero dedicata ad aiutarlo nei suoi progetti, con tutta me stessa. Era convinto che esistesse e voleva trovarlo, un modo per poter sconfiggere le malattie che oggi ci stavano uccidendo sempre più velocemente. Sosteneva che sarebbe stato un bene per l'umanità, se fosse riuscito nel suo intento. La realtà per me, invece, era che non accettava la morte di mia madre.

Dopo aver scoperto la sua malattia, aveva dedicato ogni secondo della sua vita nel cercare una cura contro il cancro, un qualcosa che potesse salvarla, ma con scarsi risultati. Aveva ucciso la mamma troppo velocemente e senza preavvisi e, nel tentativo di aiutarla, era morto anche lui. Quanto tempo ci avrebbe messo il destino a far fuori anche me? Probabilmente non molto.

«Condoglianze, signorina Pierce.» Una voce roca e maschile, mi riportò alla mia cruda realtà. Spostai lo sguardo dalla bara di mio padre, per posarlo su un uomo con un completo grigio scuro, che mi guardava compassionevole. Chi era? Un collega? Un suo amico? O forse addirittura un parente? Non ne avevo idea.

Si potevano contare sulle dita di una mano le persone che conoscevo lì presenti.

Non mi aveva mai permesso di entrare troppo nella sua vita personale, e mi chiesi se non lo avesse permesso nemmeno alla mamma. Lavorava in un laboratorio di medicina dove passava gran parte delle sue giornate, anche se ultimamente preferiva fare le sue ricerche nel suo laboratorio a casa.

Ero sempre stata molto felice di aiutarlo. Fare del bene alle persone, portare i tuoi studi e le tue conoscenze al massimo per trovare una soluzione e salvare la vita di milioni di persone, era una cosa meravigliosa. Tuttavia, non ero riuscita a sottrarre dalla morte quella della mamma e, ad oggi, nemmeno quella di mio padre. Non avevo nulla, se non la solitudine e il dolore come unico conforto. Non avevo mai avuto molti amici e l'unico ragazzo con il quale si poteva definire qualcosa che somigliasse ad una storia, risaliva a circa due anni fa. Credo che la vera ragione di questa mia solitudine fosse anche dovuta al fatto che avevo passato buona parte del mio tempo a cercare di superare il lutto di mio fratello, per cui, l'unica forza su cui potevo contare veramente era la mia. E al momento, sembravo non averne molta. I parenti di mia madre ci odiavano a morte, mentre quelli di mio padre vivevano talmente lontani da non presentarsi nemmeno al suo funerale.

Una famiglia incantevole, non c'è che dire! Pensai con finta ironia.

Dopo il funerale, tornai a casa completamente a pezzi e totalmente fradicia. Durante la sepoltura, si era scatenato un temporale che sembrava volerci inghiottire, quasi come se anche il cielo stesse piangendo la sua perdita, mentre io... Non ero riuscita a versare nemmeno una lacrima. Sembravo una lastra di ghiaccio, esattamente come quella che ora ospitava la foto di mio padre.

Nell'appartamento, il silenzio era così straziante quasi da uccidermi. Mi tolsi i tacchi, lasciando che almeno i miei piedi trovassero un po' di conforto. Andai in cucina e, aprendo il frigorifero, costatai che probabilmente lui era più vuoto e più apatico di me. Afferrai una mela, una coperta calda, e, avvolgendomela intorno, scesi di sotto nel laboratorio di mio padre, non curandomi nemmeno di togliermi i vestiti zuppi.

Mi fermai sulla soglia della porta, esaminando ogni singolo angolo di quella stanza dove, insieme a lui, avevo "sprecato" buona parte della mia vita. In quel momento rabbia e dolore viaggiavano sulla stessa onda. Rimasi lì a fissare a lungo il luogo dove il nostro ultimo esperimento era andato male, mentre finalmente una lacrima silenziosa rigò il mio viso. Avevo ancora ben in mente la scena di quando lo avevo trovato per terra privo di vita. Arresto cardiaco, avevano detto i medici, ma allora perché io non ero morta se avevamo testato insieme lo stesso farmaco?

Ovviamente anche la polizia aveva fatto le sue indagini e, anche se sembrava rientrasse tutto nelle regole, avevo scelto con cura cosa dire e cosa tenere per me. Ricordo ancora come era entusiasta quando aveva trovato l'ultimo tassello del puzzle perché il nostro farmaco per la prevenzione contro il cancro funzionasse. Rammentavo ancora il momento in cui aveva costatato che era sicuro provarlo su un essere umano e io mi ero subito offerta di provarlo insieme a lui. Ma cosa diavolo era andato storto?

La sua morte era avvenuta in un modo così rapido che non avevo avuto nemmeno il tempo di chiedergli maggiori informazioni sui componenti del farmaco. Avevamo avuto fra le mani la certezza di una nuova speranza per le persone, che si era però poi sgretolata con la stessa velocità con cui lui era morto. Eppure... Se io ero ancora viva, doveva esserci una spiegazione e dovevo assolutamente capirlo.

Di una cosa però ero certa: in qualche modo non mi sentivo più la stessa.

Non ricordavo di essermi addormentata ma, a giudicare dal sole alto, dovevo aver passato l'intera nottata in quel laboratorio, a piangere, a cercare di capire, di nuovo a piangere, fino a crollare. Mi sentivo devastata e dopo il mio sfogo, quella stanza aveva lo stesso caos che regnava dentro di me. Avevo letto svariate annotazioni di mio padre, le sue formule e tutti i sui test provati, che indicavano perfettamente che il prodotto era idoneo.

Mentre facevo colazione, tuttavia, non riuscivo a capire perché su alcuni fogli erano riportate delle formule del tutto sconosciute per me. Avevamo lavorato insieme a quel progetto, eppure non le avevo mai viste. Lui e i suoi dannati misteri!

Era qualcosa di complesso, diverso dal solito. Ma la domanda principale era: cosa avevano a che fare quelle formule estranee e perché mio padre non mi aveva messo a conoscenza di esse?

Per un secondo fui invasa dalla delusione di come, ancora una volta, non solo mi aveva esclusa dalla sua vita, ma anche da un progetto che credevo fosse *nostro*. Il nome Williams Smith, era stato annotato su uno dei fogli, affiancato da quello che doveva essere un indirizzo. Il nome mi era del tutto sconosciuto. Era forse qualcuno che lavorava insieme a lui? Che sapeva del nostro progetto? Mi chiesi se fosse stato presente al funerale, ma non avevo la più pallida idea di che aspetto avesse. La sua abitazione doveva essere a meno di un'ora di macchina, ma non avevo idea né di chi fosse, né tanto meno se potesse essermi in qualche modo d'aiuto. Piombare in casa di qualcuno e chiedere informazioni su un qualcosa di incomprensibile perfino a me stessa, non era di certo un'idea del tutto brillante, ma in quale altro modo avrei potuto scoprire o avere informazioni? La morte di mio padre doveva forse essere per me un chiaro avvertimento che dovevo lasciar perdere, voltare pagina, ma testarda quale ero, non lo avrei mai fatto senza prima arrivare ad una conclusione.

Capire... Dovevo capire perché il nostro test non aveva funzionato e magari raggiungere quello che un tempo era il nostro scopo.

Erano passati appena tre giorni dal suo funerale e, dopo circa un'ora e un paio di indicazioni, arrivai in quella che doveva essere l'abitazione del signor Smith. Una graziosa casa gialla con delle finestre verdi, emanava una strana atmosfera di calma e pace.

Una macchina blu era parcheggiata nel cortile, segno che qualcuno fosse in casa. Avevo le mani sudate e in quel preciso momento, decisi che era stata una vera e propria stupidaggine venire fin lì, dettata da uno stupido istinto. Rimasi dentro l'auto a fissare l'abitazione per non so quanto tempo. Mi sentivo una pazza squilibrata che cercava di trovare risposte e soluzioni in qualcosa che forse nemmeno esisteva. Un'ondata di tristezza mi invase, minacciosa di inghiottirmi. Deglutii faticosamente, chiusi gli occhi e cercai di darmi una calmata. Avevo fatto circa un'ora di macchina, tanto valeva tentare, no?

Scesi dall'auto e con passo incerto mi costrinsi ad avanzare verso la porta. Provai ad ignorare la mia mano tremante che suonava il campanello, rimproverandomi che ormai non ero più una bambina di due anni. Avrei chiesto una semplice informazione, e se non aveva nulla con cui potermi aiutare, mi sarei rincamminata verso casa, fine della storia.

«Salve, come posso aiutarla?» Una voce cristallina mi distolse dai miei pensieri, facendomi quasi sobbalzare. Talmente presa dal cercare di darmi una calmata, non mi ero minimamente accorta che la porta si fosse aperta. Una ragazza bionda (forse su una trentina d'anni), mi guardava con due occhi azzurri come il mare. Mi osservava in modo sospetto, probabilmente doveva essere colpa del mio pessimo aspetto. Erano giorni che non dormivo senza essere svegliata da continui incubi.

«Ehm... Salve. Sono Miya Pierce. Scusi la mia intrusione, cercavo il signor Smith. Williams Smith.» Farfugliai tutto d'un fiato, cercando di non apparire più imbarazzata di quanto non lo fossi già.

I suoi occhi azzurri, prima tranquilli, si spalancarono talmente tanto, che mi preoccupai seriamente potessero uscirle fuori dalle orbite e la sua bocca, prima sorridente, tornò di colpo seria.

Ci furono alcuni instanti di imbarazzante silenzio, in cui non seppi esattamente cosa fare. Dalla sua reazione, era palese che conoscesse il signor Smith, e soprattutto, era evidente di quanto fosse sorpresa e forse anche un po' spaventata della mia improvvisa visita.

«Oh, mi dispiace, ma mio zio non è in casa.» Si affrettò a dire, palesemente a disagio.

«Capisco. Può dirmi quando posso trovarlo? Io... Non so, potrei lasciarle il mio numero di telefono così da potermi contattare quando...»

«Temo di non poterla aiutare. Ora se non le dispiace...» Si affrettò a dire prima di chiudere la porta, che riuscii a bloccare all'ultimo secondo.

«La prego, aspetti! Ho trovato dei documenti con sopra scritto il nome di suo zio e forse lui può darmi delle risposte. Per favore, mi dia un modo per poterlo vedere, parlarci, anche solo per pochi minuti.

È di estrema importanza.» La implorai sfinita, cercando di non far prevalere le lacrime. Lei mi fissò con occhi lucidi, contagiati in qualche modo dalla mia stessa malinconia.

«Davvero, mi dispiace, ma non posso aiutarla.» Sussurrò, altrettanto scossa.

«Qualcosa nei suoi occhi mi dice che può, solo che ha paura.» Le confessai a bruciapelo, inchiodandola con lo sguardo.

Ci furono alcuni attimi di silenzio che parvero ore, in cui mi lasciò vedere palesemente la sua indecisione se ascoltarmi o meno. E, quando pensai che fosse sul punto di chiudermi di nuovo la porta in faccia, finalmente si decise a farmi entrare.

«Prego, si sieda.» Con tono fermo, mi indicò una poltrona verde, di fronte ad un camino acceso. Il salone era piuttosto accogliente, nonostante il silenzio inquietante che incombeva in quella stanza. Mi osservai intorno, guardando i molteplici dipinti che ritraevano tutti paesaggi. Mi chiesi se fosse stata lei stessa a dipingerli, ma decisi di tenere la bocca chiusa. Il fatto che mi avesse fatto entrare era già di per sé un miracolo.

«Torno subito.» Scomparve in quella che doveva essere la cucina. Rilasciai un profondo respiro, cercando di rilassare i miei nervi tesi. La stanza, nonostante piccola, era molto ordinata. C'erano dei fiori freschi su un tavolinetto, proprio di fronte a me, che rilasciavano un meraviglioso profumo. Ad un lato c'era una libreria colma di libri, ordinati rigorosamente per altezza. Tornò dopo pochi minuti con un vassoio e due tazze di tè.

«Grazie» Mi affrettai a dire, prendendone una. Lei mi fece un finto sorriso, sforzandosi di essere cordiale, poggiando il vassoio sul tavolinetto. Prese la sua tazza e fece qualche sorso in assoluto silenzio. Era ovvio che la mia presenza non era gradita e forse, se mi fossi ritrovata una pazza squilibrata come me in casa, avrei avuto la stessa reazione.

«Ascolti... Mi dispiace di essere piombata in casa sua in questo modo, ma vede, mio padre ha perso la vita mentre lavorava ad un grande progetto, e io ora sto provando...»

«No, ascolti lei. Mio zio è ricoverato in un centro psichiatrico con gravi disturbi mentali, quindi non può vederlo.» La sua voce ferma era incline alle lacrime, mentre i suoi occhi mi guardavano così profondamente da gelarmi il sangue.

«Anche lui era un grande scienziato prima di perdere la ragione. Anche lui, come suo padre, aveva dei grandi progetti... Con i suoi ideali, doveva continuamente cercare la perfezione. Ha sempre messo davanti a tutto la scienza, fregandosene degli affetti, fregandosene di tutto e ora, cosa gli è rimasto? Non ha che me, e ultimamente non vuole ricevere nemmeno più le mie visite. Mi dispiace per suo padre, ma come le ho già detto, non posso aiutarla.» Continuò con voce roca, scaricandomi addosso tutta la sua rabbia e ira, in quello che sembrava essere un risentimento verso suo zio.

«M-Mi dispiace.» Balbettai incapace di aggiungere altro.

«Già, le dispiace, ma non abbandonerà quello per cui è venuta fin qui, non è vero?» Mi inchiodò con i suoi occhi lucidi, facendomi rabbrividire.

Scossi la testa, non volendole mentire. Quella ragazza, di cui mi resi conto non conoscere nemmeno il nome, si era aperta a me rivelandomi un qualcosa di molto privato, mentre io non avevo fatto altro che scavare con un dito in quella che sembrava essere la sua piaga. Tutto un tratto, mi sentii una persona spregevole, egoista e perfino perfida. Anche io, come suo zio, con i miei ideali e con la mia cocciutaggine, avevo cercato in ogni modo di arrivare ai miei scopi, senza minimante preoccuparmi dei problemi di questa ragazza. Forse era un qualcosa che accumunava tutti gli scienziati?

«Mi perdoni... Sono stata davvero pessima. Io... Non avevo alcun diritto, scusi ancora.» Mortificata, afferrai la mia borsa e mi alzai, andando verso la porta. Volevo uscire immediatamente da quella casa, ad un tratto vergognosa di tanta sfrontatezza.

«Aspetti.» Urlò, facendomi voltare con una mano tremante sulla maniglia, notando che si era alzata anche lei. Mi guardò intensamente, prima di rilasciare un profondo respiro.

«Forse anche io le devo delle scuse. Presa dalla sua improvvisa richiesta di vedere mio zio, le ho scaricato addosso tutte le mie frustrazioni senza nemmeno presentarmi. Mi chiamo Crystal.» Mi sorrise, venendomi incontro, offrendomi la sua mano, che accettai, ricambiando impacciata il suo sorriso. Tornammo a sederci con un'atmosfera decisamente più tranquilla. Mi raccontò un po' della sua storia, anche se a tratti sembrava confusa, e io cercai di ricambiare con la mia.

«Sono alcune settimane che non vedo mio zio. Potrei provare a chiedere un incontro, ma francamente, date le condizioni descritte dai medici, dubito che parlare con lui possa esserle in qualche modo d'aiuto.»

«Mi basterebbero anche solo pochi minuti.»

«La sua determinazione e pazienza sono ammirevoli.» Mi guardò con una punta d'ammirazione.

«È molto importante per me. Forse suo zio non può aiutarmi, ma voglio comunque fare un tentativo.» Ammisi, sincera.

«Lo vedo. Spero che lei avrà abbastanza determinazione anche con mio zio.»

4

Miya

Crystal si offrì di accompagnarmi con la sua auto, insistendo nel farsi perdonare della sua inospitalità e, dopo circa mezz'ora, eravamo arrivate davanti alla struttura. Quest'ultima, circondata da un enorme giardino sembrava un posto paradisiaco e di immensa quiete con tutto il suo verde. Buffo, invece, come al suo interno ospitava un ambiente tutto meno che tranquillo. Quando entrammo, ad attenderci c'era una signora paffutella che, da dietro il bancone della reception, digitava pigramente sulla tastiera.

«Salve, vorrei parlare con il dottor Kaspar.» Si annunciò Crystal, disturbando un momento di relax per la receptionist. Quest'ultima, alzando lentamente lo sguardo e senza mascherare la sua irritazione, ci squadrò entrambe da dietro i suoi occhiali, annoiata quanto infastidita.

«Il dottore è momentaneamente impegnato. Se volete potete attenderlo nella sala d'attesa, nel frattempo.» Rispose sgarbata, prima di tornare con i suoi occhi sul pc, ignorandoci.

«Wow, molto simpatica.» Cercai di fare del sarcasmo, mentre ci spostavamo nella sala d'attesa.

«Già, e pensa... Lei è quella più gradevole.» Ironizzò, abbozzando un finto sorriso.

Mentre aspettavamo che il dottore si liberasse, mi accorsi che ero piuttosto agitata. Avevo cercato in ogni modo di ottenere quell' incontro e ora che ero ad un passo dall'averlo, mi sentivo nervosa. Cosa gli avrei chiesto? Ma la domanda più logica era: cosa cercavo realmente? Forse non si ricordava minimamente di mio padre, o peggio, al solo nominarlo avrebbe avuto una reazione violenta. Ad un tratto, tutto sembrava così folle.

«Signorina Crystal, che piacere rivederla. È da un po' che non viene a trovarci. Come mai questa visita improvvisa?» Un uomo dall'aspetto raffinato e dalla voce carismatica, sbucò dallo stipite della porta, guardando Crystal con un immenso sorriso. Portava un camice bianco con una medaglietta, sulla quale risplendeva il suo nome. I suoi due bei occhi verdi risaltavano sul suo bel viso curato ed era chiaro che, entrambi, si conoscevano molto bene visto il loro rapporto cordiale.

«Salve dottore, sono qui con mia cugina per far visita a mio zio. Visto il suo pessimo umore, ho pensato che nuove visite potevano aiutarlo un po'.» Disse con altrettanta cordialità. Aspetta, cosa? Sua cugina? Ma che diavolo stava dicendo?

«Crystal, sai bene le condizioni di tuo zio e noi cerchiamo sempre di non alterare la stabilità emotiva dei nostri pazienti. Inoltre, le visite sono riservate solo ai parenti più stretti.» Rispose tornando di colpo professionale, scoccandomi un'occhiata indagatoria.

«Lo so, ma per favore... Può fare un'eccezione?» Lo supplicò, con i suoi meravigliosi occhi da cerbiatto. Il dottore sembrò un tantino indeciso, poi ci diede un'ultima occhiata, prima di farci strada.

«Aspettate qui. Vado a chiedergli se ha voglia di incontrarvi.» Ci informò, per poi sparire dietro un enorme porta di metallo. Mi guardai intorno, notando quanto fosse inquietante quel posto con tutte le sue pareti bianche e le finestre protette con delle grosse sbarre di metallo. Probabilmente segno di una adeguata precauzione.

«A che gioco stai giocando?» Sussurrai piano all'orecchio di Crystal, cercando spiegazioni sulla bugia di poco prima. Non mi fidavo. Nonostante il suo aiuto, non conoscevo minimamente nulla di lei e quella bugia non mi piaceva affatto.

«Hai sentito il dottore? Le visite non sono aperte a tutti. È già un miracolo se riusciremo a vederlo, quindi, se ci tieni così tanto ad incontrarlo, stai al gioco.» Mi rispose scoccandomi un'occhiata d'avvertimento. Avrei voluto dirle che mentire non era una buona soluzione, ma non ero decisamente nella posizione di farlo, senza contare che mi stava già facendo un grosso favore.

«Pensi che vorrà vederti?» Le chiesi cambiando discorso nel tentativo di ingannare l'attesa.

«La verità? No.»

Rimanemmo lì in silenzio, mentre di tanto in tanto, passava qualche infermiera vestita rigorosamente di bianco che ci sorrideva pigramente. Mi chiesi come diamine facessero a lavorare in un posto del genere, con un ambiente simile, senza non rischiare di impazzire loro stesse. Ero lì dentro da meno di venti minuti e quel posto mi stava già dando decisamente sui nervi. Una vampata di calore mi invase tutto il corpo mentre iniziai a sudare freddo. Chiusi gli occhi, cercando di calmarmi. Un attacco di panico in quel momento era l'ultima cosa di cui avevo bisogno.

«Mi dispiace Crystal, ma, come sospettavo, suo zio non vuole riceverla.» La voce del dottor Kaspar, era sinceramente dispiaciuta. Aprii di colpo gli occhi e la prima cosa che vidi, fu la rabbia e la delusione nella faccia di Crystal, mentre il dottore mi guardò indagatorio.

«Perfetto! Sono stata l'unica che gli è sempre rimasta vicino e ora lui si rifiuta di vedermi. Grandioso.» Sbottò, alzando entrambe le mani, non riuscendo a contenersi.

«Mi dispiace, ma delle volte i pazienti tendono a chiudersi in sé stessi escludendosi da tutto. Magari con un po' di tempo e le giuste cure, tornerà ad aver voglia di vederti. In fondo sei l'unica che viene a fargli visita.» Proseguì il dottore, poggiando una mano sulla spalla di Crystal, cercando di confortarla.

«Dottore, può provare a chiedergli se ha voglia di incontrare Miya Pierce? Può fare questo tentativo, per favore?» Chiesi diretta, guadagnandomi l'attenzione di entrambi. Il fatto che non volesse incontrare sua nipote non stava a significare che non voleva vedere nessun altro. Forse era una pazzia, ma una parte di me sperava che il cognome di mio padre, scaturisse nella sua mente un qualcosa.

«Signorina, io non credo che...»

«Un solo tentativo, e se si rifiuterà andremo via, promesso.» Continuai decisa. Il dottore guardò prima me, poi Crystal, che anche lei lo supplicò silenziosamente con lo sguardo. Fece un profondo respiro, poi scosse fortemente la testa.

«Stiamo decisamente facendo troppe eccezioni. Proverò un'ultima volta, ma se rifiuta andate via senza insistere.» Ci avvertì in modo deciso, quasi brusco. Entrambe annuimmo e lui sparì di nuovo dietro la porta. Crystal mi guardò speranzosa e allora capii il vero motivo del suo grande interesse nel volermi aiutare. Una parte di lei sperava che, in qualche modo, con la mia presenza, riuscisse a vedere di nuovo suo zio e ora che vedevo il suo dolore, speravo con tutta me stessa di riuscirci.

«Sei molto affezionata a lui, vero?»

«È come un padre per me. Avevo solo dieci anni quando mia madre è morta e il mio vero padre mi ha abbandonato. Mio zio mi ha preso sotto la sua ala e mi ha cresciuto e dato affetto come una figlia. Vederlo in questo modo mi distrugge.» Confessò senza guardarmi negli occhi. Non serviva, il suo immenso dolore era palese anche nella sua voce. Ero quasi sul punto di chiederle il motivo del perché suo zio fosse stato rinchiuso in un manicomio, ma fui interrotta di nuovo dal dottore. Restò lì, in silenzio per qualche secondo, guardandoci entrambe e io lo odiai mentalmente per il suo inutile tenerci sulle spine.

«Ha accettato, ma ad una condizione.» Disse infine con aria quasi incredula.

«Quale?» Rispondemmo all'unisono, ansiose.

«Vuole vedere solo lei, signorina Pierce.»

«Oh, ma è assurdo!» Il commento acido di Crystal era del tutto comprensibile, mentre con una mano sulla fronte, camminava nervosamente nel piccolo corridoio.

«Mi dispiace, ma ha chiaramente espresso che è la sua unica condizione.» Il dottore sembrava stupito quasi quanto me dello strano comportamento del suo paziente. Perché rifiutava la visita di sua nipote per ricevere invece quella di una perfetta sconosciuta? Okay, forse il cognome di mio padre non gli era apparso del tutto indifferente, ma perché ricevere solo me? Era del tutto strano, ma se davvero la sua mente era malata come dicevano, come si poteva pretendere di capire i suoi comportamenti? Mi voltai verso il dottore, scusandomi con lui un attimo, prima di allontanarmi insieme a Crystal per un momento.

«Crystal... So che è difficile per te, ma ti prego, lasciami incontrare tuo zio. Ti prometto che proverò a convincerlo di vederti.» La implorai in modo dolce, cercando di fare un favore ad entrambe. In un primo momento il suo sguardo velato di lacrime apparve perso, quasi vuoto. Il rifiuto di suo zio l'aveva sicuramente scossa, tuttavia alla fine annuì tristemente.

Il dottore ci condusse in un lungo corridoio, per farci poi salire un piano di scale e poi ancora, svoltare a destra. Un percorso che Crystal doveva ormai conoscere bene, mentre per me, sembrava un vero e proprio labirinto, dove risultava piuttosto facile perdersi, circondata unicamente da tutte quelle inutili pareti bianche.

Ci scambiammo un'occhiata silenziosa, nella quale era racchiusa tutta la sua speranza di riuscire a vedere suo zio, prima che il dottore mi scortò oltre una piccola porta.

Non appena fui dentro, la prima cosa che notai fu la diversità dell'ambiente. Mentre fuori ogni cosa sembrava fottutamente bianca, al contrario, all'interno di quella stanza le pareti erano di un blu tenue e il pavimento ricoperto di un parquet grigio chiaro. C'erano circa dieci pazienti all'interno della stanza, ognuno seduto nel proprio intento e io mi chiesi quale di loro fosse il signor Smith. Mentre camminavamo lungo la stanza, il dottore mi informò che mi avrebbe osservato da una giusta distanza, che non avrebbe interferito con la nostra privacy, ma gli avrebbe permesso di tenere tutto sotto controllo.

«Se nota un qualsiasi comportamento strano, non esiti ad allontanarsi da lui, intesi?» Mi avvisò guardandomi attentamente.

Annuii, incapace di aggiungere altro. Non sapevo le condizioni dello zio di Crystal, né tanto meno come avrebbe reagito a questa mia visita. Mi indicò con un cenno della testa un signore seduto su una sedia a rotelle in fondo, vicino ad un tavolo. Mi dava le spalle, e con il cuore che mi batteva all'impazzata, mi avvicinai cauta, sedendomi su una sedia a pochi centimetri da lui. Si voltò lentamente. Aveva lunghi capelli grigi e il suo volto, leggermente ombrato dalla barba, era fisso in un punto cieco. Sembrava stanco, eppure non diede il minimo segno di fastidio alla mia presenza, il che era forse un buon segno?

«Ehm... Salve, signor Smith. Sono Miya Pierce. Forse lei non mi conosce, ma...»

«Salve, signorina Pierce, so esattamente chi è. Suo padre mi ha parlato molto di lei.» Mi bloccò prima ancora di finire la frase, lasciandomi completamente spiazzata. Lui mi conosceva? Mio padre gli aveva parlato di me? Mi mossi nervosamente sulla sedia e questo parve catturare la sua attenzione, inchiodandomi con i suoi occhi neri.

«Oh... Vede, ho trovato il suo nome su degli appunti di mio padre. Lui è... Morto e volevo sapere se lei poteva aiutarmi a capire il significato di queste formule.» Dissi con voce roca, mentre poggiavo delicatamente i fogli sul tavolo. Portavo attenzione ad ogni piccolo movimento, cercando di non importunarlo o infastidirlo in nessun modo.

«Ah, mi dispiace. Vorrei poterle fare le mie condoglianze e scusarmi se non sono riuscito ad essere stato presente alla cerimonia, ma, vede, ho avuto molti impegni qui.» Mi fece uno strano sorriso, facendomi venire un brivido di inquietudine.

«La ringrazio.» Feci un tenue sorriso. Mi voltai verso il dottore, che a pochi metri da noi, mi fece un segno di assenso. Forse anche lui stava studiando i suoi gesti o reazioni, cercandone un senso?

«Ah... Quelle maledette formule.» Sfregandosi la fronte, fece un sorrisetto rivolto verso i fogli sul tavolo.

«Lei conosce il loro significato?» Gli domandai del tutto incredula.

«Oh... Certamente. È il motivo per cui sono finito qui dentro.» Rise, con una punta di isteria nella sua voce quasi carismatica. Continuava a fare un movimento strano con la bocca, come una specie di tic nervoso, mentre i suoi occhi erano del tutto divertiti.

«Cosa? Perché?» Domandai completamente sorpresa. Come potevano delle semplici formule mandare una persona in un manicomio? Mentre iniziavo a sudare freddo, la mia curiosità, quanto la paura di sapere, erano sempre più forti.

«Signorina Pierce... Lei è laureata in biologia se non sbaglio, giusto?»

«Sì.» Deglutii, meravigliata di quanto sapesse sul mio conto. Come diavolo faceva a conoscere tutte queste cose?

«Sono sorpreso allora di come non sia ancora arrivata ad una conclusione. Non lo vede? Queste formule fanno parte di un DNA che non è umano.» Continuò a ridere, quasi come se la *pazza* in quel momento fossi io.

Sgranai gli occhi completamente scioccata di quello che stava dicendo. *Cosa ti aspettavi da una persona rinchiusa in un manicomio?* Mi ricordò la mia vocina interiore.

«Non mi crede nemmeno lei, vero? Il DNA a cui stava lavorando suo padre è un DNA speciale, raro.» I suoi occhi mi guardavano in un modo così profondo, da disarmarmi. Per quanto matto, poteva inventare delle cose così assurde?

«Ehm... Capisco signor Smith. La ringrazio per aver accettato di vedermi, ma ora devo proprio andare.» Gli rivolsi un ampio sorriso, cercando di apparire il più disinvolta possibile. Come potevo contraddirlo e fargli notare che quello che stava dicendo non aveva il minimo senso? Un DNA non umano? Era del tutto impazzito.

«Oh, sì, certo. Questo posto pieno di matti non piace neanche a me. Mi sbagliavo quando pensavo che potesse essere come suo padre, ma forse è meglio che lasci perdere. Non vorrei che anche lei diventi... *Matta.*» Mi sorrise, bisbigliandomi e calcando la voce sull'ultima parola.

«Mi scusi io non volevo offenderla, è solo che...»

«È solo che non mi crede. No, ma fa bene. Nemmeno io crederei ad un matto. Ma le dirò una cosa... Solo un pazzo ha realmente la forza di ampliare la propria mente e confidare in grandi cose. È facile sostenere qualcosa in cui si hanno delle certezze. La vera difficoltà... È credere in qualcosa in cui non se ne ha neanche una.» E con quel sorrisetto del tutto fastidioso, mi voltò di nuovo le spalle.

Bene!

Adesso si metteva anche a farmi la morale?

«Perché mi sta dicendo tutte queste cose?» Provai ancora, cercando di restare calma e trovare un senso alla sua pazzia. Si voltò di nuovo, guardandomi con un sorriso strafottente, avvicinandosi così tanto a me da provocarmi un brivido di paura.

«Perché so che una parte di lei crede in queste cose, lo vedo nei suoi occhi, signorina Pierce. È solo che non vuole credere alle mie parole perché se lo facesse, anche lei risulterebbe una matta. La pensano così anche le persone che mi tengono qui dentro.» Mi sussurrò ancora una volta divertito.

«Non posso avere fiducia in qualcosa di cui non ho nemmeno una prova. Io non penso che lei sia matto, signor Smith, ma mentre accusa le altre persone di essere matte... Cosa ha lei per dimostrare che quello che dice è vero?» Sbottai, alzandomi in piedi, ad un tratto infastidita dai suoi modi.

Poteva anche essere considerato un pazzo, ma di certo sapeva bene come infastidire le persone. Le mie parole sembrarono catturarono di nuovo la sua attenzione, mentre continuava a inchiodarmi con i suoi folli occhi.

«Ha la stessa tenacia di suo padre, glielo riconosco, signorina. Ha una penna con un foglio?»

Lo guardai per qualche secondo disorientata della sua richiesta, poi annuendo, mi affrettai a cercarli nella mia borsa, per poi dargli eli, tentando di non dare nell'occhio.

Non volevo che il dottore interrompesse proprio adesso la nostra *folle* conversazione. Annotò velocemente qualcosa su di esso, prima di ripiegarlo e porgermelo insieme alla penna.

«Abbiamo lavorato insieme su questo progetto, ma io stesso avevo consigliato a suo padre di lasciar perdere questa follia, basata su semplici voci, forse nemmeno del tutto vere e spero che almeno lei sia scaltra nel lasciar perdere.» Mi avvisò ad un tratto serio. Guardai il foglietto dove era annotato un indirizzo.

«Di che progetto sta parlando?» Lo guardai perplessa.

«Vuole le prove? Allora è lì che deve andare. Buona giornata.» Mi salutò impedendomi di aggiungere altro.

«Aspetti! Sua nipote Crystal, lei è distrutta. La prego, accetti di vederla.» Dissi supplichevole.

«Ho già fatto troppe visite per oggi. Può dirle però che le voglio molto bene e che non dimenticherò mai quello che ha fatto per me. Le chiedo solo un favore... Non riveli nulla di quello che ci siamo detti a mia nipote.»

«Ma perché? Perché non vuole più vederla?»

«Perché sono un matto e voglio proteggerla da tutto questo.» E con quelle parole spinse la sua sedia a rotelle verso un'infermiera, ordinandole brusco di riportarlo nella sua stanza.

«Miya, allora? Cosa ti ha detto? Vuole vedermi?» Non appena fui fuori, Crystal mi afferrò per le spalle, tempestandomi di domande, ansiosa di sapere.

Deglutii, sentendomi in difficoltà, non sapendo da dove e come cominciare. Tutto quello che sapevo era che non potevo rivelare la conversazione avuta qualche minuto fa con suo zio.

Il dottore mi riservò un'occhiata di incoraggiamento, invitandomi a dirle la verità. Poco prima di uscire dalla stanza, gli avevo chiesto da quando il signor Smith aveva iniziato a rifiutare le visite di sua nipote e se era riuscito a capirne il motivo.

«Signorina... Non sempre è facile capire perché la nostra mente rifiuta determinate cose e ne accetta altre. L'unica cosa che possiamo fare è convivere con le sue scelte.» Mi aveva risposto il dottore accompagnandomi verso l'uscita.

Aveva ragione.

Il nostro cervello era qualcosa di estremamente complicato da gestire. A mio parere, non c'era peggiore malattia della mente. Fa vedere e credere cose che non sempre siamo in grado di gestire... Eppure, le nostre scelte, i nostri pensieri, le nostre emozioni... Non sono forse quelle a renderci realmente vivi, dopotutto?

«Crystal... Mi dispiace. Ci ho provato, ma non vuole vederti.» La mia voce era quasi un debole sussurro, mentre vedevo il suo volto crollare in lacrime. Il dottore rimase qualche attimo a fissarci, prima di lasciarci in completo silenzio.

«Perché? Cosa gli ho fatto di male?»

Non seppi risponderle con onestà, sentendomi un mostro, mentre vedevo i suoi occhi esausti. Prima che potessi aggiungere altro, buttò le sue braccia al mio collo, sfogando tutto il suo dolore.

Durante tutto il tragitto di casa, non feci altro che rimuginare su quello che mi aveva detto il signor Smith. Mi sentivo distrutta emotivamente e fisicamente, senza contare che vedere Crystal in quelle condizioni, mi aveva spezzato il cuore. Ci eravamo scambiate il numero di telefono, dicendoci che, essendo ormai entrambe sole, almeno avremmo potuto sentirci ogni tanto. Era una storia del tutto strana, ma chi ero io per giudicare, dopotutto?

Non sapevo esattamente cosa mi aspettassi da quella visita, ma di sicuro non quello che mi aveva rilevato il signor Smith. Un DNA non umano. Come poteva inventare una cosa del genere? Mi aveva annotato poche righe in una calligrafia quasi illeggibile, che, a quanto riportava, l'indirizzo in questione si trovava in Romania.

Il mio cuore perse un battito al ricordo di mio padre che era partito per un convegno di lavoro proprio lì. Ero del tutto convinta che dovevo lasciar perdere le parole di un matto, ma l'altra parte di me si domandava come potesse una mente, anche se malata, inventare una storia simile.

Ed infine, il mio istinto mi diceva che, nonostante fosse stato rinchiuso in un manicomio, non era affatto matto.

5

Miya

Passarono circa due giorni dalla mia visita inattesa nel manicomio, giorni nel quale non avevo fatto altro che leggere e rileggere l'indirizzo scritto su quel maledetto fogliettino. Dopo innumerevoli ricerche, ognuna sembrava portarmi in un vicolo cieco.

Mi sentivo frustrata, furiosa, distrutta e persino delusa dal non riuscire a scoprire nulla di concreto. Ero così determina dal trovare una qualsiasi risposta, che stava diventando quasi una pericolosa ossessione.

Il silenzio e la solitudine che regnavano in quella casa, erano così strazianti da farmi perdere la ragione. Esaminai all'infinito quelle maledette formule consapevole che, più le guardavo e più quello che diceva il signor Smith aveva senso.

Di qualsiasi cosa si trattasse, non facevano parte di un DNA normale. Mi passai una mano davanti ai miei occhi ormai completamente stanchi. Stavo forse impazzendo anche io?

Probabilmente.

Feci visita alla cappella di famiglia e, guardando la foto sulla tomba di mio padre, mi resi conto di quanto ora fosse un perfetto estraneo ai miei occhi. Pensavo di sapere tutto di lui, di essere la sua amata figlia con cui lavorava e condivideva tutto, ma non era così, neanche lontanamente. Perché stava lavorando su quelle formule? E soprattutto, di quale progetto stava parlando il signor Smith?

«Perché, papà, mi hai fatto questo? Cos'altro mi hai nascosto per tutto questo tempo?» Gli chiesi con voce stanca e con il viso rigato dalle lacrime. Il volto nella foto di mia madre accanto a quella di mio padre, mi sorrideva sereno, anche se negli ultimi anni non era stata poi così felice.

La malattia di sicuro aveva contribuito a mandare via quella luce di spensieratezza, ma sapevo che non era solo per quello. Il nostro rapporto era cambiato anche prima della malattia. Di colpo sembrava essere diventata più fredda nei miei confronti... Come se quel legame madre-figlia, si fosse spezzato, quasi delle volte si sforzasse di volermi bene.

Aver perso mio fratello ci aveva sicuramente cambiati, tuttavia, il pensiero che non riuscisse più a guardarmi con gli stessi occhi di un tempo, mi aveva dilaniato l'anima.

In balia di domande senza risposte, crollai nella disperazione più totale e, presa dalla rabbia verso mio padre per avermi riempito di bugie, prenotai un volo diretto verso quella totale follia, ostinata che avrei trovato da sola la verità, ammesso che ce ne fosse realmente una.

Lo so, partire verso qualcosa che non aveva alcun senso, era a dir poco folle ed irragionevole, ma in quel momento l'unica emozione al mio comando, era la disperazione. Dopotutto, forse, era anche un modo del tutto assurdo per distrarmi dal dolore e lasciare per un po' quella *maledetta* casa, ormai dominata dal silenzio e dai ricordi troppo strazianti.

In tutta onestà, non mi sentivo affatto triste all'idea di andare via da lì, anzi, riflettendoci bene, non avevo più nulla che mi tenesse ancorata a quel posto, quindi, ogni luogo era perfetto per ricominciare, o almeno era quello che cercavo di convincere a me stessa.

Atterrata all'aeroporto di Bucarest, mi sentii leggera quanto una piuma, come se una parte di me si fosse illusa di essersi lasciata quell'orrendo passato alle spalle, quando invece ero lì, proprio perché non riuscivo a dimenticarlo e riprendere a vivere la mia vita. Sistemai alcune delle mie cose nella stanza, feci una doccia veloce, concedendo al mio corpo di rilassarsi e riprendersi dopo le estenuanti ore di viaggio, e mi accoccolai sul morbido divano di velluto verde, di fronte al caminetto.

Ordinai la cena in camera e, nella sua attesa, continuai a fare ricerche sul posto, nella speranza di trovare qualcosa di realmente utile.

Dopo aver terminato la mia cena e non essere riuscita a scovare nulla di concreto, decisi che la scelta migliore era cercare di riposare un po'. Domani sarebbe stata una lunga giornata.

Come previsto, durante la notte non chiusi occhio, tuttavia, dopo aver fatto un'ottima colazione, e usato una buona dose di trucco, riuscii a coprire quasi del tutto lei mie orrende occhiaie ed avere un aspetto perfino dignitoso. Indossai un paio di jeans attillati neri come i miei stivali, e un maglione rosa per contrastare la fredda temperatura della Romania.

Addentrarsi nella nuova città non fu affatto semplice, ciononostante, riuscii comunque a trovare una fermata del taxi. Dentro quest'ultimo, non fu facile non lasciarsi distrarre dalle meraviglie di quel posto. Un manto di neve bianca ricopriva ogni angolo della città. I palazzi così altezzosi, imbiancati, rendevano l'aria del tutto incantevole.

«Signorina, è sicura che l'indirizzo che dice sia giusto?» Il taxista, guardandomi dallo specchietto retrovisore, mi osservava un tantino perplesso.

No, affatto.

«Ehm... Io sì, credo di sì.» Farfugliai, cercando di mostrarmi il più disinvolta possibile, ma con scarso successo. Mi mossi nervosamente sul sedile, stringendomi addosso il cappotto quasi fosse uno scudo. Se solo gli avessi raccontato l'intera storia di come avevo fatto ad avere quell'indirizzo, mi avrebbe invitato immediatamente a scendere, ne ero sicura.

«Crede? Sono dieci anni che faccio questo lavoro e non ho mai dovuto accompagnare una giovane signorina in un posto del tutto disabitato.» Continuò, prendendosi una confidenza che non gli avevo dato.

«Disabitato?»

«Non vede da cosa è circondata, signorina? Francamente, non capisco dove sta cercando di andare se non in mezzo al nulla. Non è saggio inoltrarsi in un posto così isolato.» Continuò, salendo lungo un sentiero circondato solo da folti alberi. Il taxista aveva ragione.

Più salivamo, più le abitazioni scarseggiavano così rapidamente quasi da far paura, eppure il navigatore continuava verso la strada evidenziata di blu sul suo piccolo schermo. Forse era stato tutto un enorme sbaglio. Forse quell'indirizzo non portava a nulla che non esistesse solo all'interno della mente del signor Smith, tuttavia, quando ero ormai ad un fascio di nervi della mia destinazione verso il nulla e stavo per dirgli di fermarsi e tornare indietro, venni interrotta.

«Non so se siamo arrivati alla destinazione, ma in ogni caso, non posso proseguire oltre questo cancello. È sicura di voler scendere qui?» Mi guardai intorno, notando che oltre i folti alberi e un maestoso recinto di muro, di fronte a noi c'era solo un enorme cancello in ferro. Il taxista, nonostante la sua voce professionale, mi guardava un tantino preoccupato di dovermi lasciare lì. E quando mi resi conto di quanto fosse raccapricciante quel posto, stabilii che forse non aveva tutti i torti.

«Signorina, che fa allora, scende o no?» Insistette, palesemente irritato per la mia perdita di tempo. Mi presi un ultimo momento, prima di farmi forza e scendere.

«Devo aspettare qui?» Mi chiese ancora. Avrei tanto voluto dirgli di sì, ma, visto che mi era già costato una fortuna, mi feci forza e gli risposi che non ce n'era bisogno.

«Come vuole.» Mi guardò come se fossi fuori di testa e, in meno di un secondo, partì lasciandomi lì, completamente sola. Senza il rumore del taxi acceso, quel posto era decisamente più freddo e dannatamente silenzioso.

Pazza. Sei una pazza come quel signor Smith. Finirai anche tu per essere rinchiusa in uno di quei manicomi, o peggio, uccisa. Mi rimproverò la mia vocina interiore per la mia ennesima bravata.

Mi avvicinai incerta, cercando un nome, un campanello o qualsiasi cosa mi aiutasse ad entrare. Ma oltre quel maledetto cancello, non c'era nulla. Forse chiamare un nuovo taxi e darmela a gambe levate il prima possibile da quel posto infernale, non era poi una cattiva idea.

«Ehi, ehi, guarda un po' cosa abbiamo. E tu come sei arrivata fin qui?» Per poco non buttai un urlo, quando, dall'altra parte del cancello, vidi sbucare un uomo alto quasi quanto questo. Il suo volto era incredibilmente terrificante quanto il suo sguardo.

Vestito prettamente di nero, sembrava il signore della morte o qualcosa del genere.

«I-Io... Cercavo...» *Già, chi cercavo?*

«Cercavi?» Continuò l'uomo con aria minacciosa, avvicinandosi ulteriormente al cancello, come un leone fa con la sua preda. La sua voce macabra, seppur pericolosamente tranquilla, appariva come una danza della morte.

La mia morte.

«Non saprei con esattezza. Mi hanno dato questo indirizzo, forse lei può aiutarmi.» Cercai di non balbettare, mentre, con mano tremante, allungai il foglietto all'uomo nero, che me lo strappò letteralmente dalle mani. Poggiò velocemente i suoi occhi pece sul misero pezzetto di carta, prima di riportarli alla stessa velocità sul mio viso.

«Questa è buona. Nessuno conosce questo indirizzo, come hai fatto ad averlo?» Ringhiò, aprendo il cancello, sempre più incuriosito. Feci d'istinto qualche saggio passo indietro e, sempre l'istinto, mi suggerì di usare il mio ultimo briciolo di ragione per fuggire via di lì. Quell'uomo non prometteva nulla di buono. I suoi occhi erano freddi e spietati quanto il ghiaccio. Dietro di essi si celava inquietudine e cattiveria. Uno sguardo che di rado dimentichi.

«Io... Forse dovrei andare. Mi scusi, probabilmente ho sbagliato indirizzo.» Bofonchiai, impaurita. *Stupida, stupida, stupida!*

Come diavolo mi era saltato in mente di venire fin lì, in un posto completamente nascosto dal mondo? E con un uomo -probabilmente un pazzo serial killer- che solo Dio sapeva quali brutte intenzioni passassero nella sua oscura mente.

«Al contrario...» Ghignò con un sorriso agghiacciante. «Sei arrivata fin qui, credo valga davvero la pena entrare. Sono certo che il signor Nikolai sarà contento di riceverti.» E prima che potessi anche solo aggiungere una parola, mi afferrò con presa salda un braccio, scortandomi oltre il cancello. In un primo momento avrei voluto gridare, oppormi e provare a scappare, ma la mia parte razionale, mi diceva che sarebbe stato inutile.

L'uomo era il doppio di me, e nei miei cinquantatré chili, non gli avrei fatto nemmeno un graffio. Dovevo solo fingermi disinvolta e pregare. *Te la sei cercata! Cosa pensavi di trovare?* Non sarei mai dovuta venire fin qui. Era tutto quello che mi ripetevo mentre venivo scortata lungo un vialetto ancora pieno di alberi che non lasciavano minimamente entrare la luce del sole.

Nonostante cercassi di pensare positivo, ero sempre più convinta che non sarei mai più uscita viva da lì, ma ormai era troppo tardi per avere rimpianti. Di qualunque cosa si fosse trattato, l'avrei affrontata nei migliori dei modi e con un po' di fortuna, avrei raggiunto presto i miei genitori senza soffrire troppo.

Per poco non mi venne un infarto, quando i miei occhi realizzarono che alla fine del viale, circondato da un enorme prato, aleggiava un immenso castello. Dovevo essere in un sogno, oppure stavo iniziando ad avere le allucinazioni, non c'era altra spiegazione. Non avevo mai visto una cosa del genere se non nei film. Con il suo stile gotico e la sua maestosità, non riuscivo a pensare altro se non che era impossibile.

Era un qualcosa di incredibilmente bello e spaventoso al tempo stesso e più mi avvicinavo e più mi rendevo conto di quanto era immensamente grande. Le guglie spiccavano verso il cielo quasi a volerlo toccare. Un'enorme fontana, un tempo probabilmente rigorosa d'acqua limpida, ora torbida, era al centro dell'immenso cortile.

Incantevole, troppo bello per essere vero, nonostante il suo pessimo stato. Quel castello, dall'aria cupa e misteriosa, era circondato dal verde, che, ricoperto dalla neve, aveva un aspetto davvero incantevole.

L'uomo nero (così avevo deciso di chiamarlo), era silenzioso quanto me, se non per il suo ghigno divertito del mio palese stupore. Quando entrammo dentro, rimasi ulteriormente sbalordita.

Inutile descrivere quanta immane ricchezza prosperava all'interno di quel posto. Salimmo su una scala di legno a ballatoio per poi raggiungere un'altra enorme stanza. Tutto in assoluto silenzio. Avevo il fiatone nel tentativo di tenere il passo del mio aguzzino che non diminuiva la sua presa d'acciaio, così come il suo svelto passo.

«Signore, c'è una visita per lei.» L'uomo nero, prima del tutto scorbutico, adesso il suo tono era paragonabile a quella di un cagnolino indifeso.

Seguii il suo sguardo e mi resi conto che vicino ad un caminetto acceso c'era un uomo di spalle della stessa grandezza del suo compare, anzi, forse più grande. L'uomo misterioso, con un cenno della mano, liquidò il suo cagnolino, lasciandomi lì, sola e completamente in preda al panico.

Rimase di spalle senza muoversi e nel silenzio più tombale. Tutto ciò che risuonava nella stanza era lo scoppiettare del camino e il mio respiro che galoppava alla stessa velocità del mio cuore. Vestito con degli indumenti scuri ed eleganti, potevo vedere il suo corpo ben scolpito.

Rimasi al centro di quella stanza non so per quanto tempo e, quando ormai ero sull'orlo dall'esplodere, si voltò.

Sgranai gli occhi, facendo d'istinto un passo indietro. Se l'uomo nero di prima era minaccioso, lui era decisamente terrificante. Nonostante il suo volto maestosamente bello, i suoi occhi erano agghiaccianti, transumando morte da ogni poro.

«Finalmente sei arrivata.» La sua voce era una lenta melodia dell'orrore.

«Cosa?» Chiesi in tono flebile quasi inudibile.

«Devo ammettere che mi aspettavo di meglio, ma cercherò di accontentarmi.» Continuò con la sua voce paragonabile ad una lastra di ghiaccio, mettendosi le mani in tasca e facendo un teatrale passo avanti. Io ne feci due indietro.

«N-Non so di cosa stia parlando, ma credo che lei abbia sbagliato persona.» Cercai di deglutire con fatica, con la mia gola ormai paralizzata.

«Al contrario. Sono più che sicuro che riuscirai comunque a soddisfarmi e a darmi quello di cui ho bisogno.» Continuò con un ghigno divertito.

Ma cosa diavolo stava dicendo?

Continuava ad usare frasi che presupponevano la nostra conoscenza, ma io non avevo la minima idea di chi fosse. Il viscido sorriso strafottente sul suo volto, mi fece andare su tutte le furie. Per prima cosa, chi si credeva di essere. Secondo, non avevo nessuna intenzione di farmi trattare in quel modo.

«E se fossi tu quello che non riuscisse a soddisfarmi? Non so quali siano le tue intenzioni, ma io di sicuro non sono qui per nessuna di esse.» Ad un tratto furiosa, sostituii la paura di poco prima con una sfrontata rabbia. La sua fragorosa risata rimbombò in tutta la stanza, guardandomi con uno strano luccichio negli occhi da farmi rabbrividire.

«Uhm... Temo lo scopriremo presto.» Continuò squadrandomi con una scintilla maligna nei suoi occhi. Iniziai ad arretrare di qualche passo. Ero furiosa, ma non stupida.

«Io... Sto solo seguendo una pista lasciata da mio padre. Stava cercando di trovare un modo per salvare vite umane e questo mi ha portato qui, ma non voglio problemi, posso andare via subito.» Ammisi, cercando di darmi forza.

Ero letteralmente terrorizzata e solo una sciocca non avrebbe capito il pericolo che scorreva in quell'uomo, tuttavia, dovevo fingere di essere coraggiosa se volevo avere almeno una possibilità di uscire viva di lì.

Si avvicinò con passo deciso verso di me, mentre nei suoi occhi potevo leggere il divertimento, la curiosità e tutta la sua spietatezza.

«Oh... Mi dispiace deluderti, tesoro, ma sei capitata nel posto più sbagliato per salvare vite umane.»

6

Viktor

Nonostante provassi ogni volta ad ignorarlo, quel posto mi metteva inevitabilmente i brividi.

Era da meno di un mese che, dopo aver avuto il mio ennesimo scontro con mio fratello, ero andato via con gravi ferite. La cosa brutta di avere un gemello legato alla tua stessa vita era che, nonostante l'odio per entrambi, nonostante ogni volta che ci incontravamo finissimo quasi per ucciderci, alla fine non potevamo far altro che arrenderci e tornare a casa a leccarci ognuno le proprie ferite.

L'ultima volta ero stato così vicino ad ucciderlo ma, nel momento stesso che stavo per farlo, il dolore e la sensazione di morire erano stati talmente forti da obbligarmi a fermare. Forse siamo tutti un po' codardi davanti alla morte.

La nostra *maledizione*, se così si poteva chiamare, non solo ci legava l'uno alla vita dell'altro, ma ci faceva condividere lo stesso dolore se qualcuno veniva ferito o, peggio ancora, ucciso.

Quando Peter arrivò davanti al cancello, fui sorpreso di trovarlo semi-aperto con uno degli schiavi di Nikolai lì davanti.

Solitamente, il cancello era sempre ben sigillato per evitare che qualche umano -capitato lì per caso in preda ad un'escursione- potesse entrare. Inoltre, gli schiavi di Nikolai non si facevano mai trovare così esposti, ma erano sempre ben attenti a restare nascosti, sorvegliando comunque l'intera zona.

Tuttavia, nonostante ci odiassimo, io avevo libero accesso al castello, in quanto ero pur sempre il tallone d'Achille del mio caro fratellino. Questo non valeva per Peter, però, che ogni volta si limitava ad aspettarmi lì fuori.

«Sembra che oggi sia una giornata di piacevoli visite.» Mi accolse quell'inutile essere, facendo un sorriso divertito. Sembrava piuttosto euforico e divertito, il che mi rese ulteriormente nervoso.

«Da quando è concesso ad uno schiavo parlare con un re? Portami da mio fratello, subito.» Tuonai con tutta la mia cattiveria.

Il fatto che fossi la parte buona creata per portare equilibrio, non reprimeva di certo i miei impulsi dominanti e spietati della mia metà vampiro. Il viscido, seppur guardandomi con sguardo omicida, si limitò a tacere e a farmi strada.

Saggia scelta. Nonostante morisse dalla voglia di uccidermi, ero intoccabile, essendo legato al suo *prezioso* re. Incamminandoci lungo il piccolo sentiero non c'era un raggio di sole.

Tutto sembrava terribilmente quieto, mentre vedevo scorgere la maestosa figura del castello, che emanava un'aria del tutto macabra. E pensare che un tempo i miei genitori vivevano al suo interno come una normale famiglia. Ora che mio fratello, dopo la morte di nostro padre ne aveva preso il pieno controllo, questo castello era tetro come la sua anima.

Lo avevo fatto per mia madre e per la sua incolumità, visto che, nonostante fossi intoccabile, non valeva lo stesso per lei. Come poteva odiare la donna che lo aveva messo al mondo e lo amava nonostante la sua natura? E come poteva mia madre continuare ad amarlo nonostante lui la volesse morta? Ancora non riuscivo a capirlo.

«Il signore è momentaneamente impegnato con una donna. Non credo avrà piacere ad essere disturbato.» Mi avvisò il viscido, scortandomi lungo le scale vestite da un meraviglioso tappeto rosso.

«Non sono certo qui per fargli piacere. Conosco la strada, sparisci.»

«Devo prima annunciar...» Lo scaraventai contro il muro, facendolo sussultare mentre mi guardava con occhi spalancati. Non era per me un piacere trovarmi lì e tutte le sue inutili chiacchiere mi stavano facendo perdere la pazienza, che già sapevo di non avere.

«Non provare mai più a contraddirmi o la prossima volta ti uccido, chiaro?» Ringhiai, sentendo i miei occhi iniettarsi di sangue. Avevo una gran voglia di uccidere, ma, visto che ero qui per soddisfare le inutili speranze di mia madre, non volevo creare troppo scompiglio, o almeno non ancora.

«Sono stato chiaro?» Ripetei con fare minaccioso, scuotendolo bruscamente.

Il demone, non potendo fare altrimenti, annuì freneticamente e, dopo aver dato un'ultima stretta al suo collo, lo lasciai andare, gratificandomi nel sentire i suoi lamenti. Lo vidi strisciare via come il verme che era, mentre mi concentravo ad affrontare Nikolai.

Non sapevo ancora cosa gli avrei detto ma, dopo aver saputo che era in buona compagnia, ero ancora più determinato ad incontrarlo e ad interrompere il suo momento di gloria. Probabilmente si stava di nuovo nutrendo dell'anima di qualche povera ragazza fino a ridurla ad un vegetale, o peggio, stava abusando di lei. Ero sull'ultimo gradino, quando sentii quella che sembrava un'interessante conversazione.

«Davvero credi di essere arrivata qui per caso? Che ragazza ingenua...» La voce di mio fratello era palesemente divertita, nonostante fosse piena di malignità. Attraverso le mura, potevo sentire la presenza di un'altra persona. Il battito galoppante del suo cuore mi fece capire che si trattava di un'umana, il che mi incuriosì ulteriormente.

«Di cosa diamine stai parlando? Chi sei?» Una voce dolce e femminile inondò le mie orecchie, lasciandomi sorpreso quanto spaesato. Di cosa stavano discutendo? Mentre salivo le scale, mi sarei aspettato di interrompere un momento di sesso sfrenato o il suo spuntino, non una conversazione del genere.

«Davvero vuoi scoprire chi sono, piccola?» Il ghigno divertito quanto pericoloso era sempre più accentuato nella sua voce.

«Non mi importa chi sei tu! Ho solo bisogno di sapere perché le ricerche di mio padre mi hanno portato qui!» Urlò infastidita la ragazza, sempre più in preda al panico. Le cose non si sarebbero messe bene. Mio fratello non era abituato a quel genere di reazione.

«Tuo padre si è rilevato un essere inutile e incapace. L'unica cosa che ha fatto di buono è stata quella di, anche se involontariamente, lasciare te come premio.» Disse mio fratello irritato con la sua voce squallida.

«Tu non sai nulla di mio padre e non provare nemmeno a nominarlo!» Sentii urlare la ragazza, prima di sentire un grido, seguito da un forte rumore.

Entrai, non curandomi minimamente della mia intrusione e, come previsto, mio fratello era ad un lato della stanza che stringeva il collo di una giovane ragazza umana, completamente terrorizzata.

Riuscivo a sentire l'odore del suo sangue e della sua paura anche da quella distanza. Nonostante l'immensa stazza di Nikolai, potevo intravedere i suoi occhi verdi spalancati nel terrore più totale. Il suo corpo, incastrato a quello di mio fratello, la rendeva più minuscola e gracile di quanto non lo fosse già.

Era graziosa e fragile al tempo stesso e quel fottuto psicopatico di mio fratello si stava decisamente divertendo ed eccitando dalla sua palese paura, mentre giocherellava con una ciocca dei suoi morbidi capelli corvini.

«Caro fratello... Non è il momento per una delle tue odiose visite, sono impegnato. Gabel!» Urlò, chiamando il suo viscido servo - col quale poco prima avevo avuto il piccolo scontro - probabilmente intuendo la mia presenza.

Continuava a darmi le spalle, senza rivolgermi la minima attenzione. Nikolai, che definiva i nostri scontri all'ultimo sangue "odiose visite" e che non mi affrontava di persona ma chiamava il suo servo per cacciarmi via, erano tutti chiari segnali che c'era qualcosa sotto. Quella ragazza che aveva tra le mani, vista la sua reazione, doveva essere molto importante e io ero ancora più determinato a capire il perché.

«Lasciami, maledetto!» Urlò la ragazza, nonostante la stretta alla sua gola.

«Mi dispiace per te, piccola, ma vedi... Sei capitata nel posto sbagliato per fare la ragazza coraggiosa. Guardami... E dimmi ancora se non ti interessa sapere cosa sono.» Concluse, mostrandole, prevedibilmente, la sua vera natura.

Mentre gli altri demoni erano solo fumo che si impossessavano di vite umane, lui aveva un corpo vero e proprio, dalla faccia malformata e putrefatta. Chiusi gli occhi prima di sentire la ragazza urlare come una forsennata e furono quelle stesse urla a farmi scattare.

Prima ancora di rendermene conto, mi scaraventai contro mio fratello, approfittando della sua distrazione, scagliandolo dall'altra parte della stanza. E senza che avesse anche solo il tempo di reagire, presi in braccio la ragazza e, approfittando di quel momento di vantaggio, mi precipitai fuori dal castello alla velocità della luce.

Mentre scendevo i gradini ad una velocità celere, sentii mio fratello urlare il mio nome come un forsennato. Avergli tolto il suo piccolo *giocattolo* del momento era per me una soddisfazione del tutto succulenta. I suoi ignobili cagnolini passarono subito all'inseguimento, ma, per quanto ci provassero, non mi avrebbero mai raggiunto.

«Parti.» Ordinai non appena piombai all'interno dell'auto con la ragazza. Peter, senza perdere nemmeno un momento, sfrecciò a tutta velocità, lasciandoci il castello e tutta la furia di mio fratello alle nostre spalle.

«Come, cosa era quello? Chi sei tu e come siamo arrivati qui così velocemente?» La piccola gattina stava decisamente andando in iperventilazione, mentre ad un lato dell'enorme auto mi guardava come un vero e proprio gattino spaventato e indifeso. Le sue palpebre si chiudevano quasi alla stessa velocità con cui l'avevo portata via da Nikolai. Il suo cuore batteva talmente veloce che mi preoccupai seriamente potesse venirle un infarto.

«Ti ho appena salvato la vita, non che fosse quella la mia intenzione.» Ammisi con la massima disinvoltura, guardandola attentamente.

Non riusciva a stare ferma e se non si fosse data subito una calmata, avrebbe presto perso i sensi.

«Che significa tutto questo? È uno scherzo, non è vero? Quella... F-faccia non può essere vera. Dove mi stai portando? Tu, lui ti ha chiamato... F-

Fratello...» Continuò a tempestarmi di domande completamente sotto shock, tremando come una foglia. I suoi enormi occhi verdi erano così profondi da cascarci dentro. Potevo leggere la sua sofferenza e la sua paura, nonostante cercasse di mascherarla con un finto coraggio. Alzai gli occhi al cielo, esasperato, mentre non la smetteva di fare domande.

Mi guardava terrorizzata e se avesse potuto si sarebbe fusa con lo sportello dell'auto tanto gli stava appiccicata.

«Smettila di fare tutte queste odiose domande e datti una calmata, se non vuoi che ti prenda un infarto.» La avvisai infastidito. Era bianca come un bicchiere di latte, con l'adrenalina che pompava nelle sue vene come un cavallo impazzito.

«Fratello.» Sussurrò quasi tra sé, per poi riformularmi la domanda. «Tu sei il fratello di quel mostro?» Chiese timorosa di ricevere risposta. Era da meno di cinque minuti che l'avevo salvata e già mi stavo pentendo di averlo fatto.

«Non per mia scelta.» Sbuffai esasperato e infastidito, senza rivolgerle troppa importanza.

La vidi sbiancare ulteriormente. Il suo cervello stava assimilando tutte quelle informazioni ad una velocità pazzesca, che potevo quasi vedere i suoi ingranaggi lavorare su quella informazione. Ammetto che sbatterle la verità in faccia dopo quello che aveva appena visto non era il massimo, ma non mi sentivo in dovere di niente.

Più tardi, forse, l'avrei graziata bevendo il suo sangue e cancellandole la memoria, permettendole così di vivere di nuovo la sua inutile, umana vita. Io avrei fatto un dolce spuntino e lei si sarebbe dimenticata di quell'inferno. Entrambi ne avremmo tratto un vantaggio.

«Fammi scendere!» Iniziò ad urlare e a dimenarsi come una furia, mentre ora piangeva completamente terrorizzata.

Comprensibile. Aveva appena visto la faccia di Nikolai, ovvero la morte in persona, e scoperto che io ero suo fratello. Di certo aveva avuto giornate migliori. Non potevo biasimarla.

Continuava a tirare la maniglia della macchina come una forsennata senza avere successo. Non appena eravamo saliti in auto, infatti, Peter aveva intelligentemente messo la sicura, avendo probabilmente calcolato una possibile reazione della ragazza. Lo benedii mentalmente per la sua indiscutibile esperienza. Iniziò a sbattere le mani sul vetro e, se non si fosse data presto una calmata, si sarebbe fatta male sul serio.

Dannazione, ci mancava solo questa!

«Smettila! Stai ferma. Calmati!» La avvisai, afferrandola da dietro, bloccandola senza il minimo sforzo e impedendole di farsi involontariamente del male da sola.

«Lasciami, non mi toccare! Non mi toccare!» Continuò a divincolarsi in ogni modo come una furia, inutilmente. Era quasi divertente vederla dimenarsi come un piccolo topolino in trappola, questo prima che perdesse i sensi come avevo previsto.

«Merda.» Imprecai mentre si accasciò fra le mie braccia. Toglierla sotto le mani di mio fratello era stato davvero divertente, ma ora mi ritrovavo con un peso di cui non avevo bisogno.

Nel momento stesso in cui avevo ordinato a Peter di partire, avevo pensato di frugare un po' nella sua memoria e trovare il motivo del perché mio fratello fosse così interessato a lei poi cancellargliela e farla scendere da qualche parte. Ma ora, come potevo abbandonarla in quelle condizioni? Dovevo prima cancellarle la memoria.

«Signore, dove andiamo?» Mi chiese Peter, mentre non accennava a decelerare.

«A casa, per ora.»

7

Miya

Mi svegliai di soprassalto e la prima cosa che notai intorno a me fu una stanza completamente sconosciuta. Le sue pareti di un grigio tenue e i mobili di mogano scuro lucidi, mettevano in risalto tutta la sua eleganza. Un'enorme poltrona di velluto blu con ricami d'oro, era posizionata vicino ad una libreria piena di libri, illuminati dalla tenue luce di un caminetto acceso.

In un attimo mi tornarono in mente tutte le scene di quello che era successo, piombandomi addosso come un treno in corsa, mentre il mio cuore prese a battere all'impazzata.

Ricordavo ancora il volto di quel... Mostro e dovetti combattere contro tutta me stessa per non urlare.

Il suo viso era come ustionato e i suoi occhi erano il gelo. No, i suoi occhi erano la morte in persona. Come poteva un normale essere umano avere un viso così orrendo? Deglutii, cercando di darmi una calmata. Da quanto tempo avevo perso i sensi e, soprattutto, dove mi trovavo?

Immagini di quell'uomo che mi aveva trascinato e portato via da quel castello alla stessa velocità di un battito di ciglia, mi fecero di nuovo rabbrividire.

Suo fratello. Lo aveva definito suo fratello. Ma come potevano esserlo? Non si assomigliavano minimamente, se non per la loro apparente finta bellezza. Poteva anche lui trasformare il suo magnifico volto nella cosa più orrenda che avessi mai visto? Stavo impazzendo esattamente come il signor Smith. Lui sapeva di tutto questo? E mio padre?

Mi presi la testa fra le mani prima che rischiasse di esplodere. Quel mostro fuori di testa sembrava sapere chi fossi e sembrava anche che mi stesse aspettando. Doveva avermi senz'altro confuso con qualcun altro, non c'era altra spiegazione.

Allora perché sembrava che conoscesse anche tuo padre? Doveva essersi sbagliato anche con lui, per forza. Lo stesso sbaglio che io avevo fatto nel seguire le parole di Smith.

Non sapevo ancora se definire suo fratello il mio salvatore o la mia condanna a morte, e la mia mente stava minacciando di scoppiarmi, mentre, ad una velocità completamente folle, cercava di trovare un senso a tutta quella follia. Lo avevo solo immaginato? Qualcosa nella mia testa mi diceva di no.

Sciocca.

Ero stata una sciocca a partire in quella specie di missione suicida e ora non avevo la minima idea di cosa fare. Dovevo trovare un modo di sistemare le cose e, soprattutto, tornare a casa sana e salva.

Guardai il mio corpo e notai che avevo ancora i miei vestiti addosso, segno che forse non ero stata toccata. Dovevo andarmene via di lì e subito.

Feci un respiro profondo, cercai di farmi coraggio e scesi dal letto in punta di piedi, provando ad origliare qualcosa attraverso la porta.

Silenzio... *E in queste situazioni, non è mai un buon segno.* Deglutii e, cercando di non tremare più del dovuto, girai la maniglia lentamente. Sorpresa di trovarla aperta, sgattaiolai fuori e ancora una volta rimasi stupita nel non trovare nessuno. La velocità con cui l'adrenalina scorreva nel mio corpo in quel momento era spaventosa.

Il mio cuore batteva talmente forte che potevo quasi sentirlo. Sembrava tutto troppo facile, e lo era. Non c'era nessuno a fermarmi e il silenzio era quasi assordante. Forse non c'era davvero nessuno?

Non farti stupide illusioni, Miya. La fregatura è dietro l'angolo. Fregatura o no, ero molto più che determinata a provarci.

Mi feci forza e attraversai un immenso corridoio non curandomi minimamente di ciò che mi circondava. Ringraziai però il cielo che il pavimento fosse interamente fatto di moquette, così da attutire il rumore dei miei passi. Percorsi il corridoio il più velocemente possibile, cercando di non fare il minimo rumore, prima di ritrovarmi di fronte ad un'immensa scalinata di mogano. Dal piano di sotto, tutto sembrava tranquillo, anche se la mia visuale da lì era piuttosto limitata.

Arrivata all'ultimo gradino, la libertà sembrava sempre più vicina, mentre vedevo un immenso portone a doppia anta a soli pochi centimetri da me. Mi diedi un'ultima rapida occhiata alle spalle, prima di iniziare a correre verso l'uscita.

«Non così in fretta.» Tuonò una voce facendomi sussultare. Urlai, andando a sbattere contro qualcosa, che mi afferrò al volo prima di inciampare sui miei stessi piedi.

Indietreggiai di scatto come se mi avessero ustionata, ritrovandomi di nuovo davanti quell'uomo che mi aveva portato via da quel castello e da quel mostro inquietante che definiva suo fratello.

Mi allontanai ancora di alcuni passi con il fiatone, cercando di mettere più distanza possibile tra di noi, mentre lui restò fermo lì, a fissarmi con le mani in tasca senza fare il minimo movimento, penetrandomi con i suoi occhi che solo allora notai erano diversi… Erano eterocromatici.

Le sue iridi, una grigia e una marrone scuro, quasi nera, mi penetravano così intensamente da renderlo spaventoso e meraviglioso al tempo stesso. Era quasi impossibile che non lo avessi notato la prima volta, ma evidentemente la paura e l'adrenalina avevano completamente offuscato la mia vista.

Incantevole… Era dannatamente incantevole. I suoi capelli neri, così come il suo meraviglioso completo elegante, avvolgevano perfettamente il suo volto dagli zigomi ben definiti, coperti da una leggera barba. Le sue labbra ben delineate, ora erano piegate in un ghigno divertito, probabilmente interessato quanto divertito della mia reazione.

«Io… Io stavo andando via.» Balbettai, spezzando quel silenzio del tutto imbarazzante, come se la situazione in cui mi trovavo fosse del tutto normale.

«Senza nemmeno salutarmi? Scortese da parte tua.» Mi rimproverò fingendosi offeso, perforandomi con il suo sguardo disarmante.

«No, voglio dire, io…» Il mio cuore prese a battere all'impazzata, il panico minacciava di soffocarmi. Non emanava di certo la stessa crudeltà di suo fratello, ma di sicuro era pericoloso e capace anche lui di fare del male, o di uccidere.

«Tu stavi scappando.» Concluse ciò che era del tutto palese. Sembrava quasi deluso di ciò, come se la mia presenza lì fosse dovuta ad una piacevole visita e non ad una situazione del tutto forzata e folle.

«Puoi biasimarmi?» Gli chiesi con la gola completamente secca, deglutendo faticosamente. Mi aveva portato via da quel mostro di suo fratello, ma questo non faceva di lui un eroe.

«No, credo di no. Puoi andare via se vuoi, non ho alcun interesse a tenerti qui, ma prima di lasciarti andare voglio sapere come eri finita lì. Conosci mio fratello?» Mi chiese scrutandomi attentamente, ad un tratto incuriosito. Al solo sentirlo nominare la parola *fratello*, fui percorsa dai brividi. Era pericoloso e probabilmente dietro quel bel faccino si celava un mostro simile che non mi avrebbe affatto lasciato andare. Dovevo scappare, era tutto quello che continuava a ripetermi la mia mente, cercando di restare calma.

«Mi ero persa.»

«Uhm... Persa. Puoi inventare una balla migliore non credi, piccola?» Cominciò a girarmi intorno come fa un predatore con la propria preda, avvicinandosi silenziosamente ad ogni passo sempre di più, fino quasi a sfiorarmi. Potevo sentire il suo odore, il suo respiro, quasi ad impazzirne. Deglutii, cominciando a sudare freddo, sentendomi palesemente in trappola.

«Sai... Non sono un uomo molto paziente, e soprattutto non amo le menzogne. Prima di cancellarti la memoria voglio almeno sapere perché eri lì.» Sussurrò a pochi centimetri dal mio volto, provocandomi brividi su tutto il corpo.

«Cancellarmi la memoria?» Mi voltai di colpo, trovandomi ad un palmo dal suo viso ammaliante.

«Rispondimi.» Tuonò.

«E-Ero lì per delle ricerche.» Balbettai, offuscata da quei suoi strani modi di fare. Non sapevo esattamente il motivo per cui gli stessi rispondendo, ma era come se la sua voce sensuale mi spingesse a dire qualsiasi cosa.

«Che genere di ricerche?»

«Perché mi hai salvato da tuo fratello?» Provai a cambiare discorso, sentendomi sotto pressione.

Mi stava iniziando a mancare l'aria con lui a pochi centimetri da me, che mi girava intorno come un avvoltoio. Aveva detto che non aveva alcun interesse nel tenermi lì, allora perché dovevano interessargli i motivi? La sua risata rimbombò per tutta l'intera sala.

«Davvero pensi che ti abbia salvata?» Mi chiese serio, inchiodandomi con i suoi meravigliosi occhi. Deglutii. Più li guardavo e più mi ci perdevo dentro. Potevo sembrare impazzita e forse lo ero, ma il suo guardo era qualcosa di incredibile. C'era sofferenza... Molta. Rabbia, cattiveria, morte... Ma c'era anche qualcos'altro.

«No, ma sta di fatto che potevi lasciarmi lì, eppure non lo hai fatto.» Lo sfidai a negare il contrario. Lui mi sorrise.

«Non ti illudere. Tutto quello che ho fatto è stato togliere il suo attuale giocattolino per il mio divertimento, ma questo non ti rende di certo più al sicuro.» Mi provocò, strafottente.

«Che cosa siete?» Gli chiesi senza troppi giri di parole. Se c'era una cosa che mio padre mi aveva insegnato, era che se volevi ottenere la verità, dovevi scavare fino in fondo e affrontarla senza paura.

Le sue formule e il signor Smith affermavano che esse trattavano un DNA non umano, un DNA speciale, ma quello che avevo visto in quel castello andava ben oltre. Forse quelle formule non c'entravano nulla e io avevo fatto una grandissima cazzata ad andare fin lì.

«Come ti chiami?»

«Miya.»

«Uhm... È impressionante di come dopo quello che hai visto, Miya, hai ancora voglia di sapere.» Mi guardò in un mix di divertimento e ammirazione.

«Io non ho paura.» Mentii, nonostante sentissi crescere dentro di me una strana forza che nemmeno sapevo di possedere.

«Davvero? Eppure il battito del tuo cuore direbbe tutt'altro.»

«Cosa siete?» Continuai imperterrita. «Ascolta... Tuo fratello sembrava conoscermi, e io ho bisogno di sapere delle risposte. È su di voi che mio padre stava facendo delle ricerche per trovare una cura, non è vero?» Gli chiesi quasi in tono di supplica. Ero arrivata fin lì, rischiato probabilmente la morte, volevo delle risposte. Le pretendevo.

«Non so di cosa tu stia parlando.» Mi rispose cinico.

«Non è vero. Quello che ho visto... Avete un DNA diverso che sviluppa diversamente i vostri sensi, oppure che cosa?» La mia determinazione sembrava sfidare persino la morte.

«Uhm... Sensi, dici? Sei così ostinata nel trovare risposte, ma vediamo fin dove arriva la tua tenacia, la tua sfrontatezza, il tuo coraggio.» Fece un sorriso provocatorio, prima di allontanarsi di qualche passo, senza distogliere mai il suo sguardo dal mio.

Restò a guardarmi ancora per alcuni instanti. Instanti che parvero ore. Il mio cuore ormai cavalcava feroce, verso una tempesta nella quale rischiavo di annegare. Il silenzio in quella stanza era quasi assordante se non spezzato dal mio veloce respiro. I nostri occhi erano ancorati da una strana sfida, eppure, nonostante l'adrenalina che scorreva dentro le mie vene, ero pronta a sapere.

Fu un secondo. Un semplice gesto della sua mano e mi ritrovai circondata letteralmente da un cerchio di fuoco, vere e proprie fiamme. I suoi occhi, prima meravigliosi, ora erano rossi come il sangue.

Urlai. Urlai, completamente terrorizzata, perdendo l'equilibrio. Le fiamme ardevano fameliche, abbastanza lontane da non bruciarmi, ma altrettanto vicine da farmi sentire in trappola con il loro calore. Poi scomparvero, alla stessa velocità con cui erano apparse, per essere sostituite da un potente tornado di vento. Talmente forte da spostarmi come una piuma contro il muro, quasi come se delle mani invisibili mi avessero preso e messo lì. A stento riuscivo a tenere gli occhi aperti. I miei capelli si muovevano indomabili. *Non poteva essere vero.* Continuavo ad urlare quasi quanto il vento che vorticava in quella sala, tanto la gola mi bruciava.

«Come ti sembrano i miei sensi? Sono abbastanza sviluppati?» Mi chiese con rabbia a denti stretti, materializzandosi a pochi centimetri da me. Urlai di nuovo. I suoi occhi rossi, stavano tornando lentamente al suo colore naturale. Una sola lacrima silenziosa rigò il mio viso.

«Mostri.» Sussurrai quasi senza fiato.

«Sì, di solito ci definiscono così.» Sorrire in modo provocatorio.

«C-Come, come puoi fare una cosa simile?» Balbettai completamente fuori di me, mentre il mio cuore stava decisamente avendo un infarto in corso, per quanto tremavo dalla paura.

«Oh, mia cara Miya... Posso fare questo e molto di più. Posso sentire come il tuo cuore batte forte, il tuo sangue scorrere velocemente nelle tue vene, così come la tua paura. Ma non hai solo paura, sento anche come la mia presenza non ti è indifferente, non è così?» Continuò come un folle a pochi centimetri dal mio viso che, completamente sconvolto e rigato dalle lacrime, sembrava divertirlo.

«Lasciami stare, ti prego. Vattene.» Riuscii a dire a stento, quasi a supplicarlo, con la voce impastata dalle lacrime. Ero completamente fuori di me e la mia mente stava, senza successo, provando a dare un senso, o almeno a capire, quello che stava succedendo proprio davanti ai miei occhi.

«Oh, mio dolce tesoro, non è questo quello che vuoi. Tu non vuoi che vada via, tu vuoi esattamente l'opposto.» E senza darmi nemmeno il tempo di metabolizzare le sue parole, si fiondò come un affamato sulle mie labbra.

Sgranai gli occhi, travolta da milioni di emozioni, mentre provai ad allontanarlo inutilmente con tutte le mie forze. Mi bloccò con il suo potente corpo contro il muro, baciandomi famelico. Paura, adrenalina, piacere, sorpresa. In pochi attimi provai questo e molto di più. Mi sentii stordita.

Fui pervasa da un calore che mi inondò completamente come un tornado. Sentivo il mio corpo incredibilmente bollente. I suoi versi di piacere si insinuarono nella mia mente come aghi infuocati, poi tutto cambiò velocemente. I suoi gemiti, prima di piacere, si sostituirono in versi di dolore, sofferenza.

Iniziai a sentire dentro di me una strana sensazione. Era come se nelle mie vene scorresse lava ardente, ma non bruciavo... Al contrario, mi sentivo forte come non mai. Una sensazione indescrivibile, nuova, eppure era maledettamente bella.

Chiusi gli occhi, ancorandomi ad essa, lasciandomi inondare da quella meravigliosa forza e sensazione che non avevo mai provato prima. Durò pochi instanti. Riaprii di colpo gli occhi e lo vidi allontanarsi velocemente da me, come fosse stato bruciato. Mi inchiodò con i suoi occhi pieni di sangue e odio e in quel momento vidi la mia morte, certa che mi avrebbe ucciso da un momento all'altro. Tutta la forza e l'adrenalina che avevo provato qualche minuto prima, furono sostituiti dalla stanchezza.

Le mie gambe tremavano come una foglia, iniziando a sudare freddo. Barcollai cercando di restare in piedi. *Cosa mi stava succedendo?*

«Tu! C-Cosa mi hai fatto?» Urlò a denti stretti dalla rabbia, cercando di tenersi in equilibrio contro un mobile. Lo guardai ancora più confusa di quel suo improvviso cambiamento... Quello che prima si era rivelato un uomo potente e pericoloso, ora sembrava che a stento riuscisse a reggersi in piedi.

Tuttavia, il tempo di qualche secondo e me lo ritrovai di nuovo addosso e, afferrandomi per la gola, mi scaraventò sul pavimento, facendomi sbattere la testa fortemente. Gemetti di dolore. La mia vista stava diventando ormai troppo sfocata per continuare a distinguerlo, il mio cuore batteva così velocemente, soffocandomi, privandomi di ogni brandello di ossigeno. Stavo per morire, ne ero certa.

«Dimmi, cosa sei? Ti ha mandato mio fratello per uccidermi, non è vero?» Urlò furioso stringendo il mio collo ogni attimo di più, come un forsennato. Sgranai gli occhi terrorizzata, cercando di capire le sue parole senza senso. Il mio cervello iniziava ad accusare la mancanza d'ossigeno, e i miei polmoni bruciavano come lava, ormai incapaci di trovare di nuovo aria.

«Rispondimi!»

«N-Non... Non...» Provai a prendere un briciolo d'ossigeno, ma tutto quello che riuscivo a fare era biascicare parole insensate.

«Non cosa? Rispondimi, cazzo!» Le sue urla erano ormai troppo lontane, mentre sentivo le forze abbandonarmi ogni secondo di più.

«Viktor! Per l'amor di Dio, fermati!» Una donna, o forse un angelo, urlò quelle parole in lontananza, ma la mia vista era ormai troppo sfocata per vedere qualcosa in più di una semplice sagoma avvolta da una luce bianca. Viktor... Era forse quello il nome del mio assassino? Speranzosa che quell'agonia finisse al più presto, mi lasciai avvolgere dalle tenebre, augurandomi che mi inghiottissero in eterno.

8

Viktor

«Buon Dio, Viktor! Cosa diavolo ti prende?»

La voce di mia madre risuonò troppo distante nella mia mente perché la ascoltassi.

Era stato orribile e dannatamente doloroso il modo in cui mi ero sentito solo pochi minuti prima. Non riuscivo a capire come fosse potuto succedere. La sensazione di morire era ancora ben impressa nella mia mente. Avevo sfiorato tante volte la morte, ma questa volta era stato decisamente diverso.

Sentivo ancora addosso la sensazione con cui, dalle sue labbra, la mia forza stava per essere risucchiata, distrutta, finita. Era durato solo pochi instanti eppure era bastato per mettermi quasi fuori uso. Era stata una sensazione strana.

Per la prima volta mi ero sentito debole, quasi... Umano. I miei muscoli si erano come paralizzati e ogni centimetro del mio corpo sembrava andare a fuoco. Avevo dovuto utilizzare ogni mia energia per afferrare quella fottuta umana e scaraventarla contro il pavimento. Chi era? Probabilmente una pedina mandata da mio fratello per uccidermi e ora io l'avrei uccisa con le mie stesse mani.

«Viktor, fermati! Così la uccidi!» Urlò mia madre precipitandosi ai miei piedi, cercando di allontanarmi.

Dannazione! Ci mancava solo lei, adesso. Riluttante, mi allontanai dalla ragazza ormai priva di sensi, mentre mia madre si assicurava di ascoltare il suo patetico battito. Non l'avevo uccisa, non ancora.

«Viktor! Sei forse impazzito? Per quale motivo stavi uccidendo questa povera umana?» Mi rimproverò, guardandomi con occhi sconvolti e pieni di disappunto.

«La povera umana, come la chiami tu, mamma, era un regalino da parte del tuo caro figlio per farmi uccidere.» Sputai con rabbia, osservandola sgranare gli occhi, sorpresa.

«Ne sei sicuro?» Mi chiese con voce flebile.

«Sì.» Affermai, nonostante non avessi nessuna prova sicura. Non che ce ne fosse bisogno. Ormai era diventata quasi un'abitudine ricevere delle trappole da parte di Nikolai. L'ultima era stata quella in cui era morto mio padre.

«Com'è possibile... A quale scopo manderebbe una ragazza, umana per giunta, a farti uccidere, quando sa benissimo che le vostre vite sono legate?»

«Non lo so. Sei mai riuscita a stare dietro ai pensieri folli di Nikolai? Forse non è poi così umana, visto che stava letteralmente risucchiando i miei poteri.» Ammisi con disprezzo, guardando il suo corpo steso a terra, privo di sensi. Mi aveva quasi incantato con i suoi occhi, senza contare che avevo chiaramente sentito l'odore che emanava. Non aveva solo paura, era anche attratta da me.

«In che modo?» Chiese mia madre perplessa. Mi maledissi per averle rivelato tale affermazione, che adesso implicava darle spiegazioni. Non che mi importasse, ma non mi andava di dovermi giustificare.

«Ho provato a baciarla. Mi è bastato qualche secondo, prima di sentire le forze abbandonarmi. Era come se le sue labbra fossero una calamita mortale.» Ammisi senza troppi giri di parole e, come previsto, mia madre sbiancò.

In quel preciso momento non riuscii a capire se fosse più per il fatto che io l'avessi baciata o perché avesse provato ad uccidermi, tuttavia, cercai di alleggerire la situazione ordinando ad una mia guardia di portare la ragazza, priva di sensi, nella stanza di sopra. Nonostante avessi appena rivelato a mia madre la sua potenziale minaccia e, nonostante cercasse di non usare quasi mai i suoi poteri da quando era stato ucciso mio padre, sapevo che non avrebbe esitato ad usarli di nuovo per salvarla.

Con il suo buon cuore non mi avrebbe mai permesso di ucciderla. La parte lucida della mia mente sapeva che uno scontro con una madre-strega non era quello di cui avevo bisogno, quindi mi sarei occupato di lei più tardi.

«Ci hai parlato, Viktor?» Mi chiese, alludendo a mio fratello, sedendosi sul divano davanti al camino.

«Ti ho appena detto che ha provato ad uccidermi e tu mi chiedi ancora se ci ho parlato? Spero tu stia scherzando!» Ringhiai sorpreso e furioso al tempo stesso, andando verso la cristalliera, versandomi qualcosa di forte. Avevo bisogno di darmi una calmata o sarebbe successa presto una strage.

«Viktor... Ti prego, sii ragionevole.» Mi implorò con voce sofferente.

«Ragionevole? Come puoi continuare anche solo a tollerare il suo comportamento, mamma? Come puoi perdonare tutte le sue minacce contro di te, contro la nostra famiglia e tutte le sue orrende azioni? Mio Dio, io non ti capisco!» Ammisi frustrato, allargando le braccia. Ero stufo della sua inutile pietà. Mio fratello era un demone, un essere ormai perso nell'oscurità e io non avrei mai più cercato di fare qualcosa che comprendesse pacificare con lui.

«Viktor, io lo so cosa provi e lo comprendo... Ma ora che tuo padre è morto, voi siete l'unica cosa che mi resta. Come potrò un giorno morire in pace sapendo che vi odiate? Se non foste legati per la vita, so che avreste provato entrambi ad uccidervi.» Ammise con il volto sfinito.

«Tuo figlio sta già provando ad ucciderci e puoi stare certa che un giorno io lo farò, a qualunque costo. Vendicherò papà e tutte le persone che ha fatto soffrire, perché lui non merita di vivere su questo mondo e, soprattutto, non merita il tuo amore.» Sputai con rabbia ogni singola parola, scaraventando il bicchiere nel fuoco che alimentò la sua fiamma come la mia ira.

«Smettila! Sei stato creato per portare pace e proteggere il mondo, non distruggerlo. Forse dovresti ricordare bene quali sono i tuoi doveri di re, o te ne sei dimenticato?» La voce di mia madre era tagliente come una lama affilata. In quel momento le sue parole erano come buttare benzina sul fuoco.

Da quando era morto mio padre, avevo decisamente perso di vista il controllo dei miei doveri. I miei simili si erano ribellati, eppure, sapevo di non averli puniti come meritavano. E, nonostante sostenessi di odiare mio fratello a morte, non cercavo comunque una soluzione per gestirlo che non prevedesse ucciderlo, e quindi morire insieme a lui.

Scappare dai doveri sembrava decisamente meno faticoso che affrontarli, eppure, proprio lei mi faceva la morale. Lei che continuava a proteggere quel mostro di suo figlio. Aveva già perso papà, ma evidentemente non riusciva ancora a rassegnarsi.

«Doveri, mamma? Tu mi parli di doveri? Forse sei tu quella che dovresti ricordare quali sono i tuoi. Stai cercando di combattere per qualcosa di ormai perso e continui a non rendertene conto. Sei ancora una strega, ma non sei più forte come prima. Mio padre è morto per proteggerti. Quante persone dovranno morire ancora prima che tu te ne renda conto? Tuo figlio è come un veleno... Distrugge tutto ciò che gli è vicino. Puoi continuare a sperare che un giorno migliori, ma io ho smesso da oggi. Troverò un modo per ucciderlo, e se non dovessi trovarlo... Allora vorrà dire che morirò insieme a lui. Ora vattene, mamma!» Sputai quelle parole con tutta la cattiveria di cui ero capace, guardandola negli occhi, che sgranò sorpresa della mia reazione.

L'avevo sempre rispettata, in ogni modo possibile, ma in quel momento avevo bisogno di rimanere solo. Non potevo e non volevo continuare quell'inutile discussione.

Il suo amore era talmente forte che per un secondo dubitai fosse solo ossessione. Come potevi continuare ad amare una persona che ti voleva morta?

«Viktor...»

«Per favore... Lasciami solo.» Ordinai deciso, prima di voltarmi verso il caminetto acceso, osservando le sue fiamme ardere come la mia rabbia.

Sapevo di averla ferita, ma non riuscivo a tollerare oltre. La mia ira stava diventando sempre più indomabile e in quel momento non volevo farle del male, non più di quanto le mie parole non le stessero facendo già.

«Va bene. Tornerò quando ti sarai calmato.» Ammise distrutta, alzandosi lentamente dalla poltrona, con gli occhi lucidi.

Non mi voltai.

Continuai a tenere lo sguardo fisso sulle fiamme che esibivano euforiche i suoi meravigliosi giochi di luce. Ero sempre stato affascinato dai suoi colori e dal suo potere. Sentii il rumore dei suoi passi allontanarsi, per poi fermarsi un momento.

«Viktor... So che vuoi farlo, ma ti prego, non uccidere quella ragazza. Comprendi prima di decidere, ragiona prima di agire. Non permettere alla tua metà oscura di dominarti o non sarai poi così diverso da tuo fratello.» E con quelle parole andò via, scortata da Peter.

Urlai... Urlai come non mi ero mai permesso di fare prima. Sfogai tutta la mia rabbia lanciando e rompendo ogni cosa, e quando tornò Peter sembrava essere passato un uragano. L'ira che avevo dentro di me si era completamente impossessata della mia mente, dando pieno sfogo ai miei poteri. Avevo distrutto un'intera stanza e insieme a lei il mio cuore, ammesso che ne avessi uno. Sospirai esausto, poggiando entrambe le mani contro la trave di marmo del caminetto. Avevo il fiato corto e mi sentivo devastato.

«Signore... Posso aiuta...»

«No, Peter. Lasciami solo.» Ordinai brusco, interrompendolo e cercando di riacquistare un briciolo di controllo. Odiavo farmi vedere in quel modo.

Piangi, disperati, ma non mostrarti mai debole a nessuno, o prima o poi qualcuno ne approfitterà per colpirti e annientarti. Ripensai alle parole che un giorno, da piccolo, mi aveva suggerito mio nonno Alucard, dopo che ero scoppiato in lacrime per aver perso una sfida contro mio fratello.

Senza aggiungere una parola, Peter mi lasciò da solo in quel caos, lo stesso che regnava nella mia mente. Non avevo mai provato così tanto dolore.

Mi sentivo vuoto.

Debole.

Vulnerabile.

Come un mare in tempesta, pronto ad annegare in esso. Cosa dovevo fare?

Ad un tratto sembravo non sapere più quale fosse il mio posto e quale il mio dovere, senza contare che la presenza di quella ragazza era un nuovo problema. Come diavolo avesse fatto a rendermi quasi umano era ancora un mistero, tuttavia, mio fratello o no, avrei comunque scoperto di cosa si trattava. Ero intenzionato a cancellarle la memoria, ma adesso mi serviva per capire cosa fosse realmente.

Il fatto che in qualche modo riuscisse ad annullare i miei poteri era davvero un enorme problema, considerando gli innumerevoli nemici che avevo in quel momento.

Mi accasciai ai piedi del caminetto, stanco di quel fardello e crollai.

Crollai, liberandomi di tutto il dolore che avevo portato sulle spalle in questi ultimi mesi. Lacrime dolorose rigavano il mio volto e rimasi scioccato di me stesso. Poche volte avevo pianto nella mia vita e ora mi sentivo straziare da questo. Non avevo osato piangere neanche mentre guardavo il volto spento di mio padre, né quando avevo seppellito la sua bara. Io non piangevo mai.

I re non piangono mai, i re sono forti…

Mio nonno Alucard e le sue fantastiche perle di saggezza. Dove lo avevano portato? Lo credevo forte, invincibile, invece era morto al fianco di mio padre. Forse io non ero degno di essere considerato un re? Forse aveva ragione Nikolai quando diceva che quel posto spettava a lui?

Qualcosa di quasi impercettibile spezzò quel momento, facendomi scattare in piedi come una molla e ricompormi all'instante.

Da sopra le scale due enormi pozzi verdi mi guardavano in un mix di paura, terrore e sofferenza. Aveva il viso sconvolto e i suoi occhi erano arrossati dalle lacrime. Sul suo collo, i segni rossi delle mie mani erano ancora ben visibili anche da lontano e, nonostante tutto, mi maledissi per averle lasciato quegli orrendi lividi.

Ferma lì, immobile, potevo solo udire il suo cuore spaventato. Ancora non riuscivo a credere che una creatura così fragile e graziosa potesse rendermi così vulnerabile con un semplice tocco.

Non sapevo realmente se fosse al servizio di mio fratello, né tanto meno se i suoi occhi in quel momento stessero mentendo, ma da essi potevo vedere la sua sorpresa e il suo terrore di quello che era successo poco prima.

«Te lo dirò una volta sola. Scendi o ti trascinerò io fin qui e non sarà piacevole.» Tuonai, con voce risoluta. Lei sussultò e, con mia sorpresa, iniziò a scendere un gradino per volta, in modo maledettamente lento.

Nonostante continuasse a tenere il suo sguardo ancorato al mio, non poteva fare a meno di tremare.

Scese l'ultimo gradino e, interrompendo il nostro contatto visivo, si mise ad una distanza secondo lei sicura.

«Guardami.» Ordinai e lei obbedì ancora una volta. Alzò lo sguardo, inchiodandomi con quei suoi enormi occhi verdi. Dio, erano un mare nel quale annegarci risultava piuttosto facile. Erano così profondi, così misteriosi e allo stesso tempo così limpidi da disarmarmi. Potevo vedere attraverso di essi la paura, la sofferenza, il coraggio, la sfida e la sua forza. Non mi era mai successo, eppure, facevo quasi fatica a tenere testa a quello sguardo, senza rischiare di esserne divorati.

«Cosa ti ha promesso mio fratello in cambio della mia vita?» Le chiesi andando dritto al punto, cercando di concentrare la mia attenzione altrove.

«N-Non so di cosa tu stia parlando.» Sussurrò con voce quasi impercettibile.

Mi guardava disorientata, probabilmente non riuscendo a capire bene di cosa la stessi accusando. Stava mentendo? Se la risposta era sì doveva essere un'ottima attrice. Sbattei un pugno sul tavolinetto, facendola sussultare.

«Pensi davvero che io abbia voglia di giocare o perdere tempo, eh?» Alle mie parole sgranò gli occhi e diventò bianca come un bicchiere di latte. Mi bastarono pochi instanti, però, per capire che non ero stato io a causarle tale effetto, bensì la persona alle mie spalle.

«A che gioco stai giocando, fratello?» La voce di Nikolai arrivò minacciosa e curiosa al tempo stesso. Scandì perfettamente ogni singola lettera, inserendo all'interno di esse tutto il suo patetico disprezzo.

Mi voltai di scatto e fui subito inchiodato dai suoi occhi pece. Era furioso, sorpreso e anche ansioso di sapere risposte. Il bastardo si era materializzato qui come se niente fosse. Rimasi sorpreso. Era la prima volta che aveva osato entrare in casa mia. Mossa audace e alquanto sciocca da parte sua.

«Signore, ho provato a fermarlo, ma non ci sono riuscito.» Peter si scusò con il volto allarmato e il fiatone. Era stato sempre impeccabile come mia guardia del corpo, ma sapevo che, contro mio fratello, non avrebbe avuto mai vittoria.

«Perché pensi anche di riuscire a fermarmi, inutile verme?» Lo provocò Nikolai, guardandolo con aria di sfida. Peter fece un passo avanti, uccidendolo con lo sguardo, ma lo bloccai con un gesto della mano.

«Ci penso io, Peter.» Lo rassicurai, ma lui non sembrò abbassare la guardia.

«Nikolai... Adesso mi chiami fratello? Perché non me lo dici tu cosa succede? Pensavi davvero che mandando lei a indebolirmi ti saresti liberato di me? Non rammenti forse che la nostra vita è legata, oppure hai una gran voglia di morire?» Sorrisi sarcastico, fingendomi curioso della sua risposta e di non apparire nervoso per la sua irruzione in casa mia.

Era la prima volta che osava mettere piede qui dentro e avrei subito provveduto a fare un incantesimo di protezione sulla casa. Avevo appena sentito la morte sfiorarmi, discusso calorosamente con mia madre, avuto un crollo totale, e ora quel bastardo di mio fratello era piombato in casa mia.

Stavano davvero mettendo a dura prova il mio sistema nervoso.

«Ma di che diavolo stai parlando?» Ringhiò furioso a denti stretti, rivolgendo il suo sguardo prima alla ragazza alle mie spalle e poi di nuovo a me. Sapeva ingannare bene le persone, ma non me, non più.

«Vedi, fratello... È buffo di come, seppur odiandomi, tu sia costretto a tornare sempre da me. Dimmi... Per quale motivo sei qui?»

«Ho avvertito la mia vita in pericolo, l'ho sentita scivolare via da me e, visto che io non stavo affrontando nessun tipo di minaccia, era ovvio che la causa fossi tu. Quindi, te lo chiedo di nuovo: a che gioco stai giocando?» Tuonò nervoso, fissandomi negli occhi, con sguardo omicida.

Se c'era qualcosa a cui Nikolai era dannatamente attaccato, era la sua vita, l'unica di cui gli importasse davvero qualcosa. Il che rendeva la cosa ironica, visto che era legata alla mia. Odiavamo entrambi questa situazione, ma avrebbe fatto qualsiasi cosa pur di salvare la sua vita, persino salvare me.

«Uhm... Quindi è lei la causa di quello che ho avvertito, non è vero? Non so cosa sia, né tanto meno chi l'abbia mandata, ma risolverò questo problema. L'hai portata via da me e già dovrei ucciderti per questo, ma visto che non posso farlo al momento, prenderò lei. Sono sicuro che sarà un interessante giocattolino con cui distrarsi un po'.» Rise divertito, facendo un passo avanti.

Il suo volto stava già mutando nella sua vera natura, mentre avvertivo Miya urlare dietro di me. Enormi fasce nere iniziarono ad uscire dal suo corpo, mentre il suo volto iniziava a divenire fumo.

«Non osare avvicinarti a lei.» Lo avvisai minaccioso, andando a pararmi fra di loro.

«Come, prego?» Mi chiese sorpreso quanto infastidito, con la sua voce che iniziava a diventare ovattata a causa del suo mutamento.

«Hai capito benissimo. Non avvicinarti a lei e sparisci immediatamente da casa mia.» Ribadii minaccioso. Alle mie spalle sentivo battere il cuore di Miya come un cavallo inferocito, rifilando tutta la mia attenzione a mio fratello.

Una distrazione, una mossa non prevista e la ragazza sarebbe morta in un secondo.

Eravamo entrambi veloci e giocare d'anticipo era l'unica soluzione se si voleva avere un vantaggio. Mio fratello sembrava tenere particolarmente a quella ragazza e questo rendeva la mia determinazione nel proteggerla ancora più forte. La sua risata rimbombò minacciosa e divertita per tutta l'intera sala, mentre continuava a dissolversi.

Era in arrivo un nuovo scontro e Miya doveva immediatamente uscire da questa stanza.

«Guardie!» Urlai, evocando uno scudo che proteggesse entrambi.

«Sul serio vuoi protegge una stupida umana?» Ringhiò, furioso.

«Sembri piuttosto interessato a lei, però, o sbaglio? Un motivo in più per proteggerla.» Sorrisi sempre più convinto che mio fratello stesse nascondendo qualcosa.

«Perché devi sempre complicare ogni fottuta cosa!» Urlò completamente fuori di sé, iniziando a scaraventare sfere di fumo contro il mio scudo. Il fatto che gli stessi negando qualcosa lo mandava fuori di testa.

Le urla di Miya arrivarono alle mie orecchie, assordanti. Mi voltai un attimo cercando di tenere in piedi lo scudo e la vidi accovacciata in un angolo, mentre non riusciva a smettere di urlare e tremare come una forsennata.

«Signore!» Peter si materializzò al mio fianco insieme ad altri dieci vampiri.

«Portala via di qui, subito!» Ordinai, cercando di tenere in piedi lo scudo.

Senza darmi neanche il tempo di finire, Peter eseguì il mio ordine, prendendo Miya in braccio e portandola via alla velocità della luce. Guardai il resto delle mie guardie e feci loro segno di andarsene.

Ora che Miya era al sicuro, non volevo che loro corressero un inutile pericolo. Si stava per scatenare l'inferno, ma sapevo che, per quanto lo desiderasse, non poteva uccidermi. Lo guardai, facendogli un sorrisetto vittorioso e, non appena i miei uomini furono fuori dalla stanza, tolsi lo scudo.

La festa era appena iniziata.

9

Viktor

«Per quale cazzo di motivo l'hai portata via? Hai forse perso la ragione? Può ucciderci, perché la proteggi?» Urlò ancora come un pazzo, totalmente accecato dall'ira. *Bene, stava ancora dialogando, era un passo avanti!*

«Perché adoro farti incazzare!» Gli feci l'occhiolino, sfottendolo e sfidandolo al tempo stesso. Sapevo già come sarebbe andata a finire... Avremmo combattuto all'estremo, come ogni volta, fino a doverci arrendere. Perché non rendere divertente il mentre?

«Sei un uomo morto, oltre che stupido.» Abbaiò quelle parole, fredde come una lastra di ghiaccio.

«Lo dici ogni volta, fratello, eppure eccomi qui.» Lo derisi e, allargando le braccia in segno di resa, gli scaraventai addosso qualsiasi oggetto appuntito presente in quella stanza. Grazie ai poteri di mia madre, potevo dominare gli elementi e non solo. Con un buon allenamento, stavo diventando sempre più bravo a piegarli al mio volere. Li schivò quasi tutti, tranne uno, che lo colpì in pieno viso, tagliandogli una guancia e, come previsto, iniziò a sanguinare anche la mia. Sorrisi ancora.

«Perché continuare a combatterci, fratello, se poi ogni volta ne usciamo feriti entrambi? È una battaglia persa e tu lo sai. Hai fatto uccidere nostro padre senza che tu muovessi un dito, hai minacciato nostra madre... Ma non ti libererai mai di me. Vuoi uccidermi, fratello? Prego, accomodati pure, ma ricorda di farmi soffrire, così che tu possa sentire lo stesso dolore.» Lo sfidai, allargando di nuovo le braccia. Mi sentivo invincibile e in un certo senso lo ero davvero. Non avrei combattuto un'altra battaglia persa dall'inizio.

Riprese in fretta le sue sembianze e mi si scaraventò contro, facendoci atterrare dall'altra parte della stanza. Iniziò a darmi pugni in faccia con tutta la sua rabbia, ma più sentivo dolore, più vedevo il suo volto cospargersi di sangue e lividi. Un'autopunizione dolorosa, quanto gratificante nel vedere la mia sofferenza proiettata anche sul suo viso.

«Combatti!» Urlò fuori di sé. I suoi versi d'ira si mischiavano a quelli di dolore, mentre continuava senza sosta. Era abituato a vedermi furioso e, solitamente, entrambi combattevamo fino a sfiorare la morte. Vedermi impassibile, senza nemmeno provare a difendermi, doveva mandarlo su tutte le furie. Un rumore impercettibile catturò la mia attenzione.

«Oh, mio Dio! Fermatevi!» Sentii in lontananza la voce di mia madre, sconvolta.

No! Perché era tornata indietro? Nikolai si girò di scatto verso di lei che era lì, in piedi, ferma sulla soglia del portone ancora aperto, con gli occhi sconvolti.

«Oh, mamma cara. Sei venuta ad assistere allo spettacolo? Oppure sei venuta a salvare il tuo amato figlio?» Mio fratello si alzò lentamente, dedicando per un momento tutta la sua attenzione su nostra madre. Mi rialzai lentamente anch'io, ignorando i lamenti del mio corpo per i colpi ricevuti.

"Smettetela o finirete per uccidervi." Ci rimproverò lei, portandosi una mano alla bocca con gli occhi velati dalle lacrime.

«Oh... Ma è proprio quello l'intento. Voglio uccidervi tutti.» Ringhiò con una rabbia da far accapponare la pelle.

«Perché, Nikolai... Perché ci odi? Perché mi odi così tanto?» La voce di mia madre era ferita.

Maledetto bastardo! Lo sguardo di mio fratello prima divertito, di botto diventò serio.

«Perché potevi scegliere... Potevi scegliere noi, potevi scegliere la nostra razza, e invece ti sei innamorata di uno schifoso vampiro!» Urlò con rabbia, spezzando ulteriormente il cuore di mia madre.

Potevo quasi sentirlo sul pavimento cadere in mille pezzi. Lo vidi fiondarsi verso di lei, ma lo anticipai, scaraventandomi contro di lui con tutta la forza di cui ero capace, piombando con un tonfo assordante sul pavimento. Mi rialzai il più velocemente possibile, creando uno scudo che proteggesse me e mia madre.

«Mamma, vai via!» Le ordinai con il fiatone, senza guardarla. Non potevo distrarmi, non mentre Nikolai stava iniziando a rialzarsi. La sentii singhiozzare alle mie spalle.

«Oh... Ho fatto piangere la mamma. Devo essere proprio un bambino cattivo.» Cantilenò Nikolai con un sorrisetto compiaciuto sul volto.

«Mamma, devi andartene. Mi hai capito?»

Non potevo proteggere lei e combattere contro Nikolai, avevo bisogno che andasse via e subito. Il mio controllo si stava esaurendo e, mentre vedevo il sorrisetto di mio fratello farsi sempre più divertito, io sentivo un formicolio sotto la pelle farsi sempre più forte. La mia parte più oscura e dominante stava per risvegliarsi e non sarebbe stata una scena piacevole.

«Viktor…»

«Ho detto fuori!»

Le pareti intorno a noi esplosero in una miriade di schegge, scagliandosi in ogni dove. Non so se fu Peter o una delle mie guardie a portare via mia madre, ma fui grato di non avvertirla più alle mie spalle. Abbassai lo scudo, pronto di nuovo ad affrontare quel bastardo di un mostro di mio fratello.

«Bene, bene. Finalmente il fratellino si è deciso a combattere.» Continuò a stuzzicarmi, scatenando dentro di me ogni parte del mio sistema nervoso.

E cedetti. Cedetti alla sua provocazione, abbandonando l'idea di non affrontarlo.

Mi fiondai verso di lui come una bestia feroce, afferrandolo per la gola, un secondo prima che si dissolvesse. Strinsi il suo collo con tutta la forza, ma più stringevo, più iniziava a mancarmi l'ossigeno.

«Stupida maledizione!» Sussurrai con fatica e, non potendo fare altro che allentare la mia presa sul suo collo, lo scaraventai dall'altra parte della stanza, ignorando le fitte di dolore provenienti da ogni parte del mio corpo. Fece per rialzarsi, ma gli lanciai una sfera di fuoco, che riuscì a schivare all'ultimo momento, con una folata di fumo nero, lo stesso che avevo davanti ai miei occhi.

Lo circondai con un vortice di fiamme, che lui soffocò facilmente. D'istinto, afferrai il pugnale d'argento che avevo nel fodero, nascosto nella mia caviglia e lo feci girare più volte nelle mie mani. Lui parve sorpreso del mio gesto.

«Uhm… Sei davvero così arrabbiato da tirare fuori un'arma così mortale per entrambi, fratello?» Mi chiese con una punta di ironia. Non avevo mai osato tirare fuori un pugnale d'argento nei nostri scontri, ma ero davvero fuori controllo. Aspetta... Stava di nuovo vincendo lui. Di nuovo mi stava portando a perdere la pazienza e a combattere. Non era questo il modo per sconfiggerlo, e ogni volta riusciva a farmi perdere la ragione, ma non stavolta. Feci un respiro profondo per calmarmi e lanciai il pugnale alle mie spalle, sentendolo cadere con un tonfo sulla moquette.

«Hai ragione, fratello. Non ho bisogno di lui.»

Mi riservò un'occhiata sorpresa e al tempo stesso indagatoria. Tuttavia, mi fiondai contro di lui, consapevole che mi avrebbe fermato. Bloccò il mio pugno poco prima che arrivasse sul suo viso e, insieme, rotolammo sul pavimento. Mi ritrovai sotto di lui e iniziò di nuovo a tempestarmi il volto con una raffica di pugni, sempre più furioso.

Dolore, sentivo solo un forte dolore, insieme alla soddisfazione di sapere che soffrivamo entrambi. La testa iniziava a farmi male, così come le mie orecchie iniziarono a fischiare. La mia vista ormai stava diventando sfocata a causa dello stordimento e dei lividi, che ormai dovevano aver preso gran possesso di tutta la mia faccia. Provai a staccare la mente dal mio corpo, cercando di non sentire quel dolore lanciante, mentre ascoltavo in lontananza le imprecazioni di mio fratello. Stavo decisamente iniziando a perdere i sensi, tuttavia, ebbi la forza necessaria per fare un sorrisetto soddisfatto quando lo sentii fermarsi. Il suo respiro affannato mi diceva che anche lui era sfinito e che stava soffrendo esattamente come me. Bene, molto bene.

«C-Che c'è? Ti sei fermato? P-Proprio ora che iniziava a piacermi.» Balbettai completamente sfinito e con la voce a stento udibile.

Lo sentii ringhiare di rabbia e poi fu un secondo, un attimo e mi ritrovai senza fiato. Un urlo animalesco mi uscì involontariamente dalla bocca e solo allora mi accorsi che aveva piantato le sue unghie nel mio petto, conficcandole all'altezza del cuore.

Entrambi avevamo il fiato corto, mentre sentivo di essere sempre più vicino alla morte. L'adrenalina iniziò a invadere ogni cellula del mio corpo, nonostante mi sentissi sempre più debole, segno che stavo perdendo moltissimo sangue.

Feci un flebile sorriso, mischiato ad una smorfia di sofferenza, incrociando i suoi occhi contaminati dal mio stesso dolore. Emisi lamenti di dolore, sentendo ogni forza del mio corpo abbandonarmi. Persino tenere gli occhi aperti stava iniziando a diventare uno sforzo enorme. Sentii affondare le sue unghie più in profondità, facendoci ansimare all'unisono e per un secondo mi chiesi se questa volta si fosse davvero fermato o ci avrebbe spedito entrambi all'inferno.

«Vuoi il mio cuore? P-Prendilo, uccidimi! Odiami pure, fratello, ma dovrai sempre arrivare ad un punto in cui dovrai scegliere... Se amarci entrambi, oppure ucciderci entrambi.» Tossii dolorosamente, ma mi imposi di tenere gli occhi aperti e di mantenere il mio sguardo fisso nel suo, mentre il dolore arrivava atroce fino al cervello, conficcandosi come aghi.

Dalla sua fronte uscivano enormi gocce di sudore, le stesse che bagnavano la mia. Se non si fosse fermato, di lì a breve, saremmo svenuti entrambi. Morti. E io attesi... Attesi di sapere quale sarebbe stata la sua scelta. Lasciarci entrambi vivere o morire entrambi. L'ultima volta che ero stato così vicino dall'ucciderlo, anzi, dall'ucciderci, mi ero fermato. Spaventato dalla sofferenza che avevo provato in quel momento.

Morire sembra facile... Ma la verità è che ci vuole un gran coraggio anche per quello. Urlai ancora quando diede un altro affondo, quasi a sfiorare con le sue unghie il mio cuore, facendo uscire ad entrambi un gemito di dolore. Nei suoi occhi vedevo la stessa paura di soffrire, di morire... Eppure nessuno dei due smetteva di odiarsi.

«N-Non smetterò mai di darle la caccia. Puoi provare a proteggerla, ma riuscirò comunque ad ottenere quello che voglio, è una promessa. A presto, mio caro fratello.» Balbettò, anche lui in preda al dolore e scomparve in una folata di fumo.

Iniziai a tossire come un forsennato, al punto che pensai potessero uscirmi sul serio fuori i polmoni, mentre cercavo di tamponare l'enorme ferita con scarso successo. Il dolore era talmente forte da non riuscire più a respirare. Provai lentamente ad alzarmi, ma fui trafitto da una nuova ondata di dolore, che mi costrinse a tornare disteso. Cercai di fare respiri profondi e calmarmi. La testa mi girava come una trottola, la vista mi stava letteralmente abbandonando e i muscoli del mio corpo sembravano talmente paralizzati da non riuscire a muovermi. Anche se detestavo ammetterlo, avevo bisogno di aiuto. Forse questa volta ci eravamo spinti davvero troppo oltre.

«P-Peter!» Provai ad urlare, ma uscì solo un debole rantolo. Mi guardai intorno e rabbrividii quando posai gli occhi sulla moquette. Sangue... C'era sangue dappertutto. Fu l'ultima cosa che vidi prima di perdere i sensi.

Quando ripresi conoscenza, mi resi conto che non ero più per terra nel salone, ma nel mio letto. Probabilmente, Peter doveva avermici portato, dopo avermi ritrovato agonizzante sul pavimento. Notai la benda al centro del mio petto e, sollevandomi, constatai con mio stupore che le ferite, soprattutto quella del petto, non facevano poi più così male, segno che stavano già guarendo.

Quanto tempo ero rimasto privo di sensi? Tuttavia, alzandomi, nello specchio notai che i segni della battaglia erano ancora ben evidenti sul mio viso. Scesi di sotto e nella stanza dove poco prima era avvenuto lo scontro, ora era stato risistemato e tolto ciò che non poteva essere recuperato. Tutto era stato ripulito e messo in perfetto ordine.

«Signore, come si sente?» La voce di Peter arrivò dalle mie spalle come una folata di aria fresca. Mi voltai lentamente per incontrare il suo volto indagatorio, in attesa di una risposta.

«Meglio. Grazie per aver rimediato al disastro e a me.» Lui mi fece un breve cenno con il capo che ricambiai con un sorriso.

«Ha chiamato sua madre, signore. Era molto agitata. Ho cercato di tranquillizzarla e ha detto di richiamarla non appena si fosse sentito meglio.» Mi aggiornò, porgendomi il suo cellulare, che afferrai senza esitazioni. Dovevo assolutamente avvisarla che stavo bene o avrebbe avuto presto un infarto. Non ci eravamo lasciati bene l'ultima volta, e la scena che aveva visto poco prima che Peter la portasse via, non aiutava di certo.

«Dov'è ora?»

«Ho ordinato ad uno dei nostri uomini di riportarla a casa e di restare con lei per sorvegliarla, in caso...» Peter rimase con le parole sospese.

«In caso lo scontro con mio fratello non fosse finito bene.» Conclusi la sua frase con un sorrisetto sarcastico. Doveva esserci qualcosa in quella ragazza per cui mio fratello si batteva così tanto per riaverla e io dovevo assolutamente scoprirlo e vederci meglio in questa storia. Al momento sembrava anche lei una vittima, ma allora perché mi aveva quasi ucciso con un solo tocco? Era davvero umana? E soprattutto... Poteva avere quell'effetto solo su di me?

«Mi dispiace, signore. Ho pensato che avrebbe preferito saperla al sicuro e...»

«Hai fatto benissimo, Peter. Hai fatto un ottimo lavoro con mia madre e con la ragazza. Dov'è adesso?»

«L'abbiamo portata di nuovo nella *sua* stanza. Vuole che gliela porti qui?»

«No. Ci penso io, grazie.»

Chiamai mia madre per rassicurarla, rimproverandola per essersi messa così a rischio e, dopo averla tranquillizzata, le chiesi di fare un incantesimo che impedisse a mio fratello di materializzarsi di nuovo in casa mia. Stavo diventando sempre più bravo con la magia, ma sentendomi ancora troppo debole dopo lo scontro con Nikolai, decisi di lasciare a lei quel compito. Avrei dovuto farlo molto tempo prima, ma non avevo mai visto mio fratello come un pericolo, non prima di ritrovarmi con un'umana in casa.

Entrai nella stanza, non curandomi minimamente di bussare. La vidi accovacciata sul letto persa nel vuoto e non appena i suoi occhi incrociarono i miei, balzò in piedi come un grillo. Si mise immediatamente sulla difensiva, spostandosi ad un lato del letto. Era sconvolta ed esausta al tempo stesso ed era palese dal suo volto che aveva affrontato troppe cose per lei completamente nuove.

Mi inchiodò con quei suoi due occhi verdi, facendomici perdere di nuovo dentro per qualche secondo. Poi li vidi sgranare.

«Sei ferito.» Sussurrò con voce dispiaciuta e sorpresa al tempo stesso, spezzando quel silenzio snervante. Inarcai un sopracciglio, stupito della sua reazione. Avevo cercato di ucciderla e lei si interessava del fatto che fossi ferito?

«Nulla che non guarirà. Allora... Credo che tu debba darmi parecchie spiegazioni.» Continuai, andandomi a sedere sul lato del letto di fronte a lei. I suoi occhi diventarono di colpo lucidi, mentre cercava di assumere un'espressione coraggiosa.

«Ascolta... Io non so cosa tu voglia da me, ma io non voglio farti alcun male. Sono venuta fin qui per fare delle stupide ricerche e ad oggi posso solo pentirmene. Ti prego, lasciami andare e ti giuro che dimenticherò tutto, non ne farò parola con nessuno, lo prometto.» Mi implorò sincera e una parte di me fu dispiaciuta per tutto quello che stava passando in quel momento.

Avrei potuto cancellarle la memoria bevendo un po' del suo sangue e restituendole la sua normale vita, ma adesso c'erano in ballo troppe cose.

Più la guardavo, e più mi rendevo conto che non c'entrava proprio nulla con il mio mondo. Così piccola e graziosa. Così fragile... Tuttavia, nella sua fragilità, notai anche la sua potente bellezza. Neppure uno sciocco non ne sarebbe rimasto colpito, ma io non avevo tempo per queste stupide distrazioni.

In ogni caso, non potevo lasciarla andare, non più. Ora che sapevo quello che era in grado di fare, dovevo per prima cosa capire cosa fosse e perché riusciva ad avere quell'effetto su di me.

«Mi dispiace... Ma non posso più lasciarti andare.» Ammisi, facendo sgranare a dismisura i suoi occhi da cerbiatto. Che le piacesse o no doveva accettare questa specie di convivenza forzata.

Ad ogni modo, anche se avessi deciso di lasciarla andare, non sarebbe passato molto prima che mio fratello l'avesse trovata e uccisa. Sapeva troppe cose e per quanto risultasse paradossale, la sua vita ora era più al sicuro qui con me che in qualsiasi altra parte.

«Non puoi dire sul serio.»

«Invece sì.»

«Mi stai tenendo contro la mia volontà, dunque?» Mi sfidò con occhi pieni di rabbia.

«Puoi scegliere... Puoi scegliere di rimanere qui come mia ospite o come mia prigioniera, ma in entrambi i casi, non lascerai questa casa.»

10

Miya

«Puoi scegliere... Puoi scegliere di rimanere qui come mia ospite o come mia prigioniera, ma in entrambi i casi, non lascerai questa casa.» Quelle parole piombarono dritte nel mio cuore come una freccia infuocata, incendiandolo. Risuonarono nella mia mente fino a farmi impazzire, gettandomi completamente nel panico.

Non poteva dire sul serio... Non dopo tutto quello che era successo. Eppure, guardandolo nei suoi occhi determinati quanto bellissimi, potevo vedere che non stava affatto scherzando.

«Hai cercato di uccidermi e ora mi chiedi di restare qui?»

«Non te lo sto chiedendo.» Continuò serio e con tono autoritario.

Deglutii. Non potevo, non dopo quello che avevo visto e che mi aveva fatto. Era una follia... Tutto quanto. Per quale motivo sarei dovuta restare? Qualsiasi cosa avesse provocato il nostro bacio, io non ne sapevo nulla. Volevo solo andare via di lì ed essere lasciata in pace. Dimenticare tutto. *Impossibile.*

«Per... Per quanto tempo dovrei restare qui?»

«Quanto serve. Dovresti considerarti fortunata e ringraziarmi. Qui sarai protetta da mio fratello. Lui ti ucciderebbe ancora prima di mettere piede fuori di qui.» Continuò brusco, perforandomi con i suoi meravigliosi occhi. Il suo lato oscuro era terrificante e il ricordo delle sue mani sul mio collo ancora mi terrorizzava, tuttavia, non potevo negare ai miei occhi la sua innaturale bellezza.

«Perché, tu non mi uccideresti?»

«Sei ancora viva, no, o sbaglio? Credo sia sufficiente come risposta.» Mi fulminò con lo sguardo, come se tutto questo fosse normale e non avesse tentato di strangolarmi poco fa.

«Non posso restare qui. Le mie cose sono tutte in albergo e non ho nulla con me dietro.» Inventai la prima scusa che mi frullò per la testa, quasi fosse la cosa più importante. Lui inarcò un sopracciglio, probabilmente pensando quanto fossero irrilevanti adesso le mie cose.

«Non credo sia un problema. Manderò qualcuno a prenderle.» La sua pericolosa calma, mi irritò ulteriormente. Chi diavolo si credeva di essere per dare ordini a suo piacimento?

«Ti rendi conto che tutto questo è una follia, vero?» Sbottai furiosa innanzi alla sua richiesta assurda. In meno di un secondo me lo ritrovai ad un centimetro dal mio viso, facendomi istintivamente sussultare. Le nostre fronti quasi si sfioravano. I suoi occhi, così vicino ai miei, rischiavano di inghiottirmi e il suo respiro, decisamente troppo inebriante, mi solleticava il viso.

«L'unica vera follia è che tu possiedi qualcosa che può indebolirmi fino ad uccidermi e, finché io non scoprirò di cosa si tratti, non lascerai questa casa. Tra poche ore sarà servita la cena, ti consiglio di essere presente.» E con la stessa velocità con cui si era avvicinato a me, sparì di colpo dalla stanza, lasciandomi lì, sola e sconvolta.

Cercai di fare lunghi respiri, tentando di calmarmi e riprendere un briciolo di autocontrollo. Avevo il fiato corto, l'adrenalina scorreva nelle mie vene alla stessa velocità della mia rabbia. Potevo ucciderlo e renderlo debole. Perché voleva tenermi qui? Era decisamente un contro senso. È come avere un accendino in mano mentre il tuo corpo è completamente ricoperto di benzina.

Mi presi la testa fra le mani, cercando di trovare una soluzione. Non avevo con me nulla che potesse aiutarmi, nemmeno più la borsa con il mio iPhone, che probabilmente avevo perso chissà dove. Incastrata in quel labirinto dell'orrore, pieno di mostri, rischiavo di diventare matta. Il signor Smith... Dio santo! Quello che mi aveva detto era tutto vero. Non era pazzo, nemmeno un po'... O forse sì? Davvero mi aveva mandato in questo inferno, sapendo i rischi che correvo? Come diavolo facevano lui e mio padre a conoscere queste cose?

Il mio cervello minacciava di scoppiarmi per il forte mal di testa e tutte queste domande non aiutavano di certo a farlo smettere. Quella che più mi tormentava era sapere cosa diavolo fosse successo quando lui aveva osato baciarmi. Il mio corpo era come incendiato. Nel momento in cui le sue labbra avevano sfiorato le mie, mi ero sentita diversa. Da esse si era sprigionato come un fuoco, lo stesso che avevo avvertito scorrere nelle mie vene come lava. Di colpo, mi ero sentita invincibile, forte, maledettamente viva. Era questo quello di cui lui continuava ad accusarmi? Qualcosa a cui nemmeno io riuscivo a dare un senso?

Non era qualcosa che capitava tutti i giorni e di sicuro, non ai comuni mortali. Allora cos'ero?

Lo avevo visto nei suoi occhi… La paura, quella che hai poco prima di morire. Lo avevo visto vacillare disorientato, sorpreso, come se avesse per un momento perso le sue forze.

Cosa diavolo mi stava succedendo? Suo fratello aveva minacciato di uccidermi e i suoi occhi me lo avevano confermato. Non potevo fidarmi di nessuno dei due, eppure, lui era l'unico che lo aveva affrontato per proteggermi. I suoi segni sul volto erano la prova del brutale scontro avvenuto poco prima, così come la benda sul suo petto. Fui travolta da un'ondata di brividi. Era complicato capire cosa fosse giusto o sbagliato e di chi potermi fidare… Ma per ora, era tutto quello che avevo.

Quando uscii fuori dalla stanza, due guardie vestite prettamente di nero ed esageratamente alte, sorvegliavano la porta, o meglio… Sorvegliavano me. Le guardai attentamente. Sul loro volto, si celava la serietà più totale, mentre fui scortata da entrambi, che restarono ai miei lati, rigorosamente in silenzio.

Mentre li seguivo, non potei fare a meno di osservare la maestosità di quel posto. Le pareti grigio antracite erano ricoperte da magnifici quadri e, tenendomi al corrimano di legno, alzai lo sguardo e rimasi incantata dagli enormi lampadari di cristallo.

Quando mi ritrovai di nuovo al piano di sotto, fui sorpresa di non trovare nessun segno di lotta. Era tutto perfettamente in ordine e pulito. Due enormi divani di velluto blu petrolio, si trovavano davanti ad un caminetto. Quest'ultimo esibiva un meraviglioso gioco di fiamme e colori che illuminavano un enorme tappeto longhair bianco, e innumerevoli libri negli scaffali della libreria di mogano scuro. Un angolo perfetto ed incantevole. Nell'altro lato della sala c'era un assortito angolo bar, con un tavolinetto e due poltrone dello stesso colore dei divani.

Totalmente immersa nell'osservare i particolari, che quasi balzai quando sentii un rumore alle mie spalle. Mi voltai di scatto e rimasi senza fiato quando vidi un'enorme tenda spostarsi come per magia, rivelando un'enorme vetrata.

«Oh, mio Dio!»

Davanti a me potevo ammirare imponenti montagne totalmente ricoperte di neve. Una vista davvero mozzafiato. Non esistevano parole migliori per descrivere tale scenario. Non avevo idea di dove fossi, ma quella visuale, per un momento, mi offuscò da tutto il resto. Sembrava il paradiso. I suoi colori così freddi, eppure così perfetti nella sua natura, rendevano la vista incantevole e pura.

Spostai l'attenzione ad un lato della vetrata e mi ritrovai due occhi eterocromi che mi fissavano intensamente. Deglutii e feci istintivamente un passo indietro. Lui mi fece un sorriso compiaciuto della mia reazione, facendo scorrere completamente il restante della tenda con un gesto della mano.

«Vieni, la cena è pronta.» Mi informò serio, spostandosi in un'altra sala. Mi lasciai incantare da quella meravigliosa visione un altro momento e poi mi imposi di seguirlo, cercando di restare calma.

Non appena varcai la porta, fui accolta da un enorme tavolo di legno mogano scuro, allestito da diverse pietanze, illuminato unicamente dalla luce del camino. Mi fece un piccolo gesto della mano, invitandomi ad avanzare.

Lo guardai incerta ancora per qualche instante, prima di farmi coraggio e avvicinarmi. Mi spostò la sedia per farmi sedere, lasciandomi completamente sorpresa. Un gesto da gentiluomo che non si addiceva di certo a lui, non dopo quello che era stato in grado di farmi. Mi sedetti e, istintivamente, mi passai una mano sul collo, dove sapevo c'erano ancora i segni delle sue mani. Si spostò con grazia ed insopportabile eleganza, andandosi ad accomodare esattamente di fronte a me. C'era abbastanza distanza tra di noi, eppure sentivo il mio corpo andare completamente in fiamme. I suoi lineamenti, così perfetti... Era davvero difficile non rimanerne ammaliata.

Si avvicinò un domestico e, in modo molto riservato e professionale, iniziò a servirci. Mentre riempiva il mio piatto, sentivo lo sguardo di Viktor addosso al mio corpo, bruciarmi come benzina sul fuoco, divorandomi ogni centimetro.

Alzai i miei occhi per incrociarli ai suoi, che continuavano a fissarmi, non curandosi minimamente di darlo a vedere, mentre io, avrei voluto estinguermi in quel preciso momento e sparire. Afferrai lentamente la forchetta, cercando di non farla tremare troppo e iniziai a fissare il mio piatto senza guardarlo realmente.

«Si chiama Wiener Schnitzel. È un piatto tipico dell'Austria.» La sua voce sensuale mi risvegliò dal mio stato di trance, facendomi sussultare.

«Austria?» Gli chiesi del tutto disorientata.

«Sì.»

«Aspetta, io... Io mi trovo davvero in Austria?» Domandai ancora più sconvolta, cercando di non alzare troppo la voce. Prima Londra, poi Romania e adesso Austria. Il mio mal di testa stava decisamente peggiorando.

«Precisamente.» Continuò con voce calma, sorridendo divertito della mia reazione. Prese un pezzo di carne e, senza smettere di fissarmi, lo infilò in bocca con una grazia del tutto irritante.

«Oh, buon Dio! Potresti almeno smetterla di fissarmi?» Sbottai esasperata, sbattendo entrambe le mani sul tavolo.

«Mangia, se non vuoi svenire dalla fame.» Mi rimproverò contrariato, fulminandomi nervoso. Lo fissai di sottecchi. La carne era deliziosa e, nonostante l'aria di imbarazzo che aleggiava in quella sala, cercai di concentrarmi su altro, come il rumore scoppiettante del camino alla mia destra.

«Miya... È questo il tuo nome, giusto?» Mi chiese mentre concludevamo la cena.

«Sì. E tu devi essere Viktor, giusto?»
Lo osservai agitarsi sulla sedia. Afferrò il bicchiere per berne una lunga sorsata, prima di tornare di nuovo a fissarmi. Inarcai un sopracciglio, dubbiosa.

«Esatto. Allora, come sei arrivata in Romania?»
Bella domanda! Afferrai il mio calice di vino e, imitando il suo gesto, ne sorseggiai una buona quantità, sperando che mi aiutasse a calmarmi.

«È una lunga storia.» Ammisi, distogliendo per un instante il mio sguardo, solo per riportarlo sui suoi occhi un momento dopo. Erano una dannata calamita. Così belli e così letali.

«Ti ascolto.» Mi invitò a proseguire, rivolgendomi tutta la sua attenzione.

Sembrava ossessionato dal sapere tutto su di me, come se fossi io e non lui l'essere più strano da incontrare. Feci un lungo respiro, preparandomi a riaprire quella porta che stavo cercando di chiudere.

«Mio padre era... Lui stava lavorando ad un esperimento. Stava cercando una cura contro il cancro e insieme avevamo trovato un farmaco che sembrava risultare idoneo.» Mi fermai un secondo per cercare di riprendere fiato, assaporando un altro sorso di vino. In quel momento ogni parola sembrava come acido bollente nella mia bocca.

Da quando ero arrivata qui, ero stata travolta da un uragano di cose folli che ancora facevo fatica ad assimilarle, ma almeno mi avevano distratto per un momento dal mio fardello. Non era passato molto da quando avevo seppellito la bara di mio padre e parlare di lui era ancora molto doloroso. Restò in silenzio, invitandomi a proseguire, continuando a fissarmi attento.

«Il test non è andato come doveva andare e lui è… Morto.» Ammisi sconfitta di fronte a quella cruda realtà. Avevamo fallito. Fallito per mia madre, per mio padre, per il mondo e soprattutto per me.

«Perché stava cercando questa cura?» Nella sua voce non notai nessuna pietà, al contrario, un sincero interesse. Gliene fui grata. Non mi serviva la sua compassione.

«Tutto è iniziato con la morte di mio fratello. Poi mia madre… Lei era malata di cancro e dopo che *lui* l'ha uccisa, mio padre ha impiegato ogni sua energia e conoscenza nel cercare una cura e questo mi ha portato via anche lui. Dopo la sua morte ho continuato a cercare risposte… Voglio dire, abbiamo provato entrambi il farmaco, eppure io sono ancora viva, quindi non capisco come…»

«Anche tu lo hai provato?»

«Sì. Noi… Il prodotto era sicuro, idoneo.» Continuavo come una specie di disco rotto, come se quella fosse la cosa più importante, e in effetti lo era. Tutti i risultati confermavano che era pronto per essere testato sugli umani. *Allora perché non era andato a buon fine?*

Mi fissò per non so quanto tempo, torturandosi il labbro con le dita, probabilmente riflettendo su quello che gli avevo appena confessato.

«Ascolta… Io ero venuta qui per cercare delle risposte, ma ho trovato molto più di quello. In un primo momento ho pensato che fosse uno scherzo, un sogno… Ma poi mi sono accorta che non ero mai stata così vicino alla realtà. Non so cosa siete, ma di qualunque cosa si tratti è decisamente troppo per me. Sono solo una semplice biologa e qualunque ricerca affermerebbe che quello che ho appena visto è impossibile.» Esasperata, crollai contro lo schienale dell'enorme sedia.

«Perché probabilmente stai cercando nel posto sbagliato.»

«E dove dovrei cercare?» Sussurrai con la gola secca. Il suo tono era calmo, eppure maledettamente pericoloso. Afferrai il bicchiere e bevvi tutto il vino restante.

«Non è una cosa che puoi cercare nel tuo mondo, non se continuerai a ragionare con una mente umana. Siamo qualcosa che va ben oltre, qualcosa che non tutti possono comprendere. Voi umani tendete a considerare una minaccia tutto ciò che non riuscite a capire, e forse lo siamo... Ma essere diversi... Non vuol dire per forza essere sbagliati.» Sgranai gli occhi, restando spiazzata dalle sue parole inaspettate.

«Cosa siete?»

«Credo che tu sappia già la risposta, Miya, solo che ti fa paura pronunciarlo. Vediamo se sei così coraggiosa come dici. Dimmelo tu cosa siamo.» La sua voce, così profonda, mi penetrò nella pelle facendomi rabbrividire. Mi stava chiedendo di pronunciare una pazzia.

«I-I tuoi occhi diventano rossi come il sangue...E sei forte, molto forte...» Avevo la gola secca mentre pronunciavo quelle parole.

«Oh... Sembri esserci così vicina... Eppure, continui a girarci intorno, Miya. Sono incredibilmente veloce e i miei sensi sono molto sviluppati. In molti ci temono, soprattutto per la nostra sete di sangue. Ma ancora non mi dici, chi sono?» Fece un sorrisetto provocatorio, senza scandalizzarsi minimamente di quello che stava affermando. Mi stava sfidando. Sfidando ad andare oltre i miei limiti. Voleva che lo pronunciassi, così da renderlo ancora più reale. Deglutii faticosamente. Stavo andando ben oltre quello che la mia mente umana poteva accettare. Chiusi gli occhi, ascoltando il battito del mio cuore aumentare ogni secondo di più.

«Vampiri.» Sussurrai con voce quasi impercettibile. Sentii un fruscio e un instante dopo sentii un respiro gelido sfiorarmi il viso. Sussultai.

Non poteva essere vero, eppure stava succedendo realmente. Era a qualche centimetro da me, potevo sentirlo. Il mio cuore sembrava un rullo di tamburi, mentre cercavo di non avere un attacco ipocondriaco.

Voleva spaventarmi, prendersi gioco di me, ma non glielo avrei permesso, non più di quanto stava già facendo. Aprii gli occhi e mi ritrovai i suoi ad un palmo dai miei. Sussultai di nuovo, cercando di trattenere un urlo. Cremisi. I suoi occhi erano rossi come sangue vivo. Respirai a fatica, restando incollata al possente schienale della sedia, quasi a volerne diventare un tutt'uno. Intrappolata dal suo corpo vigoroso, ero sua prigioniera. Feci respiri profondi, tentando di calmare il mio cuore.

«Hai paura?» Sussurrò al mio orecchio, solleticandolo con il suo respiro, facendomi rabbrividire. Chiusi di nuovo gli occhi. Se non potevo vederlo allora non era reale, giusto? Ero sempre stata una donna forte, coraggiosa e avevo affrontato qualsiasi cosa a testa alta, ma questo sembrava davvero troppo folle. *Voi umani tendete a considerare una minaccia tutto ciò che non riuscite a capire.*

All'improvviso mi tornò in mente la sua frase e fui invasa da una consapevolezza. Dovevo capire... Non dovevo avere paura, dovevo semplicemente capire come quando studiavo nelle mie ricerche. Ogni malattia, ogni virus, mi spaventavano perché non ne conoscevo la cura, ma studiandole, capendone la loro origine, potevo combatterle, curarle... Conviverci.

Aprii di colpo gli occhi e lo guardai come lui aveva fatto con me. Era diverso, ma io potevo capirlo. Fu per un secondo sorpreso e poi, alzando lentamente la mano, gli sfiorai la guancia. Studiai attentamente i suoi occhi, le sue meravigliose sfumature cremisi. Era spaventoso, sì, ma era anche incredibilmente bello, nuovo. Aveva ragione lui. Diverso non doveva per forza significare sbagliato.

Si scostò bruscamente dal mio tocco, come se fosse stato bruciato. Mi fissò di nuovo e questa volta fui io a sorridere. In quel momento godeva della stessa minaccia di noi umani. Il mio gesto, probabilmente, era per lui qualcosa di nuovo, di inaspettato, di incompreso.

«Non dirmi che adesso sono io a farti paura.» Lo sfidai, ormai avvolta da uno sfacciato coraggio. Mi fu di nuovo addosso, ma questa volta non osò sfiorarmi. Lo guardai imponendomi di non tremare, di tenere testa al suo sguardo.

«Se oserai di nuovo toccarmi, giuro che ti ammazzo.» Ringhiò furioso e io non potei fare a meno di sorridere ancora, osservandolo sedersi di nuovo al suo posto.

«Puoi anche minacciarmi, ma devi ammettere che in questa sfida giochiamo ad armi pari. Lo hai detto tu stesso, no? Siamo diversi... Per entrambi siamo qualcosa che non comprendiamo, ma non per questo dobbiamo essere per forza delle minacce.»

«Non ho alcun bisogno di imparare a conoscere gli umani.» Mi freddò.

«Può darsi. Allora vorrà dire che cercherò io di conoscere la vostra specie.» E, mentre vedevo i suoi occhi fissarmi sorpresi e compiaciuti al tempo stesso, uscii dalla stanza. Avevo bisogno d'aria e, con il suo sguardo addosso, era quasi impossibile respirare.

Feci un sospiro profondo, cercando di calmare quell'improvvisa ondata di adrenalina. Lo avevo affrontato con sfida, ma la realtà era che tutto questo era per me una novità ancora dura da gestire. Il mio cervello era sempre più in bilico tra il cercare di capire questa nuova realtà o sprofondare nella pazzia. Mi soffermai di nuovo nel salone ad ammirare ancora quella splendida vista. Le montagne, ora illuminate solo dalla luna, erano forse ancora più belle e misteriose. Anche attraverso l'enorme vetrata, potevo immaginare di sentire il vento soffiare la sua melodia attraverso di esse, pungendomi il viso con la sua aria gelida. Così fredda, così tagliente, eppure così salubre. La loro vista mi rendeva così leggera quasi da darmi l'idea di fluttuare tra di esse come una piuma. Era una sensazione magnifica.

«Non abbiamo ancora finito con le spiegazioni, Miya.» La sua voce dura interruppe il mio momento di pace, riportandomi alla realtà. Alzai gli occhi al cielo.

«Perché dovrei darti spiegazioni sulla mia vita quando io non so nulla della tua?» Lo accusai, voltandomi di scatto verso di lui.

«Perché mi ha quasi ucciso prima, cazzo!» Ringhiò, facendomi sobbalzare.

«Non so darti delle spiegazioni, okay? Non so perché ho quell'effetto su di te. Non so cosa mi succede e a questo punto credo di non sapere nemmeno più chi fosse mio padre e a cosa stesse realmente lavorando. So soltanto che avevo una vita normale prima e adesso non c'è l'ho più. Entrambi stiamo cercando delle risposte, Viktor... Non sei l'unico a volere delle spiegazioni, qui.» Lo accusai irritata quanto sfinita, stringendomi in un abbraccio confortante. Rimasi spiazzata della mia schiettezza, ma la verità era che io non sapevo davvero nulla di lui e lui non sapeva nulla di me, per cui avremmo dovuto trovare un modo per collaborare.

Mi guardò irritato, tuttavia, con mia grande sorpresa, fece un profondo sospiro, invitandomi a sedere su uno degli enormi divani davanti al camino acceso. Versò un liquore scuro dentro due bicchieri e me ne porse uno, mentre lui sorseggiava dall'altro. Si vedeva quanto si stesse sforzando di mantenere la calma, di essere "gentile", ma la verità era un'altra. La verità era che per lui ero una minaccia. Avrebbe trovato un modo per capire la fonte di questa storia e poi mi avrebbe probabilmente ucciso. Dovevo trovare una soluzione, fuggire di lì subito e lasciarmi, per quanto ne fosse possibile, tutto alle spalle.

«Cosa vuoi sapere?» Mi chiese, sedendosi di fronte, a pochi centimetri da me. Aveva un buon profumo e il suo volto, illuminato dalle fiamme del camino, dava quasi l'idea di un comune mortale, con la sua incredibile e perfetta bellezza, se non fosse stato per la sua reale e spietata natura.

«Tuo fratello, lui sembra... Diverso.» Ammisi cercando di capire e conoscere entrambi. Aveva ammesso di essere fratelli, ma in qualche modo sembravano non esserlo. Avevano tutti e due una bellezza smisurata, ma decisamente opposta, così come il loro sguardo.

Negli occhi spenti di Nikolai, non avevo visto altro che morte e distruzione. Mentre Viktor... Ancora stavo cercando di capire cosa vedessi nei suoi occhi enigmatici.

«Lo è. Entrambi siamo per metà stregoni, ma lui è un demone.» Mi rispose serio.

Deglutii cercando di mantenere la calma e fingere che stessimo parlando di un normale e comune argomento. Suo fratello era un demone e lui un vampiro... Paradossale come, il fatto che io fossi umana, quasi iniziava ad essere la cosa più strana.

«Perché tuo fratello vuole uccidermi?»

Fece un sorriso amaro, fissando il suo bicchiere e mi chiesi per un momento se mi avrebbe risposto oppure avrebbe deviato l'argomento un'altra volta.

«Non sempre mio fratello ha un valido motivo per uccidere. Alcune volte lo fa per divertimento, altre per piacere... Ma nella maggior parte dei casi, lo fa se percepisce la sua vita in pericolo. È ossessionato da essa e dal fatto che siamo legati da un filo invisibile.» Rispose continuando a fissare il liquido scuro.

«Cosa significa legati da un filo invisibile?»

«Niente che ti riguarda o che tu debba sapere.» Ringhiò tra i denti, snervato.

«Ok, allora non vedo il motivo per cui continuare questa conversazione.» Mi alzai in piedi, infastidita, ma lui mi afferrò di colpo il braccio, stringendomi in una presa ferrea, facendomi voltare e sussultare per il dolore.

«Siediti.» Pronunciò a denti stretti.

«Lasciami.» Gli ordinai, provando inutilmente a divincolarmi dalla sua stretta.

«Ho detto siediti. Non farmi perdere la pazienza.» Mi ribadì con un tono di ultimo avvertimento, mentre i suoi occhi stavano lentamente mutando colore. Rabbrividii e obbedii, non volendo farlo infuriare ulteriormente.

Non ero di certo una stupida e sapevo che non avrei dovuto tirare troppo la corda. Avevo visto quello di cui era capace e sapevo che mi avrebbe potuto uccidere in meno di un secondo. Dovevo cercare di tenerlo buono, almeno per ora. Feci un grosso respiro, osservandolo tentare di riacquistare il controllo.

«Io e mio fratello abbiamo un legame molto più che di sangue... Siamo legati per la vita. Se uno muore, muore anche l'altro. E quindi, se esiste una minaccia per uno, esiste anche per l'altro.» Riprese il discorso, buttando giù tutto il contenuto del bicchiere. Doveva pesargli molto parlare di tale argomento, eppure, sembrava quasi avesse il bisogno di confidarsi con qualcuno. Di sfogarsi.

«È... Assurdo.» Era questo il motivo per cui suo fratello era piombato in casa pronto ad uccidermi? Ero una minaccia per entrambi. Sembravo di essere entrata in uno di quei film dell'orrore.

«È molto peggio. È una maledizione che siamo costretti a sopportare. Ecco perché vuole ucciderti. Ha sentito quello che ho provato quando ci siamo baciati e se c'è una cosa a cui mio fratello è incredibilmente affezionato è la sua vita.» Non provò il minimo disagio nel dire quello che era successo prima tra di noi, come se fosse una cosa del tutto naturale.

Arrossii visibilmente, non riuscendo a controllarlo. Il ricordo delle sue labbra su di me era ancora ben impresso nella mia mente e, nonostante, non volessi ammetterlo, aveva ragione lui quando diceva che non mi provocava solo paura. *Forse sto iniziando davvero a diventare pazza!*

«E cosa hai sentito quando ci siamo...» Non riuscii a finire la frase e i suoi occhi si riempirono di una strana luce maliziosa di fronte al mio disagio. Era così dannatamente sfacciato e sicuro di sé che mi infastidiva terribilmente.

«Dolore. Un dolore mai provato prima. È come se in qualche modo tu riuscissi ad assorbire i miei poteri, la mia essenza. Riuscissi a rendermi umano.»

«Non è possibile. Io non posso fare una cosa simile.» Confessai esausta. Di tutte le pazzie che avevo sentito, questa era la peggiore. Si rendeva forse conto di quello che stava dicendo?

«Be', a quanto pare sì, signorina Miya.»

«Perché tu non vuoi uccidermi? Perché ti interessa sapere cosa sono se nemmeno io so come sia possibile tutto questo?» Gli chiesi mandando il restante del liquido giù tutto d'un fiato. Il bruciore arrivò immediato, quasi da farmi vomitare, ma mi limitai a sopportare quella sensazione orribile. Mi distraeva da qualcosa di molto peggio.

«Non ho detto che non voglio ucciderti, voglio solo prima capire di cosa si tratta.»

«Davvero confortante!» Sbottai, nervosa.

Mi fece un sorrisino divertito, mentre gli lanciai un'occhiataccia. Non so se fu colpa del vino... Tuttavia, fu incredibile e al tempo stesso sconvolgente, di come restammo per buona parte della serata a parlare. Gli raccontai un po' della mia vita e lui cercò di fare lo stesso. Gli parlai della mia famiglia e del mio percorso lavorativo e di come, di colpo, mi ero ritrovata sola. Lui restò lì in silenzio ad ascoltarmi, quasi ne fosse affascinato.

Fu incredibilmente interessante conoscere anche i suoi modi di vivere e le sue due metà. Poteva nutrirsi non solo di sangue, ma anche di cibo umano. Entrambi, però, erano necessari per soddisfarlo appieno e tenerlo sempre in forze. I suoi sensi erano dieci volte più elevati durante la notte, ma questo non gli impediva di uscire alla luce del giorno. Lo rendeva solo più debole. E sì, feci un respiro di sollievo quando mi disse che lui non aveva lo stesso aspetto orribile di suo fratello. Era decisamente un mondo nuovo per me, ma non potei negare di restarne colpita e interessata di capire e saperne di più.

«Cos'è che può ucciderti?»

«Be', al momento sembri *tu* l'unica quasi in grado di farlo. Ora basta, è tardi.» Mi liquidò, facendomi palesemente capire che non voleva rivelarmi altri modi che potessero ucciderlo. Ammesso che ce ne fossero.

Rimasi quasi delusa di dover interrompere la nostra conversazione e sgranai gli occhi quando vidi che l'orologio appeso sul camino, segnava le tre. Il tempo sembrava essersi annullato e rimasi sorpresa di come fosse sembrato facile parlare con lui, quasi come due normali persone umane.

Non farti incantare troppo. Non era un mio amico e io dovevo andare via da lì.

11

Miya

«Sul letto c'è una maglietta che potrai indossare per la notte. Ti starà un po' grande, ma in attesa che arrivino i tuoi indumenti, sarà più che sufficiente.» Mi informò una volta dentro quella che doveva essere la mia stanza. Un enorme tappeto bordeaux, faceva decisamente un grande contrasto con la moquette antracite. I mobili di mogano scuri, brillavano così come l'enorme specchio posizionato ad un lato della camera. Sopra le lenzuola, dello stesso colore del tappeto, notai una maglia nera, il mio improvvisato abbigliamento per la notte. Non l'avrei indossata.

Preferivo dormire vestita, piuttosto che metterla, anche se non avrei dormito. Dovevo provare a fuggire di lì e lo avrei fatto stanotte, mentre tutti dormivano. O almeno era quello che mi augurai. Era un'impresa a dir poco impossibile, non ero una stupida. Avevo visto le molteplici guardie che si aggiravano in quel posto, e avrei giurato di averne viste solo la metà, ma dovevo comunque provarci. Lui era incredibilmente veloce e forte e non avevo la minima idea di dove fossi. Avevo visto solo montagne, ma doveva pur esserci un modo per andare e tornare da questo posto. Dovevo tentare, o non avrei avuto nessun'altra possibilità.

Era forse passata un'ora o giù di lì da quando Viktor mi aveva lasciato sola nella mia stanza. Appoggiai l'orecchio contro la porta e non riuscii a sentire nulla se non il silenzio e il mio cuore che batteva come un rullo di tamburi. Cosa avrei detto se quando avessi aperto la porta, ci sarebbero stati quei due omoni a sorvegliarmi? La scusa del bagno era fuori discussione, visto che ne avevo uno nella camera. Avevo sete? Esclusa anche questa, dal momento che sul comodino c'era un'enorme brocca di vetro con un bicchiere limpido al suo fianco. *Dannazione!* Feci un profondo respiro, cercando di darmi coraggio e, provando a non fare il minimo rumore, aprii lentamente la porta.

Con mia grande sorpresa, non trovai le guardie fuori ad attendermi, ma non per questo abbassai la guardia. Al contrario, mi fece insospettire ancora di più. Una grossa scarica di adrenalina iniziò a percorrermi per tutto il corpo, rendendomi un fascio di nervi. Deglutii faticosamente. Dovevo stare attenta ad ogni minima mossa e rumore, o sarei stata spacciata più di quanto non lo fossi già. Il silenzio era assordante e loro sembravano avere un ottimo udito.

Mi guardai intorno sospetta, ma, oltre me, c'erano soltanto altre porte chiuse e sapevo che nessuna di quelle mi avrebbe portato verso l'uscita. C'era un'altra rampa di scale alla mia destra, a stento illuminata, ma salire non mi sembrava una buona idea per scappare. Scesi quindi in punta di piedi le scale, che ormai avevo percorso già troppe volte. Il cuore mi batteva a mille, tanto che mi preoccupai potessero sentirlo. Era di nuovo tutto troppo silenzioso e, nonostante questa volta fosse notte, la scena sembrava ripetersi. Quando suo fratello aveva provato ad uccidermi avevo visto decine di guardie, o forse poco più, e ora non ne vedevo nemmeno l'ombra. Stavano forse tutti dormendo? Facile. Sembrava di nuovo tutto troppo facile. Cercai di fare respiri regolari e mi feci coraggio, determinata a fuggire.

Sgattaiolai veloce come un gatto e, quando aprii lentamente l'enorme portone, fui sollevata di non trovarmi di fronte Viktor a sbarrarmi la strada come l'ultima volta. Mi aspettavo di sentire la sua voce tuonare il mio nome da un momento all'altro, ma niente. Guardai oltre la soglia e notai che il pavimento di un enorme terrazza era interamente ricoperto da un manto bianco. *Merda!* Non avevo messo in conto la neve e io non avevo decisamente l'abbigliamento adatto. Tirai un profondo respiro e, nonostante la neve alta, feci un passo in avanti. Il mio piede sprofondò subito in essa, fino a seppellirlo poco più su della mia caviglia. Fu come essere trafitta da mille aghi. Con immensa fatica, camminai fino alla balaustra di marmo bianco, ignorando il freddo che mi penetrava fin dentro le ossa.

In lontananza, ammirai il panorama che a scaglioni ospitava alcune luci. Dovevamo essere piuttosto alti e in quel preciso momento presi la consapevolezza che a piedi non sarei arrivata da nessuna parte, se non morta congelata.

Mi guardai intorno con più attenzione, sentendo i miei denti iniziare a battere come tamburi per il freddo. C'era un vento infernale che soffiava talmente forte, quasi a volermi ordinare di tornare dentro. I miei capelli erano un groviglio scompigliato, mentre sentivo il suo soffio penetrarmi ogni parte del corpo. Il mio misero maglione rosa, per quanto caldo, stava diventando del tutto inutile e ad un tratto fui colpita dallo sconforto, misto alla consapevolezza che ero davvero in trappola.

Stavo ormai per tornare dentro quando, guardando più attentamente, in un giardino ormai interamente ricoperto di neve, notai un SUV nero lucido dall'aspetto costoso. Alla sua vista, quasi saltai dalla gioia! *Sì, ma le chiavi?* Mentalmente lanciai un urlo di frustrazione per la mia immisurabile sfortuna.

«Devo ammettere che sarei rimasto piuttosto deluso, se non avessi provato di nuovo a fuggire. Devo quindi dedurre che vorrai passare il tuo tempo qui come mia prigioniera.» Mi voltai e trovai Viktor, vestito con un paio di pantaloni e una camicia nera, arrotolata fino agli avambracci, che mi fissava intensamente. Il vento forte continuava a giocare con i miei capelli, scompigliandoli davanti alla mia faccia. Avevo la visuale limitata, ma riuscii comunque a vederlo appoggiato alla soglia del portone, con le mani incrociate, osservandomi divertito.

«Sei un illuso se pensi che passerò ancora qui il mio tempo.» Lo avvisai con il fiatone, irritata quanto frustrata per essere stata di nuovo scoperta. Aveva forse programmato tutto? Probabilmente.

«Sei un'illusa se pensi che tu riuscirai ad andare via di qui.» Continuò con la sua stramaledetta voce, divertita quanto la sua faccia. Fumavo di rabbia tanto da non sentire più freddo, con ormai addosso i miei vestiti fradici. Gli lanciai un'occhiataccia e corsi, per quanto la neve me lo consentisse, verso le scale della terrazza. Feci pochi passi e me lo ritrovai di fronte. Gridai.

«Dicevi?» Mi chiese piegando la testa di lato, tenendo ancora le sue mani in tasca, in tutta calma. Lanciai un urlo di frustrazione. Fottuto bastardo, psicopatico. Mi voltai e notai alle mie spalle un'altra scalinata. Provai a correre verso quella parte, ma inutile dire che, dopo pochi passi, me lo ritrovai di nuovo davanti.

«Smettila!» Urlai esasperata, portandomi entrambe le mani sulle tempie.

«Perché? È così bello giocare con te.» Disse divertito, e in un meno di un secondo mi fu addosso, facendomi perdere l'equilibrio. Atterrai sulla neve candida, inzuppandomi dalla testa ai piedi. Sussultai per l'improvviso contatto ghiacciato. Il suo possente corpo torreggiava su di me, tenendomi bloccate le mani sopra la testa. Il mio respiro affannato formava piccole nuvolette davanti la mia bocca, mentre il mio cuore batteva all'impazzata. I suoi occhi mi perforarono così intensamente da uccidermi. Mi stava esaminando attentamente, come fossi una bomba pronta ad esplodere e dentro mi sentivo esattamente così. Bruciavo di rabbia.

«Se dico che non vai da nessuna parte, tu non vai da nessuna parte.» Pronunciò a denti stretti.

«L-Lasciami.» Mi ribellai, iniziando a tremare per il freddo e per l'adrenalina che ancora scorreva nel mio corpo.

«Uhm... È il freddo a farti tremare o il mio corpo?» Piegò leggermente la testa di lato, divertito.

«Vaffanculo!» Lo insultai piena di rabbia, sentendo la sua risata rimbombarmi dentro le mie orecchie. Si avvicinò al mio volto, quasi a sfiorarlo. I suoi occhi mi guardavano ora seri. Sembrava fosse sul punto di baciarmi di nuovo e in quel piccolo frangente di secondo, la mia mente non riuscì a metabolizzare bene se avessi voluto respingerlo o sentire di nuovo il contatto delle sue labbra. Mi guardò ancora pochi attimi, prima di fare un pigro sorriso.

«Stai congelando. Andiamo dentro, a meno che tu non voglia morire di ipotermia.» E prima che potessi replicare, mi prese in braccio, riportandomi dentro. Ero completamente stordita dal freddo, dal suo comportamento di un attimo fa ed ero davvero troppo stanca per provare a lottare, quindi mi lasciai portare di nuovo nella mia stanza. Mentre battevo i denti come una forsennata, mi depositò sul letto.

Mi rannicchiai su questo in posizione fetale, cercando di mantenere quel poco calore rimasto. Lui restò a fissarmi in silenzio. Ora che l'adrenalina stava abbandonando il mio corpo, non mi sentivo più tanto forte e sfrontata come lo ero stata pochi attimi prima.

«Devi toglierti quei vestiti bagnati e fare un bagno caldo.» Andò verso l'armadio per poi tornare con una tuta e una felpa in mano.

«N-No.» Sussultai, vedendolo avvicinarsi a me. Lui alzò gli occhi al cielo come se si aspettasse esattamente quella risposta da me.

«Hai idea di quante donne io abbia visto nude?» Mi chiese come se il mio rifiuto fosse del tutto patetico. Sgranai gli occhi.

«N-No» Ribadii, ormai in grado di pronunciare solo quelle due lettere. Fece un sospiro esasperato, prima di prendermi di nuovo in braccio e portami in bagno. Ignorando le mie deboli proteste, mi depositò nella vasca e, non appena mollò la presa, subito cercai di uscire. Sembravo come un gattino spaventato. Non mi sarei mai spogliata davanti a lui, nemmeno morta.

«Ferma, hai le labbra viola! Vuoi forse morire e fare un favore a mio fratello, uhm?» Mi rimproverò tenendomi bloccata. Il suo tocco sulla mia pelle, ora sembrava fuoco ardente.

«No, per favore.» Lo implorai, tremando come una foglia, cercando ancora di divincolarmi. Lo guardai con occhi supplichevoli e restammo a fissarci per qualche momento, poi fece una cosa che mi lasciò del tutto spiazzata. Aprì il getto d'acqua e dopo qualche instante venni invasa dal suo calore. Era come una boccata d'ossigeno e non potei fare a meno di farmi sfuggire un gemito di gratitudine.

Mi teneva ancora le mani bloccate, come per paura che potessi sfuggirgli, ma il mio corpo era troppo ghiacciato perché riuscissi a muovermi. Mi lasciai cullare da quel calore che il mio corpo bramava e mi lasciai avvolgere da quella meravigliosa sensazione.

«Se non vuoi spogliarti vorrà dire che farai la doccia vestita, ma hai bisogno di scaldarti. Se ti lascio la smetti di ribellarti?» Sembrava un padre che sgrida la propria bambina.

Annuii, sollevata quanto sorpresa del suo gesto. Era un continuo enigma. Una volta era quello rude, spietato e terribilmente pericoloso e la volta dopo sembrava quasi una persona con un minimo di cuore e sentimenti, da farmi quasi dimenticare la sua vera natura. Dopo essere riuscita a riacquistare un minimo di calore, chiuse l'acqua e, aiutandomi ad uscire, mi avvolse in un asciugamano che profumava di lavanda e di pulito.

«Ora io esco, tu ti spogli e ti metti quei vestiti asciutti, oppure questa volta lo faccio io con la forza. Intesi?» Mi avvisò con tono serio, facendomi capire che non stava scherzando. Annuii di nuovo velocemente come per paura che cambiasse idea e lui mi lasciò sola come promesso.

Feci un profondo respiro, inalando il profumo dell'asciugamano, sentendo il mio corpo iniziare di nuovo a produrre calore. Avvertire dei vestiti asciutti addosso fu una sensazione a dir poco meravigliosa, nonostante fossero troppo grandi. Non indossavo la biancheria, ma erano comunque degli abiti caldi, e questo, per ora, andava più che bene, anche se portavano il suo profumo addosso.

Non appena smisi di tremare come una forsennata, Viktor mi portò di nuovo nel salone, davanti al camino. Il domestico di prima mi versò una tazza di tè fumante, che accettai volentieri. Ne sorseggiai quasi la metà senza dire una parola, mentre Viktor mi osservava attento, distogliendo lo sguardo di tanto in tanto verso le fiamme del camino.

«Perché non mi uccidi e basta invece di tenermi qui come una prigioniera?» Gli chiesi rompendo quel silenzio straziante.

«Te l'ho già detto. Perché a differenza di mio fratello io cerco di capire prima di agire.» Sospirò del tutto esausto.

«Esattamente cos'è che vuoi capire?» Continuai imperterrita, ignorando il fatto che lo stessi esasperando.

«Te. Deve esserci un motivo se riesci a rendermi vulnerabile, e se tuo padre ti ha mandato qui, deve esserci un motivo anche per quello.» Mi inchiodò con il suo sguardo magnetico. Più che mio padre, erano state le sue formule e il signor Smith a mandarmi qui, ma decisi di non contraddirlo.

«Non posso restare qui e far finta che tutto questo sia normale, lo capisci?»

«Come sai cosa sia normale e cosa non lo sia? Non credi che abbiamo entrambi bisogno di capire? Ci sarà un motivo se il destino ti ha portato qui.»

«E quale sarebbe?»

Non sapevo più cosa fosse normale e se ancora esistesse tale parola. E se avesse davvero ragione lui? Per tutto questo tempo mi ero concentrata solo sul fatto che lui era qualcosa di sovrannaturale... Un vampiro, ma io? Cosa ero io? Ero ancora una persona normale? Forse mio padre voleva che trovassi quelle formule e trovassi lui.

Dovevamo cercare delle risposte, trovare un qualcosa che potesse risolvere questo folle enigma e non solo per lui, ma anche per me stessa. Ormai, anche se non volevo ammetterlo, ero troppo coinvolta in questa storia e, anche se ero venuta a conoscenza di qualcosa che non si gestiva facilmente, era ormai troppo tardi per tornare indietro.

Dovevo andare fino in fondo.

12

Viktor

Provai un certo senso di piacere, quando la vidi risalire lentamente le scale con addosso i miei vestiti, che le stavano decisamente troppo grandi. Aveva quasi rischiato di morire dal freddo prima, e sapevo che in parte la colpa era mia.

Quando l'avevo lasciata da sola in camera, sapevo benissimo che avrebbe provato a scappare, l'avevo visto nei suoi occhi... Eppure, avevo voluto lasciarglielo fare. Dopo aver dato ordini alle mie guardie di non sorvegliare la sua stanza, mi era bastato aspettare non molto per vederla sgattaiolare, come previsto, fuori dalla sua camera.

Nonostante il terrore che provava verso di me e su ciò che aveva scoperto, possedeva comunque l'audacia di tenermi testa, e questo mi intrigava molto.

Vederla lì fuori, in mezzo a quel lenzuolo di neve bianco, la parte più oscura di me non aveva resistito nel giocare con lei come un leone fa con la sua preda. Sapeva perfettamente che non avrebbe avuto vittoria contro di me, eppure, non si era arresa tanto facilmente. Erano ancora ben impressi nella mia mente i suoi occhi da cerbiatto sgranati, quando avevo avvicinato il mio volto al suo quasi da baciarla... E stavo davvero per farlo. Per un secondo avevo dimenticato l'effetto che aveva su di me quando le sue labbra osavano toccare le mie, per un secondo, mi ero lasciato ammaliare dalla sua fragile bellezza. Fragile quanto mortale. Era incantevole, così minuta eppure così forte. Era entrata nella mia vita come un fulmine.

Senza preavviso, senza cercarla, e, come aveva detto lei, era una cosa nuova anche per me. Non ero abituato a dover tenere testa ad una donna, soprattutto ad un'umana. Solitamente mi bastavano un paio di paroline magiche per averle ai miei piedi, ed essendo come me, non avevo bisogno di dover controllare la mia forza o la mia sete di sangue per paura di ferirle. Con lei, invece, era diverso. E non solo perché era un'umana, ma perché, nonostante sapessi fosse attratta da me, sembrava inafferrabile, indomabile, e io non ero affatto abituato a vedermi sfuggire le cose di mano.

«Signore...» La voce di Peter arrivò dietro le mie spalle, tesa come una corda di violino.

«Cosa c'è, Peter?» Gli chiesi, donandogli tutta la mia completa attenzione, invitandolo a sedersi lì con me. A differenza di tutti gli altri miei uomini, Peter era la mia guardia più fidata. Lo era di mio padre e ora la mia. L'unico di cui mi fidavo veramente.

«Abbiamo rilevato degli spostamenti di suo fratello e pensiamo che possano essere collegati alla signorina Miya.»

«Potrebbero... O forse no. Dobbiamo scoprire se e cosa sta progettando. Se ha in mente di ucciderla non passerà molto prima di metterlo in pratica.» Ammisi freddo. Conoscevo Nikolai. Se aveva uno scopo, avrebbe fatto ogni cosa per portarlo a termine, maggior ragione se ne valeva della sua vita.

«Certo, signore.» Rispose Peter con voce professionale. Dovevo assolutamente capire i piani di Nikolai. Per ora Miya era al sicuro, ma quanto ancora lo sarebbe stata? Mio fratello era un mostro spietato e senza scrupoli.

«Voglio altre guardie davanti alla stanza di Miya e voglio essere informato su ogni cosa che scoprite su mio fratello, anche la più banale.»

«Sì, signore.»

«Avete recuperato i suoi vestiti?» Gli chiesi versandomi qualcosa da bere.

«Ecco... A proposito di questo, signore... Credo che ci sia un'altra cosa che lei debba sapere.»

Lo guardai di traverso, invitandolo a proseguire, sorseggiando una buona quantità di liquore, tornando in piedi, davanti al camino.

«Quando siamo entrati dentro la stanza della signorina Miya per prendere i suoi effetti personali, questa era stata completamente messa a soqquadro. Abbiamo controllato le telecamere di sicurezza e, oltre alla servitù, abbiamo visto entrare e uscire una figura incappucciata. Dalla fisionomia crediamo si possa trattare di una donna, ma non ne siamo del tutto sicuri. Non sappiamo se sia stato rubato qualcosa oppure no, ma... La vera domanda è: chi era e cosa cercava realmente?»

Il bicchiere si frantumò completamente nella mia mano, schizzando in mille pezzi su tutta la moquette, mentre il restante del liquido scorreva tra le mie dita tremanti.

Un'ondata di rabbia invase il mio corpo, mandandomi fuori di testa. I miei occhi diventarono rossi senza controllo e Peter si alzò dalla sedia indietreggiando con cautela. Chi era quella figura incappucciata? Miya la conosceva, oppure no? Era in pericolo da lei o era una sua complice? Molteplici domande mi frullarono nella mente come formule di matematica incomprensibili. Ero abituato ad avere sempre tutto sotto controllo e sembrava che, da quando fosse arrivata questa ragazza, ogni cosa mi sfuggiva di mano mandandomi su tutte le furie.

«Signore?» La voce di Peter arrivò calma alle mie orecchie, mentre ogni senso del suo corpo era in allerta. Mi voltai verso di lui, che mi scrutava con la massima attenzione, pronto a qualsiasi mia mossa.

Mi conosceva bene e sapeva che, nonostante mi considerassero la parte "buona" rispetto a mio fratello, era meglio non scatenare la mia furia. Lo guardai un altro momento prima di chiudere gli occhi e fare un respiro profondo, cercando di calmarmi. Quando li riaprii, sapevo che erano tornati nel mio colore naturale e Peter sembrò rilassarsi un po'.

«Avete preso il filmato?»

«Sì, ma il volto è completamente coperto. Impossibile identificare chi sia.»

Strinsi i pugni. Per quale diavolo di motivo sembrava che ogni cosa giocasse a mio sfavore? Ogni volta che cercavo di riprendere in mano la situazione, questa sembrava sempre sfuggirmi. *Dannazione!*

«Portatelo comunque qui. Non appena si sveglierà, voglio farglielo vedere per cercare di capire se almeno lei conosce questa donna. Ammesso che sia una donna.»

«Sì, signore.» Peter mi lasciò di nuovo solo, mentre riempii un nuovo bicchiere di liquore. La rabbia nel mio corpo bruciava ancora come benzina, cercando di capire l'entità di quella persona e se potesse essere collegata a lei o a mio fratello. Forse era coinvolta in qualcosa di pericoloso? Mi resi conto che non conoscevo nulla di Miya e, a quanto diceva, sembrava che anche lei non sapesse molto sul suo passato e quello di suo padre. Qualsiasi cosa stesse studiando non si trattava di certo di una cura contro il cancro. Il padre doveva sapere molto più di quanto lei credesse e, a mio parere, se era stato lui a farla venire qui, doveva anche essere un padre orribile. Se non fosse stato per me, adesso, sarebbe morta senza dubbio e mi chiesi quale padre farebbe una cosa del genere alla propria figlia. *Forse lo stesso che un figlio farebbe alla propria madre.*

Guardai il filmato non so quante volte. Tutto quello che vedevo era una donna vestita completamente di nero dalla testa ai piedi, con il volto coperto e irriconoscibile. Peter aveva ragione, la fisionomia era decisamente quella di una donna, ma quello che attirò la mia attenzione era come si muoveva. I suoi movimenti erano decisamente troppo perfetti, che mi chiesi per un momento se potesse essere un'umana oppure no. Dovevo scoprire di più su questa entità sconosciuta e dovevo assolutamente avere più informazioni possibili su Miya, e per farlo, saremmo dovuti andare dove sapevo le avrei trovate.

Erano circa le nove di mattina quando la vidi scendere le scale con al suo fianco Peter. Aveva il volto assonnato e indossava ancora i vestiti con cui probabilmente aveva dormito. Anche io avevo addosso ancora quelli della notte scorsa e avevo passato quest'ultima a guardare il filmato in cerca di risposte, e ad assicurarmi che durante la notte non provasse di nuovo a scappare o a fare qualche altra sciocchezza. Vederla dormire e sentire il suo battito regolare, mi aveva fatto pensare a quanto fosse fragile e a come sarebbe bastato poco a farlo smettere di battere.

Scese l'ultimo gradino e con passo lento si posizionò a pochi centimetri da me. La guardai per qualche instante, così dolce e vulnerabile, mentre mi osservava con i suoi occhi da cerbiatto, curiosi. Mi domandai cosa si celasse dietro quel bel faccino. Mi chiesi se potessi fidarmi di lei quando diceva di non sapere nulla, o se stava semplicemente mettendo in atto un piano ben studiato. La invitai a sedersi, e con mia sorpresa obbedì senza protestare.

«Ci sono alcune cose che devo farti vedere.» Dissi diretto, sciogliendo quel silenzio.

«Buongiorno anche a te, Viktor.» Mi rimproverò dolcemente, facendo una smorfia. Mi mossi smanioso sopra il divano, mentre cercavo di ricompormi. Sentirla chiamare il mio nome con la sua voce mi provocava incondizionatamente brividi lungo tutta la schiena. Mi piaceva il suono che produceva il mio nome sulle sue labbra.

«Buongiorno, signorina Miya. Ha dormito bene?» Le chiesi con voce sensuale, stuzzicandola. Le sue guance cambiarono subito colore, lasciandomi sfuggire un sorrisetto compiaciuto.

«Abbastanza. Non si potrebbe dire lo stesso di lei.» Rispose imbarazzata ma stando comunque al mio gioco, alludendo ai miei vestiti. Peter, dietro di lei, ci guardava divertito.

«Ho avuto nottate migliori.» Confermai, facendole l'occhiolino.

«Allora, cos'è che volevi farmi vedere?» Incrociò le mani al petto, fissandomi sulla difensiva, senza avere più voglia di giocare. Tornai di colpo serio e, senza staccare i miei occhi dai suoi, presi il mio MacBook e, girandolo verso di lei, azionai il video. La vidi voltarsi verso lo schermo, corrugando la fronte, concentrata sul video, cercando di capire cosa stesse guardando. Non appena riconobbe il numero della sua stanza, sgranò gli occhi.

«È la mia stanza d'albergo!» Ammise sorpresa, senza staccare gli occhi dallo schermo.

«Continua a guardare.» Le ordinai, serio. Mi diede un'occhiata veloce, prima di tornare ad osservare con attenzione. Non appena vide la figura incappucciata attraverso la ripresa della telecamera, corrugò maggiormente la fronte. Sembrava sorpresa quanto confusa. Era un buon segno. Voleva dire che non la conosceva. *O forse vuole farti illudere che non la conosca?* Scacciai quel pensiero.

«Conosci quella donna?» Le chiesi diretto, non appena finì il video. Da questo non si capiva molto, ma ero più che sicuro che non si trattasse di un uomo.

«No. Credo di no. Chi è?»

«Stiamo cercando di capirlo. I miei uomini hanno trovato la tua stanza completamente a soqquadro, mentre cercavano di prelevare i tuoi effetti personali. Le tue cose sono lì. Avevi con te qualcosa di importante?» Le domandai indicandole le valigie ad un lato della stanza. In un primo momento i suoi occhi si sgranarono, poi cercò di concentrarsi su quello che le avevo appena detto. Si avvicinò svelta e, con l'aiuto di Peter, iniziò ad aprirle per rovistare tra di esse.

«No, voglio dire, oltre i miei vestiti... Sembra non mancare nulla. Aspetta, le chiavi. Avevo con me le chiavi del laboratorio di mio padre. Non ci sono più.» Concluse alla fine, allarmata, guardandomi con occhi preoccupati.

«Ne sei sicura?» Mi alzai di scatto, scambiandomi un'occhiata veloce con Peter.

«Più che sicura. Ci sono tutte tranne quella.» Ribadì convinta.

Mi passai una mano fra i capelli, camminando tra la stanza. Chiunque fosse quella donna, doveva conoscere molto bene le abitudini di Miya, o di suo padre, per sapere quali fossero le chiavi. Era chiaro che stava cercando informazioni, e forse non solo quelle. All'interno di quel laboratorio potevano esserci molteplici dati che mi rendevano vulnerabili e io dovevo assolutamente intervenire e scoprire di più su quella storia.

«Pensa che la donna possa essere collegata a suo fratello Nikolai, signore?» Mi chiese Peter, che era stato in silenzio fino a quel momento. Miya, non appena sentì pronunciare la parola *fratello*, sbiancò all'instante.

«Non credo, ma non voglio escluderlo. Conosco i modi in cui lavora e mandare una donna a svolgere il suo lavoro non è da lui. Senza contare che, per sapere quale fosse la chiave del laboratorio, deve trattarsi di una persona molto vicina a Miya. Tuttavia, non voglio lasciare nulla al caso.» Ammisi, cercando di fare ordine in mezzo a tutto quel caos. Ma la verità era che quella donna poteva essere chiunque. Qualcuno del passato di Miya che cercava non so cosa. Un demone ingaggiato da mio fratello, o peggio, qualcuno della mia stirpe che cercava un modo per distruggermi. Le minacce in questo periodo erano tante e le persone di cui potersi fidare sempre meno.

«Dio mio!» Si lasciò sfuggire, esasperata, mentre continuava a torturarsi il suo labbro inferiore, camminando a vuoto davanti alle sue valigie.

«Conosci qualche tua parente o amica di tuo padre che sapeva o aveva accesso al laboratorio?»

«Direi di no. Mio padre... Lui aveva poche conoscenze, o almeno credo. Ultimamente sto rivalutando ciò che sapevo realmente su di lui.» Ammise con voce affranta. Parlare del suo passato le procurava dolore, ma purtroppo era proprio lì che dovevamo scavare, se volevamo avere delle conferme. C'erano troppe cose in ballo e troppe domande a cui necessitavano delle risposte.

«È tempo di trovare delle risposte. È tempo di tornare a casa, signorina Miya.»

13

Viktor

La vidi barcollare pericolosamente all'indietro.

«C-Cosa?» Balbettò presa dalla sprovvista.

«Se vogliamo trovare delle risposte è lì che dobbiamo andare. Partiremo domani.» Conclusi senza troppi giri di parole.

«Io non posso... Non sono pronta.» Ammise terrorizzata, penetrandomi con i suoi occhioni verdi. Avevo ragione. Quando era venuta qui, non era stato solo per scoprire ciò che aveva progettato suo padre, ma anche perché aveva chiuso dietro di sé una porta del passato che non voleva riaprire.

«Lo sarai. So che lo sarai.»

Vederla mangiare con appetito mi dava sollievo anche se non aveva osato dire una parola da quando avevamo iniziato a mangiare. Era nervosa e aveva tutto il diritto di esserlo.

«Cosa ti turba?» Le chiesi comunque con gentilezza, mentre lei smise di mangiare per darmi tutta la sua attenzione.

«Non ho voglia di tornare a casa.» Sorrisi.

«Avevi così tanta voglia di tornarci e ora non vuoi?» La sfidai guardandola con dolcezza. La vidi deglutire, sentendosi in difficoltà.

«Miya... Se vogliamo trovare delle risposte dobbiamo tornare lì. Qual è il problema?» La incoraggiai, in tono pacato. Non sapevo bene il perché, ma mi ritrovai a voler sapere di più sulla sua vita e non solo per avere risposte. Volevo conoscerla meglio.

«Il problema è che non sono ancora pronta a tornare nel posto in cui è morto mio padre!» Sbottò furiosa, sbattendo entrambe le mani sul tavolo. I suoi occhi diventarono di colpo lucidi e, per un momento, mi ritrovai in difficoltà, incapace di rispondere.

Conoscevo bene quella sensazione, quel dolore... E in quei casi le parole contavano ben poco. Nessuno sarebbe stato in grado di confortarti, nessuno sarebbe stato in grado di capirti, così come nessuno sarebbe stato in grado di provare il tuo stesso dolore. Ma una parte di me riusciva a comprenderla.

«Ti capisco.» Ammisi tuttavia in tono freddo, incapace di aggiungere altro.

«No, no che non puoi capirmi perché tu non hai rispetto per nessuno! Per te esistono solo i tuoi problemi, le tue maledette risposte e...»

«Ho perso anche io mio padre da poco!» Alzai la voce di scatto, facendola sussultare. La fissai quasi inorridito, restando spiazzato per averle confessato una cosa per me così importante e privata.

Calò un silenzio assordante, mentre io cercavo di riprendere fiato. Nei suoi occhi vidi celare per un momento lo stupore, seguito dalla cosa che odiavo più di tutte. La compassione. Strinsi forte la forchetta che avevo in mano, quasi a frantumarla in mille pezzi. Il mio autocontrollo stava decisamente andando a farsi fottere. Che diavolo mi stava succedendo? Io non mi lasciavo mai coinvolgere così, né tanto meno lasciavo intravedere le mie ferite.

«Mi dispiace.» Sussurrò, abbassando lo sguardo, sentendosi in difficoltà. Feci un finto sorriso. Quel semplice "mi dispiace" non fece altro che alimentare maggiormente la mia rabbia.

«Già. Queste solitamente sono le parole che suonano meglio da dire.» Sbottai acido prima di scattare in piedi, facendo stridere la sedia in modo brusco dietro di me ed uscire dalla stanza. Avevo bisogno d'aria, e soprattutto, avevo bisogno di calmarmi. Era passato troppo poco tempo e io ero ancora troppo influenzabile sull'argomento.

Salii di corsa le scale, sentendo i passi di Miya seguirmi. Chiusi gli occhi, cercando di isolarmi da tutto il resto, ma fu praticamente inutile. Non volevo farle del male e lei era troppo, pericolosamente vicino.

«Aspetta!» Urlò alle mie spalle con il fiatone, cercando di tenere il mio passo, ma non mi fermai. Non potevo. Entrai invece spedito nel mio studio, non curandomi di chiudere la porta. Sapevo che mi avrebbe raggiunto, era questione di pochi attimi.

«Ehi...» Sussurrò, varcando la porta, cercando di riprendere fiato. Mi voltai e, vedere i suoi occhi colmi di dispiacere, non fece altro che peggiorare la situazione.

«Esci da questa stanza, Miya. Non costringermi a farti del male.» La avvisai, sentendo il mio autocontrollo abbandonarmi sempre di più. Stavo letteralmente tremando, incapace di controllarmi

Non ero abituato ad espormi così tanto, come non ero abituato alla compassione. Tutto questo mi stava facendo impazzire.

«Ascolta... Mi dispiace.»

«Smettila di dire che ti dispiace, cazzo!» Le urlai addosso, passandomi una mano tra i capelli, girando attorno alla mia scrivania come un tornado fuori controllo. Odiavo il modo in cui mi guardava, odiavo il modo in cui mi faceva effetto la morte di mio padre e, soprattutto, odiavo l'effetto che lei aveva su di me.

Mi rendeva vulnerabile, e non solo fisicamente. *Maledizione!*

«Okay, va bene. Possiamo almeno parlarne?» Mi chiese cauta, avvicinandosi a me lentamente, valutando ad ogni passo una mia possibile reazione.

«Adesso vuoi parlarmi? Adesso non ti faccio più paura, eh?»

«Io...Non lo sapevo.» Ammise infine, con voce dispiaciuta.

«Già! A quanto pare sono molte le cose che non sai su di me, ma continui a giudicarmi come se fossi solo un mostro, e sai cosa c'è? Forse hai ragione! Forse devo smetterla di cercare di essere qualcun altro, di essere quello che tutti si aspettano!» Urlai come un pazzo furioso, facendola sussultare.

Aveva paura, adesso. Potevo sentirlo dal suo cuore che batteva veloce come un cavallo in corsa senza freno. I suoi occhi erano inchiodati ai miei, probabilmente perché, oltre ad essere iniettati di sangue, erano contaminati anche da una rabbia spietata. Era da tanto che non mi capitava di perdere così il controllo. Non davanti a qualcuno, comunque. Ma questa ragazza... Riusciva a tirare fuori la parte peggiore e la parte più vulnerabile di me.

E questo era un enorme problema. Un problema che avrei dovuto risolvere dall'inizio. Perché diamine mi importava di lei? Di una stupida umana che poteva uccidermi, per giunta?

Forse non era così sbagliato il metodo di mio fratello. Forse era molto meglio essere temuti che amati. Che senso aveva cercare di essere migliore quando tutti ti reputavano comunque un mostro?

Non era un mondo in cui poteva esserci amore, affetto. Solo quel folle di mio padre si era spinto così oltre da provare a rincorrere quei sentimenti, e guarda dove era finito.

«Hai paura?» Le chiesi, iniziando ad avvicinarmi verso di lei come in una specie di danza mortale. Volevo spaventarla. Volevo che mi odiasse, non che provasse compassione. La sentii deglutire, mentre il suo respiro si faceva sempre meno regolare. Indietreggiò di qualche passo, come se potesse realmente scappare da me.

«Fai bene ad averne! Perché io sono cattivo, sono spietato, crudele. Mi sono nutrito di esseri umani, ho ucciso e continuerò a farlo, perché è questa la mia vera natura.» Confessai con voce fredda, accecato dalla rabbia, ormai ad un centimetro dal suo volto. La vidi fissarmi intensamente negli occhi come se potesse entrarci dentro, poi chiuse di colpo i suoi.

«Tu non mi ucciderai.» Sussurrò flebile, quasi impercettibile, continuando a tenerli chiusi con tutta la forza di cui era capace. Ansimava e tremava come una foglia, e la sua gola era dannatamente troppo vicina e invitante.

«Ne sembri così convinta. Allora perché hai paura?» La sfidai, sussurrando quelle parole con difficoltà nel suo orecchio.

«Io non ho paura di te.» Affermò questa volta con tono fermo e ben udibile, tornando ad inchiodarmi con i suoi due pozzi verdi.

«Ah, no?» Cercai di mantenere il controllo, disarmato dai suoi incredibili occhi e dal suo invidiabile coraggio.

«No. Tu non sei cattivo, né tanto meno un mostro. Ho solo paura di quello che cerchi di convincerti di essere. Puoi anche provare a spaventarmi, a farmi vedere il peggio di te, ma so che non sei quello che vuoi far credere, o comunque non è la parte che cerchi di far uscire. Ognuno di noi ha un lato buono e uno cattivo. L'importante è sempre scegliere quale usare.» Posò inaspettatamente entrambe le sue mani sul mio petto, facendomi sussultare. Restammo a fissarci per non so quanto tempo nel silenzio più assoluto, lasciando che i nostri occhi parlassero da sé.

Feci un paio di respiri profondi, cercando di calmarmi, non riuscendo a smettere di guardarla. Mi aveva lasciato spiazzato, senza parole e, ancora una volta, non era una cosa che mi succedeva mai. Scossi il capo, facendo un debole sorriso.

«Che c'è?» Mi scrutò attentamente con i suoi occhi da cerbiatto.

«Sei incredibile, davvero non riesco a capirti. Un attimo prima mi odi, un attimo dopo sembri quasi ammirarmi».

«Siamo in due allora. Ti va di dirmi come è successo?» Mi scoccò un sorriso bellissimo quanto innocente e rimasi sorpreso di come fosse riuscita a calmarmi. Feci un paio di respiri profondi.

«Non c'è molto da dire. È morto per salvare mia madre contro la mia specie, mentre mio fratello, la causa di tutto ciò, non ha alzato un dito per aiutarlo.» Ammisi, cercando di mantenere un tono neutro.

Non mi piaceva parlare di questo argomento, eppure lei sembrava riuscire a farmelo fare senza troppe difficoltà. Odiavo Nikolai perché era un mostro, perché faceva del male alle persone e perché era lui stesso una persona spregevole. Ma il motivo per cui lo odiavo più di tutto, era perché mio padre era morto per causa sua e lui non aveva fatto nulla per impedirlo. Si morse istintivamente il labbro, mentre non riuscii a definire il suo sguardo.

Dove prima c'era compassione, ora c'era qualcosa che non riuscivo a capire. Questa ragazza sembrava una continua sorpresa.

«Che c'è?» Fui io questa volta a chiederglielo, guardandola indagatorio.

«Niente.» Rispose in fretta, staccando le sue mani dal mio petto, avvertendo il suo cuore riprendere di nuovo a battere velocemente.

«Uhm... Dal battito del tuo cuore non si direbbe affatto.» La guardai curioso, inarcando un sopracciglio. Posai entrambe le braccia ai lati della sua testa, imprigionandola contro il muro. Lei fece un sospiro, cercando di restare calma. Mi voleva. Potevo sentire il suo odore, il suo sangue e potevo vederlo anche nei suoi splendidi occhi. Mi desiderava. Feci un debole sorriso.

«Sembri una rosa bianca. Così fragile e pura. Potrei spezzarti anche con una semplice carezza.» Sussurrai quelle parole con voce roca, non riuscendo a restare impassibile all'odore del suo desiderio e alla mia irrefrenabile voglia di sentire di nuovo il contatto delle sue labbra.

«Anche la rosa più bianca può essere facilmente calpestata dalle tenebre e diventare impura.» Rispose, provando a non far tremare troppo la sua voce, disarmandomi completamente. *Cristo!* Di tutte le donne che avevo conosciuto, lei era sicuramente la mia peggiore condanna.

Continuò a fissarmi con quel suo sguardo intenso, pieno di sicurezza, coraggio e passione. Potevo vederci un mondo dentro. Mi avvicinai lentamente, fino a far sfiorare i nostri nasi. La vidi trattenere il respiro - combattuta dall'impulso di restare o scansarsi - mentre io cercavo di regolare il mio. Quelle sue dannate labbra mortali, sembravano quasi una droga. Ero quasi sul punto di baciarla, ignorando completamente l'effetto che aveva su di me, quando fummo interrotti dallo schiarirsi di una voce.

«S-Signore. Chiedo scusa per l'intrusione, c'è sua madre di sotto che vuole vederla.» Sullo stipite della porta c'era Jared, nonché vice capo in assenza di Peter. Ci guardava imbarazzato quanto dispiaciuto di aver interrotto un momento così intimo.

«Ha un tempismo davvero perfetto, Jared!» Sbottai nervoso, incamminandomi al piano di sotto, lasciando Miya sconvolta e sola in quella stanza.

Jared mi seguì in assoluto silenzio mentre, seduta sul divano, c'era mia madre vestita in un tailleur blu scuro. Aveva il volto sconvolto, nonostante fosse molto brava a mascherarlo.

«Viktor... Sei vivo, grazie a Dio.» Esclamò esausta non appena mi vide, alzandosi dal divano.

«Sto bene.» Le risposi brusco, accogliendola nel peggiore dei modi. Lei fece una smorfia triste, tornando a sedersi sul divano. Mi odiai per averla di nuovo ferita, ma ero ancora arrabbiato con lei.

«Cosa ti succede, figlio mio? Non ti riconosco più. So di aver sbagliato, ma ti prego di non avercela con me.» La sua voce era ormai incline alle lacrime. Distrutta così come il suo corpo. Nonostante l'età che avanzava, era ancora una bella donna, anche sé, dopo la morte di papà si era lasciata decisamente andare alla vita.

«Scusami, non è una buona giornata.» Confessai, infine, provando ad essere più gentile e a calmarmi.

«Cos'hai, Viktor? Ti prego, parlami. Qualsiasi proble...» La voce di mia madre si bloccò all'instante, mentre la vidi guardare in alto, dietro di me. Feci un profondo respiro, e, voltandomi lentamente, sapevo già cosa avrei trovato.

«Viktor... L'hai risparmiata.» Mia madre esclamò con voce sorpresa alle mie spalle e non dovetti girarmi di nuovo verso di lei per vedere che stava sorridendo, fiera. Miya iniziò a scendere un gradino per volta, con passo incerto, tenendo il suo sguardo ancorato al mio.

«Già, delle volte faccio delle pessime scelte.»

14

Viktor

«Lo ammazzo. Questa volta giuro che lo faccio!» Scaraventai il bicchiere contro la parete della stanza, facendolo andare in mille pezzi. Mia madre e Miya sussultarono. Dopo il nostro scontro, Nikolai si era teletrasportato in casa di mia madre, minacciandola perché annullasse l'incantesimo di protezione che le avevo chiesto di fare per proteggere Miya. L'aveva aggredita. Prima verbalmente e poi fisicamente.

Quello che veramente mi aveva mandato su tutte le furie era stato vederla togliersi la sciarpa, per rivelare i segni rossi delle sue maledette mani sul suo collo, e Dio solo sa cosa sarebbe successo se lei non avesse usato i suoi poteri per allontanarlo. Quel bastardo stava cercando di portarmi via un pezzo alla volta, ma non glielo avrei permesso. Anche a costo della mia vita.

«Viktor, ti prego... Calmati.» La voce di mia madre era incline alle lacrime, mentre tentavo di soffocare la rabbia e con lei i miei poteri.

«Ha osato metterti le mani addosso. Quel bastardo ha osato sfiorarti, cazzo!» Tuonai inferocito, non riuscendo a placare la mia ira. Miya mi guardava preoccupata, mentre cercava di restare calma. L'idea che stesse assistendo a quella scena deplorevole non mi piaceva affatto, ma al momento non ero lucido.

«Guardami, Viktor, sto bene. Con i miei poteri sono riuscita a difendermi e a mandarlo via. Va tutto bene.» Mia madre mi prese il volto fra le sue mani, guardandomi supplichevole, provando a rassicurarmi.

«Non va per niente bene! Poteva ucciderti!» Sbottai, allontanandomi da lei.

«Lo so, ma adesso sto bene. Conta solo questo. Mi dispiace non averti ascoltato prima, Viktor, ma voglio rimediare. Sono stata accecata dall'amore per troppo tempo, ma adesso non voglio più restare ferma a guardare. So che tuo padre non avrebbe mai voluto questo. Lui avrebbe combattuto al tuo fianco ed è quello che farò. Non c'è davvero più niente che possiamo fare per Nikolai.» Continuò mia madre, ormai sfinita, ma determinata.

Rimasi quasi sorpreso di quello che aveva appena detto. Non doveva essere una decisione facile per lei. Dio solo sa quanto avrei voluto avere un fratello al mio fianco che mi sostenesse in ogni battaglia, ma Nikolai non era quel fratello. Lui non ci amava. Non faceva parte della nostra famiglia e sapevo che avrebbe fatto qualsiasi cosa per ucciderci, come io avrei fatto qualsiasi cosa per difenderla.

«Resterai qui, protetta.» Le imposi, sentendo il mio corpo riacquistare un briciolo di controllo.

«Viktor, ne abbiamo già parlato... So proteggermi da sola.» Concluse con un tono che non ammetteva repliche. Feci un respiro profondo, provando a restare calmo.

«Perché devi essere sempre così testarda? Qual è il motivo per cui ti ostini a restare ancora in quella casa, mamma?» Sbottai spazientito, andandomi a versare qualcosa di forte da bere.

«Perché è lì che è sepolto tuo padre ed è lì che resterò, Viktor! Fine della discussione!» Le sue parole arrivarono taglienti come una lama affilata e, quando mi voltai per incrociare il suo sguardo, fui quasi intimorito dal fuoco che ardeva dentro di esso. In quel momento capii che potevo radere al suolo anche l'intero universo, lei sarebbe rimasta comunque in quella casa.

«Bene. Allora vorrà dire che avrai alcune delle mie guardie a proteggerti. E su questo non discuto.» La avvisai, prima che potesse provare anche solo a ribattere. Annuì, sorridendomi dolcemente, felice di averla avuta vinta ancora una volta. Mi passai una mano tra i capelli, esasperato, e sperai che prima o poi, il bene che provavo per mia madre, non sarebbe stato una condanna per entrambi.

«Forse... Dovreste consegnarmi a lui.» La voce di Miya arrivò come un sussurro. Entrambi ci voltammo di scatto verso di lei, completamente sorpresi. Quasi mi ero dimenticato della sua presenza.

«Non dire idiozie. Non ti consegnerò mai a mio fratello. Mi credi davvero così orribile?» Le chiesi, stupito di quello che aveva appena detto. Sicuramente non eravamo partiti con il piede giusto, ma come poteva anche solo immaginare che avrei fatto una cosa simile? Che l'avrei consegnata a Nikolai lasciando che la uccidesse?

«Ascolta... Ha quasi ucciso tua madre e continuerà a fare del male ad altre persone finché non arriverà al suo scopo e questo lo sai anche tu. Magari se mi consegnassi a lui io potrei fargli capire che non sono una minaccia.» Continuò, spostando lo sguardo da mia madre a me.

Non potei fare a meno di sorridere di fronte all'innocenza di quello che aveva appena detto.

«Non sai quello che dici.»

«Forse no, ma so quello che vedo. Non posso restare ferma a guardare vite in pericolo, mentre cerco di salvare la mia.»

«Voi umani e il vostro senso di dovere verso il prossimo.» Sorrisi, osservandola dolcemente. Sostenne il mio sguardo, fiera di quello che avevo appena detto. Lo stesso sguardo che ora era dipinto sul volto di mia madre, contagiata anche lei dallo stesso orgoglio.

«Sarà questo che ci rende speciali, figlio mio? Eva. È un piacere conoscerti, Miya.» Mia madre, lanciandomi un sorrisetto compiaciuto, si avvicinò verso di lei, stringendola in un caloroso abbraccio.

«Sei davvero una tipa in gamba, Miya. Mi ricordi così tanto me quando ero molto più giovane.» Continuò mia madre, lusingandola, e io non potei fare altro che alzare gli occhi al cielo.

«Voglio solo cercare di rendermi utile.» Ammise imbarazzata, alzando le spalle.

«Oh, certamente. Ma ha ragione mio figlio, non ti consegneremo a Nikolai. Sono sicura che troveremo comunque un altro modo.»

«C'è una cosa che puoi fare e sai già qual è.» Spostò di scatto la sua attenzione verso di me, tornando di nuovo sulla difensiva. Sostenni i suoi meravigliosi occhi, guardandola con tutta la dolcezza di cui ero capace.

«Per favore. Permettermi di entrare nel tuo passato.»

15

Miya

Deglutii faticosamente, perdendomi in quei suoi meravigliosi occhi eterocromatici.

Mi aveva chiesto di portarlo nel mio passato e, nonostante ogni parte di me cercasse di scappare da esso, sapevo di non avere altra scelta.

Voleva che lo portassi in quel luogo, dove, nonostante tutte le cose brutte successe, era ancora, per la mia mente, un posto non *infettato* da questa nuova realtà sovrannaturale, che ormai sembrava essersi radicata completamente nella mia vita. Non era ancora facile da accettare, ma perlomeno stavo iniziando a trovare un posto nella mia mente per questo nuovo genere di vita che stavo adottando.

Andai a sedermi sul divano, cercando di calmarmi con qualche respiro profondo.

Nell'ultima mezz'ora avevo provato troppe emozioni tutte insieme e il mio cervello stava ancora cercando di metabolizzarle. Mi ero sentita un vero schifo quando mi aveva confessato che, anche lui, aveva perso suo padre e la cosa che mi aveva scandalizzato ancora di più, era sapere che suo fratello non aveva fatto nulla per salvarlo. Dio solo sa cosa avrei fatto io se avessi avuto la possibilità di aiutare il mio se fossi stata lì, nel momento in cui si era sentito male. Se chiudevo gli occhi, delle volte, potevo ancora vedere i suoi, colmi di soddisfazione e di amore per il suo lavoro.

Scacciai subito quel pensiero doloroso. Ricordare, significava permettere al mio passato di tornare, e farlo tornare significava di nuovo soffrire.

Quando una cosa non puoi cambiarla, cambia tu. Le parole di mio padre risuonarono nella mia mente come un lontano ricordo.

Quanto ero cambiata da quando ero arrivata in Romania? Più che cambiare forse, stavo provando a trovare un modo per adattarmi, imparare a conoscere ed accettare tutto questo. Non era semplice convivere con Viktor, ma al momento non avevo molta scelta. Sapevo di non avere moltissime certezze, e un pezzetto ancora razionale della mia mente, mi ricordava che non potevo fidarmi al cento per cento di lui.

Il fatto che fosse così ossessionato dal trovare risposte non stava a significare che gli importasse realmente di me. Gli servivo per avere delle certezze, e una volta trovate, cosa ne avrebbe fatto di me?

Mi trovavo combattuta su due fronti. Provare a fidarmi di lui e vederlo come un alleato; oppure temerlo e considerarlo un nemico. Nonostante la sua vera natura, lui per me cos'era? Qualcuno su cui poter contare o qualcuno da cui dover scappare? La mia paura più grande non era più che lui fosse un vampiro, no. Ma il fatto che, in qualche modo contorto, stavo iniziando ad abituarmi a lui, e sapevo benissimo che non era il genere di persona a cui affezionarsi. Lui era un vero e proprio enigma per me e provare a comprenderlo non era così facile. Aveva mille sfaccettature, e sapevo di averne viste a stento un paio. Qualunque cosa stessi iniziando a provare per lui, era del tutto sbagliato. Era un vampiro, un essere spietato. Aveva ucciso, me lo aveva confessato lui stesso, eppure, il modo in cui proteggeva me, sua madre e la sua famiglia, era tutt'altro che spietato. Feci un sorriso ironico al pensiero di come poteva risultare pericoloso e protettivo nello stesso tempo.

Mi piaceva definirlo un gentiluomo oscuro. Dietro la sua parte tenebrosa, esisteva anche un minimo di buono in lui, solo che non sapevo mai quando e quale mi avrebbe mostrato.

Non potei fare a meno di fissare più e più volte i segni rossi sul collo della madre di Viktor, con occhi sconvolti. Rabbrividii al pensiero e rimasi inorridita di come un figlio potesse compiere un gesto così violento e spietato contro la propria madre. La donna che gli aveva donato la vita. Avevo provato anche io quella sensazione sulla mia pelle quando Viktor mi aveva quasi ucciso e nessuno poteva capirla meglio quanto me in quel momento.

Dopo che l'atmosfera si era decisamente alleggerita, Viktor e la sua guardia Jared si allontanarono per discutere probabilmente di pratiche importanti.

«Mi dispiace per quello che le è successo.» Ammisi incapace di dire altro, guardandola sincera nei suoi meravigliosi occhi. Lo so, sembravo ormai un disco rotto che non sapeva ripetere altro, se non "mi dispiace». Ma cosa si poteva dire di fronte ad una situazione simile? Era già di per sé orrendo subire un'aggressione… Ma riceverla dal proprio figlio doveva essere cento volte peggio.

Lei fece un sorriso amaro e, guardando attentamente i suoi occhi, vidi attraverso di essi tutto il suo dolore. Era disarmante.

«Questo succede a chi diventa cieco davanti all'evidenza, cara. Non merito molta compassione, sai?» C'era così tanta amarezza e rabbia nella sua voce, che mi fece rabbrividire. Era... Arrabbiata con sé stessa? Davvero si riteneva responsabile dopo quello che le aveva fatto suo figlio?

«Credo che tutti meritino un momento di conforto nella propria vita. Anche le persone che si ritengono le più forti.»

«Non quando continui a fare sempre lo stesso errore. Viktor ha cercato di farmelo capire in ogni modo, ma io niente. Accecata dall'amore, non ho saputo vedere che dall'altra parte c'era solo odio. Ho provato a dargli tutto il mio affetto, ma non è servito a niente. Mio marito aveva ragione. Non si può cambiare la natura di una persona e io devo accettarlo e lasciarlo andare.» Si sfogò, totalmente persa nei suoi pensieri. Si torse in continuazione le mani che aveva in grembo, un chiaro segnale del suo nervosismo.

Rimasi in silenzio non sapendo cosa aggiungere. Non era di certo una situazione facile da gestire. Rassegnarsi all'idea di perdere un figlio... Quanto dolore stava sopportando quella donna in quel momento?

«Non è mai facile lasciar andare chi si ama.» Ammisi con sincerità, cercando di alleviare in parte il suo dolore.

Passai l'ultima ora a sentire i racconti della signora Eva. Viktor era sparito insieme a Jared ad escogitare chissà che cosa e io cercai di concentrarmi su quello che mi stava raccontando sua madre, provando ad assorbire qualche informazione in più.

Sentirla parlare del suo passato fu un'impresa davvero difficile da gestire per il mio cervello. Un conto era viverlo attraverso un libro o un film, un conto era trovarselo nella vita reale. Non sapevo cosa la spingesse esattamente a raccontarmi la sua storia, tuttavia sentire la sua versione, mi affascinava e spaventava al tempo stesso.

«Anche io all'inizio, quando scoprii la loro esistenza, andai completamente fuori di testa. Mio marito aveva un carattere forte, dominante... Esattamente come Viktor. So quanto può essere difficile provare a gestirlo, ma se guardi nel loro profondo, c'è molto di più di quello che ti lasciano vedere. Non è stato facile sapere di avere sulle spalle una grande responsabilità. Essere catapultata in un mondo completamente sconosciuto e scoprire di non essere quello che pensavi realmente.» Confessò inchiodandomi con i suoi enormi occhi. La sofferenza era notevolmente visibile sul suo viso, eppure, nonostante il suo scarso interesse per il suo aspetto, era ancora una bellissima donna.

Deglutii, cercando di non soffermarmi troppo sulle sue ultime parole. Non so perché, ma la mia mente sciocca, l'aveva sempre vista come una semplice umana e non come una vampira.

«Quindi anche lei è...»

«Una strega. Metà strega, metà umana.»

Sgranai gli occhi. Ecco perché sia Viktor che suo fratello erano per metà stregoni. Lei sorrise.

«Tranquilla, tesoro. Un giorno riuscirai a gestire tutto questo, proprio come me.» Mi rassicurò con la sua voce calda e dolce.

Gestire tutto questo? E se io non avessi voluto farlo? Non volevo di certo restare per sempre qui.

Un giorno, quando tutto questo sarebbe finito, io sarei tornata alla mia normale vita e avrei dimenticato tutto. *Continua pure a raccontarti bugie. Davvero pensi di tornare alla tua normale vita? E, soprattutto, vuoi davvero farlo?* Sì! Sarei tornata alla mia normale vita, perché era quello il mio posto.

Salvare vite umane e scoprire tutto quello che la scienza ci donava. Nient'altro. Avrei dimenticato tutto e in qualche modo sarei andata avanti. Sola, come avevo sempre fatto.

Continuò a raccontarmi la sua storia e io mi chiesi come fosse riuscita a gestire tutto questo. Scoprire di essere una strega, compiere un rito così importante e pericoloso e poi affrontare un demone e mettere al mondo un loro figlio. Ecco perché Nikolai non era come loro. Viktor era il re attuale di tutti i vampiri, mentre Nikolai non era nemmeno del tutto suo figlio. Lui era per metà demone e, nonostante avesse cercato di causarle del male in ogni modo, lo amava incondizionatamente. Come faceva?

Rabbrividii, consapevole di non essere in grado di affrontare una cosa simile.

«Non credo di poterlo fare. Questo mondo non mi appartiene.» Ammisi con voce tremante.

Questa conversazione mi stava decisamente destabilizzando. Mi ero sempre fermata a pensare a come gestire questo momento, per poi, una volta finito, tornare a casa. Ma adesso l'idea suonava insensata perfino a me. Qualcosa nella mia mente mi diceva che non sarebbe mai finito... Eppure, l'idea di non tornare più a quella vita mi faceva mancare l'aria.

«Nemmeno io lo pensavo possibile. Mio figlio mi ha accennato dell'effetto che hai su di lui. Hai mai pensato che forse non sei così umana come credi?» Mi chiese poggiando delicatamente la sua mano sulla mia. Sentii un forte calore su questa, prima di vedere i suoi occhi sgranarsi di colpo.

Mi scostai bruscamente, balzando in piedi come una molla.

«C-Che cosa stai facendo?» Balbettai nervosa.

«T-Tu...» Il tono ansioso di Eva arrivò alle mie orecchie, come se avesse la gola piena di tanti piccoli pezzetti di vetro. Il suo sguardo era sconvolto.

«Cosa sta succedendo qui?» La voce di Viktor alle mie spalle mi fece voltare e sussultare dallo spavento. Dovevo avere il volto bianco come un bicchiere di latte, perché rimase a fissarmi con sguardo indagatorio, alzando un sopracciglio.

«Nulla. Stupide chiacchiere tra donne. Si è fatto tardi, Viktor. Mi dispiace, ma devo andare.» Eva si alzò con la grazia di un cigno dal divano, afferrando la sua borsa e mostrando un finto sorriso.

«Sicura che vada tutto bene?» Chiese Viktor ancora poco convinto della situazione che si era appena creata. Spostò il suo sguardo indagatorio da sua madre a me, per poi tornare a guardare Eva.

«Certo, ti chiamo non appena posso.» Si avvicinò, dandogli un bacio veloce sulla guancia.

«È stato un piacere conoscerti, Miya.» Mi sorrise, rivolgendomi un'occhiata veloce prima di recarsi verso la porta, scortata da Jared.

Durante il pranzo non riuscii a dire una parola. Qualsiasi cosa fosse successa con la madre di Viktor poco prima, non andava affatto bene.

Le sue parole continuavano a frullarmi in testa quasi a farmi impazzire. E se avesse avuto ragione? Se non ero davvero umana come credevo di essere? *Cazzate!* Dovevo per forza essere umana. Probabilmente quello che era successo tra me e Viktor nel nostro *bacio*, era un effetto collaterale e temporaneo del farmaco. Ma come poteva uno stupido farmaco creare tutto questo?

«Se continui a spingere così tanto quella forchetta, rischierai di fare un buco in quel piatto.» La voce di Viktor mi riportò alla cruda realtà e solo allora mi resi conto che la stavo impugnando con una tale forza, che le nocche erano diventate bianche e la mano stava iniziando a tremare per lo sforzo.

La mollai di scatto, facendola ricadere nel piatto con un odioso tintinnio. Guardai di fronte a me, imbattendomi nello sguardo intenso di Viktor, solo per scoprire che mi stava scrutando dalla testa ai piedi in un mix di dolcezza e curiosità.

«Ti va di spiegarmi cosa è successo tra te e mia madre, prima?» Mi chiese con una calma e una dolcezza inaspettata.

«Non è successo nulla.» *Bugiarda!*

«Non direi. Sai che non amo le bugie, Miya. Cosa ti ha detto?» Continuò serio, inchiodandomi con il suo sguardo indagatorio.

«Mi ha raccontato del suo passato...» Confessai, facendo fatica a guardarlo negli occhi. Non avevo voglia di parlarne, ma qualcosa mi diceva che non mi avrebbe lasciato in pace fino a quando non glielo avessi detto.

«E?»

«E, niente!» Sbottai infastidita.

«Miya.» Mi riprese con tono brusco.

«Non ha senso quello che dice! Non è vero! Io sono umana!» Sputai a raffica quelle parole, cercando di convincere più me stessa che lui.

Lo sentii sospirare, mentre continuava a guardava intensamente.

«Apri gli occhi, Miya. Apri la tua mente.» Quelle patetiche parole - così come la sua patetica voce da maestrino, quasi a volermi insegnare come affrontare la vita e i suoi problemi - mi a dir poco infastidivano. Come se lui sapesse esattamente come ci si doveva comportare per viverla al meglio.

«Non cominciare con questa storia perché credimi... Li sto aprendo anche troppo.» Gli lanciai un'occhiataccia, innervosita. Come osava farmi una predica simile dopo tutto quello che mi era successo?

«Non è vero, altrimenti non avresti così paura. Fingi di adattarti ma non è vero. Ti comporti da codarda.» Mi ghiacciò con la sua voce.

Cosa? Sgranai gli occhi prima di alzarmi di scatto dalla sedia.

«Io, codarda? Vai al diavolo, Viktor! Tu e il tuo fottuto mondo!» Urlai ferita e furiosa, dirigendomi verso la porta come un toro infuriato difronte al proprio drappo rosso.

Si materializzò davanti a me, facendomi sussultare dallo spavento, e inchiodandomi contro lo stipite della porta, mi annientò con le sue iridi scarlatte, facendomi abbassare istintivamente lo sguardo.

«Guardami, Miya.»

«No.» Sussurrai, continuando a guardare la sua camicia nera. Il suo profumo mi penetrò le narici facendomi girare la testa come fosse una droga. E forse lo era. Il mio cuore batteva come un cavallo imbizzarrito, percependo il suo corpo a pochissimi centimetri dal mio.

«Guardami!» Tuonò imperioso, non potendo fare a meno di obbedire. Alzai gli occhi e guardai i suoi, iniettati di sangue, facendomi rabbrividire. La mia mente era così paralizzata dalla paura da non riuscire a provare nulla se non il terrore.

«Hai paura perché pensi che tu possa essere come me. Malvagia come me... Un mostro come me. Non è vero?» Adesso anche la sua voce sembrava velenosa e crudele.

«Smettila!» Gli urlai. I miei occhi diventarono di colpo lucidi, sentendo il mio respiro diventare sempre più corto.

«Dicevi di volermi capire, allora trova le risposte di cui hai bisogno. Troviamo insieme le risposte che stiamo cercando.» Mi spronò, afferrandomi per le spalle, mentre la sua voce sembrava addolcirsi un po'.

«Non ci riesco. Io non voglio più soffrire.» Confessai ormai come un libro aperto, con la voce incline alle lacrime.

«Il dolore ci rende molto più forti di quanto credi, Miya. Dentro i tuoi occhi, c'è paura, rabbia, ma vedo anche una grande voglia di sapere la verità. Vedo coraggio, determinazione e forza. Aggrappati ad esse e trova le risposte che stai cercando.» Mi perforò con le sue parole e con i suoi bellissimi occhi, lasciandomi senza fiato. Si avvicinò di nuovo ad un centimetro dalle mie labbra, e questa volta, mi imposi di non chiudere gli occhi.

Restammo lì a fissarci per non so quanto tempo, sentendo il suo respiro solleticarmi il viso. Quando pensai che mi avrebbe di nuovo baciata, lo vidi svanire davanti ai miei occhi, lasciandomi lì, sola, consapevole che non avrei potuto fare altrimenti per uscire fuori da quel tunnel buio, se non tornare a casa ed affrontare di nuovo tutto quel dolore che mi ero lasciata alle spalle.

16

Miya

Mi svegliai con un forte mal di testa e completamente fradicia di sudore. Non avevo quasi chiuso occhio per tutta la notte e non avevo fatto altro che rigirarmi nel letto a pensare a come sarebbe stato tornare a casa.

Inconsapevole di che ora fosse, mi fiondai nella doccia, cercando di togliermi di dosso tutto l'appiccicume e l'ansia, ringraziando mentalmente Viktor per aver mandato Peter a recuperare le mie cose in albergo.

Decisi di indossare un paio di jeans blu scuri e un maglione grigio, comodo e caldo, così come i miei stivaletti. Recuperai il mio beauty-case, nella speranza che il trucco riuscisse a togliere quelle orrende occhiaie sul mio viso, e che la mia spazzola potesse dominare quella massa di capelli arruffati.

Mi guardai allo specchio, osservando il riflesso di una persona diversa. Tutto quello che avevo passato e scoperto in questo ultimo periodo, mi aveva cambiata. Non seppi definire se in meglio o in peggio, tuttavia, sapevo di non essere più la stessa.

Feci un respiro profondo, cercando di trovare in esso, il coraggio per affrontare questo nuovo viaggio nel passato. Ero consapevole che non sarebbe stata una passeggiata, ma sapevo anche che non potevo continuare a scappare.

Uscii dal bagno decisa a fronteggiare qualsiasi ostacolo, quando qualcosa vicino al letto attirò la mia attenzione. Il mio cuore perse un battito, sentendo brividi percorrermi lungo tutto il corpo. Su un mobiletto di mogano lucido, risplendeva in tutta la sua purezza una rosa bianca. Nessun biglietto.

«Sembri una rosa bianca. Così fragile e pura. Potrei spezzarti anche con una semplice carezza.» Subito mi vennero in mente le parole che Viktor mi aveva sussurrato poco prima di provare di nuovo a baciarmi. Lo avevo visto nei suoi occhi, così come lo avevo sentito nel mio corpo, il desiderio che entrambi avevamo di assaporarci di nuovo. Non avevo la minima idea di come interpretare il significato di quel gesto, così come non sapevo definire i sentimenti che provavo in quel momento.

Chiusi gli occhi, lasciando che quel meraviglioso odore penetrasse le mie narici. Mi lasciai cullare da quel profumo, lasciando che la mia mente viaggiasse senza limiti. I suoi bellissimi occhi, il modo in cui mi guardava e come mi sentivo io ogni volta che osava posare quel suo meraviglioso sguardo su di me. Quello che provavo quando ero con lui. Adrenalina, desiderio, paura... Ma anche un'enorme dose di vita. Era piombato in questa come un fulmine e aveva raso al suolo ogni mia convinzione. Nonostante sapessi che era qualcosa che, agli occhi di qualsiasi altro essere umano, sarebbe parso folle, i miei stavano iniziando a guardare oltre.

«Sarei davvero curioso di sapere cosa ti frulla adesso in quella bella testolina.» Urlai e sobbalzai talmente forte, che urtai il vaso colmo di acqua, che iniziò a vacillare pericolosamente. Vidi Viktor materializzarsi praticamente davanti a me, afferrandolo un secondo prima che si rovesciasse. Mi inchiodò con i suoi occhi divertiti, guadagnandosi un'occhiataccia

«Attenta. Dovresti iniziare a controllare di più le tue emozioni se vuoi continuare a sopravvivere nel nostro mondo.»

«E tu allora dovresti smetterla di sbucare dal nulla mentre tengo gli occhi chiusi. Non se lasci una rosa nella mia stanza.» Mi misi sulla difensiva, incrociando le braccia al petto, fingendomi offesa.

«Davvero?» Inarcò un sopracciglio, ancora più divertito.

«Sì.»

«Uhm... Lo terrò a mente. Pronta?»

«No.» Ammisi imbronciata.

Dopo essere atterrati, mi guardai intorno e dovetti richiamare a me tutto il mio autocontrollo per cercare di restare calma, mentre, seduta dietro il sedile in pelle della macchina guidata da Peter, guardavo un paesaggio a me familiare.

La consueta pioggia di Londra si rovesciava incessante sul vetro della macchina, rendendo il panorama cupo come la mia anima. Dopo aver dato l'indirizzo a Peter, ci eravamo messi subito in viaggio. Con noi avevamo portato poche valigie, segno che non saremmo restati a lungo. Non sapevo se essere triste o sollevata per questo, tuttavia, cercai di non soffermarmi troppo su quei pensieri. Dietro di noi c'erano altri tre SUW che ci stavano praticamente incollati come delle calamite, pronti a qualsiasi problema si fosse presentato.

Mi voltai verso Viktor, scrutando i suoi occhi pensierosi. Non servivano parole per rendermi conto che non era tranquillo. Lo avevo sentito discutere con Peter più di una volta su quanto fosse poco sicuro fare un viaggio così lungo. Non avevamo il massimo della protezione, che invece avremmo avuto nella sua casa e questo faceva di noi un facile bersaglio.

Dovevamo agire in fretta. Lasciare la mia Londra per andare in Romania era stato folle. Ritrovarsi poi in Austria forse anche peggio. Quando arrivammo davanti al mio quartiere mi sentivo distrutta fisicamente e mentalmente. Ero un fascio di nervi e le strazianti ore di viaggio non aiutavano di certo. Scesi dall'auto. Viktor non faceva altro che guardarsi intorno con ogni senso in allerta, seguito da Peter, Jared e il restante delle sue guardie.

«Perimetrate la zona e non abbassate mai la guardia. Con Nikolai non si può mai stare sicuri.»

Ordinò risoluto, mentre Peter, con un cenno del capo, diede ordini al resto dei suoi uomini. Tutte quelle guardie e tutta quell'ansia mi sembravano piuttosto esagerate, ciononostante, feci un respiro profondo, tentando di farmi coraggio. Mi concessi dieci secondi esatti per osservare quella struttura che un tempo consideravo il mio nido, il mio rifugio. Ora mi sembrava solo un ammasso di cemento, dolore e morte. Davanti alla porta, la mia mano non smetteva di tremare, mentre cercavo di aprire la serratura. Ero pervasa da una miriade di emozioni da non riuscire a stare calma. Mi sentivo esattamente come una diga in piena, inconsapevole di quando sarebbe straripata, annegandomi con i suoi ricordi e dolori.

Una volta dentro, fu come ricevere un pugno al petto. Tutto sembrava essere esattamente come l'avevo lasciato, tutto sembrava essere al suo posto, tranne io. Mi sentivo un pesce fuori dall'acqua e, in quel preciso instante, capii che non potevo più tornare indietro. A prescindere da quello che avremmo scoperto in questo posto, a prescindere da come sarebbe finita, io non potevo più tornare lì e condurre una vita normale. Nulla sarebbe più tornato come prima. Guardai Viktor, che mi incoraggiò a procedere con lo sguardo.

Attraversammo il salone, illuminato solo dalla tenue luce che proveniva dalla finestra, provando con scarso successo di non guardarmi troppo intorno e di non farmi coinvolgere dai ricordi di quella casa. Cercai quindi di ignorare il divano verde ad un lato della stanza su cui spesso guardavo la televisione, spenta ormai da troppo tempo, insieme a mio padre. Tentai di ignorare anche il lungo tavolo di ciliegio scuro dove mangiavamo tutti insieme e le sue sedie, che un po' alla volta, erano rimaste vuote. Eravamo una famiglia perfetta e felice, o almeno io la consideravo così. Poi il destino aveva pensato bene di distruggerci, e io appresi che le cose belle su questo mondo non durano mai troppo a lungo.

Andai verso le scale, respingendo quel dolore che stava cercando di infilarsi in ogni poro della mia pelle, e condussi Viktor al piano di sotto. Notai la porta del laboratorio aperta e subito Viktor mi afferrò per una spalla, impedendomi di proseguire.

«Hai lasciato tu la porta aperta?» Mi chiese, con ogni senso in allerta.

«Non lo so, non me lo ricordo.» Ammisi stringendomi nelle spalle.

Ero partita senza cercare di memorizzare troppo di quel posto e, in quel momento, con i nervi a fior di pelle, davvero non riuscivo a ricordare. Non ero l'unica ad avere le chiavi, visto che mi erano state rubate e sapevo del rischio che correvamo.

Quella donna nel filmato... Era già venuta qui? Un brivido mi percorse lungo la schiena. Chi diavolo era? E, soprattutto, cosa voleva da me? Conosceva mio padre? Oppure era solo qualcuno inviato dal fratello di Viktor?

Feci un respiro profondo, tentando di calmarmi e di mantenere le mie emozioni sotto controllo. Se avessi lasciato loro anche solo uno spiraglio per tornare a galla, sarei annegata di nuovo in quel baratro di dolore. Era una specie di protezione, una di quelle che ti crei nella tua testa e a cui ti aggrappi come unica ancora di salvezza per non impazzire e sprofondare.

Viktor, quasi avesse capito la mia esitazione nel varcare quella porta piena di ricordi, mi scostò dolcemente per farsi strada ed entrare nel laboratorio prima di me. Quest'ultimo, era un mucchio di caos, pieno di fogli e fiale rotte. Si voltò di scatto verso di me, con una sola conclusione sul volto.

«Qualcuno è stato...»

«No, sono stata io.» Abbassai istintivamente lo sguardo, guardando il disordine che aleggiava in quella stanza. Quello lo ricordavo bene. Il dolore era stato devastante in quei giorni e in quel laboratorio avevo sfogato tutta la mia ira. Tutta la mia rabbia verso la scienza che non mi aveva aiutato a salvare vite, ma al contrario, si era presa anche l'ultima parte della mia famiglia.

Non mi ero minimamente preoccupata di ripulire quel posto, tanto la mia mente sapeva già che non avrei mai più rimesso piede lì dentro. O almeno era quello che pensavo fino ad ora. Quel laboratorio era morto insieme a mia madre, mio fratello, mio padre e un pezzetto di me con loro. Viktor si voltò un instante verso di me, senza dire nulla. Il suo sguardo dolce bastava più di mille parole. Il caos e tutto ciò che aleggiava in quel laboratorio, dimostrava palesemente il dolore che avevo provato in quei giorni e che provavo tutt'ora. Mi resi conto che non volevo più saperne nulla della scienza. Mi aveva portato via troppe cose e, dopo quello che avevo scoperto sul mondo di Viktor, non ero nemmeno più tanto sicura che essa potesse darmi le giuste risposte. Lo vidi chinarsi su alcuni fogli sparsi sul pavimento, per poi afferrarli e osservarli con attenzione. Mi guardai intorno, fino ad incrociare il calendario appeso ad un lato della stanza.

Guardandolo attentamente, realizzai che era ancora fermo al giorno in cui era morto mio padre. Tre mesi. Erano passati tre mesi da quel maledetto giorno. Quella consapevolezza fu come ricevere addosso un secchio di acqua ghiacciata e tutto quel castello di sabbia che avevo costruito nella mia mente, nel tentativo di soffocare i miei ricordi, crollò in un secondo, travolgendomi.

Barcollai all'indietro, sconvolta. Il mio cuore iniziò a battere all'impazzata, accovacciandomi ad un lato della stanza, annaspando aria in cerca di ossigeno. Viktor, ancora concentrato sui fogli, si voltò di scatto e sgranò gli occhi non appena si rese conto del mio improvviso attacco di panico. In un attimo fu al mio fianco. Sussultai al contatto della sua pelle contro la mia, cercando di deglutire quel maledetto nodo nella mia gola che mi impediva di respirare.

«Ehi, ehi, va tutto bene. Respira, Miya. Respira.» Mi ordinò serio ma con dolcezza, reggendomi per le spalle. Scossi violentemente la testa, mentre le lacrime iniziarono a rigarmi il viso.

«Tre maledetti mesi.» Sussurrai tra i singhiozzi.

«Cosa?»

«Sono passati tre mesi da quando è morto.» Ribadii, distrutta, continuando a sentirmi mancare l'aria. Tornare in quella casa era stata davvero una pessima idea.

«Miya, va tutto bene. Ora calmati.» Mi rassicurò con la sua meravigliosa voce dolce, accovacciandosi anche lui davanti a me. Il suo viso così vicino al mio era davvero bellissimo. Cercai di dargli ascolto, iniziando a fare dei respiri profondi che parvero inutili. La testa mi pulsava e vorticava pericolosamente e iniziai a sudare freddo. La mia gola si chiudeva sempre di più, impedendomi di svolgere un compito così facile.

«Respira, piccola. Andrà tutto bene.» Mi sussurrò, carezzandomi il viso, provando a rassicurarmi come si fa con un bambino che ha appena avuto un incubo. Il mio di incubo si chiamava passato e in quel momento mi stava devastando.

Con gli occhi chiusi, mi lasciai cullare dalla sua bellissima voce e dalle sue carezze sulla mia pelle. Dovevo solo calmarmi e tutto sarebbe passato. Non era il mio primo attacco di panico, potevo farcela... Dovevo solo concentrarmi. Continuai a fare lunghi respiri, imponendomi di respirare, di tranquillizzarmi e sembrò funzionare un po'.

«Brava, così.» Riaprii gli occhi e davanti a me, trovai il bellissimo volto di Viktor che mi sorrideva. Sbattei le palpebre un paio di volte per assicurarmi di aver messo bene a fuoco. Di rado lo avevo visto sorridere in modo così spontaneo ed era meraviglioso. Di una bellezza quasi impossibile.

Mi sfiorò di nuovo dolcemente la guancia, mentre io mi soffermai a guardarlo meglio. I suoi meravigliosi occhi eterocromatici erano qualcosa di incantevole. Sarei potuta stare ore intere ad ammirarli senza mai stancarmi. Le sue ciglia così perfette, così come il suo volto, i suoi capelli morbidi nel quale avrei voluto affondarci le mie dita. Il suo profumo mi stava stordendo letteralmente, come una specie di droga e la piega della sua bocca formava una curva perfetta con le sue meravigliose labbra, che in quel preciso instante avrei voluto baciare. Tutto sembrava annebbiato e tutto quello che volevo era quell'uomo. La magia di quell'attimo però, durò pochi instanti.

Mi diede un breve bacio sulla fronte, per poi rialzarsi senza dire una parola e tornare a concentrarsi sui fogli che aveva abbandonato poco prima. Non seppi definire come mi sentivo, ma non riuscendo a fare altro, rimasi accovacciata lì per terra, osservandolo muoversi intorno agli scaffali, concentratissimo. Nel suo completo elegante scuro, era davvero una pericolosa tentazione. I suoi movimenti perfetti e sempre ben calcolati e i suoi bellissimi occhi che si muovevano con agilità da un foglio ad un altro, alla ricerca di un qualche indizio.

«I tuoi occhi sono bellissimi.» Ammisi senza rendermi conto di averlo pensato ad alta voce. Lui si fermò di colpo e spostò il suo sguardo sorpreso verso di me. Lo vidi inarcare un sopracciglio, come a voler capire la mia frase completamente fuori luogo, ma nemmeno io sapevo perché l'avessi detto.

Mi morsi istintivamente un labbro per la pessima figura che avevo appena fatto, sentendo le mie guance avvampare.

«Li ho ereditati dai miei genitori.» Mi rispose, cercando di mascherare il suo stupore, facendomi un lieve sorriso per poi tornare a guardarsi intorno alla ricerca di qualcosa. Decisi di restare in silenzio, afferrando il messaggio che non era un buon momento e probabilmente nemmeno una buona conversazione.

Non so da quanto tempo fossimo in quel maledetto laboratorio, ma iniziavo a sentirmi stanca e frustrata. Viktor continuava a esaminare ogni foglio, o possibile strumento che potesse darci qualche risposta, ma era tempo perso. Era anche probabile che quella donna fosse arrivata prima di noi e avesse preso quello che stavamo cercando, ammesso che ci fosse qualcosa da scovare. Non avremmo trovato nulla qui dentro e qualsiasi risposta ormai era morta insieme a mio padre. Ero quasi sul punto di esplodere in una crisi isterica e urlargli di andare via da lì, quando qualcosa catturò la mia attenzione.

Mi alzai lentamente, aiutandomi con il muro alle mie spalle e mi diressi verso l'unico quadro in quella stanza.

«Cosa stai facendo?» Domandò Viktor, donandomi la sua completa attenzione. Non gli risposi. Mi avvicinai invece verso il quadro, che per tutto quel tempo era stato, per i miei occhi, niente di più che una semplice cornice. Era una foto mia e di mio fratello, che abbracciati, sorridevamo felici. Non riuscii a trattenere un sorriso malinconico, al ricordo di quel meraviglioso giorno spensierato in gita sulla barca. Tuttavia, quello che aveva attirato la mia attenzione, era un piccolo angolo nero che sbucava dietro il quadro storto. Era quasi invisibile, eppure, quando lo spostai, il mio cuore perse un battito, vedendo cosa si celava dietro di esso.

Una cassaforte.

Mi voltai verso Viktor e, su entrambi i nostri volti, aleggiava lo stupore più totale.

«Non l'ho mai vista in vita mia.» Ammisi, osservandola con più attenzione. Era impressionante come, per anni avevo lavorato all'interno di quel laboratorio, e ora mi sembrava solo un posto colmo di segreti. Segreti da cui mio padre probabilmente mi aveva tenuto all'oscuro per un motivo a me sconosciuto.

L'adrenalina iniziò a scorrere nelle mie vene come lava incandescente, non avendo idea né di come aprirla né tanto meno di cosa ci fosse all'interno.

«È un motivo in più per cercare di aprirla.»

«Non saprei minimamente da dove iniziare. Hai idea di quante combinazioni ci sono?» Gli chiesi, vedendolo avvicinarsi davanti alla serratura elettronica, scrutandola con attenzione.

«È una combinazione di sei cifre.» Concluse dopo un'attenta esaminazione.

Fantastico, questo sì che restringeva il campo! Aveva idea di quante combinazioni si potevano fare con i numeri da zero a nove?

Infiniti.

17

Miya

Era passata più di un'ora da quando avevamo iniziato a sparare numeri a raffica e la mia pazienza si stava decisamente esaurendo. Avevo provato ogni singola combinazione che mi fosse venuta in mente, da quelle più banali a quelle più complesse. La data di nascita di mio padre, quella di mia madre, quella di mio fratello e perfino la mia, ma quella dannata cassaforte non si voleva proprio aprire.

«Niente!» Ammisi sconfitta quanto irritata, andandomi a sedere su uno sgabello, esasperata.

«Deve esserci.» Continuò Viktor, imperterrito, esaminandola accuratamente.

«C'è. Il problema è capire quale sia!» Sbottai, nervosa. Perché ogni cosa doveva sempre essere così complicata? Doveva essere una combinazione collegata a qualcosa per mio padre molto importante, ma non avevo la più pallida idea di quale fosse. Aveva sempre tenuto i suoi segreti per sé, assicurandosi di tenerli ben custoditi e protetti. Vedeva la sua vita come una cosa sola. Senza intralci, senza pericoli. Una specie di protezione. Se non sai tutto di una persona, quella per te, non sarà mai del tutto vulnerabile.

Ero lì, seduta, ad un fascio di nervi, mentre guardavo Viktor provare una serie di numeri senza senso. Davvero credeva di trovare miracolosamente la combinazione giusta? Sarebbe stato molto più facile morire di fame e di sete lì dentro, piuttosto che riuscire ad indovinare quei maledetti sei numeri.

Morte.

Data.

Foto.

Guardai meglio il ritratto nel quadro e improvvisamente una lampadina si accese nella mia mente. Mi alzai di scatto e andai verso la cassaforte. Viktor si voltò, guardandomi scettico, mentre gli chiedevo gentilmente con lo sguardo di spostarsi. Mi osservò dubbioso, tuttavia, fece qualche passo indietro senza farmi nessuna domanda. Avevo inserito ogni singola data importante di nascita di ogni membro della nostra famiglia, ma quella che non avevo provato ad inserire, invece, era il giorno in cui era morto mio fratello. Avvicinai lentamente le mie dita verso le cifre illuminate, osservando la mia mano tremare visibilmente come una foglia.

Deglutii e, con attenzione, inserii quella maledetta data. Dopo alcuni secondi interminabili, sentii il meccanismo della cassaforte scattare. Feci un piccolo sorrisino trionfante, prima di voltarmi verso Viktor, che mi guardava con un sopracciglio inarcato, in attesa di una spiegazione.

«Il giorno in cui è morto mio fratello. Mio padre ha usato quella data come codice di sicurezza.»

Spiegai cercando di non farmi contagiare dalla tristezza del ricordo di quel giorno. Non era decisamente il momento adatto, tuttavia mi chiesi per un secondo perché avesse usato quella data. Perché non quella di mia madre? Forse era ancora viva quando l'aveva inserito la prima volta? Non ne avevo idea. Quello che contava adesso, era che ero riuscita ad aprirla. Viktor mi guardò con uno sguardo di approvazione, annuendo soddisfatto.

«Molto bene. Direi che è arrivato il momento di scoprire cosa contiene, allora.» Mi invitò con un gesto della mano ad avanzare verso la cassaforte.

Guardai prima lui, poi la sua mano e ebbi un tuffo al cuore. L'adrenalina invase ogni cellula del mio corpo. Cosa c'era dentro quella dannata cassaforte? Non ne avevo la minima idea e il pensiero di scoprirlo mi gettava nel panico, quasi da togliermi il respiro.

Mi avvicinai lentamente, quasi potesse contenere una bomba ad orologeria. Imposi alla mia mano di smettere di tremare, afferrando il contenuto all'interno. Rimasi piuttosto perplessa quando ne ricavai quello che doveva essere un misterioso diario in pelle, rilegato da un cordoncino fino, dello stesso materiale. Sgranai gli occhi sorpresa. Non sapevo cosa avrei trovato lì dentro, ma un diario... Poi un'immagine mi balenò in mente. Ricordai di quando un giorno sorpresi mio padre a scrivere su un quadernino identico a quello che ora tenevo in mano.

Avevo pensato che fosse semplicemente un taccuino dove annotava le sue ricerche o i suoi appunti più importanti. Lui adorava scrivere, soprattutto quando avevamo dei riscontri positivi nel laboratorio. Pensavo fosse più una specie di passione, ma allora perché lo aveva chiuso in una cassaforte nascosta? Mi voltai verso Viktor sorpresa e lui mi fece un cenno silenzioso con il capo per invitare ad aprirlo.

Deglutii faticosamente, fissando quel piccolo diario. Volevo realmente sapere cosa c'era scritto al suo interno? Nel laboratorio era calato un silenzio quasi assordante. Mi tremavano le mani, mentre slacciavo il piccolo cordoncino di pelle sotto gli occhi vigili di Viktor.

Lo afferrai ad un lato, fino a far scorrere le pagine senza senso. Erano quasi tutte completamente scritte e alcune erano addirittura indicate da una data. Mi fermai su una pagina la quale data risaliva a circa cinque mesi fa.

22 settembre;

Oggi è decisamente un buon giorno! Dopo un'infinità di ricerche, sono riuscito a trovare il pezzo mancante per far sì che il virus funzioni. Il progetto di una vita, finalmente portato a termine. Dopo tutto questo tempo di intenso lavoro e sacrifici, posso dire di essere riuscito nel mio intento. Grazie all'aiuto del dottor Smith, che mi ha sempre spronato a continuare nelle ricerche, e anche di mia figlia, posso finalmente portare a termine la mia vendetta. La mia piccola Miya crede che io stia lavorando ad una cura contro il cancro, ma non è così. E anche se mentirle mi distrugge il cuore, non posso rischiare di mettere in pericolo il mio lavoro. Williams è l'unico che conosce la verità, o almeno una parte, ed è così che deve rimanere. Lui è l'unico che mi capisce. Tutti sono convinti che stiamo studiando una cura contro il cancro, ma io non lo definirei realmente così. Quello a cui stiamo realmente lavorando è un veleno. Un virus, che uccide le creature sovrannaturali. Uccide i vampiri. So di sembrare pazzo, ma loro esistono e io li ho visti. Li ho visti mentre hanno assassinato mio figlio. Loro me lo hanno ucciso proprio davanti ai miei occhi. Me l'hanno portato via nel peggiore dei modi e ora io li ucciderò tutti.

«N-Non è possibile.» Balbettai con gli occhi colmi di lacrime. Non era vero quello che avevo appena letto, non poteva esserlo. Mi rifiutavo di crederci. Mio fratello... Ucciso da... No! Mio padre doveva essere impazzito, come il signor Smith. Questo diario doveva essere una farsa perché, se così non era, rischiavo di crollare sul serio.

«Cosa hai letto?» Mi chiese Viktor, avvicinandosi a me di qualche passo, ma io non lo ascoltai minimamente. Andai invece ad un'altra pagina, la quale data riportava al giorno in cui era morto mio padre.

22 gennaio;

Sono circa due mesi che il mio collega Smith è stato rinchiuso in una clinica psichiatrica. Non ho la minima idea del perché, ma ad un tratto è come se non fosse più la stessa persona con cui ho lavorato fianco a fianco per tutto questo tempo. Sembra come se abbia realmente perso la ragione, come se in qualche modo non fosse più padrone della propria mente e ora è considerato agli occhi di tutti un pazzo. Mi rendo conto che dovrei aiutarlo, capire il motivo che l'ha spinto a rivelare l'esistenza dei vampiri, ma non posso schierarmi dalla sua parte e non posso andare a trovarlo, perché potrei dare sospetti. È già stato difficile tenere nascosto il nostro progetto. Il fatto che lavorassimo insieme ha scatenato dei sospetti anche contro di me, causando una serie di controlli. Se si scoprisse il vero scopo del farmaco, sarei spacciato. Per ora, per mia fortuna, non ha minimamente menzionato il nostro progetto, ma non so se continuerà a farlo. Sembra molto instabile. Tuttavia, oggi sembra essere il gran giorno. Io e mia figlia abbiamo testato il virus sul nostro corpo. O meglio, questo è quello che crede. In realtà, ho iniettato il vero virus solo nel suo corpo e, anche se mi sento una persona orrenda, dovevo prima accertarmi che funzionasse. È stato molto rischioso, non sapevo l'effetto che potesse avere su noi umani, ma era necessario. Miya, anche se non consapevole della verità, era davvero molto entusiasta. Ha lavorato duramente a questo progetto e, mentre guardo i suoi occhi colmi d'orgoglio, mi sento un mostro per averla messa in pericolo. Forse ad oggi mi sto pentendo di non averglielo detto. È molto sveglia, intelligente e sono sicuro che se avesse saputo tutta la verità, sarebbe stata comunque al mio fianco. Avrebbe capito. Non potevo rischiare, però. Senza contare che ho voluto risparmiarle un dolore e uno shock ancora più grande per la verità

> *sulla perdita di suo fratello. Ora che finalmente il virus è nel suo DNA, so che in parte è salva, e potrò portare avanti la mia vendetta. Il virus ha infettato ogni singola particella del suo corpo e questo dovrebbe renderla immune da qualsiasi vampiro. Adesso che il veleno circola nel suo sangue, è come "kryptonite" per loro. Finché lei è viva, il virus sarà parte di lei. Mi dispiace di aver reso mia figlia un'arma e non so nemmeno se funzionerà, ma la scienza, al momento, è tutto ciò che possiedo. Se davvero il virus farà il suo effetto, il loro corpo sovrannaturale non sarà in grado di smaltire il veleno e potremmo realmente distruggere ogni vampiro su questa terra. Iniettare il virus ad ogni umano facendo credere loro che sia un farmaco di prevenzione contro il cancro, sarà come creare un'epidemia per loro, che lì farà morire di fame e lì distruggerà, come loro hanno distrutto me. Lo so, è vile e meschino quello che sto facendo, ma ho già perso un figlio a causa loro, non voglio perdere anche lei.*

La testa iniziò a vorticarmi, facendomi barcollare pericolosamente all'indietro.

Sentii Viktor afferrarmi il gomito in una presa ferrea, per poi farmi sedere su una sedia. Non riuscivo più a pensare o a metabolizzare in modo lucido e la mia mente stava davvero per esplodere.

Poggiai il diario sul tavolo, rifiutandomi di leggere altre pagine, perché sapevo che più leggevo, più scavavo una voragine nel mio petto, che mi stava inghiottendo viva. Ad un tratto fu come se l'intero mondo mi crollasse addosso e avrei tanto sperato che mi risucchiasse, inghiottisse fino all'inferno.

«Io... Questo... Non...» Parole senza senso uscivano dalla mia bocca, sconvolta e incapace di trovare una spiegazione.

Non so se Viktor prese il diario per leggere quello che avevo appena scoperto, perché io rimasi a fissare il vuoto per non so quanto tempo, scuotendo la testa incredula. Io ero un'arma. Nel mio sangue scorreva un virus, un virus letale. Ora capivo perché avevo quasi ucciso Viktor la prima volta.

Ad un tratto mi sentii sporca, malata, una trappola mortale. E lo ero. Come aveva potuto farmi tutto questo? Mio padre, l'uomo che avevo sempre amato e stimato con tutta me stessa, aveva giocato con la mia vita come una ruota della fortuna. Mi aveva usato come un ratto da laboratorio senza avere la minima certezza se fossi sopravvissuta oppure no. Mi sentivo priva di valore, spenta e illusa di un amore paterno che non avevo mai realmente avuto.

Tuttavia, una domanda continuava a frullare nella mia testa. Se mio padre aveva affermato nel suo diario di non aver provato il vero farmaco, allora perché era morto? Altri enigmi, altre domande a cui, come al solito, non trovavo risposte. E mio fratello? Era stato ucciso dai vampiri, portato via in un modo a cui mi rifiutavo di pensare. Non potevo crederci.

Dentro di me sentivo solo l'incredulità di quello che avevo appena scoperto, insieme ad un'infinità di dolore, così grande da togliermi il respiro. Non avevo più una famiglia e forse non avevo mai avuto nessuno che mi avesse davvero amato.

«Miya...» La voce di Viktor arrivò calma e lontana nella mia mente piena di domande. Mi voltai come un fantasma, senza guardarlo realmente. I miei occhi ora lo vedevano solo come uno dei tanti esseri che aveva ucciso mio fratello. E mia madre? Lei era morta davvero per il cancro o non era stata quella la causa della sua morte?

Provò ad avvicinarsi, ma io mi scostai bruscamente, alzandomi in piedi come una molla.

«Non mi toccare!» Lo avvisai, indietreggiando inorridita, mentre mi guardava attento, scuotendo la testa in un segno di disapprovazione.

«Miya... Sai che non sono stato io ad uccidere tuo fratello.» Sentire quelle parole sulla sua bocca, facevano ancora più male. Sentirle pronunciare ad alta voce era come tornare indietro al giorno in cui era morto. Ricevere di nuovo quella coltellata al cuore.

«Questo dovrebbe cambiare le cose? Non mi fido di te come tu non ti fidi di me. Noi non siamo altro che nemici! Non hai letto che sono marcia dentro? Hai idea di cosa mi abbia reso mio padre?» Gli urlai quelle parole piene di veleno in preda alle lacrime e rabbia.

Rabbia per essere stata "trasformata" in qualcosa di cui non avevo avuto la minima possibilità di scegliere. Odiavo mio padre, me stessa. Odiavo tutti. La mia vista era annebbiata, ma non abbastanza da nascondermi i suoi occhi velati di compassione. Stava per replicare qualcosa, quando fummo interrotti dalla suoneria del suo cellulare.

Sospirai e mi presi la testa fra le mani, sentendolo imprecare. Doveva essere Peter e, dal tono incazzato di Viktor, doveva essere un'emergenza.

«Dobbiamo andare. Alcuni vampiri sono nei dintorni e non siamo più al sicuro qui.» Ringhiò a denti stretti, porgendomi il diario di mio padre.

«Che c'è? Stanno venendo ad uccidere anche me?» Gli chiesi con tono acido, mentre lui mi lanciò un'occhiataccia.

«Miya, sei sconvolta e lo comprendo, ma non possiamo restare qui. Sono troppi e non siamo al sicuro. Chiariremo ogni cosa quando non ci saranno più pericoli.» Il suo tono adesso sembrava quasi una supplica. Dovevano essere davvero troppi se mi stava addirittura chiedendo di... Si sentì un forte tonfo, seguito da urla e vetri frantumati.

Viktor si parò subito davanti a me, guardando verso la porta del laboratorio. Il mio cuore iniziò a battere all'impazzata, mentre l'adrenalina iniziava ad impossessarsi del mio corpo.

«Resta qui e nasconditi fino a quando non torno io, intesi?» Mi ordinò senza voltarsi e io annuii, stringendo fra le braccia il diario come fosse la mia unica ancora di salvezza.

Doveva aver intuito il mio movimento con la testa anche senza girarsi, perché si precipitò al piano di sopra, veloce come un fulmine, chiudendo la porta dietro di lui. Dentro quella stanza ero sola, al sicuro e in trappola allo stesso tempo. Se non ce l'avessero fatta, Viktor e la sua squadra, qualsiasi cosa stessero affrontando, sarebbero scesi di sotto e mi avrebbero ucciso. O forse no? *Infetta! Mostro!* Adesso ero un fottuto veleno per vampiri dopotutto, no? Sì, ma questo non valeva se decidevano di spezzarti il collo, o semplicemente strapparti il cuore, giusto?

Sussultai quando sentii altri tonfi e urla e la tentazione di salire per andare a controllare era sempre più forte. Mi presi la testa fra le mani e mi accovacciai per terra, cercando di isolarmi da tutto, inutilmente. *Basta, basta, basta!* Era tutto quello che mi ripeteva la mia mente sconvolta.

Chiusi gli occhi talmente forte, che per un instante pensai di scomparire, ma niente. Ero ancora lì, con la mia vita che cascava a pezzi, attimo dopo attimo. Ero un'arma. Il mio sangue e qualsiasi particella vagasse all'interno del mio corpo, era infettata, contagiata da un virus che poteva uccidere. Era la fine. Non sarei mai stata più al sicuro, non avrei mai più potuto riavere la mia normale vita. Persa, svanita, come una nuvola di fumo. Esattamente come quella di mio fratello.

Rabbrividii. Non avevo più nulla da poter salvare di questa mia vita, tanto valeva forse accettare la nuova. Maledissi per la prima volta mio padre per avermi reso qualcosa che non volevo e maledissi anche il dottor Smith per avermi mandato in Romania, ad affrontare quel maledetto inferno. Ora forse non sarei in questo casino, forse starei ancora vivendo la mia normale, fottuta, vita! *Balle!* Non lasciavo mai nulla al caso. Sarei andata a fondo su questa storia in un modo o nell'altro.

Crystal! Ad un tratto l'immagine della nipote di Williams mi balenò nella mente. Se i vampiri erano arrivati facilmente qui, sarebbero potuti arrivare benissimo anche da lei. Il signor Smith poteva anche essere un complice di mio padre, ma Crystal era una ragazza innocente, una pedina esattamente come me. Non meritava ancora di soffrire e con i vampiri e Nikolai nessuno era al sicuro. Dovevo avvisarla, metterla in salvo, avvisare Viktor e pregarlo, nonostante tutto, perché proteggesse anche lei.

Aprii gli occhi e intorno a me sentii solo silenzio. Erano morti? Viktor era ancora vivo? Aspettai altri due secondi, ma non sentii altro se non il silenzio. Una strana paura balenò nella mia mente.

Mi alzai in piedi, feci un profondo respiro e, dopo aver esitato un altro momento, lentamente, aprii la porta del laboratorio. Ancora silenzio. Il mio cuore iniziò a battere all'impazzata, salendo, silenziosa, le scale a chiocciola un passo alla volta.

Ti prego, fa che sia vivo! Fa che sia vivo! Mi ripetei mentalmente, salendo un gradino alla volta. Non so perché, ma l'idea che potesse essere morto mi gettava nel panico, il che, fu piuttosto ridicolo come pensiero. Quando fui abbastanza in alto per vedere quello che era successo, sussultai.

La stanza era un insieme di vetri e mobili rotti. Un uragano probabilmente avrebbe fatto meno danni.

Con il cuore in gola feci gli ultimi due gradini e mi guardai intorno.

«Viktor?» Lo chiamai con voce stridula, soffocata dalla paura. Ancora silenzio.

Mobili, divani, sedie, qualsiasi cosa in quella sala era distrutta. Più guardavo il salone della mia casa e più mi rendevo conto di quanto fosse simile alla mia anima. Rasa al suolo.

Sentii rumori dall'altra stanza e un attimo dopo vidi apparire Viktor. Rabbrividii. Aveva il volto sporco di sangue e non riuscii a definire se fosse il suo oppure no. I suoi vestiti, sporchi anch'essi, erano sgualciti e strappati. Ci fissammo per un secondo negli occhi, poi lo vidi sgranare di colpo gli occhi e un secondo dopo qualcosa di forte e freddo mi afferrò da dietro le spalle, facendomi urlare e cadere dalle mani il diario per lo spavento.

«Non fare un altro passo o l'ammazzo proprio davanti ai tuoi occhi.» Ringhiò una voce maschile alle mie spalle. Non riuscii ad identificare il suo volto, ma non mi serviva vederlo per capire che non era decisamente un nostro alleato.

Gli occhi di Viktor diventarono di colpo rossi e mortali e io mi preparai al putiferio che presto avrebbe scatenato. Invece no. Con mia grande sorpresa restò immobile. Gli occhi fissi su di me, erano un insieme di preoccupazione, ira e morte. Il battito del mio cuore mi martellava talmente forte che le mie orecchie iniziarono a fischiare. Sarei morta, non c'era dubbio, esattamente come mio fratello, se non peggio.

Chiusi gli occhi e sperai solo che finisse in fretta e che non fosse troppo doloroso. Una risata mi rimbombò nelle orecchie, così forte da farmi rabbrividire e aprirli di nuovo.

«Eccolo qui... Il nostro potente e temuto re. Basta una femmina per riuscire a domarti? Sei proprio come tuo padre.» Sputò quelle parole in modo spregevole, come veleno, mentre vidi Viktor, davanti a me bruciare di rabbia e in quel momento, forse per la prima volta, ebbi davvero paura di lui. La stanza iniziò a tremare, prima di prendere fuoco in ogni angolo.

Urlai.

«Sei bravo con le parole... Vediamo se hai anche lo stesso coraggio con i fatti.» Lo incitò Viktor con sfida. La sua voce era chiaramente una melodia della morte. Peter si materializzò al suo fianco insieme a Jared e altri membri della sua squadra.

Non so se per paura, ma il vampiro fece un paio di passi indietro, tenendomi ancorata al suo corpo freddo e duro come la pietra. La casa stava iniziando a bruciare e per me fu come ricevere una coltellata al petto. La mia infanzia, il mio nido stava sparendo tra le fiamme proprio davanti ai miei occhi e io sarei bruciata con essa.

«No, Viktor, ti prego!» Lo supplicai, con lacrime silenziose che iniziarono a rigare il mio viso. Mi dimenai inutilmente, mentre il vampiro non accennava a mollare la presa.

«Sta' zitta!» Lo sentii imprecare alle mie spalle, quando si rese conto che le fiamme ci stavano decisamente inghiottendo. Tossii per il fumo che iniziava ad impossessarsi di tutta la casa, mentre il vampiro cominciò a guardarsi intorno. Eravamo in trappola.

«Se non uscirò vivo da questa casa, allora nemmeno lei lo farà.» Furono le ultime parole che ascoltai, prima di venire strattonata e sentire un dolore acuto al lato destro del mio collo.

Urlai per il forte dolore, avvertendo il vampiro succhiare via il mio sangue. Dopo pochi attimi però, mi resi conto chc non ero l'unica ad urlare. Il vampiro lasciò immediatamente la presa, prima di crollare a terra in preda a convulsioni e lamenti strazianti. Viktor fu subito al mio fianco, afferrandomi in braccio, un attimo prima che le mie gambe cedessero, mentre Jared e altri due uomini si fiondarono sul vampiro.

«Fatelo soffrire.» Furono le uniche due parole che Viktor pronunciò prima di uscire e fiondarci in macchina come una furia. Peter fu subito alla guida e alla stessa velocità con cui ci eravamo proiettati nell'auto, sfrecciammo via.

«No! Viktor, ti prego non lasciare che la mia casa bruci.» Urlai iniziando a tremare come una forsennata, afferrandolo per la giacca ormai logora e implorandolo di guardarmi e ascoltarmi.

«Mi dispiace. È troppo tardi.» Mi rispose duro come la pietra, continuando a guardare dritto davanti a sé.

«No! No, no! Ferma quest'auto! Viktor, ti prego... Io devo avvisare una persona prima di abbandonare di nuovo la città. Potrebbe essere in pericolo.» Urlai in preda al panico.

Stava succedendo tutto troppo velocemente e, se non potevo salvare la mia casa, almeno potevo cercare di mettere in salvo Crystal. Non potevo andare via, non prima di averla avvisata.

Mi resi conto che ci conoscevamo a stento, ma non potevo abbandonarla e permettere che un'altra persona perdesse la vita.

«Potrai avvisarla non appena saremo al sicuro.» Continuò a rispondermi diretto e in modo glaciale, scrivendo freneticamente al cellulare.

«Tu non capisci! Crystal è la figlia del dottore che ha creato il virus insieme a mio padre! I vampiri, o peggio, tuo fratello potrebbero ucciderla!» Continuai urlando come una pazza, con il viso ormai rigato dalle lacrime. Viktor smise di armeggiare con il suo cellulare per inchiodarmi con il suo sguardo oscuro e pieno di ira.

«Manderò qualcuno a vedere come sta e, non appena saremo a casa, penseremo ad un modo per come tenerla al sicuro. Ora asciugati quel sangue se non vuoi che altrimenti lo faccia io, ma ti avviso, non sarà piacevole.» Ringhiò, porgendomi un fazzoletto bianco. Mi portai una mano nella parte destra del mio collo e, solo allora, mi accorsi del sangue che scorreva fino alla mia spalla. Mi guardai la mano macchiata totalmente di rosso e mi venne la nausea, mischiata ad una inspiegabile rabbia.

«Oh, mio Dio! Mostri, siete dei mostri! È questo quello che avete fatto a mio fratello, non è vero? Bastardi!» Iniziai di nuovo ad urlare furiosa, cominciando a colpirlo su una spalla con tutta la forza di cui ero capace.

«Miya, smettila!» Mi ordinò furioso, bloccandomi le mani senza sforzo.

«No! Non ti importa nulla di me, come non ti importa della mia amica Crystal! Per voi siamo solo degli inutili umani! Siete creature spregevoli, fammi scendere!» Gli sputai quelle parole addosso come una iena, mentre i suoi occhi si incendiarono.

«Falla finita o giurò che berrò il tuo maledetto sangue e mi impossesserò della tua fottuta mente!» Tuonò minaccioso, stringendo la sua presa sui miei polsi, fino a farmi gemere di dolore.

«Provaci.» Lo sfidai, sapendo ora di cosa fosse capace il mio sangue. *Che bruciasse all'inferno!*

Mi osservò con uno sguardo deliziato e, prima che potessi dire altro, mi tirò sulle sue gambe.

Mi dimenai, mentre le lacrime cadevano ininterrottamente sul mio viso. Mi guardò negli occhi, poi mi afferrò la nuca e, tenendomi ferma, avvicinò la sua bocca sul mio collo, esattamente dove poco prima il vampiro aveva affondato i suoi denti.

Potevo sentire il suo respiro solleticarmi la pelle, il mio cuore battere all'impazzata, incredula di quello che stava per fare. Mi dimenai ancora senza alcun successo. Mi teneva ferma, intrappolata in una morsa d'acciaio. Era forse impazzito? Non aveva visto quello che era successo al vampiro? Sarebbe morto.

Stavo ancora provando a fuggire dalla sua presa, quando sentii le sue labbra fredde sul mio collo.

Rabbrividii e chiusi gli occhi, pronta a provare di nuovo quel dolore lacerante, ma non arrivò. Sentii scivolare la sua lingua sulla mia ferita e in quel momento mi sembrò lava incandescente.

Gemetti in un misto di estasi e dolore. Poi, invece di mordermi, iniziò a baciarmi in quel punto, sentendolo succhiare il mio sangue in modo dolce e sensuale. Fu una sensazione tanto disarmante, che mi svuotò completamente la mente da qualsiasi pensiero. Tutto girava intorno a quel contatto.

Lo sentii tremare, lasciandosi sfuggire qualche lamento di dolore. Stava soffrendo a causa del mio sangue e, se non si fosse fermato subito, sarebbe stato per lui fatale.

«V-Viktor... Ti prego, fermati.» Sussurrai, completamente inebriata e spaventata da tutto quello. Lui sembrò ascoltarmi, nonostante lo sforzo che stava facendo per trattenersi.

Tornò a guardarmi negli occhi, con la sua bocca sporca del mio sangue. Rosso, esattamente come gli occhi che mi stavano fissando in quel momento.

Fu una visione inaspettata, di cui non riuscii a capire se esserne attratta o averne paura. Nel suo volto era racchiusa tutta la sua spietatezza, eppure, i suoi occhi... Sentii una strana sensazione nella mia mente, come se una mano invisibile carezzasse la parte più remota della mia anima e del mio cervello.

«Dormi, Miya.» La sua voce era dolce come una ninna nanna, cantata ad un neonato dalla propria madre e, non potendo fare altro, le mie palpebre iniziarono a chiudersi lentamente. Priva di forze, lo sentii stringermi a sé. Mi addormentai fra le sue braccia, consapevole di una sola cosa. Mi aveva rubato anche l'ultima libertà che avevo.

Ora lui controllava la mia mente.

18

Viktor

La vidi chiudere lentamente gli occhi prima di cadere in un sonno profondo.

Cercai di fare dei lunghi respiri, non riuscendo a trattenere gemiti di dolore. La strinsi contro di me, avvolgendola in un abbraccio protettivo, mentre, poggiando la testa allo schienale, chiusi gli occhi, cercando di calmare quel dolore insopportabile, quell'agonia che mi aveva procurato il suo sangue.

Avevo a stento bevuto, eppure, il veleno che scorreva nel suo corpo, era disarmante. Era come se ogni arto del mio corpo fosse paralizzato, mentre la mia metà vampira, cercava di espellere il veleno con scarso successo.

I miei uomini mi avevano mandato un messaggio per dirmi che il vampiro era morto poco dopo che io e Miya avevamo abbandonato la sua casa.

A quel punto capii che, il fatto che non fossi ancora morto, era semplicemente perché ero molto più forte di un comune vampiro, e in parte immaginai fosse anche per la mia metà ereditata da mia madre. Ovviamente, avevo anche ingerito meno sangue rispetto a quell'idiota. Una dose maggiore e credo sarei morto anche io. Quando l'avevo baciata la prima volta, era come se all'interno delle mie vene scorresse lava, tuttavia, ero riuscito a gestirlo. Ma il suo sangue era decisamente letale.

Quel pazzo psicopatico del padre di Miya era stato un vero genio, qualunque cosa fosse riuscito a creare. Non lo biasimavo perché ci odiasse, sapevo cosa si provava a vedere uccidere una persona cara davanti ai propri occhi, ma la sua sete di vendetta era decisamente diabolica.

Mi chiesi chi avesse ucciso suo figlio, e soprattutto cosa diavolo avesse iniettato nel corpo di Miya. Il suo gesto era stato decisamente egoistico, e ora qualsiasi risorsa, compreso il diario, bruciava insieme alla casa di Miya.

Mi ero sentito orribile quando l'avevo vista in lacrime, implorandomi di salvare la sua casa, i suoi ricordi, la sua infanzia, ma era troppo tardi per tornare indietro.

Non appena fossimo stati al sicuro, avrei mandato subito una mia squadra per sorvegliare la ragazza, ma dovevo prima metterci in salvo. Se quello che diceva era vero, era improbabile che mio fratello non sarebbe andato a cercarla, e che molto presto sarebbe venuto a conoscenza di tutta questa storia. Ammesso che non lo sapesse già.

Avrebbe scavato in ogni angolo, pur di eliminare qualsiasi cosa potesse minacciarlo e, se più di dieci vampiri erano arrivati in pochi minuti da noi, era molto probabile che ce ne fossero altri. Senza contare che anche Nikolai poteva essere nei dintorni, pronto a tenderci una trappola.

Dovevamo stare attenti. Soprattutto ora, che avevamo scoperto una cosa così grande e pericolosa. Agire con la massima cautela. Aveva spie dappertutto e il fatto che ci fossero dei vampiri in casa di Miya, voleva dire che sapevano qualcosa e facevano quindi di lei un bersaglio. La situazione si stava rivelando molto più grave e seria di quanto mi aspettassi.

Il padre di Miya aveva appena creato una vera e propria bomba di estinzione per la nostra specie e questo non faceva altro che metterci maggiormente in pericolo. Dovevo trovare una soluzione... E alla svelta.

«Signore, è tutto okay?» La voce di Peter mi risvegliò dai miei pensieri, guardandomi di tanto in tanto dallo specchietto retrovisore e guidando ad una velocità folle. Il suo sguardo adesso era preoccupato, dopo che mi aveva visto gemere come un neonato.

«Sì, era completamente sotto shock. Dovevo fare qualcosa.» Guardai il volto di Miya, ora beato nel sonno. Bere il suo sangue e controllare la sua mente era una cosa che non avrei mai voluto arrivare a fare.

Rubarle anche la libertà di poter decidere con la sua testa non mi piaceva affatto. Ora eravamo legati da un filo invisibile. Avevo accesso alla sua mente e avrei potuto controllarla e piegarla a mio piacimento ogni volta che volevo.

Raramente usavo questa tattica per torturare i miei nemici, la consideravo una cosa spregevole, ma in quel momento non avevo scelta. Dovevamo tornare a casa e al più presto, poi, avrebbe potuto dare di matto quanto voleva.

«Jared e il resto dei nostri uomini ci stanno raggiungendo, signore. Tra meno di dieci minuti saremo in volo verso casa.» Mi avvisò Peter e io gli feci un segno d'assenso tramite lo specchietto.

Quando fummo finalmente alti nel cielo, osai tirare un sospiro di sollievo. Diedi uno sguardo a Miya e decisi di lasciarla dormire in quel sonno beato ancora per un po'. Dopo tutto quello che era venuta a scoprire sul suo passato, era più che comprensibile che fosse furiosa e mi odiasse con tutta sé stessa. Ma non ero stato io ad uccidere suo fratello, non che facesse la differenza. Io ero il re e come loro superiore avevo il dovere di controllarli tutti, di tenerli in riga. Di sapere se qualcuno veniva ucciso. Ma erano ormai tempi duri, senza contare che mio fratello offriva una possibilità a chiunque volesse unirsi a lui.

Stavo combattendo troppe battaglie perché potessi riuscire a gestire tutto, ma avrei trovato il colpevole e lo avrei ucciso. *Non hai letto che sono marcia dentro?* Mi aveva urlato con i suoi occhi colmi di dolore e io avrei tanto voluto farle vedere quanto invece si sbagliasse.

Avrei voluto farle vedere tutta la sua forza e tutta la sua umanità, che la rendevano unica. Venire a conoscenza del nostro mondo poco dopo aver perso un padre non era una cosa facile da gestire, eppure, lei non si era arresa. Sì, aveva avuto paura all'inizio e io, da stronzo quale ero, non le avevo di certo reso l'impatto leggero, eppure, lei aveva combattuto con coraggio e, forse, una parte di lei si era adattata. Aveva smesso di vedermi come una cosa diversa, come un mostro. *È lei che ha smesso di vederti come un mostro o sei tu che hai smesso di vederla come un pericolo per la tua vita?*

Arrivati di nuovo a casa, mi sentivo decisamente più tranquillo. Adagiai Miya, ancora priva di sensi, sul divano e per prima cosa ordinai a Peter di trovare il colpevole della morte di suo fratello e di portare in salvo la ragazza di cui parlava Miya.

«Cercatelo in ogni angolo e portatemelo. Vivo.» Ringhiai a denti stretti, prima di vedere Peter fare un segno di assenso e sparire per mettere in pratica i miei ordini. Sapevo che non sarebbe stato facile, non avevano molte prove sui cui basarsi, ma non mi importava. Dovevo trovare il colpevole e salvare un'altra vita innocente.

Mi distesi al fianco di Miya e, sfiorandole dolcemente la guancia, la fissai per qualche momento. Lì, inerme, ad un passo da me, avrei potuto mettere fine alla sua vita e liberarmi per sempre della sua minaccia. *E allora perché non lo fai?*

Mi trovai in difficoltà di fronte a quella domanda, incapace di darmi una risposta. Feci un sospiro, chiusi gli occhi e, con dolcezza, infilandomi in quel piccolo spazio della sua mente ormai aperto solo a me, le ordinai di svegliarsi.

Una tenue carezza, una melodia che le sussurrava delicatamente di aprire gli occhi. La vidi lentamente farlo, sbattendo un paio di volte le palpebre disorientata, cercando di capire dove fosse.

Contai mentalmente dieci secondi, prima di vederla balzare sul divano come una molla e io mi preparai al suo sfogo.

«Tu! Maledetto, bastardo! Come hai osato?» Sfilò i suoi artigli come una vera e propria gattina infuriata. Mi veniva quasi da sorridere nel vederla sfoggiare una faccia che voleva provare ad intimorirmi, ma non lo feci.

I suoi occhi mi fissavano già pieni di ira, mentre iniziava a ricordare tutto. Sapeva che non avrebbe mai più avuto una mente tutta per sé. Le avevo preso una cosa così intima e preziosa, l'unico angolo dove ogni persona rifugia i propri segreti e decide cosa confidare e cosa tenere per sé.

Ora per me era come un libro aperto. Tuttavia, anche se la tentazione era molto forte, non avevo ancora osato insinuarmi realmente nei suoi pensieri.

«Non mi hai lasciato scelta. Non avresti saputo gestire la cosa.» Risposi in tono piatto, cercando di mantenere un'atmosfera calma, ma la mia frase sembrò farla infuriare ulteriormente.

«Gestire la cosa? E quale delle tante? Che mio padre mi ha reso un'arma ammazza vampiri? Che mio fratello è stato ucciso da un vampiro? O che hai dato fuoco all'unica cosa che restava della mia vita?» Ringhiò con voce tagliente come una lama e, nonostante si sforzasse di tenermi testa, i suoi occhi erano velati dalle lacrime.

«Miya... Non posso ridarti indietro il tuo passato, ma posso aiutarti a gestire il tuo presente.» Ammisi con sincerità.

Quando la prima volta l'avevo portata via da mio fratello era stato quasi un gioco, un peso per me. Non mi era mai interessato così fortemente proteggere un'altra vita. Ma ora, dopo tutto quello che era successo in questi mesi della nostra convivenza forzata, dopo tutto quello che ero venuto a sapere sul suo passato, non sapevo dire con chiarezza perché, ma avrei fatto di tutto per proteggerla e per alleviare il suo dolore.

Stavo per allungare una mano verso di lei e sfiorarle una gamba, quando si ritrasse, sfuggendo dalla mia presa come una furia.

«Stammi lontano!» Ringhiò, correndo verso le scale, lasciandomi lì, prima che potessi aggiungere qualcosa. La sentii imprecare attraverso il legame che si era creato tra noi.

Potevo avvertire il suo dolore e un milione di domande che le frullavano per la testa e, anche se mi si spezzava il cuore, sapevo che aveva bisogno di provare tutto questo. Doveva metabolizzare ogni cosa.

Decisi quindi di lasciarle sbollire un po' la rabbia da sola e mi imposi di ignorare i suoi pensieri e di concederle la giusta privacy.

Andai a versarmi qualcosa di forte da bere, cercando di allentare un po' la tensione. Mi misi a sedere sul divano, iniziando a pensare sul da farsi. Più tardi avrei convocato Peter per discutere su quello che era successo prima. Più di venti vampiri ci avevano attaccati e alcuni di loro erano riusciti a scappare.

Il fatto che sapessero dei nostri movimenti, voleva dire solo una cosa. Qualcuno ci stava tradendo. Ora che erano riusciti a sentire anche l'odore di Miya, poteva essere per loro un facile bersaglio da riconoscere e, se si fossero alleati con mio fratello, sarebbe stato un ulteriore problema. Inoltre, rimaneva ancora da scoprire l'identità sconosciuta di quella donna che avevamo visto entrare nella stanza di Miya.

Nel laboratorio di suo padre non avevamo trovato nessuna traccia di lei. Forse non era ancora riuscita ad arrivare a quel laboratorio o forse era stata molto brava a coprire ogni sua traccia. Era il diario che cercava? Sapeva del progetto del padre di Miya? *Dannazione!* Dovevamo assolutamente escogitare qualcosa e tenere gli occhi aperti. Eravamo già stati sorpresi prima, e questo non andava affatto bene.

Mi passai una mano sulla fronte, esausto, chiudendo gli occhi e cercando di sgombrare un po' la mente da quella valanga di problemi che sembravano accumularsi ogni secondo di più.

L'urlo assordante di Miya riecheggiò in tutta la casa. Un minuto prima ero nel salone, l'attimo dopo nella sua stanza. Ispezionai quest'ultima alla velocità della luce, con il mio corpo che si preparava ad un qualsiasi attacco. Ma tutto quello che vidi fu Miya, bianca come un bicchiere di latte, che indietreggiava inorridita da una scatola adagiata sul suo letto.

Aveva ancora il coperchio in mano ed ogni mio senso si mise in allerta. Come era arrivata quella scatola in quella stanza? Mi allungai verso quest'ultima per vederne il contenuto, mentre Miya singhiozzava in modo spaventoso. Nella sua mente, vedevo immagini e pensieri raccapriccianti e ad ogni mio passo ero sempre più consapevole dell'orrore che conteneva quella maledetta scatola. Un'ondata di rabbia invase tutto il mio corpo quando all'interno vidi la testa mozzata di una ragazza.

Il mio cervello ci mise meno di cinque secondi per capire a chi appartenesse. Crystal.

Mi voltai verso Miya, che nel frattempo continuava a singhiozzare con una mano davanti la bocca, scuotendo la testa come una forsennata. Dovevo portarla via di lì e togliere davanti ai suoi occhi quell'orrore, ma come feci un passo verso di lei, indietreggiò sconvolta.

«Miya... Usciamo da questa stanza. Non c'è nulla da vedere.» Sussurrai calmo, avvicinandomi a lei in modo cauto. Deglutii faticosamente, cercando di mantenere la situazione sotto controllo. *Cristo!* In quel momento era così fragile da sembrare ad una lastra di vetro che cade in mille frantumi.

«Mio Dio! Quella è...» Non riuscì a finire la frase perché fu scossa da un altro singhiozzo. Scattai in avanti e l'afferrai per un braccio. Che lo volesse o no, non l'avrei tenuta in quella stanza, davanti a quella scena orribile, un momento di più.

«Sto per vomitare.» Fu l'unica frase che riuscì a dire, prima di portarsi una mano alla bocca.

Imprecai a disagio, prima di portarla velocemente nel bagno. Non appena la mollai, si precipitò verso il water e si inginocchiò iniziando a vomitare. Rimasi a guardarla alle sue spalle, incapace di fare qualcosa. Non avevo mai avuto a che fare con una cosa del genere prima d'ora e non sapevo minimamente come aiutarla, mentre vedevo quel piccolo corpicino squassato da continui conati di vomito.

Mi avvicinai lentamente e, inginocchiandomi dietro di lei, iniziai a carezzarle delicatamente le spalle quasi timoroso di ferirla. L'unico gesto che in quell'instante mi sembrava giusto. Continuò ad avere conati per non so quanto e io continuai a massaggiarle le spalle per tutto il tempo. Non avevo idea di come comportarmi, eppure quel contatto mi sembrava darle conforto.

Quando finalmente smise di rigettare anche l'ultimo brandello della sua anima, tirò lo sciacquone, si alzò con passo malfermo e, mentre tenevo d'occhio ogni suo movimento, andò a sciacquarsi la bocca e si rinfrescò la fronte, sudata per lo sforzo.

Appoggiò entrambe le mani sul lavabo del bagno, cercando di sorreggere il suo corpo, ricominciando a tremare come una foglia. Stava di nuovo piangendo.

«Piccola... Non c'è più niente da fare. Mi dispiace.» Le sussurrai con voce dolce, facendo qualche passo verso di lei. Alzò il capo chino e, guardandomi attraverso il riflesso dello specchio, mi inchiodò con i suoi occhi colmi di lacrime e rabbia.

«No, ora non c'è più niente da fare. È colpa tua! Lei è morta per colpa tua.» Le tremò il labbro inferiore, girandosi per guardarmi dritto negli occhi.

Fui sorpreso di come quelle parole, così come il suo sguardo, nel più profondo della mia anima, arrivarono a ferirmi. Mi odiava perché ero un vampiro. Mi odiava perché la nostra specie aveva ucciso suo fratello, perché avevo bruciato anche l'ultimo frammento del suo passato... Ed infine, mi odiava perché non le avevo dato ascolto quando mi aveva chiesto di salvare Crystal. Le avevo promesso che lo avrei fatto non appena fossimo stati al sicuro, ma era troppo tardi. Era sempre troppo tardi.

Continuò a guardarmi tremante e disorientata. Non sapevo cosa fare e così feci l'unica cosa che in quel momento sapevo avesse bisogno. Mi avvicinai a lei e l'abbracciai. Un gesto che stupì entrambi, ma che sembrava dannatamente giusto. Parve per un attimo sorpresa, poi iniziò a prendermi a pugni, sfogando tutta la sua ira e io glielo lasciai fare. *Bastardo!* Sentii la sua mente urlare quelle parole e, cercando di non badare a quello che stavo ascoltando, la strinsi ancora di più a me.

Continuò a lottare ancora per qualche instante, fino a quando non fu sfinita e si aggrappò al mio corpo, esausta. La presi in braccio e questa volta non si oppose. Al contrario, si rannicchiò contro il mio petto come a cercare riparo, a farsi scudo con il mio corpo. Era arrabbiata con me, lo sentivo... Eppure, era anche stanca di combattere.

La portai in salone e l'adagiai sul divano, davanti al camino acceso. Le porsi una coperta, che lei accettò volentieri, stringendosela addosso fino a formare un piccolo bozzolo.

Ordinai ad uno dei miei domestici di prepararle un tè caldo e chiamai Peter e Jared che si precipitarono subito lì. Non riuscirono a trattenere un sussulto quando guardarono il viso sconvolto e cerchiato dalle occhiaie di Miya. Non so se l'avessero sentita urlare, ma bastava guardare il suo volto per capire quello che era successo.

Spiegai brevemente l'accaduto e ordinai di far sparire la scatola e seppellire il contenuto in modo dignitoso. Non potevamo avere indietro il corpo di quella povera ragazza, ma potevamo comunque donarle una sepoltura decorosa. Solo Dio sapeva che cosa era stato in grado di farle mio fratello. Perché, sì... Era stato Nikolai ad ucciderla e si era anche assicurato che lo venissimo a sapere.

Dopo che Peter e Jared avevano rimosso la scatola, mi avevano portato un piccolo pezzetto di carta che avevano trovato al suo interno.

Un piccolo omaggio per il mio prezioso tesoro. Mi sono assicurato che soffrisse molto bene la tua amica prima di ucciderla. La stessa sofferenza che farò provare a te quando ti avrò tra le mie mani. Perché ti avrò... Molto presto.

Nikolai.

Accartocciai quell'inutile pezzo di carta fino a ridurlo in cenere tra le mie mani. Quel fottuto bastardo si era di nuovo materializzato nella mia casa. Come era possibile? Quasi avesse intuito la mia domanda, Peter si schiarì la voce prima di parlare.

«Signore, credo di sapere come è arrivato il pacco nella stanza della signorina, Miya. È successo già molti anni fa, quando ero al servizio di suo padre. Possono far dissolvere gli oggetti a loro piacimento come e quando vogliono. Non è stato lui a portalo qui, non di persona.»

Avvertii una stretta al cuore quando sentii la frase *"al servizio di suo padre"*, motivo maggiore per cui la cosa mi fece infuriare ancora di più. Fottuto bastardo.

«Metteremo fine a questa storia.» Ringhiai a denti stretti, cercando di contenere la rabbia. Peter e Jared fecero un segno di assenso prima di congedarsi.

Guardai Miya che sorseggiava silenziosamente il suo tè. Non aveva osato dire una parola da quando l'avevo distesa su quel divano.

Si era concessa soltanto un breve sussulto quando Peter mi aveva portato quel pezzo di carta e mi aveva spiegato come era arrivato quel pacco in casa e, se non fosse stato per la tazza vuota che teneva ancora fra le mani, avrei potuto giurare che non si fosse mossa nemmeno per respirare. Aveva il volto triste, nei suoi occhi potevo ancora vedere la scatola che aveva trovato nella sua stanza.

«Miya, so che mi odi in questo momento, ma dovevo prima assicurarmi che fossimo al sicuro. Mi dispiace di non essere arrivato in tempo per salvarla.» Ammisi, andandomi a sedere di fronte a lei. Di rado sentivo il dovere di scusarmi con qualcuno, eppure, con lei avvertivo la necessità di farlo.

Spostò lentamente il suo sguardo verso di me, inchiodandomi con i suoi occhi così profondi da togliermi il fiato.

«Sono io che devo chiederti scusa. Non è colpa tua se Crystal è morta, come non è colpa tua se hai un fratello che non è come volevi. In fondo, anche io pensavo di avere un padre che mi volesse bene e invece ho scoperto che non mi amava poi così tanto come diceva. Ero furiosa per quello che mi avevi fatto in macchina e forse lo sono ancora... Ma io devo ringraziarti. Nonostante sia una vera e propria minaccia per te e per la tua gente, tu continui a proteggermi. L'unica cosa che non riesco ancora a capire è perché il mio sangue non ti abbia ucciso. Ti indebolisce, ma non ti uccide.» La sua voce era appena udibile, guardandomi e sforzandosi di non crollare di nuovo.

Sorrisi mentalmente al pensiero di quanto mi fossi sentito vicino alla morte quando mi aveva baciato la prima volta e quanto fosse stato doloroso bere il suo sangue. Avevo dovuto concentrare ogni singola energia del mio corpo per resistere al dolore e alla voglia del suo sangue.

«Credo sia dovuto principalmente al fatto che sono un vampiro reale. Sono al momento il più forte della mia specie, senza contare che sono vampiro solo per metà. Il veleno che ha creato tuo padre non credo abbia effetto sulla mia metà da stregone.» Conclusi la più ovvia delle teorie e ringraziai mentalmente mia madre per avermi donato la sua natura da strega.

Fece un sorriso amaro.

«Ha sprecato la sua intera vita a creare questo veleno e non è riuscito nemmeno a farlo perfetto. E io che lo credevo un uomo di valore... È solo un mostro. Creare un veleno per uccidere altri essere viventi solo per vendicare la morte di mio fratello, non ha certo fatto di lui una persona migliore.» La sua voce era una lama tagliente, mentre sfogava il suo odio verso suo padre, che l'aveva tradita. Le feci un debole sorriso e provai di nuovo ad allungare una mano verso di lei e questa volta non mi respinse.

«Mi dispiace, davvero. Per tutto quello che hai passato e stai passando. So che non è facile gestire tutto quello che sei venuta a scoprire, ma io so che puoi farcela. Stiamo entrambi combattendo una battaglia e sono sicuro che insieme possiamo vincerla.»

«Insieme? Voi siete così forti, mentre io sono solo un debole intralcio. Non ho nessuna possibilità di sopravvivere.» Ammise distogliendo lo sguardo, quasi vergognandosene. Sorrisi.

Dove prima c'era odio verso la nostra specie, ora sembrava quasi invidiarci. Le afferrai il mento, obbligandola di nuovo a guardarmi. I suoi occhi verdi erano meravigliosi, pieni di dolore, di paura e odio. Ma soprattutto pieni di forza, di vitalità e voglia di combattere.

«Ti insegnerò a difenderti.» Le dissi, facendole sgranare gli occhi dalla sorpresa.

«Cosa?»

«Hai capito. Sarà come una difesa personale.»

«Non credo di essere adatta.»

Sorrisi di nuovo.

«Al contrario. E ti dimostrerò che puoi farlo.»

Quella notte vegliai su di lei quasi come una madre fa con il proprio figlio. La vidi spesso agitarsi tra le lenzuola e, non potendo fare a meno di entrare nella sua mente, vidi che spesso i suoi sogni erano contaminati dai cadaveri della sua famiglia.

La sua mente poteva solo immaginare come era stato ucciso suo fratello, ma le immagini che balenavano nella sua testa erano raccapriccianti.

«No! Per favore, no!» L'urlo assordante di Miya, riecheggiò per tutta la stanza. Il suo volto era coperto di sudore, dimenandosi nel sonno. La avvolsi tra le mie braccia, cercando di rassicurarla con dolci carezze sul viso.

«Piccola, va tutto bene. È solo un sogno.» Le sussurrai cercando di calmarla, vedendo nei suoi sogni il volto di Crystal.

Il modo in cui mio fratello le aveva tagliato la testa, messa in quella scatola e la sua immaginazione che andava oltre ogni limite. Terrorizzata. Provava dolore, paura, senso di colpa e rabbia, così tante emozioni, che sembravo viverle io stesso.

Continuò a dimenarsi e a lamentarsi nel sonno, così feci l'unica cosa che in quel momento potevo fare. Entrai nella sua mente e la decorai con meravigliose immagini di noi. Lasciai che i suoi pensieri viaggiassero da soli verso tutti i ricordi belli.

Il sorriso che illuminò il suo volto e la calma che riempì i suoi respiri, ora regolari, furono per me la sensazione più bella che avessi mai provato.

Restai al suo fianco per tutta la notte, carezzandole il viso e sussurrandole parole dolci. Donandole forse un sonno beato e senza incubi, che probabilmente non aveva da tempo.

Le promisi che l'avrei protetta e che avrei reso giustizia a suo fratello. Le promisi che le avrei donato quell'affetto e quella felicità che per tanto tempo le era stata negata.

Le sussurrai quelle parole senza mai smettere di stringerla tra le mie braccia.

Le sussurrai quelle parole fino a quando non sorse il sole.

19

Miya

Quella mattina quando mi svegliai, la prima cosa che vidi fu una rosa bianca sul mobile vicino al mio letto. Sorrisi inevitabilmente e, chiudendo gli occhi, l'afferrai e respirai il suo meraviglioso profumo, che sapeva di pulito e di fresco.

«Fragile e pura come una rosa bianca.» La voce inconfondibile di Viktor mi riscosse dai miei pensieri, facendomi riaprire di colpo gli occhi. Lo trovai appoggiato allo stipite della porta, con le braccia incrociate, che mi guardava dolcemente.

Deglutii. Portava una maglietta nera e un paio di pantaloni dello stesso colore. Semplici, ma che lo rendevano perfetto e bello da togliere il fiato.

«Un gentiluomo oscuro.» Pensai ad alta voce. Lui mi guardò alzando un sopracciglio, cercando di capire le mie parole senza senso.

Scossi debolmente la testa, divertita della mia stupidità nell'avergli attribuito quello strano nomignolo.

«Niente.» Sussurrai ad un tratto imbarazzata. Il suo sguardo si fece ancora più furbo e interessato alla cosa.

«Uhm... E così mi hai dato un nomignolo, eh?» Sussultai per la sorpresa. Sembrava volersi fingere stupito e anche un tantino offeso, ma il suo sorriso lo stava tradendo palesemente.

«Lo sai che è da maleducati sbirciare nella mente altrui?» Lo rimproverai guardandolo di sottecchi. Lui sorrise ancora di più.

«Forse. Perché mi hai dato quel soprannome?»

«Nulla, davvero. Una stupidaggine.» Tagliai corto, distogliendo lo sguardo.

«Uhm... Potrei entrare nei tuoi pensieri e scoprilo da solo, ma vorrei che fossi tu a dirmelo. Per favore.» Mi voltai di scatto, sorpresa dalla sua frase.

Poteva semplicemente entrare nella mia mente e scoprirlo, eppure mi stava dando la possibilità di scegliere. Me lo stava chiedendo.

Continuava a fissarmi con occhi dolci, in attesa di una mia decisione.

«Perché un attimo prima sembri essere il diavolo in persona pronto ad uccidere senza scrupoli e l'attimo dopo sei così dolce e premuroso che invece uccideresti chiunque pur di proteggere le persone che ami.» Ammisi con un po' di imbarazzo. Mi guardò sorpreso, muovendosi a disagio.

«Sono un vampiro, Miya. Non dimenticarlo.» Mi rimproverò come se fossi una sciocca, tornando di colpo serio. Si stava sentendo in difficoltà, nonostante cercasse di mascherarlo.

«Non capisco mai perché vuoi fingerti qualcosa che poi in realtà non sei. Dici di essere cattivo, spietato, ma quello che vedo è solo una persona che cerca di difendere sua madre e la sua famiglia con le unghie e con i denti. Proteggi me quando avresti mille motivi per uccidermi. Non so tu, ma io vedo molto più di quello che dici.» Lo guardai con intensità nei suoi occhi, sfidandolo ad affermare il contrario.

Le sue labbra si piegarono in un sorriso amaro, prima di distogliere il suo sguardo dal mio.

Lo sentii sospirare pesantemente, spostandosi nella stanza per raggiungere la finestra e guardare attraverso di essa.

«Miya, Miya, ho commesso più azioni orribili di quanto il tuo cervello umano riesca solo ad immaginare. Non sai quello che dici.» Ammise sincero e con una punta di rimpianto nella sua voce.

Sapevo che non mentiva, che quello che diceva era vero, ma non riuscivo comunque a provare più tanto disgusto verso di lui.

«Forse, o forse riesco a vedere anche oltre le cose orribili che dici di aver fatto.» Continuai convinta che non ci fosse solo male dentro di lui. Era vero, un'azione buona non poteva cancellare le altre mille cattive, ma nessuno era perfetto.

«Così fragile, pura e ingenua.» Continuò a ripetere quelle parole, associandomi alla sua rosa che ancora tenevo tra le mie mani. La guardai bene, consapevole di non assomigliarle più così tanto.

«Non sono più così pura come una rosa bianca, ora. Sono stata calpestata dalle tenebre. Sono diventata un mostro, un'arma che può uccidere. Non lo vedi? Anche io commetto azioni orribili.» Ammisi disgustata e nervosa per quello che sapevo ormai essere. Continuava ad associarmi ad un mondo a cui ormai non appartenevo più.

La Miya buona e pura di un tempo non esisteva più, e forse non era mai del tutto esistita. Si girò di scatto, inchiodandomi con i suoi meravigliosi occhi.

«Non voglio mai più sentirti dire queste cose quando parli di te. Sei ancora una rosa bianca, Miya. Sei ancora pura. In mezzo a tutto questo marciume, tu sei la cosa più bella che io abbia mai visto. Tu mi hai ridato la voglia di combattere e di ritrovare la strada giusta.» Affermò a denti stretti, lasciandomi sconvolta con le sue parole.

Io ero la cosa più bella che avesse mai visto? Il mio cuore mancò un battito, o forse smise completamente di battere.

«Non... Perché dici questo?» Gli chiesi con il fiato corto.

«Perché nel mio mondo è raro incontrare persone buone e pure come te. E quando ne incontri una, fatichi quasi a crederci. Ma io so che tu sei una di queste.» Ammise disarmandomi con lo sguardo.

Stava facendo un enorme sforzo ad ammettere quelle cose, e il suo volto, così bello e sincero, mi fece adorarlo ancora di più.

Lo guardai nei suoi meravigliosi occhi, che ora mi sembravano contaminati da una luce diversa. Non misi maschere, né cercai di velare i miei sentimenti.

Controllava la mia mente e con essa i miei pensieri. La cosa poteva anche spaventarmi, ma non potevo comunque cambiarla, quindi perché continuare a nascondere qualcosa che ormai non aveva più un riparo?

Continuare ad ignorare quanto fossi attratta da lui, cercare di nascondere l'effetto che aveva su di me o come il mio cuore battesse ad una velocità folle ogni volta che si avvicinava a me. Le sue labbra...

Sembravano una dipendenza così pericolosa, così come il suo corpo e il suo profumo. I suoi occhi potevano essere facilmente paragonati a degli ipnotisti. La verità era che quest'uomo aveva rubato molto più della mia mente. Non sapevo come definire qualsiasi cosa provassi, ma sapevo che ogni volta, era come una dose di adrenalina e di vita. Forse era sbagliato, ma non potevo controllare qualcosa su cui non avevo il minimo potere.

«Smettila di fare questi pensieri o non sarò in grado di controllarmi.» Mi avvisò con voce roca, osservando i suoi occhi colorarsi di una leggera sfumatura cremisi. Mi stava letteralmente divorando con lo sguardo e io non potei fare a meno di fare un sorrisetto vittorioso.

«Non sono io che ho violato la mente di qualcuno, o sbaglio? Hai voluto controllare i miei pensieri? Ora controlla anche le tue reazioni.» Ammisi con una punta di sfida. Lui sgranò gli occhi sorpreso, poi piegò la testa in un sorriso di ammirazione.

«Ah, sì? Vediamo allora se i miei occhi riescono davvero ad ipnotizzare la tua mente. Questa sera ti porto in un posto. Vedi di farti trovare pronta.» Mi divorò talmente tanto con lo sguardo, che pensai di prendere fuoco in quel preciso momento. Il mio cuore batteva così forte che da fuori potevo quasi sentirlo battere. Questa volta fui io a sgranare gli occhi.

«Per andare dove?» Gli chiesi curiosa e sorpresa al tempo stesso.

Da quando ci eravamo incontrati, questa era la prima volta che mi proponeva una cosa simile.

Lo vidi avvicinarsi a me come un predatore fa con la sua preda. Lento, silenzioso... Senza mai staccare il contatto visivo. Si avvicinò a pochi centimetri dal mio volto, inondandomi del suo delizioso profumo. Istintivamente mi morsi il labbro.

«Vedi, Miya... Quando lanci una sfida, devi anche sapergli tenere testa. Hai voluto stuzzicarmi con i tuoi pensieri? Ora controlla anche la tua curiosità. Mi raccomando... Indossa qualcosa di elegante.» E con un sorrisetto sfrontato, mi fece l'occhiolino prima di sparire in un battito di ciglia dalla stanza, lasciandomi lì, sola, ansimante e senza darmi neanche il tempo di replicare.

Impiegai quarantacinque minuti esatti per prepararmi, che contai mentalmente per cercare di ingannare l'ansia.

Avevo passato dieci di questi a fissare i miei vestiti, che dalla valigia avevo trasferito nell'armadio in cerca di qualcosa di adatto da mettermi. L'ultima e unica volta che eravamo andati a Londra, Viktor aveva ordinato a uno dei suoi uomini di prelevare tutti i miei effetti personali. Come se si aspettasse che non sarei più tornata in quella casa, come se avesse dato per scontato la mia totale permanenza qui.

Mi resi conto che non avevo più una casa, un luogo che potevo realmente definire mio.

Rabbrividii. Non mi restava che questo posto e Viktor. Il solo pensiero mi terrorizzava.

Decisi di distogliermi da quei brutti pensieri e cercai di godermi il momento. Aveva detto elegante, ma non avevo la minima idea di dove volesse portarmi e la cosa mi irritava abbastanza. La verità era che mi sentivo un fascio di nervi per il semplice fatto che non mi aspettavo una proposta del genere.

Il nostro rapporto (se così si poteva definire), non era di certo iniziato nel migliore dei modi e anche adesso non avevo la minima idea di cosa ci fosse realmente tra di noi. Dopo quello che avevamo scoperto, quello che ero in grado di fare, di sicuro non mi aspettavo ancora la sua protezione, figurarsi un invito simile. Potevamo davvero permetterci un momento del genere con suo fratello e tutte le altre minacce che c'erano nei paraggi? Avevo passato un'infinità di tempo a riflettere su quella domanda e alla fine avevo deciso che sì, dopo tutto il dolore che avevo passato, meritavo un momento di felicità.

In qualsiasi posto mi stesse portando.

Alla fine avevo quindi optato per una gonna a vita alta di raso verde smeraldo e una camicia nera elegante. Adoravo le sue maniche a palloncino e, anche se il clima non era decisamente caldo, mi piaceva anche per la sua lieve trasparenza del tessuto. Indossai un paio di stivali neri fin sopra al ginocchio, che slanciavano le mie gambe lunghe, coperte solo da un paio di calze neutre. Morbide ciocche corvino ricadevano sulle mie spalle, mentre per il trucco avevo deciso qualcosa di sobrio, calcando solo le mie labbra, con un rossetto rosso che mi ricordava i meravigliosi occhi cremisi di Viktor.

Arrossii a quel pensiero e, guardandomi allo specchio, ammirai una ragazza che a stento riconoscevo. Non avevo più certezze di chi realmente fossi. Qualcosa in me era cambiato e qualsiasi cosa fosse, sapevo che non volevo più tornare indietro. Avevo lottato e faticato per far sì che il mio cervello accettasse quello che ai miei occhi sembrava impossibile. E ora era quasi buffo di come mi sentissi più a mio agio in questo mondo che nel mio.

Diedi un ultimo sguardo veloce al mio riflesso, prima di fare un respiro profondo e scendere al piano di sotto. Scovai Viktor di spalle davanti al caminetto acceso. Lo strano gioco di fiamme, rendeva l'atmosfera davvero magica. Il suo completo elegante nero metteva in risalto ogni centimetro del suo meraviglioso corpo scolpito, rendendolo, se possibile, ancora più affascinante.

Mi avvicinai lentamente a lui, mentre continuava a restare di spalle, senza darmi la minima attenzione. Sapevo che avvertiva la mia presenza, ma non accennò a voltarsi. Deglutii, faticosamente.

«Sono davvero curioso di sapere se le tue labbra sono realmente dello stesso colore dei miei occhi.» Ruppe il silenzio con la sua meravigliosa voce profonda, facendomi sussultare al pensiero che avesse di nuovo sbirciato dentro la mia mente. Non potei fare a meno di arrossire ancora una volta.

«Girati, allora.» Gli ordinai, con voce roca.

Lo vidi voltarsi lentamente e per poco le mie gambe non cedettero, quando i miei occhi inchiodarono i suoi, cremisi. Inclinò leggermente la testa, investendomi con un sorriso mozzafiato.

«Perfette.» Divorò con lo sguardo le mie labbra, assaporando un lungo sorso dal bicchiere che aveva in mano, prima di poggiarlo e infilare le sue mani in tasca. Osservò in silenzio ogni centimetro della mia pelle, incendiandola. Potevo sentir cambiare il mio volto di diverse tonalità di rosso, mentre il mio cuore ormai galoppava ad una velocità folle.

«Sei bellissima.» Ammise con gli occhi che brillavano famelici.

Non serviva entrare nella sua mente per vedere quanto mi desiderasse in quel momento e, nonostante sapessi che fosse sbagliato, sentirmi desiderata così ardentemente, mi eccitava da morire.

Mi tese la mano, invitandomi ad afferrarla. La fissai per qualche secondo, prima di accettarla. Non appena intrecciai le mie dita con le sue, fu come avvertire una scintilla.

Ci fissammo per qualche instante negli occhi, lui mi sorrise e io capii che, in quel momento, era esattamente dove volevo essere. Non appena varcammo il portone, fui investita dal vento gelido della notte. Non indossavo decisamente un abbigliamento adatto, tuttavia, ero troppo euforica per preoccuparmene.

Ad attenderci vicino al un SUW nero impeccabile, c'era Peter in tutta la sua andatura professionale. Completo elegante grigio, gambe leggermente divaricate, mani dietro la schiena e sguardo fisso verso di noi. Sapeva fare molto bene il suo lavoro e sicuramente la sua enorme stazza rimarcava il concetto che era meglio non provare a sfidarlo. Era la guardia fidata di Viktor e sapevo che avrebbe fatto ogni cosa pur di tenerci al sicuro.

«Allora, vuoi dirmi dove andiamo, oppure vuoi continuare a fare il misterioso per tutta la serata?» Fuori dal finestrino, mentre scendevamo i tornanti, il panorama scorreva in uno strano gioco di luci. Era uno spettacolo magnifico.

«Uhm... Credo che mi godrò la tua faccia curiosa ancora per un po'.» Mi fece l'occhiolino, prima di afferrarmi e stringermi contro il suo corpo.

Sussultai per il contatto inaspettato e non potei fare a meno di chiudere gli occhi e assaporare il suo meraviglioso profumo. Sorrisi.

Era incredibile di come stare fra le sue braccia, fosse diventato per me un luogo così sicuro. Sapevo quello che era capace di fare e di quanto potesse risultare spietato, eppure, quando ero con lui, mi sentivo al riparo. Questa sensazione stava iniziando a spaventarmi. Non avevo più nessuno a cui potermi affidare e questo non aveva fatto altro che farmi avvicinare maggiormente a lui.

Stava ormai diventando una pericolosa abitudine averlo nella mia vita e cosa sarebbe successo quando tutto questo fosse finito? Quando sarei tornata di nuovo sola? Perché prima o poi sarebbe successo, era ovvio. Eravamo troppo diversi perché qualsiasi cosa ci fosse tra noi durasse nel tempo.

«Perché continui a proteggermi, Viktor?» Gli chiesi ancora una volta, interrompendo quel momento scherzoso. Era diventato per me un chiodo fisso. Non aveva nessun motivo per farlo se non perché tenesse a me, e il solo pensiero che in qualche modo potesse essere così, mi rendeva ancora più determinata a chiedere risposte.

Lo sentii irrigidirsi e stringermi ancora un po' di più a sé. Da quella posizione non riuscivo a guardarlo negli occhi, ma non serviva per capire che odiava quella domanda. Ci fu qualche instante di silenzio, spezzato solo dai nostri respiri.

«Non lo so.» Rispose, infine.

«Non è vero.»

Mi scostò bruscamente per potermi permettere di guardarlo nei suoi meravigliosi occhi eterocromatici.

«Sì, invece. Non lo so perché, Miya. So solo che non riesco a farne a meno. Forse sono davvero quel gentiluomo oscuro che farebbe di tutto pur di tenere al sicuro le persone che amo, o forse no. Sto provando a fare qualcosa di nuovo e non so nemmeno se lo sto facendo nel modo giusto. Non mi sono mai dovuto preoccupare di proteggere qualcuno che non fosse la mia famiglia, quindi... Non lo so perché. Ora, voglio che la smetti di pensare a tutte queste cose. Voglio che ti godi questa serata come se fossimo due semplici esseri umani. Senza magia, senza minacce e senza brutti pensieri. Solo io e te. Pensi di riuscire a farlo?» Mi chiese, afferrandomi sotto il mento, così che non provassi a sfuggire al suo sguardo.

Annuii, incapace di aggiungere altro. Le sue parole mi avevano destabilizzato, così come l'intensità che regnava nei suoi occhi.

Anche se non lo aveva ammesso, le sue parole mi avevano fatto capire che, nonostante il suo modo contorto, tenesse a me.

20

Miya

Quando aveva detto di voler passare una normale serata come due semplici esseri umani, non scherzava. Camminando mano nella mano, mi aveva mostrato i posti più belli che l'Austria potesse regalarci, passeggiando esattamente come due normali persone. Un vero scrigno di meraviglie,

Vienna, con il suo cuore pulsante di romanticismo, era davvero qualcosa di incredibile. I palazzi, le chiese e i parchi illuminati dai lampioni e dalla vitalità che scorreva in ogni persona presente nel centro storico, erano una visione magica. In quel momento, dimenticai tutto.

Dimenticai il mio passato, dimenticai il mio presente e futuro. Non esisteva lasso di tempo se non quel preciso instante. Non c'erano pericoli, minacce,

vampiri o demoni. C'era solo quel momento così incantevole che riusciva a offrirci la città.
Solo lui e io. Era stato bello vederlo sorridere, scherzare e abbracciarmi quasi come una normale coppia. Mi aveva permesso di vedere una parte di lui che faticavo quasi a credere. Così premuroso, spensierato e dolce, che mi chiesi quanto sarebbe durata la magia di questo momento e quanto sarebbe durato questo nuovo lato di Viktor.

Avevamo addirittura cenato in un piccolo ristorante molto bello e romantico, raccontando entrambi la nostra vita passata. Forse era la città, forse era il momento o forse eravamo semplicemente noi. Tuttavia, fu la più bella serata della mia vita.

«Grazie.» Riuscii semplicemente a dire, camminando mano nella mano. Mi aveva ceduto la sua giacca, non appena aveva sbirciato nella mia mente e aveva capito che avevo freddo. Non aveva staccato i suoi occhi così come il suo corpo da me, nemmeno per un attimo. Sentire il suo contatto costante era stato una sensazione meravigliosa. I suoi abbracci... Da quanto non ne ricevevo uno?

«C'è ancora un'ultima cosa che voglio mostrarti.» Disse prima di farmi salire di nuovo in macchina. Lo guardai curiosa, ma il suo volto mi fece capire che non avrei ricevuto nessuna informazione. Rassegnata, quindi, mi voltai verso il finestrino, non sentendomi ancora sazia di guardare il panorama di quella splendida città. Volevo che i miei occhi immortalassero ogni singolo dettaglio, così da poterne portare sempre un pezzetto di ricordo con me. Qualsiasi cosa fosse successa, non avrei mai dimenticato questo posto.

«Ti fidi di me?» Mi sussurrò quella frase all'orecchio, facendomi sussultare dalla sorpresa. Provai a voltarmi, ma non me lo permise. Sentivo premere il suo corpo contro il mio, solleticandomi il collo con il suo respiro, destabilizzandomi. Quella domanda mi lasciò per qualche secondo disorientata. Mi fidavo davvero di lui? Avevo il fiato corto, riflettendo su quanto in realtà mi fossi sempre fidata di lui, fin dal primo momento.

Annuii senza dire nient'altro e sorrisi. Probabilmente era l'unica persona di cui mi potessi realmente fidare. Lo sentii fare un piccolo sospiro quasi come se, di spalle, potessi vederlo sorridere. Mi diede un delicato bacio sul collo, prima che i miei occhi furono investiti dal buio totale. Mi irrigidii d'istinto, sentendomi privata di qualcosa di così fondamentale come la vista. Il tessuto morbido carezzava le mie palpebre chiuse, che si muovevano all'impazzata in cerca di un appiglio di luce.

«Shh... Va tutto bene. Sono qui, piccola.» Venni invasa dalla sua voce meravigliosa e dolce, mentre mi teneva stretta fra le sue braccia.

«Viktor... Non mi piace molto il buio.» Confessai con voce tremante.

«Non hai nulla di cui aver paura. Ci sono io.» Sapevo che mi avrebbe protetta ad ogni costo e non mi avrebbe mai fatto del male, ma essere privata della vista mi rendeva comunque inquieta.

Feci un profondo respiro e cercai di rilassarmi. Mi lasciai cullare dalle sue braccia e dal suo inconfondibile profumo, lasciando che inondassero ogni particella del mio corpo. Viaggiando in totale silenzio, spezzato solo dai nostri respiri, non potei fare a meno di assaporare quel momento di pace. Qualche mese fa, il solo pensiero di ritrovarmi così vicino a lui mi avrebbe terrorizzava fino a provarne quasi ribrezzo. Adesso... Essere fra le sue braccia, sembrava essere la cosa più bella che avessi mai provato. Mi sentivo al sicuro, a casa. Cosa mi stava succedendo?

Ti stai forse innamorando, Miya?

No!

Bugiarda!

Scacciai quei stupidi pensieri non appena avvertii la macchina fermarsi. Sentii Viktor staccarsi da me, solo per ritrovarmelo un attimo dopo dall'altro lato. Non riuscivo a vederlo, ma potevo avvertire la sua presenza. Lanciai un gridolino per la sorpresa, quando mi sentii sollevata e presa in braccio da Viktor.

«Dove mi stai portando?» Gli chiesi, non riuscendo a mascherare l'ansia nella voce.

«Fidati di me.» Mi rimproverò dolcemente, prima di rimettermi di nuovo giù. Barcollai, percependo le mani di Viktor sorreggermi in una presa salda. Fu un sollievo avvertire di nuovo la terra sotto i piedi, anche se non vedevo ancora nulla. Sentii dei rumori, ma non riuscii a definire di cosa si trattasse. D'istinto mi portai le mani al volto ansiosa di vedere dove fossi, ma Viktor fu molto più veloce a bloccarle. Sbuffai.

«Ancora pochi minuti, piccola curiosona che non sei altro.» Mi prese in giro, tornando ad abbracciarmi da dietro, mentre mi spingeva a camminare in avanti.

Sentire il suo contatto era una costante ancora quando non avevo con me la vista. Decisi di dargli ascolto e, nonostante il grande sforzo, aspettai paziente. Mi resi conto di quanto fossi vulnerabile in quel momento. Potevo essere sul bordo di un precipizio, non avrebbe fatto differenza. Non avevo nessuna certezza se non la presenza di Viktor alle mie spalle. Un brivido mi percorse lungo tutto il corpo, quando fui investita da una folata di vento freddo.

«Oh, mio Dio!» Mi lasciai sfuggire non appena mi tolse la benda. Per poco non mi venne un infarto. I miei occhi cercavano di focalizzare ogni dettaglio, il mio cuore iniziò a battere all'impazzata, sopraffatto da tutte quelle emozioni che stavo provando in quel momento. Di fronte a me non vedevo altro se non il cielo notturno, colorato in tutte le sue meravigliose sfumature. Stavo volando. Mi guardai intorno e mi resi conto che eravamo su un'enorme mongolfiera, sospesi a chissà quanti metri d'altezza.

«Viktor...» Balbettai in cerca di qualcosa da dire. Il cuore rischiava di uscirmi fuori dal petto.

«Ti piace?» Mi strinse ancora un po' a sé.

«È fantastico.» Continuai a farfugliare come una specie di disco rotto, estasiata da tale meraviglia.

Osai spostarmi lentamente verso il parapetto. Viktor alle mie spalle continuava a tenermi in una presa ferrea, quasi avesse il timore che potessi cadere. Non riuscii a trattenere un sorriso, guardando il panorama mozzafiato che ci offriva quell'altezza. I laghi sembravano pietre preziose incastonate tra le montagne e le miriadi di luci sembravano tante piccole lucciole. Semplicemente incantevole. Sentii il mio petto gonfiarsi di felicità pura. Mi diede un bacio sulla guancia, per poi poggiare la sua testa sulla mia spalla.

«Lo vedi quel lago lì giù?» Mi chiese con la sua meravigliosa voce, indicando l'enorme vastità di acqua sotto di noi. Annuii elettrizzata.

«Si chiama lago della luna.»

«Perché?» Chiesi come una bambina curiosa.

Sorrise.

«Secondo una leggenda, un Duca si trovava a caccia con la sua consorte, nel Mondeseeland. Durante la notte, si smarrì tra le rocce, rischiando di cadere giù. All'improvviso, uscì la luna piena permettendo così al duca di vedere di fronte a sé risplendere l'acqua del lago, salvandolo. Così, in ringraziamento, fece costruire un monastero sulla riva del lago dandogli il nome di Mondsee, ovvero: lago della luna. Essa, con la sua luce pura, è riuscita a salvare il duca in mezzo alle tenebre della notte, aiutandolo a ritrovare la strada che aveva smarrito.» Continuò a tenermi stretta fra le sue braccia, proteggendomi dall'aria pungente di quell'altezza.

«È davvero una leggenda bellissima con un significato molto profondo.» Ammisi, davvero colpita.

Chiudi gli occhi. Lo sentii invadere la mia mente, come se fosse una carezza invisibile.

Mi aggrappai a quella sensazione e d'istinto obbedii. Di nuovo al buio, l'unica cosa che riuscivo ad ascoltare era il silenzio della notte, spezzato dal soffiare del vento, mescolato dai nostri respiri. Avvertivo scompigliarmi i capelli, sentivo il mio cuore e la mia mente leggeri come una piuma. Finalmente, dopo tanta sofferenza, sembrarono riuscire ad avere una boccata d'ossigeno, di felicità.

Ora aprili. Obbedii di nuovo e davanti ai miei occhi, vidi dondolare una graziosa collana di piccoli diamanti con attaccato un ciondolo.

Una graziosa rosa bianca.

Senza mai staccare il suo sguardo dal mio, mi allacciò lentamente la collana intorno al collo, poi mi diede un tenero bacio sulla fronte.

Come la luna per il duca, tu sei la mia rosa bianca che mi ha aiutato a ritrovare la strada che avevo smarrito in mezzo alle tenebre.

Sentii il mio cuore battere come un colpo di cannone. Quando si staccò dalla mia fronte, mi ritrovai davanti i suoi meravigliosi occhi cremisi, famelici. Deglutii, sentendo la mia gola secca, osservandolo divorarmi letteralmente con lo sguardo. Non avevo mai visto una persona guardarmi con così tanto desiderio come stava facendo lui in quel momento. Con una mano mi sfiorò dolcemente il volto, continuando a tenermi ancorata al suo corpo con l'altra. Ormai ero completamente ipnotizzata dalle sue meravigliose labbra.

Avevo il fiato corto e nel mio stomaco sentivo le farfalle fluttuare in una danza incontrollabile. Volevo che mi baciasse. Volevo sentire ancora una volta il meraviglioso sapore della sua deliziosa bocca sulla mia, lo desideravo in un modo indescrivibile. Bramavo ogni singola parte di lui, tanto da voler sentire le sue labbra baciare ogni singolo centimetro del mio corpo.

Bruciavo. In quel momento sentivo il mio corpo andare letteralmente in fiamme.

«Miya... I tuoi pensieri.» Lo sentii pronunciare quelle parole a denti stretti, mentre lo vidi fare un respiro profondo nel vano tentativo di controllarsi.

Rafforzò la sua presa su di me e vidi il suo corpo tremare come una foglia per lo sforzo.

Poggiò di nuovo la sua fronte contro la mia, sfiorandomi il naso con il suo. Le nostre bocche erano pericolosamente troppo vicine.

«Viktor.» Pronunciai il suo nome con voce roca, provando inutilmente ad allontanarlo da me.

«Shh...» Mi rimproverò, aumentando la sua stretta su di me.

«Viktor, ti prego. Non voglio vederti di nuovo soffrire.» Lo implorai, perdendomi nelle sue meravigliose iridi cremisi. Aveva forse dimenticato cosa ero in grado di fargli?

«Farmi soffrire è vedere le tue dannatissime, meravigliose labbra e non permettermi di baciarle.» Grugnì, prima di fiondarsi su di esse come un ossesso.

Reclamò la mia bocca famelico, come fosse l'ultima goccia d'acqua in grado di spegnere il fuoco della sua passione. L'ultimo briciolo di razionalità sfumò di colpo nell'aria come fumo.

Gemetti senza pudore, afferrandolo per i capelli, godendomi il meraviglioso sapore del suo bacio. Il suo tocco era come una dannata scintilla, pronta a far esplodere ogni singola particella del mio corpo. Per un effimero secondo, il mio cervello si staccò completamente da ogni cosa, lasciando spazio solo a quel momento. Così puri, così veri, così perfetti.

Nonostante tutto, nonostante le nostre diversità, accanto a quest'uomo mi sentivo al sicuro, protetta. L'attimo di felicità però, svanì come una secchiata di acqua gelida. Lo sentii gemere di dolore, mentre continuava a possedere le mie labbra con una ferocità quasi brutale. Stava soffrendo, e sapere che l'artefice della sua sofferenza ero proprio io, mi faceva sentire ancora più un mostro di quanto non mi sentissi già. Vidi il suo corpo tremare, rivelando il chiaro segnale di quanto dolore stesse provando in quel momento. Cercai di staccarlo con tutte le mie forze, ma senza avere alcun successo. I suoi lamenti, potevo sentirli in ogni angolo della mia mente, dilaniandomi il cuore. Continuava a divorarmi, come se potessi scomparire da un momento all'altro, come se non riuscisse a smettere, come se fossi diventata una calamita mortale.

È quello che sei.

No, basta. Non voglio continuare a fargli del male. Urlai quelle parole nella mia mente nel vano tentativo di scacciare quell'orribile virus che era dentro di me. Lo odiai con tutte le mie forze e con lui anche mio padre. Stinsi i miei occhi così forte da farmi male e una lacrima silenziosa rigò il mio viso, sentendo un'ondata di calore invadermi il corpo.

Ti prego, fammi smettere di fargli del male. Continuavo a ripetermi quella inutile frase, cercando con tutte le mie forze di concentrarmi sul quel flusso di calore che avvertivo scorrere nelle mie vene. Implorai che il mio corpo la smettesse di divorargli anche l'anima, perché sapevo che più acquistavo forza, più indebolivo lui. Lo stavo uccidendo.

Per favore... Non farmi perdere anche lui. Pregai quelle parole come se qualcosa dentro di me potesse realmente ascoltarmi. Potevo sembrare una pazza ma non mi importava. L'unica cosa che non volevo era perderlo. E così pregai. Pregai con tutta me stessa che il mio corpo la smettesse di essere un mostro.

Dopo pochi instanti che parvero ore, sentii i lamenti di Viktor farsi meno forti, meno intensi... Tuttavia, continuai a tenere i miei occhi sigillati, terrorizzata di quello che avrei visto, aprendoli.

«M-Miya... Miya, apri gli occhi.» Lo sentii balbettare, mentre avevo il cuore che batteva ancora a mille. Quando aprii lentamente gli occhi, vidi le sue iridi cremisi e il suo volto ancora provato dal dolore, prima di avvertire una stanchezza improvvisa. Se non fosse stato per Viktor, che ancora sosteneva il mio corpo in una presa sorprendentemente salda, sarei sicuramente caduta a terra. *Patetica. Hai appena cercato di ucciderlo ed è lui che deve sorreggere te.* La mia vocina non perse tempo nel farmi ricordare che ero una persona orribile.

«S-Stai bene?»

«Sì.» Gracchiò con la voce ancora esausta.

«Perché lo hai fatto? Avrei potuto ucciderti, cazzo!» Lo accusai furiosa della sua incoscienza. Come avevamo potuto essere così superficiali e spingerci così oltre? La paura si trasformò in rabbia, poi di nuovo in paura.

«Modera le parole.» Mi rimproverò, scoccandomi un'occhiataccia. Lo guardai incredula. Davvero? Davvero mi stava rimproverando per il mio linguaggio dopo che lo avevo quasi ucciso? Quest'uomo non aveva davvero limiti.

«Sei serio? Perché mi ha baciato? Perché non ti sei fermato? Credi sia un gioco?» Continuai a rimproverarlo, con gli occhi ormai colmi di lacrime e rabbia. Lui mi fulminò con lo sguardo, prima di afferrarmi per un braccio in modo brusco.

«Pensi che ti abbia baciato per gioco, uhm?» I suoi occhi tornarono di nuovo cremisi, furiosi, chiaramente ferito dalle mie parole.

«Viktor, non volevo dire questo...» Provai a scusarmi, ma lui sembrò ignorarmi totalmente. Avvicinò il suo viso ancora una volta al mio, perforandomi e disarmandomi con il suo sguardo rabbioso.

«Vuoi sapere perché non riuscivo a fermarmi? Perché mi desideravi talmente tanto da non permettermi di staccarmi da te.»

Sgranai gli occhi.

«Sì, Miya. Proprio così. Mi volevi talmente tanto che stavi risucchiando la mia vita quasi da uccidermi e, nonostante tutto, lo rifarei. Lo rifarei perché ti voglio da impazzire! Forse sei tu quella che sta giocando, non io.» Sputò quelle parole con tale rabbia da farmi rabbrividire.

Calò il silenzio totale e mi ritrovai incapace di aggiungere o ribattere altro. Lo avevo ferito, e non solo fisicamente. Ora come potevo biasimarlo per la durezza che aveva usato nelle sue parole? Lo avevo accusato di non essersi fermato quando ero stata io a non permettergli di farlo. In che razza di mostro mi stavo trasformando? Una lacrima silenziosa rigò il mio viso e mi affrettai ad asciugarla. Non volevo che mi vedesse così. Non meritavo la sua compassione.

Non appena atterrammo, trovai Peter che ci stava aspettando con un sorriso che, non appena vide entrambe le nostre facce, svanì. *Sì, Peter. Qualcosa non va e guardami pure per il mostro che sono.* Pensai acida, dirigendomi verso il SUW in silenzio. Viktor, dopo essersi assicurato di farci atterrare senza complicazioni, si era diretto verso il SUW, senza nemmeno preoccuparsi di aspettarmi. Quella sua freddezza, nonostante fossi io la causa, mi dilaniava il cuore. Ero abituata ad un Viktor provocatorio, furioso, focoso e protettivo. Il fatto che ora fossi quasi invisibile ai suoi occhi, mi destabilizzava terribilmente. Il tragitto in macchina non fu certo diverso.

Continuammo a restare in assoluto silenzio, mentre io osservavo il panorama sfrecciarmi intorno. Persino Peter non aveva osato dire una parola. Da perfetta guardia del corpo quale era, aveva sicuramente capito che qualcosa non era andata secondo i piani di Viktor e, dopo averci lanciato un'occhiata fugace, aveva silenziosamente alzato il divisore della macchina, lasciandoci la giusta privacy. Provai a voltarmi verso di lui ma, come me, aveva lo sguardo rivolto verso il finestrino e, nonostante sapesse che lo stessi guardando, non accennò a voltarsi. Feci un profondo sospiro.

«Mi dispiace.» Provai a rompere il ghiaccio con voce appena udibile. Ero davvero dispiaciuta e, per quanto non volessi fargli del male, sapevo che non potevo non farlo. Non se continuavamo entrambi a desiderarci così pericolosamente. Non rispose, né si voltò. Feci una smorfia e tornai a guardare il vetro, cercando di distrarmi.

«Ad un certo punto hai smesso.» Mi voltai di scatto non appena lo sentii parlare.

«Cosa?»

«C'è stato un momento in cui sei riuscita a fermarti. Credo che tu sia riuscita in qualche modo a controllarlo.» Ribadì questa volta, inchiodandomi con lo sguardo.

«Come? Non è possibile.» Scossi la testa incredula.

«Non lo so. So solo che ad un certo punto hai smesso, ti sei fermata. Ti sentivo. Mentre il dolore mi stava divorando, sentivo come imploravi al tuo corpo di smetterla. E forse, per un breve instante, sei riuscita a controllarlo. Sei riuscita a far capire al tuo corpo che non ero una minaccia per te.»

«Stai dicendo che posso controllarlo, quindi?» Chiesi perplessa di quello che stava dicendo. Come potevo controllare qualcosa che nemmeno conoscevo? Sapevo di possedere questo virus, ma non ne conoscevo le sue dinamiche. Stava forse... Mutando? Rabbrividii.

«Forse.»

«Non hai idea di cosa pagherei per poterti toccare senza ucciderti.» Ammisi di getto, angosciata. Non so come, ma in un battito di ciglia, mi ritrovai sulle sue gambe. Sussultai per lo spavento e per l'improvviso contatto. Mi strinse forte fra le sue braccia, quasi volesse fondersi con il mio corpo.

Sospirò prima di darmi un lieve bacio sulla testa e poggiare il suo mento su di essa.

«Mi dispiace di aver usato quel tono brusco prima. Cercheremo di capirci meglio su questa storia e su di te. Un passo alla volta, risolveremo tutto, te lo prometto.» Mi sciolsi nel suo abbraccio, lasciandomi travolgere di nuovo da un Viktor dolce e protettivo. Mi scusai per l'ennesima volta, sentendomi distrutta. Se ci fosse stato anche solo un modo per controllare questo schifo che avevo dentro, dovevo trovarlo. Aveva ragione quando diceva che la vera sofferenza era non poterlo toccare.

«Grazie per la meravigliosa serata. È stata la più bella della mia vita.» Ammisi, sentendo un lieve calore invadere le guance. Mi strinse ancora di più fra le sue braccia e io non potei fare a meno di lasciarmi cullare da quella meravigliosa sensazione. Erano pochi gli attimi in cui potevamo stare tranquilli, quindi decisi di godermi appieno quel momento.

«Miya?»

«Uhm?»

«Prima, sulla mongolfiera... C'è stato un momento in cui, per la prima volta, ho avuto veramente paura di morire.»

«Credo che tutti abbiamo paura di morire.»

«Non è quello che mi spaventa. Ho paura perché, morire, implicherebbe perderti. E io non voglio perderti.»

21

Viktor

Il mattino seguente mi sentivo ancora un po' frastornato a causa del veleno che il mio corpo stava cercando di smaltire del tutto. Ciononostante, avevo riacquistato quasi tutte le mie forze e mi sentivo meglio. Vidi Miya che faceva colazione in modo silenzioso e pigro e, mentre guardava il suo piatto con sguardo spento, mi chiesi a cosa stesse pensando. Probabilmente era ancora provata per quello che era successo la scorsa notte, eppure, sembrava tormentata anche da qualcos'altro.

«Come ti senti?» Le chiesi in modo dolce, osservandola attentamente. Il suo corpo così minuto e grazioso era avvolto in una semplice vestaglia di seta nera, da renderla irresistibile. La osservai a lungo e sorrisi al pensiero di come, solo qualche tempo fa, sembrava così sbagliata in questo posto. Ora dava l'impressione di essere esattamente dove doveva essere. Al mio fianco. Smise di giocherellare con il cibo nel suo piatto per inchiodarmi un attimo dopo con il suo meraviglioso sguardo, limpido come l'acqua. Mi sarebbe stato molto facile entrare nella sua mente e leggere i suoi pensieri, ma stavo iniziando a capire che, darle la possibilità di rivelarmeli lei stessa, era la cosa migliore da fare. In qualche modo la faceva sentire ancora libera di scegliere. Di avere la sua privacy.

«Bene.» La sua voce era apatica, mentre cercava di fingere con scarso risultato.

«La verità?»

«Cosa vuoi che ti dica? Hai visto cosa sono in grado di fare e questo mi fa sentire una persona orribile. Vuoi che ti dica che sono terrorizzata da quello che posso fare? Che non faccio altro che sentirmi un vero schifo ogni volta che ripenso a quello che stavo per farti ieri sera? Sono tormentata dall'idea che io possa ucciderti. Hai detto che forse posso controllarlo, ma io non ho la benché minima idea di come fare, né da dove cominciare. La verità è che ho paura. Al momento non posso cambiare le cose, quindi, in qualche modo contorto, cerco di accettarle. Ma non è facile, non è facile nemmeno un po'.» La vidi muoversi a disagio sulla sua sedia, frustrata quanto demoralizzata, stringendo la forchetta che aveva tra le mani, quasi a volerla disintegrare. Sentivo tutto il suo odio, il dolore… La paura.

«Puoi sicuramente cambiare il modo di vederle.»

«E tu puoi cambiarlo?» Mi chiese diretta, lasciandomi per qualche instante disorientato e spiazzato dalla profondità dei suoi occhi.

«Cosa intendi?» Inarcai un sopracciglio sorpreso, guardandola fare un lieve sorriso e abbassare gli occhi.

«Non so esattamente cosa c'è tra di noi, ma di sicuro le nostre vite sono diverse, incompatibili. Insomma, guardami... Ho quasi la forza di distruggerti, eppure, sono talmente fragile che basterebbe un niente per uccidermi. Sono una palese minaccia per te. Pensi di riuscire a vedere oltre questo? Oltre la nostra diversità?» Ammise con voce rauca, tornando ad inchiodare i suoi occhi ai miei, sentendosi a disagio per quello che aveva appena confessato. Come poteva non vedere quanta forza si portasse dentro?

«Lo sto già facendo. Diversi non vuol dire essere sbagliati, giusto?»

«No, ma in questo caso può essere pericoloso per entrambi.»

«Allora vorrà dire che insieme troveremo un modo per difenderci.»

La vidi scuotere la testa e sorridere.

«Come potrei proteggerti?»

«Ti dimostrerò che ci sono molti modi per difendersi. Spero che tu sia piena di energie questa mattina.»

«Perché? Mi chiese con i suoi occhi da cerbiatto, curiosi.

«Perché ci alleneremo non appena avremo finito la colazione.» La avvisai con un sorriso furbo. Allenare il suo corpo a combattere contro un vampiro o un demone era una sfida persa già in partenza. Era decisamente inferiore di forza e velocità rispetto a noi, tuttavia, volevo provare ad addestrarla e a combattere non solo con il fisico, ma anche con la mente.

«Sai benissimo che non potrò competere con la vostra forza.» Continuava a sorridere, guardandomi con interesse e curiosità.

«Hai ragione, ma questo non significa che tu non possa provarci. La forza fisica non è l'unica arma che puoi usare. Ce ne sono molte altre che puoi sfruttare a tuo vantaggio, basta saperle vedere.»

Ammisi con uno sguardo malizioso e pieno di sfida. Si morse il labbro inferiore, mentre potevo vedere gli ingranaggi del suo cervello elaborare la cosa. Il desiderio di sapere di cosa si trattasse era palesemente dipinto sul suo volto, ciononostante, continuò a fare colazione senza darmi troppa importanza.

Dopo essersi cambiata in un paio di pantacollant e una canottiera nera - che fasciavano perfettamente il suo corpo - indossai anche io una tuta e una maglia grigia. La condussi al piano sotterraneo, attraverso delle scale nascoste, che rivelai grazie ad un comando elettronico. Fu quasi divertente vedere il suo palese stupore ad ogni gradino che scendeva.

Mi piaceva definirlo il mio bunker. Avevo tutto quello di cui avevo bisogno. Un luogo dove potevo rilassarmi e allo stesso tempo monitorare ogni cosa. Erano poche le persone a cui avevo concesso la libertà di entrare. Mia madre, Peter, Jared e ora Miya. La stanza era molto spaziosa con le sue mura prugna e la moquette grigio antracite, rendevano l'atmosfera misteriosa e al contempo rilassante.

Non appena Miya fu al centro della sala, vidi subito i suoi occhi saettare verso l'enorme piscina che occupava una buona parte della stanza. Un enorme letto, con le coperte anch'esse color prugna impeccabili, era posizionato vicino la piscina. Nell'altro lato della sala, c'erano svariati attrezzi da palestra che utilizzavo nei miei momenti liberi per scaricare la tensione, mentre nell'altro angolo, schermi luminosi mi permettevano di monitorare e tenere sotto controllo ogni cosa. Miya iniziò a guardarsi intorno con sguardo sorpreso quanto curioso. Camminava lentamente in quell'enorme stanza, cercando di assimilare ogni piccolo particolare. Si voltò lentamente verso di me, allargando le sue braccia.

«Wow!» Furono le uniche parole che sentii uscire dalla sua bocca.

Sorrisi.

«Ti piace?»

«È... Intima.» Si lasciò sfuggire incerta.

Sorrisi ancora. Non c'era nessuna finestra e una luce soffusa aleggiava in quella stanza, da renderla quasi afrodisiaca. Il mio piccolo nascondiglio segreto dove potermi nascondere quando avevo voglia di un po' di tranquillità. E, a rendere l'atmosfera ancora più riservata, erano sicuramente le miriadi di candele che illuminavano intorno alla piscina. Andai verso un armadio di legno e, aprendolo, la invitai con un cenno silenzioso ad avvicinarsi. Scrutò l'interno con attenzione e confusione.

«Cosa sono?»

«Armi.»

«Stai scherzando?» Inarcò un sopracciglio quasi a volermi deridere. Mi mossi velocemente dietro di lei e con un gesto rapido le passai un braccio intorno alla vita, mentre con l'altro le puntai un grosso pugnale alla gola, tenendola ben ancorata contro il mio corpo. Lei urlò per la sorpresa e per la paura e potei sentire subito il suo cuore schizzare alle stelle.

«Ti sembro forse un tipo che scherza?» Le sussurrai all'orecchio, sentendola irrigidirsi contro il mio corpo.

«V-Viktor...»

«Non tutti i vampiri sono agili, veloci e forti come me. Un'arma può sempre essere un punto a tuo vantaggio.» Continuai, prima di lasciarla andare, spingendola leggermente in avanti. Si voltò di scatto, riprendendo equilibrio e inchiodandomi con i suoi enormi occhi verdi, pieni di sfida e adrenalina. Le feci un sorrisetto di complicità, mi avvicinai verso l'armadietto e ne estrassi una piccola Glock nera, poco più grande di una mano.

«Questa è tua.» Feci roteare l'arma tra le mie mani come un giocoliere fa con le proprie palline, mentre gli occhi di Miya si sgranarono di colpo.

«Cosa?»

«Devi portarla sempre con te. I proiettili sono d'argento e la loro punta è stata forgiata con il frassino. A meno che tu non riesca a mirare dritto al cuore, non ci ucciderà, ma ci renderà comunque più deboli.» Continuai, caricando la Glock con i proiettili sotto il suo sguardo ben vigile. Da quando era iniziata la ribellione, avevo fatto in modo che ogni membro della mia squadra fidata e della mia famiglia avesse un'arma come questa. Indebolire il proprio nemico, avere sempre un asso nella manica, a volte poteva essere l'unica salvezza.

«Non ti aspetterai che io usi quella cosa!» Sbottò inorridita quanto sconvolta.

«Oh, certo che la userai. Potresti trovarti in pericolo, e se io non dovessi essere lì al tuo fianco, voglio che tu la usi per proteggerti, Miya. Mi hai capito?» La inchiodai con sguardo serio, porgendole la piccola pistola. La esaminò con cura senza fare il minimo accenno ad afferrarla. Dalla sua espressione, capii che non ne aveva mai usata una. Ecco perché le avrei insegnato come fare, anche se aveva paura. Non era una totale protezione ma poteva comunque essere un vantaggio in un momento critico.

«Non ho la minima idea di come si usi.»

«Imparerai. Il frassino uccide i vampiri, mentre l'argento è il veleno più letale per i demoni. Dopo il mercurio, ovviamente. Vedi questo anello? È stato forgiato con l'argento. Al suo interno è stato inserito del mercurio, così da poterlo avere sempre con me, ed evocarlo nel caso io ne abbia bisogno.» Continuai serio e con tono fermo, indicandoglielo e spiegandole i nostri punti deboli.

«Perché vuoi consegnarmi un'arma che può uccidere anche i vampiri?» Mi chiese con sguardo sospetto, portando la sua concentrazione sul mio anulare destro.

«Perché siamo nel bel mezzo di una guerra e non tutti i vampiri sono nostri amici. Inoltre, per tua sfortuna, io non sono un comune vampiro e se mai ti verrà voglia di uccidermi, ti servirà molto più di un proiettile.»

Tipo il mio sangue? Inclinai leggermente la testa e le sorrisi compiaciuto.

«Sì, esatto. Tipo il tuo sangue.» La vidi sgranare gli occhi e avvampare contemporaneamente.

«Smettila di frugare nella mia mente.» Mise il broncio, fingendosi infastidita, incrociando le braccia davanti a sé. Sorrisi.

«Tienila sempre con te e avrai sempre un'opportunità che può salvarti la vita.» Tornai di colpo serio. Presi un piccolo fodero, così da poterselo legare ovunque ritenesse più idoneo e, infilando la pistola al suo interno, la porsi di nuovo a lei. Lo guardò ancora una volta titubante prima di afferrarla, tirarla di nuovo fuori, e rigirarsela fra le mani con sguardo attento. *Sarò sempre più debole di loro.*

«Non sei debole, Miya. Il tuo sangue è un'arma. La tua intelligenza è un'arma. Hai molte più doti di quanto credi.» Ammisi carezzandole una guancia dolcemente, mentre lei mi fulminò con lo sguardo.

«Bene, ora vediamo di insegnarti ad usarla.»

«Non credo sia una buona idea.»

«Conosci qualche mossa di autodifesa?»

«Be'... Ho frequentato un corso in passato, ma non ne so molto.» Ammise impacciata.

«Bene, vediamo che sai fare.» Feci qualche passo indietro e, facendole l'occhiolino, con una mano le feci segno di avanzare. Rimase a fissarmi con i suoi due pozzi verdi, non sapendo minimamente da dove cominciare.

«Non ti sparerò addosso, Viktor. Scordatelo!» Mi avvisò con sguardo serio, mentre scuoteva la testa, esaminando la pistola.

«Ah, no?» La sfidai piegando leggermente la testa di lato, iniziando a girarle intorno come un leone affamato.

«No.» Rispose lei con altrettanta sfida, seguendo i miei movimenti lenti.

«Uhm... Qualcosa mi dice che invece dovresti farlo.» Mi fiondai verso di lei, la afferrai per un braccio, la feci girare come una trottola e con l'altra mano le tolsi la pistola, prima di tornare esattamente dove mi trovavo due secondi prima. La vidi vorticare senza equilibrio, per poi finire con il suo sedere sulla moquette. Gemette per l'impatto e mi avvicinai per aiutarla a rialzarsi.

«Sei sleale! E anche stronzo! Non posso competere contro la tua velocità.» Si lamentò con la gola secca, cercando di riprendere fiato.

«Ecco perché hai bisogno di una pistola. Ancora convinta sull'idea di non spararmi?» Sorrisi, restituendole la pistola.

«Se continui ad essere così presuntuoso, potrei anche cambiare idea.» Rispose infastidita.

«È esattamente quello che spero. Riproviamo.» Le feci l'occhiolino, riprendendo la mia posizione.

«Sei troppo veloce per la mia vista umana. Non riesco nemmeno a percepirti.»

«Perché stai usando solo uno dei tuoi sensi. Ti fidi di me?» Quella domanda mi dava sempre una strana sensazione di timore. Non sapevo bene perché, ma avevo sempre il costante bisogno di saperlo.

«Sì.» Nella sua voce nemmeno un attimo di esitazione. Feci un profondo sospiro.

«Bene. Non smettere mai di farlo.» Sussurrai, sentendo il mio cuore gonfiarsi di pura felicità.

22

Miya

Lo vidi avvicinarsi lentamente con una piccola benda nera in mano. Il mio cuore prese a battere all'impazzata. Mi fidavo di lui, ma il fatto che continuasse a privarmi della vista, mi rendeva comunque nervosa.

«Rilassati. Non c'è nulla di cui aver paura.» Mi sussurrò dolcemente come se avesse intuito il mio stato di inquietudine, legando il morbido tessuto dietro la mia testa.

«Sai quanto io detesti il buio.» Replicai, rigida come una corda di violino pronta a spezzarsi con un solo tocco.

«Shh... Va tutto bene. Ora, voglio che ti concentri, voglio che tu segua la mia voce. Che ascolti attentamente ogni rumore che il tuo udito è in grado di percepire e quando sei convinta di aver trovato il tuo bersaglio, spara.» Lo avvertii premere un dito contro le mie labbra. La sua voce era così seria e al contempo così dolce.

«Non voglio ferirti, Viktor.» Le mie parole erano quasi una supplica. Le mie mani sudate stringevano forte la pistola come fosse l'unica cosa a cui potermi aggrappare. E forse era esattamente così che voleva farmi sentire. In un momento di pericolo, dove non ci sarebbe stata nessun'altra possibilità di salvezza, un'arma poteva forse essere l'unica via d'uscita.

«Concentrati sulla mia voce, Miya. Ascoltala...» Mi incalzò con tono seducente prima di far calare il silenzio totale. Feci un pronfondo respiro, alzando tremante la pistola davanti al nulla. Provai ad ascoltare qualsiasi movimento o spostamento d'aria intorno a me.

«L-Lo sai che è una pessima idea questa, vero?» Gli chiesi, muovendomi senza una giusta direzione.

Non ricevetti nessuna risposta se non il silenzio totale e, anche se non potevo vederlo, avvertivo il suo sguardo su di me. Deglutii. Non sentivo nulla se non il battito incalzante del mio cuore che minacciava di uscirmi letteralmente fuori dal petto. Non potevo farlo. Non potevo spararagli come se fosse una cosa normale. Era veloce, forte e quasi immortale, ma non potevo farlo. Non potevo farlo e basta. Una folata di vento alle mie spalle mi fece sussultare e girare di scatto.

«È decisamente una pessima idea.» Di tutte le cose folli, questa era decisamente la peggiore. Un forte rumore metallico invase la stanza, facendomi urlare e balzare dalla paura. Sparai. Il rumore fu assordante. Avevo il fiato corto, mentre sentivo il mio sangue pompare contro le mie tempie all'impazzata. Il braccio mi formicolava per l'impatto del colpo e il mio cuore sembrava un rullo di tamburi.

«Non ti stai concentrando.» Lo sentii grugnire dalla parte opposta del colpo.

«Sì, invece!» Risposi frustrata e con voce tremante. La tentazione di togliermi la benda si faceva sempre più forte.

«No che non lo stai facendo, Miya. Stai lasciando alla tua dannata paura la libertà di farti esitare.» Ringhiò, infastidito.

«Scusami se non muoio dalla voglia di spararti, Viktor! Davvero, scusami tanto!»

Lo percepii sorridere. *Concentrati. Chiudi leggermente di più le gambe e non essere così rigida.*

Ebbi un tuffo al cuore non appena avvertii la sua voce nella mia testa. Il silenzio in quella stanza era quasi assordante e avvertendo gocce di sudore colarmi lungo tutta la fronte, cercai di sforzarmi e provai ad ascoltare di nuovo.

Percepivo brividi corrermi lungo tutto il corpo, mentre nelle mie vene scorreva adrenalina pura. Non avevo la minima idea da dove cominciare e, nonostante mi sforzassi di provarci, tutto quello che riuscivo a percepire era il silenzio. *Libera la mente. Lasciati guidare dalla mia voce.*

Il fatto che continuasse a parlare nella mia testa non aiutava di certo a concentrarmi. Avevo la gola talmente secca da sembrare di ingerire tanti piccoli pezzetti di vetro. Strinsi ancora più forte la pistola, provando a restare con i nervi saldi. Feci un profondo respiro cercando di sgombrare la mente da ogni pensiero, restando in silenzio. In attesa. Attesa di ascoltare... Attesa di essere guidata dai miei sensi.

Fu un attimo, un frangente di secondo in cui riuscii a percepirlo. Una sensazione strana, come un rumore ovattato. Poi, acqua. Avvertii l'acqua della piscina sbattere contro le sue pareti. Deglutii e cercai di concentrarmi meglio. Passi. Ora sentivo dei deboli, ma veloci passi. *Brava. Continua ad ascoltare.* Mi aggrappai al suono della sua meravigliosa voce e mi lasciai guidare da essa. Potevo sentire il suo respiro e perfino il suo meraviglioso profumo. Non seppi definire il momento esatto in cui riuscii a percepire la sua presenza, tuttavia, avvertii il suo corpo alle mie spalle. Mi voltai ad una velocità sorprendente e sparai senza esitare nemmeno un secondo. Il suono familiare del colpo invase di nuovo le mie orecchie, per poi avvertire un lamento, seguito da un'imprecazione.

Mi strappai di scatto la benda dagli occhi e la prima cosa che questi videro fu Viktor che si teneva il braccio destro con la mano sinistra, pieno di sangue. Fece una smorfia di dolore, accasciandosi su una sedia.

«Oh, mio Dio!» La pistola mi scivolò, producendo un piccolo tonfo sulla moquette. Mi portai entrambe le mani sulla bocca e mi precipitai verso di lui. Mi inginocchiai ai suoi piedi e, alla vista del suo sangue, iniziai a tremare come una foglia.

«Va tutto bene. Sto bene.» Grugnì con la sua voce racchiusa in una morsa di dolore. Avevo il cuore a mille, mentre cercava con le sue dita abili, di tirarsi fuori il proiettile dal braccio.

«No, no che non va bene. Oh, mio Dio, mi dispiace così tanto. Dobbiamo andare in ospedale, dobbiamo...» Iniziai a parlare a raffica, avvertendo il mio corpo andare in iperventilazione.

«Ehi, ehi, guardami. È tutto okay, piccola. Guarda, sto già guarendo.» Mi prese il volto bagnato dalle lacrime fra le mani e, guardando verso la sua ferita, vidi che aveva già smesso di sanguinare e stava iniziando lentamente a guarire, diventando poco più di un semplice graffio. Sgranai gli occhi, ma riuscii comunque a tirare un sospiro di sollievo.

«Dannazione, Viktor! Non chiedermi di farlo mai più.» Gli lanciai un'occhiata truce. Mi asciugai le lacrime e d'istinto mi buttai fra le sue braccia.

«Sei stata bravissima. Come ci sei riuscita?» Mi chiese carezzandomi dolcemente la testa.

Chiusi gli occhi, assaporando quella meravigliosa sensazione e mi lasciai cullare dal suo insostituibile profumo. Una parte di me stava cercando di capire se ero arrabbiata realmente con lui, mentre l'altra stava cercando di capire perché avevo avuto così tanta paura di perderlo.

«Il tuo odore, la tua voce. Non so spiegarti, ma sentirti nella mia mente mi ha aiutato moltissimo.» Risposi invece, scacciando quei pensieri. Stava guarendo. Era questa la cosa più importante.

«Ora sai che non ti serve la forza o la velocità di un vampiro per difenderti. E io adesso so che non dovrò più abbassare così tanto la guardia.» Mi fece l'occhiolino, alzandosi e sollevandomi insieme a lui. Un secondo prima sembrava essersi ferito gravemente, il secondo dopo era tornato di nuovo il vampiro spietato e strafottente di sempre.

«Forse...» Sorrisi, scuotendo la testa.

«Inizi a dubitare di me, ragazzina?» Mi guardò aggrottando le sopracciglia, incombendo su di me con la sua enorme stazza. Lo fissai dritto nei suoi meravigliosi occhi, perdendomi all'interno della sua incolmabile tempesta.

«Dovresti darti una ripulita. Puzzi di sangue.» Lo vidi guardarmi perplesso della mia affermazione e non potei fare a meno di ridere alla vista della sua espressione quasi buffa. Mi morsi l'interno della guancia, divertita dal mio prenderlo in giro.

«Ah, sì?» Mi guardò malizioso, inarcando un sopracciglio. Nei suoi occhi vidi accendersi una luce di sfida e desiderio, da incendiare ogni particella del mio corpo. Feci cenno di sì con la testa, mordendomi il labbro, cercando penosamente di non ridere. Il mio tentativo di mascherare la mia presa in giro, stava visibilmente fallendo. Lo vidi portarsi due dita al mento, fingendosi pensieroso, prima di avvicinarsi lentamente a me come un predatore.

«Uhm... Credo che potremmo rimediare, ma potrei aver bisogno di compagnia» Mi sussurrò con un ghigno divertito. Guardò un punto dietro le mie spalle e quando capii il percorso del suo sguardo, ebbi un tuffo al cuore.

«Oh, no! No, no, scordatelo.» Lo minacciai alzando un dito nella sua direzione non appena mi resi conto che i suoi occhi erano puntati sulla piscina dietro di me. Provai ad allontanarmi da lui, ma ogni passo che arretravo, il suo sguardo diventata sempre più diabolico. In un battito di ciglia, mi ritrovai sulla sua spalla.

«Viktor, no! Mettimi subito giù!» Gridai dalla sorpresa, non riuscendo a smettere di ridere e urlare.

«Spero che tu sappia nuotare, piccola.» E poi mi lanciò nel vuoto. Le mie urla furono soffocate dall'acqua e, nonostante l'impattò con questa, fu come ricevere una dose di vita che invase tutto il mio corpo.

Chiusi gli occhi assaporando quella sensazione, ma non feci in tempo a toccare il fondo che fui afferrata da una mano e trascinata di nuovo in superficie. Feci un respiro profondo, riprendendo aria. Sentii le sue mani stringersi in una presa ferrea intorno alla mia vita, mentre fui inchiodata dai suoi magnifici occhi.

«Sei un pazzo!» Lo rimproverai avvinghiandomi contro il suo corpo.

«Ho forse mai affermato il contrario?» Mi derise, facendomi un sorrisetto strafottente. Lo colpii scherzosamente al petto, schizzando acqua dappertutto. Lui sorrise, carezzandomi dolcemente una guancia. Restammo per qualche instante a guardarci negli occhi in assoluto silenzio. Mentre giravamo in tondo, l'unica cosa che aleggiava nella stanza era il rumore dei nostri respiri e il movimento dell'acqua che sbatteva contro i nostri corpi in movimento. Era bellissimo in tutti i suoi difetti. Nel suo sguardo potevo vedere ogni singolo fardello che si portava dietro. La crudeltà delle sue azioni, la sofferenza, il pentimento, la forza, l'amore e il desiderio che adesso erano padroni dei suoi incredibili occhi. Nella sua imperfezione, era una creatura perfetta. Mi chiesi come delle volte il destino si divertisse a giocare con le nostre vite. Di come, nonostante delle volte si cerchi di contrastare, prende comunque il suo corso. E forse... Delle volte abbiamo semplicemente bisogno di seguire quella direzione.

Mi ero convinta che incontrare Viktor, fosse stata per me una sfortuna, un pericolo. Ma adesso, senza di lui, non avrei avuto nessuno al mio fianco.

«A cosa stai pensando?» I nostri corpi erano ormai avvinghiati in un tutt'uno. Sorrisi.

«Sono molte le cose a cui sto pensando in questo momento.» Sussurrai con la gola secca, continuando a cullarmi contro la sua mano.

«Elencamele.»

«Sto pensando del perché il destino ci abbia fatto incontrare e che tu, nonostante tutto, sia l'unica persona che mi sia rimasta e di cui mi possa fidare. Sto pensando... A quanto siano meravigliosi i tuoi occhi e quanto tu sia diventato importante per me. Sto pensando...» Ammisi senza maschere inchiodando il suo sguardo così profondo.

Lo vidi sgranare leggermente gli occhi sorpreso, prima di riprovare a ricomporsi. Si avvicinò lentamente senza mai staccare il contatto visivo, finché i nostri visi non furono allineati perfettamente. Nella stanza non c'era altro che silenzio, interrotto dai nostri respiri irregolari.

Deglutii cercando di mantenere un briciolo di autocontrollo, ma era decisamente troppo vicino perché ci riuscissi. La mia mente stava viaggiando ad una velocità folle, investita da una miriade di pensieri. Si avvicinò ancora di qualche centimetro, quasi a sfiorare le nostre labbra, poi lo vidi per la prima volta deglutire quasi preoccupato.

«Io invece penso che tu stia decisamente pensando troppo.» E prima di poter replicare, si fiondò di nuovo sulle mie labbra, divorandomi. Ebbi un tuffo al cuore, sentendo il mio corpo irrigidirsi come una corda di violino. Lo scostai bruscamente e per fortuna, questa volta, sembrò non opporre resistenza.

«Viktor, no!» Pronunciai quelle parole come se stessi subendo una tortura e in effetti, era esattamente così. Desiderare ardentemente una persona e non poterla amare era qualcosa di insopportabile, tuttavia, cercai di guardarlo negli occhi con tutta la convinzione di cui ero capace. Lo desideravo. Lo volevo da impazzire, ma c'erano decisamente troppe cose in ballo per cedere ancora ad una simile tentazione.

«Controllalo. Controlla il virus come hai fatto l'altra sera.» Ringhiò a denti stretti. Vidi il suo corpo tremare come una foglia in cerca di autocontrollo. I suoi occhi stavano già cambiando in una lieve sfumatura cremisi, cercando di dominare penosamente il suo desiderio.

«Cosa? Non so nemmeno se posso davvero farlo e non so nemmeno se ho realmente fatto qualcosa. L'ultima volta ti ho quasi ucciso. Te ne sei forse dimenticato?» Gli ricordai con voce roca, tornando a guardarlo dritto negli occhi. Sfregò il suo naso contro il mio, mentre sentivo il mio cuore battere sempre più velocemente. Non stava decisamente ragionando.

«È temporaneo. La mia metà umana riesce a smaltire il veleno molto più velocemente. So che puoi controllarlo, io mi fido di te.» Mi desiderava, potevo leggerlo nelle sue pupille dilatate, ormai cremisi. Virus o meno, nei suoi occhi potevo vedere la promessa che niente gli avrebbe impedito di baciarmi ancora.

Quella frase fu come ricevere una coltellata in pieno petto. Si fidava di me quando invece io non mi fidavo minimamente di me stessa. Io non ero come lui. Ero solo una semplice umana che portava un fardello sulle spalle molto più grande di sé stessa. Come riusciva a fidarsi con così tanta leggerezza? E se non ci fossi riuscita? E se l'avessi ucciso?

«Io... Io non posso. Non so...»

«Stai continuando a pensare troppo.» Tornò a fiondarsi come un forsennato sulle mie labbra, divorandomi con anima e corpo. Il mio cuore galoppava inferocito, mentre iniziavo ad avvertire quella familiare sensazione di calore e di forza. Strinsi forte gli occhi come se potesse esplodere una bomba da un momento all'altro. Lo sentii gemere contro le mie labbra e il panico iniziò a impossessarsi di nuovo di me. *Controllalo, puoi farlo. Sei più forte.*

Anche attraverso il nostro legame, potevo percepire il suo dolore e la cosa mi dilaniava l'anima. La situazione non stava decisamente andando come aveva previsto e io iniziai a tremare dalla paura.

Continuava a baciarmi, famelico quanto il virus che stava penetrando nel suo corpo. I suoi lamenti stavano diventando di nuovo strazianti, mentre il mio corpo stava acquistando sempre più forza. Una lacrima silenziosa rigò il mio viso.

P-Piccola... Fermati... Balbettò, senza mai staccarsi da me. Stava soffrendo e per causa mia. Lacrime copiose iniziarono a scorrere silenziose lungo il mio viso. L'acqua intorno a noi stava iniziando a diventare eccessivamente fredda o forse ero io che stavo diventando troppo calda. Non sapevo cosa fare.

Perché si era di nuovo fidato di me? Il mio desiderio, il mio amore lo stavano uccidendo velocemente. Perché mio padre mi aveva fatto questo? Il virus doveva proteggermi dai nemici, non da qualcuno a cui tenevo.

Chiusi gli occhi e provai a scacciarlo con tutta me stessa, cercai nella mia mente qualsiasi segnale che mi aiutasse a controllare quel demonio, ma niente. Continuavo a ripetermi di non volerlo, di non desiderarlo, ma tutto quello che avvertivo erano i suoi lamenti incessanti e una forza crescere dentro di me.

M-Miya, basta. Mi stai uccidendo. Miya, ti prego, io... Ti amo.

Quelle parole furono come un secchio di acqua ghiacciato che mi investì completamente.

Sgranaii di colpo gli occhi solo per ritrovarmi davanti i suoi cremisi pieni di dolore. I miei polmoni smisero di respirare così come il mio cuore smise di battere. Potei avvertire il momento esatto in cui il mio baricentro entrò in perfetto equilibrio. Ogni piccolo tassello, ogni piccola particella del mio corpo, si allineò perfettamente. Trovò il suo punto fermo, esattamente come la bussola trovava sempre il suo punto Nord. Lui mi amava. Ora era tutto chiaro.

Non era il virus che non riuscivo a controllare ma il mio cuore. Mi ero illusa, imposta di reprimere quel sentimento che da tempo provavo. Io mi ero innamorata di Viktor, e la paura che il sentimento non fosse ricambiato, faceva di lui, per il mio cuore, la mia più grande minaccia. Io non dovevo respingerlo, né cercare di soffocare quel sentimento che ardeva dentro di me. Dovevo semplicemente lasciarlo entrare.

Avvertii nella mia mente quel piccolo filo invisibile, quel legame che ormai era diventato colonna portante del nostro rapporto. Ad un tratto mi sentii leggera, quasi riuscissi a fluttuare nell'aria.

Si staccò lentamente dalle mie labbra, cercando di annaspare più aria possibile. Avevamo entrambi il fiatone, come se avessimo corso per più di cento miglia. Restammo per non so quanto tempo in silenzio, a fissarci intensamente negli occhi. Poi mi afferrò per la vita e in un secondo ci ritrovammo entrambi sul letto, bagnati, tuttavia, nessuno dei due accennò a interrompere il contatto visivo.

«E adesso voglio farti mia per sempre.»

23

Viktor

Le avevo detto che l'amavo. Fui invaso da una miriade di emozioni da lasciarmi talmente spiazzato, quasi da restarne senza fiato. Avvertii il mio cuore battere ad una velocità che non avevo mai percepito. La mia mente stava cercando di elaborare tutte quelle nuove sensazioni. Mai avevo pronunciato per qualcuno quelle parole così nuove ed estranee, da lasciarmi per un momento destabilizzato di me stesso.

Cosa era riuscita a farmi questa ragazza? Era da tempo che il mio cuore non provava tale emozione e ora ne sembrava quasi sopraffatto.

Mi presi qualche minuto per godermi e imprimere nella mia mente il meraviglioso volto sotto di me. I suoi occhi mi guardavano colmi di desiderio e di un amore che mi disarmava. In quel momento capii.

Capii di come era diventata parte integrante della mia vita. Sentire il suo profumo nella casa, la sua voce, il suo calore, i suoi modi ribelli, la sua risata... Capii di essermi innamorato di lei.

Inspirai profondamente, riempiendo le mie narici del suo meraviglioso profumo. Al contrario di quello che temevo, quella consapevolezza non mi spaventò come avevo pensato, al contrario, mi diede una forza che non pensavo nemmeno di possedere. Mi aveva quasi ucciso. Questa volta ci era andata così vicina che, in quel momento, il mio cervello aveva pensato solo a farle sapere quello che davvero provavo per lei. Era stata una cosa istintiva e aveva funzionato. Confessarle i miei sentimenti aveva colmato quel vuoto, quell'incertezza nel suo cuore, che la spaventava. Avevo sempre saputo di non essere indifferente ai suoi occhi, ma l'amore che provava, quello che mi aveva lasciato vedere nella sua mente era qualcosa di disarmante. Mi chiesi se anche lei fosse consapevole di quanto grandi e forti fossero i suoi sentimenti verso di me. Forse non esisteva un vero e proprio antidoto per il virus, ma avevamo comunque trovato un modo per domarlo.

«Viktor...»

«Sei bellissima.» I suoi meravigliosi capelli bagnati si erano sparpagliati su tutto il letto, da sembrare un meraviglioso manto di seta. Spostai i miei occhi sui suoi vestiti fradici che, attraverso la stoffa ormai trasparente, rivelavano il suo bellissimo corpo. Era di una visione celestiale. Infilai una mano sotto la sua canottiera fradicia, assaporando il meraviglioso contatto della sua pelle contro le mie dita. La sentii ansimare e irrigidirsi sotto il mio tocco. Il suo meraviglioso corpo si tese come una corda di violino, esponendo il suo fragile collo. I suoi gemiti erano una deliziosa droga per me, così come le sue labbra, perfette e letali al tempo stesso. *È sempre qualcosa di proibito e pericoloso ad attrarci di più, giusto?* Miya era la mia dannata condanna e il mio più grande pericolo. Di tutte le donne, mi resi conto, che non ne avevo mai desiderata così tanto una come desideravo lei.

Tornò a inchiodarmi con i suoi occhi intensi, da tenermici incollato come fossero due calamite. Con il suo sguardo mi implorava di baciarla, nonostante potessi vedere quanto fosse combattuta tra il desiderio di avermi e il terrore di uccidermi. Nella mia testa invece, aleggiava solo la convinzione di quanto volessi questa donna in quell'instante.

«Niente potrà fermare questo momento, nemmeno la morte.» Ringhiai a denti stretti e mi fiondai di nuovo sulle sue labbra. La sentii lottare contro l'impulso di non irrigidirsi, mentre fui invaso dalla sua meravigliosa lingua, assaporandone il suo sapore sublime, lasciandomi inondare da esso. Un dolore acuto e familiare mi penetrò il corpo, facendomi sfuggire un lamento patetico.

Sentii il dolore inondarmi la bocca fino a scendere lentamente su ogni parte del mio corpo. Potevo sentire i miei muscoli cercare di ribellarsi contro il veleno che, un po' alla volta, stava indebolendo la mia natura, quasi a paralizzare ogni mio arto. Chiusi gli occhi. Potevamo gestirlo, sapevo che potevamo farlo.

Possiamo gestirlo, piccola. Insieme. La avvertii irrigidirsi sotto il mio corpo ancora una volta, prima di sentirla lentamente rilassarsi. Le sue deboli braccia si aggrapparono alle mie spalle, stringendomi come fossi l'unica ancora a cui potersi sostenere. Il dolore prima acuto, iniziò a diventare un fastidio quasi sopportabile. Cercai di incanalare ogni mio potere sulla mia parte umana nel tentativo di smaltire il virus più velocemente. Faceva comunque male, ma era un equo prezzo da pagare, e io avrei fatto di tutto pur di averla. *Mia. Sei mia.*

Divorai le sue labbra con avidità, strappandole di dosso i suoi miseri vestiti. Doveva essere mia. Il dolore in quel momento passò in secondo piano. Per troppo tempo avevo tollerato quella distanza, ma ora ne avevo un disperato bisogno che mi stava logorando da dentro. Il dolore ormai divenuto quasi tollerabile, era niente paragonato all'effetto che aveva la sua bocca su di me. I suoi gemiti erano una musica incantevole. Afferrai con una mano entrambe le sue, bloccandole sopra la sua testa. Mi concessi qualche momento per ammirare il suo corpo nudo e perfetto, per poi scendere lentamente su di esso, baciando ogni centimetro della sua morbida pelle. Così bella e pura, non avrei mai più permesso a nessuno di sfiorare quel capolavoro. Tremai.

Il mio cuore stava provando una miriade di emozioni del tutto sconosciute e mi chiesi per un momento se fosse l'effetto del veleno, oppure della mia mente ormai quasi offuscata dal piacere. Tornai sulle sue labbra, possedendole con un desiderio famelico. Si lasciò sfuggire un gridolino soffocato dalla mia bocca, che ardeva del suo sapore e del contatto delle sue labbra.

«Viktor.» Pronunciò il mio nome con voce talmente roca da far infiammare il mio sangue come benzina. Con gli occhi completamente persi nei suoi, sfilai velocemente anche i miei vestiti. Completamente nudi, mi guardava ubriaca di passione e desiderio. I suoi seni così perfetti e meravigliosi e il suo corpo fragile, ma con le giuste forme, erano incantevoli.

«Adoro il suono della tua voce quando pronunci il mio nome.» Le sussurrai, mordendole dolcemente un orecchio. Il richiamo del suo sangue in quel momento era indomabile, così come la voglia di affondare in lei, che dovetti richiamare ogni briciolo del mio autocontrollo per resistere e non fiondarmi sulla sua gola. Era già difficile sopportare il dolore del suo contatto, il suo sangue sarebbe stata la mia rovina.

Con il mio corpo che sovrastava il suo, potevo avvertire il suo piccolo petto che si abbassava e alzava velocemente, divorata dall'ansia e dalla paura.

«Shh... Non mi succederà nulla.» La rassicurai, baciandola dolcemente.

«Ho bisogno di te.» Quelle parole sussurrate, a stento udibili, racchiudevano così tanto desiderio e urgenza, da far accendere e vibrare ogni singola parte del mio corpo. Da troppo tempo non provavo quel groviglio devastante di emozioni. Aveva bisogno di me, esattamente come io avevo bisogno di lei. Volevo sentirla, possederla, reclamarla.

Posai ancora qualche instante i miei occhi su di lei, come a voler impregnare nella mia mente ogni singolo dettaglio di quella visione così perfetta e pura e con un movimento deciso, affondai dentro di lei. Gememmo all'unisono, venendo inondato da una sensazione sublime che per un momento dimenticai ogni cosa, perfino il dolore. Era così che ci si sentiva in paradiso? In quel momento tutto era al suo posto. Forse avevo trovato quella metà che Platone, nel suo Simposio, affermava di non riuscire a trovare?

Iniziai a muovermi lentamente, estasiato dalla meravigliosa sensazione di essere dentro di lei. Un posto tanto desiderato e così perfetto. Roteai i fianchi e fu bellissimo sentirla contorcersi dal desiderio sotto di me. Continuai a baciarla come se l'incantesimo di quel momento potesse scomparire da un momento all'altro, sostituito solo dal dolore. Continuai a muovermi sempre più velocemente, assaporando ogni cosa di lei. I suoi gemiti, i suoi respiri, la sua pelle a contatto con la mia... Era una sensazione bellissima, mentre continuavamo a muoverci all'unisono.

«Oh, mio Dio! Viktor!» La sua frase fu interrotta da un gemito. Non avrei potuto chiedere un suono più dolce di questo, sentendola contrarsi intorno a me. Ansimai. Ogni centimetro della mia pelle sembrava infuocato, bruciato nella fiamma della nostra passione. Chiusi per un momento gli occhi, cercando invano di recuperare un minimo residuo di controllo. Sentirla dimenarsi sotto di me risvegliava la mia parte più selvaggia. Era mia, e mi sarei accertato che da adesso in poi tutti lo sapessero.

«Giuro che ti sentiranno gridare il mio nome in tutta l'Austria, così da non far avere più nessun dubbio su chi appartieni.» Pronunciai quelle parole a denti stretti, continuando a muovermi dentro di lei senza sosta. Tremai violentemente, riuscendo a malapena a resistere a tutte le emozioni che in quel momento mente e corpo stavano provando. Le sfuggì un gemito, afferrando con forza i miei capelli, come fosse l'unica cosa a cui potersi aggrappare. Con i suoi occhi, incollati ai miei, eravamo ormai persi in un universo tutto nostro.

«Sei la cosa più bella che abbia mai incontrato e farò qualsiasi cosa per proteggerti, te lo prometto.» Le confessai, mentre lei mi fece un dolce sorriso, completamente inebriata dal desiderio. Ero partito con il piede sbagliato, dubitando di lei. Le avevo fatto del male, spietato e offuscato dall'odio verso mio fratello, che non mi ero soffermato a guardarla realmente nei suoi occhi, così profondi e veritieri.

Nel tentativo di trovare un modo per fermare Nikolai, avevo perso il mio reale obiettivo, rischiando di diventare una copia esatta di mio fratello. Tornai a guardare il suo viso, i suoi meravigliosi occhi, il suo sorriso e con un grido roco, mi abbandonai a quel piacere così puro, che non provavo da troppo tempo.

Sentendomi per la prima volta appagato, al sicuro, amato. La sentii gridare il mio nome, prima di lasciarci entrambi avvolgere dalla passione ardente di quel momento.

E fu in quel preciso instante che capii realmente cosa fosse la felicità.

24

Miya

Non ricordai il momento esatto in cui mi ero addormentata, tuttavia dei gemiti al mio fianco mi fecero svegliare di soprassalto. Non appena mi voltai trovai Viktor, disteso ad un lato del letto, che cercava di smaltire il mio veleno. Respirava a fatica e vedere il suo volto piegato in una smorfia di dolore, mi fece sentire una persona spregevole.

«Tutto bene?» Gli chiesi in un sussurro, timorosa di ricevere risposta. Si voltò di scatto, come se per il dolore non si fosse accorto della mia presenza.

«Sì, ho solo bisogno di qualche momento per riprendermi.» Ansimò, prima di afferrarmi per un gomito e trascinarmi fra le sue braccia. Gli sfuggì un altro lamento, che cercò di soffocare dandomi un tenero bacio sulla guancia.

«Mi dispiace così tanto.» Ammisi schiacciata dai sensi di colpa e mi chiesi se fosse un crimine desiderare così tanto una persona.

Non riuscii a trattenere una lacrima che scivolò silenziosa sul mio viso. Perché non potevo avere una relazione normale?

«Ehi, non è colpa tua e se un po' di dolore è il prezzo da pagare per poterti avere, soffrirei altre mille volte. È stato bellissimo quello che abbiamo condiviso poco fa, mi hai capito?» Mi prese il viso tra le mani, inchiodandomi con i suoi meravigliosi occhi. Mi asciugò dolcemente la guancia, facendomi arrossire di fronte a quel gesto e a quelle parole così dolci.

Eccolo lì, il mio gentiluomo oscuro che, in quel preciso instante, mi guardava con tutta la dolcezza del mondo. Altre persone avrebbero considerato questa mia affermazione una follia, ma solo chi aveva la voglia di comprendere, l'intelligenza di capire anche quello che ai nostri occhi sembrava diverso, poteva vedere quanto invece erano belle e misteriose queste creature. È vero. Lo avevo odiato, temuto, desiderato e mi ero anche maledetta per quello, ma non lo avevo mai realmente guardato.

Era accaduto tutto così velocemente che ancora facevo fatica a crederci. Un attimo prima cercava di insegnare a difendermi, un attimo dopo i nostri corpi si erano avvinghiati in una danza di piacere da toglierci il fiato. Forse non poteva essere definito un amore normale, tuttavia quando ero con lui, mi sentivo più viva che mai.

Nessuna mia storia precedente poteva competere con quello che stavo vivendo in questo momento con Viktor e anche se sapevo che era una relazione complicata, niente poteva essere paragonato a quello che il mio cuore aveva provato qualche attimo fa. Restammo per un po' abbracciati nel silenzio, godendoci quel momento di quiete, così perfetto che mi rilassava in una maniera indescrivibile, fino a farmi sentire completa. In quella stanza sembrava esserci tutto quello di cui avevo bisogno e in quelle braccia così forti da poter uccidere, mi sentivo protetta.

«Ancora non riesco a crederci.» Ammisi, rompendo quel silenzio nella stanza.

«A cosa?» Mi guardò attento dall'alto con una mano piegata dietro la testa.

«A quello che... È successo tutto così velocemente.»

«E ne sei pentita?»

«No, ma non era quello che mi aspettavo quando siamo scesi qui.»

«Uhm... Se vuoi ancora allenarti possiamo sempre ricominciare. Avresti perfino la possibilità di battermi, ora che sono debole.» Mi stuzzicò divertito e qualcosa nella mia mente mi diceva che era molto interessato all'idea.

«Non combatterò nuda con te.» Lo avvisai con un'occhiataccia. Avevamo appena stremato i nostri corpi nel piacere più assoluto, stava ancora cercando di riacquistare le forza e una lotta corpo a corpo era sicuramente l'ultima cosa di cui avevamo bisogno.

«Peccato.» Si finse offeso, alzandosi e rivestendosi, ancora un po' affaticato.

Feci lo stesso anche io, mentre cercai di non guardare troppo il suo fondoschiena eccessivamente perfetto. Le sue fossette di Venere erano come una calamita per i miei occhi, così deliziose da far venire l'acquolina in bocca.

Ogni suo piccolo movimento sembrava essere ben calcolato e le sue possenti spalle, avrei voluto affondare i miei denti in esse, e divorarle.

«Ti piace quello che vedi?» Mi chiese con voce provocatoria.

Sussultai. Scioccata di quello che la mia mente aveva appena immaginato, e distratta dal guardare il suo peccaminoso corpo, non mi ero minimamente resa conto di avere i suoi occhi puntati attentamente su di me. Deglutii e non potei fare a meno di arrossire, sapendo di essere stata sorpresa con le mani nella marmellata.

Incrociai il suo sguardo ardente. Una curva perfetta si disegnava sulle sue bellissime labbra, palesemente soddisfatto della reazione che aveva avuto il suo corpo su di me. Mi tese la sua mano, che accettai, non prima di aver dato un'ultima occhiata al suo torace ben scolpito.

Un attimo prima ero in piedi, l'attimo dopo fui sbattuta contro il muro, abbastanza forte da farmi uscire un urlo, seguito da un gemito di dolore. Il mio cervello, completamente assediato dal panico, dal dolore e dalla sorpresa, impiegò una manciata di secondi prima riuscire a capire quello che stava succedendo. Il corpo di Viktor mi teneva incollata alla parete, permettendomi a stento di respirare.

«Viktor!» Urlai in preda alla paura e alla sorpresa. I miei occhi sconvolti minacciavano di uscirmi fuori dalle orbite, fissando il suo viso a pochi centimetri dal mio.

«Prova a liberarti. Difenditi.» Mi incitò con voce roca, guardandomi negli occhi con un'aria di sfida. Aveva il fiatone per lo sforzo che stava compiendo nel tenere il suo corpo in piedi, tuttavia, potevo avvertire ancora la sua inumana forza. Voleva che testassi la mia agilità proprio ora che era più vulnerabile.

«Viktor, lasciami. Smettila, sei comunque più forte!» Ammisi, consapevole che sarebbe riuscito comunque a resistere a qualsiasi mio tentativo di difesa nonostante adesso fosse più debole.

«Mi avevi chiesto di non usare i miei poteri. Ora fammi vedere cosa sai fare.» Continuò imperterrito, stringendo con una mano la mia gola. Non troppo forte da uccidermi ma abbastanza da faticare a respirare. Lo guardai di traverso, ma il suo sguardo mi fece capire che non mi avrebbe mollato finché non avrebbe ottenuto quello che voleva.

Iniziai a pensare alle mie poche lezioni di autodifesa, cercando di ricordare quello che avevo imparato. Per prima cosa, cercai mentalmente di calmarmi. Provai a sferrargli un calcio nelle sue parti intime, ma lui lo schivò senza troppi sforzi.

«Sei troppo prevedibile, piccola. Riprova.» Mi rimproverò con un sorrisetto che mi fece solo infuriare. Provai quindi a sferrargli un pugno sotto il mento, ma anche qui fu abbastanza veloce da schivarmi, afferrarmi il polso e farmi ruotare fino a pararsi dietro le mie spalle. Mi schiacciò di nuovo contro la parete, facendomi grugnire dalla rabbia.

«Ti stai arrabbiando, bene. Lasciati guidare dall'ira e difenditi.» Sibilò tra i denti, tenendomi in una presa d'acciaio. Con un braccio intorno alla mia vita e un altro intorno al collo, la sua presa era abbastanza forte da farmi quasi mancare il respiro. Le sue gambe ora erano ben strette in modo che non potessi colpirlo e il suo corpo era troppo pensante perché riuscissi a muovermi. Ero in trappola, e quella consapevolezza scatenò dentro di me un'ondata di panico, da farmi iniziare a mancare l'aria.

Cominciai a dimenarmi inutilmente. Gocce di sudore scorrevano lungo la mia fronte, i miei respiri si facevano sempre più forti.

«Ragiona.» Mi sussurrò dolcemente all'orecchio, ma io volevo solo essere lasciata in pace ed avere di nuovo un po' d'aria.

«Basta, Viktor! Mi manca il respiro.» Ansimai, ormai attanagliata solo dalla paura.

«Concentrati! Al nemico non importa se non respiri o provi dolore.» Ringhiò al mio orecchio, scrollandomi fortemente, ma senza mollare la sua presa. Fui scossa da quella sua improvvisa e brusca reazione, che per un momento mi riscosse dal mio panico. Deglutii, e accecata da un improvviso odio, cercai di calmare il mio panico e con esso il mio respiro. *Fottuto bastardo!*

Provai ad assestagli una gomitata al petto, ma mi teneva troppo bloccata perché riuscissi a mettere abbastanza forza nel colpo.

Mi sentivo soffocare, ma non avrei mollato. *Quando non hai la forza, usa l'astuzia.*

Le parole di mio padre arrivarono nella mia mente come una boccata d'ossigeno e per quanto lo odiassi, in quel momento le sue parole non potevano essere più vere. Non avrei mai avuto la possibilità di battere la sua forza, così usai la mia debolezza. Richiamai a me ogni briciolo di autocontrollo e imposi al mio corpo di calmarsi. Sapevo che avrebbe fatto male, ma era l'unica possibilità che avevo.

Chiusi gli occhi e lentamente mi accasciai contro il suo corpo. Con una punta di soddisfazione, sentii subito allentare la sua presa per cercare di sorreggermi. Lo avvertii chiamare il mio nome, preoccupato del mio imminente svenimento, ma l'ondata di ossigeno che arrivò dritta nei miei polmoni, mi diede la giusta carica di adrenalina.

Con l'unica parte del mio corpo libera e senza la minima esitazione, piegai velocemente la testa in avanti e poi tornai indietro con tutta la forza di cui ero capace. L'impatto fu talmente forte da stordirmi, procurandomi un dolore lanciante.

Urlai. Iniziai a vedere tutto sfocato, ma riuscii comunque a sentire Viktor imprecare, mollare la presa e barcollare all'indietro.

Crollai in ginocchio sul tappeto, cercando di calmarmi e far riaffiorare la vista.

Mi presi la testa con entrambe le mani, provando a scacciare quel dolore infernale che sembrava fracassarmi il cranio. Viktor si parò subito al mio fianco, inginocchiandosi davanti a me.

«Dannazione, Miya. Sei forse impazzita?» Mi afferrò per un braccio, controllando velocemente che non fossi ferita.

«Io? Hai quasi cercato di uccidermi, cazzo! Sei davvero un idiota!» Urlai in preda all'ira, cercando di staccarlo bruscamente da me.

Avevo ancora il fiatone per lo sforzo e per il dolore, e l'adrenalina stava ormai sciamando, lasciando spazio solo alla furia. Mi aveva quasi strangolato, ignorando le mie suppliche. Un conto era cercare di allenarmi, un conto era quasi uccidermi.

«Sai che non l'avrei mai fatto. Stai bene?» Mi chiese con voce premurosa e preoccupata.

«Vaffanculo!» Ringhiai a denti stretti, divincolandomi dalla sua presa.

«Me la sono cercata, ma hai visto? Avevo ragione, sei stata brava.» Ammise compiaciuto, alzando le mani in segno di resa.

«Stronzo! Non farlo mai più, e togliti quel sorrisetto strafottente dalla faccia se non vuoi che ti colpisca ancora.» Lo minacciai cercando di non farmi contagiare dal suo sorriso orgoglioso che si stava allargando sempre di più.

Il modo in cui mi aveva trattato poco prima era stato davvero orribile, ed io ero ancora furiosa per questo, tuttavia, dovevo ammettere che non mi ero mai sentita più viva come in quel momento.

«A patto che tu ti alleni, piccola volpe. Sei una donna astuta e dalle mille sorprese. In futuro dovrò guardarmi le spalle.»

«Dovrai guardarti molto più di quelle.» Lo fulminai con lo sguardo.

Scusami, mi farò perdonare.

E senza darmi neanche il tempo di replicare, mi scoccò un grosso bacio sulle labbra.

Mi esaminò ancora attentamente, accertandosi che non ci fosse nessuna ferita e quando fu pienamente soddisfatto della sua analisi dettagliata, mi avvolse con le sue potenti braccia, sollevandomi da terra senza il minimo sforzo.

«Andiamo. Abbiamo entrambi bisogno di una doccia prima di cenare.» Dandomi piccoli baci sulla testa, mi scortò fino al piano di sopra e io mi lasciare da quella meravigliosa sensazione.

La nostra relazione era questo.

Un momento prima mi coccolava e proteggeva come fossi la cosa più fragile su questo mondo, e l'attimo dopo diventava spietato e senza rimorsi.

Non era facile stare accanto ad una persona come Viktor, ma essere al suo fianco, era tutto quello che desideravo.

25

Viktor

Non appena fummo nella sua stanza, la depositai sul letto restando a fissarla intensamente negli occhi, incantato. Ancora faticavo a credere a quello che era riuscita a fare solo qualche attimo prima.

Ero stato davvero uno stronzo quando l'avevo sbattuta al muro e avevo stretto la sua gola, abbastanza forte da farle quasi perdere il respiro. Sapevo esattamente quello che stavo facendo, eppure, non appena avevo sentito il suo corpo accasciarsi tra le mie braccia, la paura si era impossessata del mio corpo, annientandolo.

La sorpresa di ricevere la sua testata, invece, mi aveva stordito e destabilizzato al tempo stesso, da lasciarmi completamente spiazzato. Una mossa audace e del tutto inaspettata, ma aveva fegato, era da dargliene atto. Una punta di orgoglio si impossessò dei miei occhi, perdendomi nei suoi.

Distesa sulla schiena, tenendosi sollevata con entrambe le braccia, sembrava una vera dea. Mi avvicinai lentamente a lei e, con movimenti dannatamente lenti, mi inginocchiai ai suoi piedi. La vidi sgranare gli occhi dalla sorpresa, sentendo il suo cuore battere velocemente. Non mi servì curiosare nella sua mente per sapere i suoi pensieri. Le piaceva osservarmi in quella posizione.

«Qualcosa mi dice che ti piace vedermi inginocchiato ai tuoi piedi, e se ogni volta mi guardi con lo stesso desiderio di adesso, potrei farlo all'infinito.» La stuzzicai divertito nel vederla arrossire visibilmente. Mi desiderava, potevo sentirlo dal suo odore e, per quanto cercassi di controllarlo, io volevo lei. Lentamente le alzai il tessuto del pantalone nero della sua gamba destra, rivelandone una caviglia liscia e sottile. Non riuscii a resistere all'impulso di darle un tenero bacio sulla sua pelle delicata e, se non fosse stato che ancora stavo cercando di riprendermi, l'avrei presa di nuovo sul quel letto, consumando entrambi i nostri corpi famelici.

Afferrai il fodero contenente la pistola e, con l'aiuto del cinturino, lo legai alla sua caviglia. La sentii tremare come una foglia, e sollevando lo sguardo, incrociai i suoi occhi traboccanti di mille emozioni.

«All'inizio sentirai una fastidiosa pressione sulla gamba, ma ben presto ci farai l'abitudine. Promettimi che non te ne separerai mai, Miya.» Mi maledissi per la mia voce roca. Non disse una parola, continuando a fissarmi seria.

Senza mai staccare gli occhi da lei, mi rialzai lentamente, fino a trovarmi a pochi centimetri dal suo volto. La vidi deglutire, sforzandosi di non distogliere lo sguardo, le spostai una ciocca di capelli dietro l'orecchio, per poi carezzarle una guancia. Non riuscì a trattenere un gemito e fu per le mie orecchie una dolce melodia.

«Promettimelo.» Ribadii, di colpo serio. Le minacce stavano diventando sempre di più e il pensiero che si potesse trovare in pericolo, mi divorava mente e corpo ogni instante. Una pistola poteva essere una piccola via di salvezza in mezzo al nostro maledetto mondo oscuro.

«Lo prometto.»

Mi fermai ancora qualche instante a guardare il mio bellissimo angelo. La corazza che si era costruita intorno con il tempo, per difendersi da tutte le ingiustizie della vita, la rendeva, se possibile, ancora più bella e rara. Chiusi gli occhi e mi concentrai sul suo meraviglioso profumo.

Per la prima volta, la presenza di una donna così vicina, mi destabilizzava.

«Ho alcune cose da controllare con Peter. Puoi farti una doccia nel frattempo, poi, ceneremo insieme.» E con un lieve bacio sulla fronte, la lasciai sola in quella stanza, prima che ogni parte razionale della mia mente andasse a farsi fottere.

Non appena fui fuori feci un respiro profondo, ancora scosso da tutto quello che era appena successo e quasi sorrisi, meravigliato all'idea di come, delle volte, mi rendesse insicuro. Andai nel mio ufficio di sorveglianza dove trovai Peter, che guardava vigile nei monitor. Con la presenza di Miya avevo fatto aggiungere ulteriori telecamere di sicurezza e avevo ordinato ad alcuni dei miei uomini di aumentare i turni di guardia.

«Signore.» Mi salutò non appena mi vide.

«Ci sono novità?» Chiesi andandomi a sedere sulla poltrona al suo fianco.

«Non buone, purtroppo, o comunque non di buon presagio. Suo fratello non fa che spostarsi di città in città e accogliere vampiri e demoni nel suo castello. È impressionante la quantità di uomini che sta riuscendo a reclutare dalla sua parte nell'arco di pochi giorni. Dovremmo preparci ad affrontare una guerra di cui non conosciamo le conseguenze.» Lo sguardo di Peter era preoccupato così come la sua voce. Cercai di reprime un'ondata di rabbia, all'idea di quello che si preannunciava succedere.

Avevo aspettato troppo tempo, ignorando il vero problema. Nella speranza di trovare una soluzione che non comportasse una guerra catastrofica. Avevo perfino osato illudermi che mio fratello cambiasse, che in qualche modo ritrovasse la giusta strada, e adesso si preannunciava una battaglia di cui non conoscevamo i piani. L'unica cosa certa era che questo mondo non poteva ospitarci entrambi vivi.

«Raduna tutti i nostri uomini. Non c'è più altro tempo da perdere, dobbiamo agire prima che sia troppo tardi.» Pieno di rabbia, mi strinsi il dorso del naso con le dita. Il mio corpo faticava ancora a riprendersi e quello che mi aveva appena detto Peter, non aiutava di certo a calmarmi.

«Sembra stanco.» Ammise guardandomi con occhi vigili e preoccupati.

«Ho solo bisogno di nutrirmi e riposare un po'.» Liquidai la sua affermazione con un gesto non curante della mano.

«Certamente. Solo un consiglio se posso permettermi, signore. L'amore che prova per la signorina Miya, le fa onore... Tuttavia, è una debolezza che in questo momento, sa meglio di me, non può permettersi. Non si faccia trovare impreparato, debole... O rischierà di non riuscire a combattere qualsiasi cosa stia arrivando, o peggio ancora, non sarà in grado di proteggere lei e tutte le persone che le sono care.»

26

Miya

Viktor mi lasciò la giusta privacy per permettermi una doccia rilassante, e approfittai di quel momento tutto mio per riflettere. Lasciai che il getto d'acqua calda inondasse ogni parte del mio corpo, assaporandone con gratitudine il suo calore sublime.

Il dolore alla testa sembrava quasi svanito, anche se mi sentivo terribilmente scossa. Non riuscivo a credere a tutto quello che era successo poco prima. La sensazione di soffocare quando mi aveva stretto la gola, mi faceva ancora venire i brividi e, anche se sapevo l'aveva fatto con l'unico intento di allenarmi, era stato comunque orrendo.

Non volevo nemmeno immaginare quello che sarebbe stato in grado di farmi il fratello o qualsiasi altra persona al suo servizio, se fossi stata catturata.

Sarei stata in grado di sopportare la loro spietatezza? Rabbrividii e cercai di soffermarmi, invece, sulla parte bella che avevamo condiviso pochi instanti prima. Era stato meraviglioso e del tutto inaspettato. Potevo sentire tutt'ora le sue mani sul mio corpo, il suo respiro, la sua voce meravigliosa.

Arrossi e mi sentii il cuore riempirsi di gioia, anche se una piccola parte di me soffriva, consapevole di avergli causato dolore e di averlo indebolito. Nonostante cercasse di negarlo, sapevo quanto fosse pericoloso per lui essere debole.

Le minacce intorno a noi sembravano crescere ogni secondo di più e io mi sentivo sempre di più un peso, inutile, debole. Mi sciacquai, lasciando che l'acqua scorresse sul mio viso, nella speranza che lavasse tutti quei brutti pensieri.

Uscii dalla doccia e fui grata del potere rigenerante che quest'ultima aveva avuto su di me. Indossai un paio di jeans grigio scuro, un maglione rosa pallido e un paio di stivaletti caldi. Stavo per uscire dalla stanza quando la mia attenzione fu catturata dal piccolo fodero sul comodino.

Afferrandolo, lo rigirai più e più volte nelle mie mani, prima di sfoderare la piccola pistola e osservarla attentamente. La sola idea che potessi usarla per ferire, o peggio ancora uccidere qualcuno anche solo per difendermi, mi metteva decisamente i brividi. La fissai ancora per qualche instante, indecisa se portarla realmente con me, oppure no.

Lo avevo promesso a Viktor, era vero, ma era pur sempre un'arma. Ci pensai qualche instante, analizzando quanto avesse ragione e fosse importante avere una sicurezza in più con me. Fin ora c'era sempre stato lui a proteggermi, ma se mi fossi trovata da sola? Se lui non avesse potuto proteggermi?

Feci un respiro profondo, prima di allacciare il fodero alla mia caviglia, coprirlo con i miei stivaletti, e mantenere la promessa fatta a Viktor. Perché nonostante tutto, sapevo che era la cosa giusta da fare, e che avrebbe potuto essere la mia unica speranza di vita.

Scesi i gradini due alla volta, cercando di abituarmi alla pressione sulla mia caviglia, quando sentii delle voci, che mi fecero bloccare all'instante. Viktor stava parlando con una donna. Non era sua madre, ne avrei riconosciuto la voce, tuttavia, rimasi intrigata da quanto questa fosse ammaliante. Incuriosita, scesi gli ultimi gradini quasi correndo e quando arrivai al piano di sotto, fui penetrata da un paio di occhi grigi, così profondi, così disarmanti da lasciarmi senza fiato. Con un caschetto color cioccolato paurosamente ordinato, e un fisico incredibilmente snello, poteva decisamente essere paragonata ad una dea.

Una dea della morte.

Indossava un vestitino di seta grigio e un paio di stivali di camoscio verdi, che le arrivavano fin sopra il ginocchio. L'altezza dei suoi tacchi era talmente vertiginosa da far venire il capogiro solo a guardarli, mentre il suo cappotto lungo fino ai piedi, dava la perfetta idea di una trappola mortale vivente. Esageratamente perfetta, quanto pericolosa e affascinante al tempo stesso. Mi squadrò da capo a piedi con uno sguardo che non seppi decifrare con esattezza, tuttavia, mi mise inquietudine, la stessa che suscitò sul volto di Viktor.

«Electra... Non mi aspettavo una tua visita, non di questi periodi.» La voce di Viktor risultò sorpresa e risoluta al tempo stesso. Chiunque fosse quella donna, era chiaro che era sorpreso della sua improvvisa comparsa e, non riuscendo a capire se fosse un alleato oppure un nemico, feci un previdente passo indietro.

«Pensavo che fossi sempre la benvenuta.» Ammise quasi offesa, incrociando le braccia e continuando a scrutarmi con attenzione.

«Certo che lo sei, ma non è sicuro per te stare qui... Lo sai.» La voce di Viktor risuonava malinconia, quasi colpevole.

«Mi mancava la mia famiglia, prometto che starò solo per pochi giorni.» Disse muovendosi con passo aggraziato nella stanza.

«Electra...» Viktor pronunciò il suo nome, chiudendo gli occhi per un momento con aria esausta.

«Sembri avere un aspetto stanco, caro Viktor.» Continuò, ignorandolo completamente, andandosi a sedere sul divano.

Nei suoi occhi sembrava esserci una punta di sfida. In quelli di Viktor invece, iniziava a trapelare nervosismo. A qualunque gioco stesse giocando quella donna, sembrasse non piacergli affatto.

«Perché non mi presenti la tua amica?» Scoccò la lingua, fissandomi senza battere ciglio. Sentirmi così sotto osservazione mi rendeva nervosa. Viktor si voltò verso di me, allungando una mano nella mia direzione, facendomi segno di avanzare.

«Lei è Miya. Miya, lei è mia zia Electra, nonché sorella di mio padre.» Fece le presentazioni, cercando di apparire calmo e cordiale, invitandomi a sedere sul divano di fronte a lei. Non potei fare a meno di sgranare gli occhi, sorpresa. Avrei potuto definirla in tanti modi, ma non sua zia.

«È un piacere conoscerti.» Feci un timido sorriso, cercando di essere carina. Con la sua sfrontata bellezza e la sua inestimabile sicurezza di sé era davvero difficile non lasciarsi intimorire.

«Incantevole. È lei l'umana che tuo fratello vuole, quindi? Sembra che la storia ormai si ripeta.»

«Electra. Vedo che le notizie corrono in fretta.» L'ammonì Viktor, lanciandole un'occhiataccia. Un po' a disagio, cercai di evitare quella battuta poco carina e offensiva. Mi conosceva da meno di dieci secondi e già sembrava odiarmi?

«Più di quanto immagini, mio caro Viktor.» Rispose lei con sguardo cupo e triste. Per quanto la sua bellezza fosse decisamente incomparabile, non riusciva a mascherare il peso dei suoi fardelli. Qualunque fosse il problema in quel momento, sembrava stesse soffrendo molto.

A cena l'atmosfera sembrò essersi un tantino alleggerita, nonostante Electra continuasse a lanciare frecciatine, che Viktor evitava senza difficoltà.

«Eva come sta?» Chiese ad un certo punto, facendo oscillare il vino con grazia nel suo bicchiere. Viktor sembrò irrigidirsi, ed era chiaro che quei due avessero parecchie cose in sospeso.

«Come una che perde il proprio marito.» Rispose duro, afferrando il suo calice di vino e bevendone una buona quantità. Decisi di imitarlo nella speranza di scacciare quell'orribile tensione. Non sapevo quale fosse il motivo di tanta ostilità, ma stava iniziando a diventare difficile gestirla.

«Già.» Rispose Electra, facendo una smorfia. Dal suo tono sembrava portare rancore verso Eva ed era chiaro che non aveva affatto superato il lutto del fratello. Potevo capirla. Perdere qualcuno che ami è un dolore che non potrai mai gestire.

Col tempo puoi provare a conviverci, ma ogni volta che ti tornerà in mente il ricordo di quella persona, ci sarà sempre un vuoto enorme che non potrà colmare mai nessuno.

«Non è facile, ma stiamo cercando tutti di andare avanti in qualche modo, Electra, e dovresti provare a farlo anche tu.» Sembrò un dolce rimprovero, come se volesse in qualche modo farle notare che doveva reagire e combattere.

Che non c'era più tempo per versare lacrime, ma questo sembrò farla infuriare, rovinando l'atmosfera di qualche minuto prima.

«Andare avanti? Mio fratello è morto, e niente e nessuno potrà mai riportarmelo indietro. Se solo lei non avesse messo al mondo quel mostro, ora mio fratello sarebbe ancora qui!» Urlò con gli occhi lucidi, rivelando dietro quella forza apparentemente impenetrabile, una fragilità spaventosa.

«Basta!» Tuonò sbattendo entrambi i pugni sul tavolo, facendo tremare me e tutto ciò che c'era su questo.

«Electra, per favore, smettila.» Continuò facendo un grosso respiro nel tentativo di calmarsi. Si strinse il dorso del naso con le dita.

Era esausto, in parte per colpa del veleno che ancora non era riuscito a smaltire del tutto. Non potei fare a meno di restare in silenzio, anche se ascoltare quella conversazione (in cui io ero decisamente di troppo), stava diventando pesante.

Non sapevo se alzarmi e lasciarli sbollire i propri rancori da soli, oppure, restare lì a guardarli. Optai per il fissare il mio piatto, fingendomi interessata al suo contenuto.

«So che stai soffrendo, ma sai bene che non è colpa sua. Non sempre abbiamo la possibilità di fare le cose giuste.» Continuò Viktor adottando un tono di voce decisamente più calmo. Mi strinse dolcemente un braccio e, incrociando rapidamente il suo sguardo, capii che voleva che restassi.

«Scusami, hai ragione.» Tagliò corto, tracannando il contenuto del suo bicchiere in un attimo. Chiuse gli occhi, e quando li riaprì, sembrò come nuova. Come se tutto il suo dolore fosse appena svanito o non avesse appena mostrato la sua parte più debole di fronte ad un'estranea. Rimasi stupita di come riuscisse a cambiare umore in meno di un secondo e con così tanta facilità.

Forse solo per noi deboli umani non era così semplice gestire le nostre emozioni? Tuttavia, era davvero strano il modo in cui si comportava e mi chiesi se anche lui lo avesse notato.

«Come mai non sei con Blake?» Domandò Viktor, cercando di alleggerire l'atmosfera, ma l'effetto che ebbe su Electra, fu pari ad un secchio di acqua ghiacciata. Mi perforò di nuovo con lo sguardo, come se si aspettasse che rispondessi io al suo posto. Sentendomi decisamente a disagio, abbassai di nuovo lo sguardo, non sapendo che altro fare. Non riuscivo mai a capire cosa pensasse realmente. A volte sembrava che le stessi quasi simpatica, altre volte sembrava volesse uccidermi seduta stante.

«Lui... Lui non è potuto venire.» Ammise infine, riempiendo di nuovo il suo calice di vino. Dedussi che fosse il suo ragazzo o forse... Marito? Di chiunque si trattasse non voleva parlarne minimamente.

«Uhm... Qualcosa mi dice che avete di nuovo discusso.» Viktor le sorrise dolcemente, come se fosse una cosa ovvia e ripetitiva.

«Qualcosa del genere.» Fece una smorfia, continuando ad evitare il suo sguardo e con esso il discorso.

Conclusa la cena, ci spostammo di nuovo nel salone. Seduti sui divani, di fronte al camino, l'atmosfera sembrava essersi di nuovo alleggerita, nonostante gli occhi di Electra fossero contaminati da un'enorme tristezza. Avrei voluto fare qualcosa, consolarla, ma sapevo che non avevo alcun diritto di immischiarmi nei suoi problemi.

Le passerà. Sta ancora affrontando il lutto, ma vedrai, presto le passerà e sono sicuro che la adorerai. Mi voltai di scatto verso Viktor. Mi sorrise e io non potei fare a meno di ricambiare.

Non molto tempo indietro avrei odiato il fatto che lui potesse controllare la mia mente, o anche solo violarla, ma adesso la cosa sembrava quasi piacermi. Mi piaceva quella piccola intimità che condividevamo in un modo solo nostro. Provai a chiedergli come stesse, non sapendo ancora bene come funzionasse questo nostro legame mentale e se potevo in qualche modo comunicargli anche io i miei pensieri.

Meglio. Mi sento ancora debole ma il mio corpo è quasi riuscito a smaltirlo del tutto. Stavo per dirgli per l'ennesima volta quanto fossi dispiaciuta, ma fui interrotta.

«Signore, chiedo scusa per l'interruzione, ma c'è una questione urgente che richiede la sua presenza.» La voce professionale di Peter, spezzò quel nostro momento di intimità e, a giudicare dal suo volto, sembrava importante. Viktor guardò prima me e poi Electra, che gli fece un piccolo cenno di assenso.

«Torno subito.» Si alzò, dandomi un bacio veloce sulla fronte, prima di seguire Peter.

«Mi pare di capire che ci sia qualcosa tra voi.» Mi punzecchiò Electra, riservandomi un sorriso forzato, accavallando le sue meravigliose, lunghe, gambe.

«Noi... Ci stiamo conoscendo.» Ammisi un po' impacciata.

«Già. Sai, credo che stia iniziando a diventare un vizio di famiglia, il nostro. Innamorarsi di qualcuno che può ucciderci o indebolirci...» Confessò con voce acida, facendo un lieve sorso dal suo calice. L'unico vizio di famiglia che vedevo era l'enorme quantità di alcool che ingerivano.

«Ne parli come se l'amore fosse una specie di malattia.»

«Non è forse così? Non hai idea di quello che l'amore ha provocato e sta ancora provocando alla nostra famiglia. Ci ostiniamo a provare sentimenti, ma è chiaro che non c'è concesso amare.»

«A tutti è concesso amare. Se non possiamo amare... Cosa ci è rimasto allora da vivere?» Le chiesi sbalordita delle sue parole così crude. Come poteva rinunciare o pensare di non essere all'altezza di poter amare o essere amata? L'amore era, a mio parere, l'unica vera arma che avevamo a disposizione per combattere qualsiasi ostacolo o sofferenza ci riservasse questa vita. Davvero pensava di poter vivere un'eternità privandosi della cosa più bella? Era vero, amare significava anche soffrire. Se non avevi nulla da perdere, niente poteva ferirti. Ma avere una persona al proprio fianco che ti ama, che ti sostiene anche quando tutto intorno crolla... Credo non esista forza maggiore.

«Già... Ma la vera domanda è: cosa saresti disposta a fare per amore? Riusciresti ad uccidere per amore? A mentire per amore? Riusciresti a ferire una persona che ami solo per salvarne un'altra?» Mi chiese alzandosi di scatto in piedi e, afferrandomi per un braccio, obbligò ad alzare anche me.

«N-Non capisco di cosa stai parlando.» Balbettai confusa e spaventata del suo improvviso cambiamento. La sua presa era una morsa d'acciaio così come il suo sguardo.

«Mi dispiace, ma non posso fare altrimenti.» Confessò infine, con la voce incline alle lacrime. Sgranai gli occhi, non riuscendo a capire di cosa accidenti stesse parlando, ma il mio istinto mi diceva che non sarebbe finita bene.

«Electra, cosa stai facendo?» Dall'altra parte della stanza, la voce di Viktor arrivò glaciale come una lastra di marmo. In un batter d'occhio Electra mi fece vorticare come una trottola, parandosi alle mie spalle, mentre con un braccio mi stringeva la gola e con una mano mi teneva puntato un coltello.

Lanciai un urlo, colta alla sprovvista.

«Mi dispiace.» Continuò a ripetere ormai in lacrime.

«Electra! Sei impazzita, forse? Lasciala andare, subito!» Tuonò, con gli occhi sgranati, che diventarono di colpo rosso sangue.

«Tu non capisci, lui ha preso Blake! Se non gli consegno Miya... Lui lo ucciderà!» Urlò come una forsennata, tremando alle mie spalle come una foglia. Viktor sgranò ancora di più i suoi occhi e in quel preciso momento potei affermare con esattezza che il suo cuore aveva smesso di battere.

«No.» Furono le uniche due lettere che uscirono in un sussurro dalla sua bocca. Il mio corpo fu inondato dall'adrenalina, sentendo la presa ferrea di Electra, stringere sempre di più.

«Mi dispiace, Viktor. Mi dispiace tanto, ma io non posso perdere anche Blake. Non posso. Ormai è troppo tardi, lui ha vinto.» La sua voce era ormai impastata dalle lacrime, disperata di tale situazione.

Riusciresti a ferire una persona che ami solo per salvarne un'altra?

Ora capivo il suo comportamento strano, le sue parole. Ogni pezzo del puzzle stava tornando al suo posto. Ferire Viktor, una persona che amava immensamente, solo per salvare Blake... Colui che amava forse più della sua stessa vita.

«Electra... Ti prego, non farlo. Non è troppo tardi, troveremo un modo per salvare Blake, te lo prometto.» Non avevo mai visto Viktor così disperato e mai avrei pensato di vederlo implorare una persona in quel modo. Lo aveva fatto quando avevano ucciso suo padre? Aveva forse supplicato il proprio assassino di salvarlo? Stava succedendo tutto così velocemente che la mia mente faceva fatica a starmi dietro.

L'unica cosa di cui ero certa in quel momento era che Blake, una persona che non conoscevo minimamente, era nelle mani di quel mostro di Nikolai e Dio solo sapeva cosa gli avrebbe fatto.

Non odiai Electra per quello che stava facendo. Mentre mi teneva stretta contro di lei, sapevo che stava solo tentando di salvare il suo amato, quindi non la biasimai. Nonostante la paura che scorreva veloce nel mio sangue, sapevo che probabilmente anche io mi sarei comportata allo stesso modo.

«No! Non ti avvicinare o ti giuro che la uccido.» Continuò, puntando la lama sulla mia gola, quasi a lacerarla. Sarebbe bastato un secondo, un piccolo movimento e sarei morta lì. Forse sarebbe stata una morte meno dolorosa, piuttosto che essere consegnata in mano a quel mostro?

«Ora riesci a vedere quello che intendevo? Riesci a vedere come l'amore ci renda deboli? Guardalo. È qui davanti a te e farebbe di tutto pur di proteggerti... Esattamente come sto facendo io per Blake.» Mi sussurrò quelle parole dettate dall'odio e dalla sofferenza, mentre Viktor, con il suo sguardo ancorato al mio, non osò dire una parola. I suoi occhi in quel momento erano colmi di paura.

Paura, perché sapeva di essere ancora debole a causa del mio veleno.

Paura perché sapeva di non potermi proteggere.

E paura... Perché sapeva che sarei finita nelle mani di Nikolai e presto sarei morta.

Peter apparve in un lampo nella stanza, seguito da Jared. Entrambi sgranarono gli occhi non appena li posarono su di me e sulla lama che ormai doveva aver ferito la mia gola.

«Fermi.» Ordinò Viktor, facendoli bloccare all'instante, quasi fossero due statue. Non c'era altro che silenzio in quella stanza. Le uniche parole, venivano sussurrate con gli sguardi.

«Electra... Sei la mia famiglia, sei una delle poche persone che mi resta. Ti prego... Non farlo. Non voltarmi anche tu le spalle.» Continuò ad implorarla come una specie di disco rotto, non riuscendo bene a capire se cercasse di temporeggiare o era semplicemente disperato all'idea di avere le mani legate in quel momento.

«Mi dispiace, ma non ho altra scelta.»

«Puoi sempre scegliere.» La sua voce era roca, i suoi occhi supplichevoli, mentre si avvicinava con una calma ingannevole.

«Non questa volta. Perdonami, se puoi.» E prima ancora che potessi rendermene conto, venni avvolta da una forte pressione d'aria che mi inondò i polmoni quasi a soffocarmi.

«Electra, no!» Furono le ultime parole che le mie orecchie riuscirono a sentire, prima di essere avvolta da un fischio assordante e la mia vista dal buio totale.

In quel preciso instante, appresi che l'inferno era appena cominciato.

27

Viktor

«Maledizione!» Urlai come un forsennato, scattando verso l'enorme portone ancora aperto davanti a me. Provai ad evocare i miei poteri, ma apparvero deboli, inutili. E dove un attimo prima Miya mi guardava con occhi terrorizzati, ora c'era solo vento e un panorama sovrastato dalla neve.

Un'ondata di rabbia mi pervase, odiandomi per essere stato così superficiale, per essermi reso fragile e non averla difesa. Le avevo promesso che l'avrei protetta, tenuta sempre al sicuro qui... E invece, a distanza di qualche ora, Electra me l'aveva portata via senza che io avessi potuto fare nulla. Come avevo potuto non accorgermi del suo comportamento strano? *Debole*, e la colpa sapevo era solo mia. Avevo permesso alla mia fragile metà di prevalere sull'attrazione che provavo per Miya senza pensare alle conseguenze, senza pensare che mi sarei reso vulnerabile. Provai immediatamente a instaurare un contatto con lei attraverso il legame nella sua mente, ma non sentivo nulla se non il vuoto totale. Doveva aver perso i sensi.

«Signore... Cosa facciamo?» Peter alle mie spalle, era incerto su come comportarsi. Sia lui, sia Jared, avevano assistito alla mia patetica scena, eppure, voltandomi verso di loro, non vidi disapprovazione nei loro sguardi. Mi guardavano in attesa di una risposta o di un ordine, mentre io sentivo cadermi il mondo addosso, pezzo dopo pezzo. Non sapevo cosa fare, la paura mi stava togliendo il respiro, e la verità era che non mi sentivo così da quando avevo perso mio padre, e quel dolore, quella perdita, stavano risalendo a galla dilaniandomi l'anima fino ad uccidermi.

«L'ho persa.» Sussurrai a stento con il fiato corto. Ero sconvolto dall'idea che Miya, la mia dolce Miya, si trovasse in mano a quel pazzo, quel mostro maledetto di mio fratello. Ero sconvolto perché Electra, parte della mia famiglia, mi aveva tradito. Sapevo che lo aveva fatto solo ed esclusivamente per salvare Blake, e una parte di me, la più profonda forse, era certa che anche io avrei fatto la stessa cosa. Eppure, il gusto amaro del tradimento era ancora troppo forte da digerire. Quel bastardo di Nikolai aveva pianificato tutto alla perfezione e, mentre io cercavo ogni modo per essere un passo avanti a lui, la verità era che aveva vinto.

«Chiamate mia madre. Ho bisogno di lei.» Fu l'unica cosa che riuscii a dire. Era l'unica di cui adesso potevo realmente fidarmi e in quel momento avevo bisogno di tutto l'aiuto possibile. Jared, facendomi un breve segno di assenso, scomparve per eseguire il più velocemente possibile il mio ordine, mentre Peter rimase a guardarmi, scrutandomi attentamente, aspettando l'esplosione che doveva essere ben dipinta sulla mia faccia.

«Signore, possiamo ancora salvarla.» Le sue parole arrivarono caute ma con una risolutezza inaspettata. Nella sua voce sentivo la voglia di combattere e la determinazione di vincere, ma io non avevo la minima idea di come affrontare tutto questo e uscirne illeso. Avevo già perso mio padre in una battaglia, e adesso Miya rischiava di... Un urlo disumano uscì dalla mia bocca, quasi irriconoscibile perfino a me stesso. L'ira che mi invase in quel momento, esplose nella stanza, facendo volare ogni oggetto presente lì dentro e, mentre Peter cercava di resistere al mio incontrollabile attacco di rabbia, dovetti ringraziare il veleno che circolava nelle mie vene se la casa era ancora tutta intera e non un mucchio di polvere. Barcollai con il fiatone fino al tavolino di fronte a me, ma mi imposi di non crollare.

Mi appoggiai su di esso con entrambe le mani, inchiodando i miei occhi infuocati in quelli di Peter. Il tempo in quel momento sembrava essersi fermato. Di tutto quel casino che un secondo prima si era scatenato, ora non restava altro che la quiete straziante. Perfino nella mia mente, abituata alla compagnia dei respiri di Miya, al battito del suo cuore o il suono dei suoi pensieri, che troppo spesso non riuscivo a non ascoltare, adesso regnava il silenzio ed il vuoto totale. Mi sentivo instabile. Quei costanti suoni, li avevo dati così tanto per scontati, che ora mi sentivo smarrito. Dovevo andare a riprenderla. Dovevo trovare un modo di salvarla e uccidere mio fratello.

«Raduna tutti i miei uomini, Peter. Abbiamo bisogno di ogni forza necessaria se vogliamo distruggere Nikolai. Basta giocare.» Ammisi in tono duro, andandomi a sedere davanti al camino, ascoltando il suono delle sue fiamme. Per quanto lo odiassi, avevo bisogno di un momento per nutrirmi, riprendermi e ragionare su un piano ben strutturato se volevo salvarla. Non potevamo permetterci più errori né imprevisti. Questa volta saremmo andati fino in fondo.

«Signore, non può realmente distruggere suo fratello...»

«Allora vorrà dire una cosa sola, Peter. Ho aspettato troppo tempo in cerca di una soluzione che non esiste. Se è la morte quello che ha in serbo per me il destino... Temo lo scopriremo molto presto. Spero solo che per Miya non sia troppo tardi.»

Peter questa volta non replicò. Rimase lì, al mio fianco in silenzio come se non esistesse altro modo migliore per darmi il suo supporto. Il suo sguardo era una lastra di ghiaccio e capii quanto per lui doveva essere straziante la mia affermazione. Lavorare fianco a fianco con il proprio re, donare la propria vita per proteggerlo ogni giorno, ad ogni costo, per poi vederlo morire per una donna. Doveva essere per lui un dolore. Una delusione. Un fallimento.

Era stato l'unico a non aver mai manifestato i suoi sentimenti per la perdita di mio padre, eppure, sapevo quanto tenesse a lui.

«Peter, come hai fatto a superare la morte di mio padre?» Lo avvertii irrigidirsi, sorpreso da quella domanda del tutto inaspettata, dato che non lo avevo più nominato dal giorno in cui era morto.

«Non l'ho mai superata. La verità è che non si accetta mai la perdita di una persona cara. Il dolore, ti logora fino quasi ad impazzirne. Tuttavia, hai solo due modi per affrontarlo. Imparare a conviverci e andare avanti, oppure, sprofondare con esso. Penso ogni giorno a suo padre e non c'è momento in cui non senta la sua mancanza. Eppure, adesso ho lei. Una parte di lui vive in lei e questo mi dà speranza, mi dà la forza di sopravvivere a quel dolore, e cerco di servirla e proteggerla in ogni modo. Perché so che suo padre vorrebbe questo, perché io credo in lei e perché lei è la mia famiglia.» Ammise con la voce velata dal dolore che per troppo tempo doveva aver cercato di mascherare. Un morso al petto minacciò di soffocarmi, colto alla sprovvista dalla sua inaspettata e diretta verità.

«Mi dispiace che tu debba servire qualcuno che non è decisamente al pari di mio padre, Peter. Sono solo un vampiro a cui hanno assegnato un titolo che, a quanto pare, non so nemmeno gestire. Non ho saputo controllare la mia gente e la mia parte umana, lasciando che i sentimenti verso Miya offuscassero i miei veri doveri. Un re non dovrebbe mai rendersi debole, nemmeno per amore. Invece io...» Non riuscii a terminare la frase. Non mi pentivo di quello che provavo per Miya, ma odiavo me stesso per non essere riuscito a gestirla nel modo giusto, ammesso che ce ne fosse stato davvero uno. Lei era nociva per me, eppure, non riuscivo a starle lontano. Ma cosa avevo realmente fatto per la mia gente e il mio popolo? Dopo che mio padre era morto, cosa avevo fatto per cercare di fermare mio fratello? Ero rimasto seduto a guardare, inabile di affrontare ogni responsabilità e difficoltà. Era forse fatalità che tutto ciò a cui tenevo fosse destinato ad uccidermi? Vidi Peter sorridere al mio fianco, scuotendo la testa.

«Lei è la persona più forte che io abbia mai conosciuto, signore. Suo padre sarebbe così fiero di lei ed io sono onorato di servirla, così come ogni uomo in questa casa. I sentimenti che prova per la signorina Miya, non ha neanche idea di quanto la rendano una persona forte e rispettabile. Un vero re non è colui che offusca i propri sentimenti, diventando una persona egoista, un vero re è colui che ha la forza di governare e proteggere i propri simili, nonostante i molteplici rischi. Si sacrifica per difendere il proprio popolo e sa amare, anche se questo lo rende vulnerabile. Suo padre ha amato sua madre in un modo fuori dal comune. Ha ucciso per lei, ha sacrificato molte cose, perfino il suo potere. Ha legato la sua vita alla propria, anche sapendo che era umana, anche sapendo a quale rischio si esponesse. Eppure, non ha mai smesso di amarla. Ha combattuto contro ogni persona che cercava di opporsi fra loro e, anche quando tutto sembrava perso, ha sacrificato la sua vita per proteggerla. Questo non ha mai fatto di lui un uomo debole, al contrario... Lo ha reso un uomo d'onore.»

Deglutii sentendomi per la prima volta in difficoltà di fronte a quella confessione così diretta e profonda. Ero sempre stato cieco davanti all'evidenza da non rendermi conto di quanto tenessi a lei, ed era stato solo quando Electra me l'aveva portata via che mi ero realmente accorto di quanto fosse importante per me. All'inizio era stato quasi un gioco, un peso... Poi addirittura una minaccia da eliminare. *E ora? Ora cos'è diventata?* Potevo mentire a me stesso ma non al mio cuore. Con il suo sorriso, con la sua semplicità e il suo coraggio, con quella luce di sfida sempre pronta negli occhi, aveva preso quel posto importante nel mio cuore che nemmeno pensavo di possedere.

«Viktor... Io credo in lei e sono sicuro che riusciremo a salvare la signorina Miya.» Mi voltai di scatto restando senza parole dinnanzi al fatto che Peter mi aveva chiamato, per la prima volta, con il mio nome. Mai si era preso una tale libertà, ma in quel momento, guardandolo intensamente nei suoi occhi, di fronte a me, non vidi una guardia, né un mio inferiore... Ma un amico.

Non seppi definire esattamente quanto tempo passai di fronte a quel camino ad osservare ardere le sue fiamme, ma dedussi abbastanza perché mia madre e tutta la sua immensurabile ansia piombassero nel mio salone. Nel frattempo, mi ero nutrito sufficientemente da riuscire a smaltire abbastanza veleno e per mia fortuna, sembravo aver recuperato quasi appieno tutte le mie forze e poteri.

«Sono corsa appena ho potuto.» La voce ipocondriaca di mia madre arrivò dietro le mie spalle, osservandola accovacciarsi al mio fianco. Ci fissammo negli occhi per un instante, e quel momento le bastò per vedere tutto l'enorme fardello che mi portavo dentro. Mi strinse forte un ginocchio come a volermi dare il suo conforto. Chiusi gli occhi e feci un respiro profondo, cercando di mantenere i nervi saldi.

«L'hanno portata via. Hanno portato via Miya sotto i miei maledetti occhi.» Confessai alla fine in un ringhio di rabbia. Mi madre non osò dire una parola. Le raccontai ogni dettaglio di quello che era appena successo e ad ogni mia parola, il suo volto sembrava sbiancare sempre di più. Tuttavia, il viso di mia madre sembrava più spaventato che sorpreso.

«Mamma, tu sai qualcosa che io non so?» Le chiesi indagatorio, guardandola negli occhi.

«Viktor... Io, io non ne sono sicura.» Farfugliò distogliendo lo sguardo.

«Sicura di cosa?» La incoraggiai a continuare.

«Ecco... Il giorno in cui ho incontrato Miya, c'è stato un momento in cui, toccandola, ho visto strane cose. Sai bene che è da poco che ho imparato a conoscere il mio potere premonitore e le mie visioni sono confuse e poco attendibili.»

«Cosa hai visto?»

«Ho visto Miya. Era insieme a Nikolai e con loro c'era anche una terza figura. Non sono riuscita a vedere chi fosse, ma forse potrebbe trattarsi di Electra.» Concluse lei con un filo di voce.

«Perché non me lo hai detto subito?» Ringhiai a denti stretti, infuriato.

«Perché la mia visione è durata solo qualche instante e non ero sicura di quello che avevo visto. Non volevo metterti in testa un pensiero inutile.» Confessò dispiaciuta.

«Dovevi dirmelo.» Ammisi duro quanto deluso. Mia madre aveva da poco scoperto di possedere tali visioni, così come il potere del teletrasporto. Per essere precisi, il momento esatto in cui aveva scoperto di avere le premonizioni, era stato la notte in cui si era svegliata in preda ad un incubo. Aveva sognato la morte di mio padre. Non aveva voluto dargli peso, pensando che fosse solo uno stupido sogno. Ben che presto però, si era rivelato la cruda realtà.

«Lo so, e ti chiedo scusa, ma possiamo ancora salvarla. Insieme, Viktor.» Mi inchiodò con i suoi occhi lucidi, pieni di promesse.

«Prega, mamma. Prega di non vederla morta in una di quelle tue fottute visioni, o ti giuro che manderò tuo figlio all'inferno e con lui anche la mia dannata vita.» Pronunciai quelle parole come un cane rabbioso, mentre sentii i miei occhi intingersi di sangue. I miei poteri erano ormai quasi tornati del tutto e con loro la mia insormontabile ira. La vidi sussultare e sbiancare al tempo stesso, ma non osò dire una parola.

«Andrò a riprenderla con o senza il tuo aiuto. Solo che senza potrei metterci molto di più.» Confessai dopo un lungo momento di silenzio. I suoi occhi scattarono di colpo verso i miei. Era una richiesta d'aiuto, ma non glielo avrei mai espresso apertamente.

«Viktor... Io sarò sempre al tuo fianco e avrai sempre il mio aiuto.» Mi rispose sbalordita di aver dubitato di lei.

«Sarò onesto. Farò qualsiasi cosa per fermare Nikolai e lo ucciderò se sarà necessario. A qualunque costo.» La avvisai determinato, perché sapesse fin dove ero disposto ad arrivare.

«Non voglio perderti, Viktor. Avevi ragione. Nikolai è un mostro e dobbiamo fermarlo. Troveremo un modo, ma non voglio perdere anche te.» Confessò, mentre un singhiozzò le uscì dalla gola.

«Lo fermeremo, mamma. È una promessa.»

28

Miya

Mi svegliai dolorante e stordita. Provai ad aprire gli occhi, ma fui trafitta da un'ondata di dolore lanciante che mi fece sfuggire un lamento sofferente. Qualcuno mi aveva bendato impedendomi di vedere qualsiasi cosa intorno a me. La testa era pesante, come se ci fossero passati sopra dei cavalli ed ogni rumore sembrava ovattato. Fui percorsa dai brividi.

Qualcosa di freddo e pesante circondava i miei polsi e le mie caviglie, provocando un insopportabile senso di pressione. Ero legata e bendata. La mia mente, di fronte a quella conclusione, andò totalmente nel panico, mentre il mio cuore iniziò a battere come un cavallo impazzito. L'adrenalina, mischiata alla paura, pompava nelle mie vene ad una velocità pazzesca, chiudendo la mia gola, lasciandomi senza fiato. Mi dimenai più volte con tutta la forza di cui ero capace, ma senza alcun risultato, se non quello di ferirmi. A giudicare dal tintinnio, dovevo essere legata in piedi con delle catene o qualcosa di simile, per riuscire a graffiarmi con così tanta facilità. Provai a calmarmi facendo dei profondi respiri, sentendo il sudore corrermi lungo la schiena.

Tentai di fare mente locale, cercando di ignorare il dolore bruciante intorno ai miei polsi, provando a ricordare cosa fosse successo. Un indizio, qualsiasi cosa che mi aiutasse a ricordare dove mi trovavo e perché. Ma per quanto cercassi di sforzarmi, il mio cervello sembrava non voler collaborare. Ero completamente disorientata, e il fatto che non potessi vedere nulla intorno a me, non mi aiutava di certo. Come diavolo ero finita qui? Oltre il silenzio tombale, non riuscivo a percepire nulla se non un freddo glaciale e la mia costante paura.

Ero sola? O forse qualcuno mi stava guardando in un angolo, nel silenzio più assoluto, godendosi la mia paura ed aspettando il momento giusto per uccidermi? La mia mente faticava a restare lucida e con i nervi saldi, mentre sentivo il mio cuore battere come un rullo di tamburi. L'ignoto totale era sempre stato una delle mie più grandi fobie. Avevo sempre avuto bisogno di costanti sicurezze nella mia vita e adesso non averle mi gettava nel baratro totale. Era forse per questo che avevo da sempre amato la scienza e con essa tutte le sue certezze?

Non sapevo da quanto fossi lì, se era giorno oppure notte. Il silenzio era l'unico compagno di viaggio in quel momento di tormento straziante, spezzato ogni tanto da un lieve sussurro nella mia testa. Sembrava come se una fievole voce mi parlasse, mi chiamasse... O forse stavo semplicemente iniziando ad avere le allucinazioni? Tremavo come una foglia dal freddo e dalla paura e, nonostante avessi voluto urlare come un'ossessa, ormai ad un passo dall'impazzire, sapevo che era meglio restare in silenzio. Il fatto che non fosse venuto ancora nessuno a torturarmi, o peggio ancora, ad uccidermi, era un punto a mio favore. Avrei avuto più tempo per pensare e magari qualcuno sarebbe venuto a salvarmi. *Idiozie!* Nessuno sarebbe venuto a farlo perché io non avevo più nessuno. Mio fratello era morto. Mia madre era morta e anche mio padre. E ora sarei morta anche io solo per inseguire delle stupide... *Viktor.*

Miriade di immagini iniziarono a venire a galla in una sequenza rapida, sfocata e senza un senso. Degli occhi. Una donna. No! I volti delle donne erano due. Uomini. Tanti uomini vestiti tutti di nero e in modo elegante. Sangue, urla... E poi ancora quegli occhi. Due magnifici occhi eterocromatici.

Viktor. Quel nome...

La mia testa continuava a ripetermi quel nome come se fosse l'unica ancora di salvezza al quale la mia mente sembrava non volersi aggrappare. Sapevo che stavo iniziando a ricordare qualcosa, ma ogni volta che cercavo di afferrare quel filo invisibile, sfuggiva. Volti, dialoghi, nomi, urlavano nel mio cervello martellandolo fino allo sfinimento, cercando di venire a galla. *Ora riesci a vedere quello che intendevo? Riesci a vedere come l'amore ci renda deboli? Guardalo. È qui davanti a te e farebbe di tutto pur di proteggerti... Esattamente come sto facendo io per Blake.* Blake... *Electra... Sei la mia famiglia. Sei una delle poche cose che mi resta. Ti prego... Non farlo. Non voltarmi anche tu le spalle.* Quelle conversazioni... Sembravano avere un significato preciso, eppure, non riuscivo a ricordare. Perché? Ero stata drogata?

Dei passi pesanti mi riportarono alla cruda realtà. Il mio cuore perse un battito mentre sentivo quel rumore farsi sempre più vicino. La mia bocca era talmente secca che persino deglutire sembrava essere diventata un'impresa difficile. Sempre più consapevole che la mia ora fosse ormai vicina, pregai che almeno la mia morte fosse il più rapida e meno dolorosa possibile. Molto presto avrei raggiunto la mia famiglia e per un frangente di secondo, mi chiesi se fosse giusto morire. In fondo, che diritto avevo io di continuare ancora a vivere? Non avevo nessuno e il mio posto era insieme con la mia famiglia. Il rumore di passi cessò a pochi centimetri da me e con loro, anche il mio cuore.

Nonostante aleggiasse un'aria pesante, riuscivo a distingue il profumo forte della persona che avevo davanti, sentendone persino i suoi respiri che mi solleticavano il viso, Rabbrividii. Non osai muovermi, però, né tanto meno fiatare. Ero completamente paralizzata dal terrore e, avvolta totalmente dal buio, sapevo che ogni secondo avrebbe potuto essere quello decisivo per la mia morte. Delle mani pesanti afferrarono qualsiasi cosa impedisse la mia visuale, strappandomela con forza dal viso. Non riuscii a trattenere un urlo di terrore, cercando di far adattare i miei occhi a quella nuova visione.

La prima cosa che vidi fu la luce delle candele che, seppur tenue, fu come lava per la mia vista sfocata e ormai abituata al buio tetro. Sbattei un paio di volte le palpebre, provando a riacquistare una vista dignitosa e nell'instante in cui i miei occhi riuscirono a focalizzare il volto dell'uomo che avevo davanti, quel finto muro invisibile nella mia mente, crollò come un castello di sabbia. Ogni cosa tornò esattamente al suo posto come ogni tassello di un puzzle. *Viktor.* Quel nome, prima quasi sconosciuto, ora mi era più familiare che mai. Sapevo perché ero qui e sapevo anche chi era la persona davanti a me. Nikolai.

Troppe volte avevo sperato di non rincontrarlo mai più e, nonostante Viktor avesse provato in ogni modo a proteggermi da quel mostro di suo fratello, adesso era proprio di fronte a me, in tutta la sua spietatezza.

«Ciao, bambolina. Ti ricordi di me?» Il suo sorriso era perfido quanto la sua voce, mentre i suoi occhi spietati, si illuminavano assetati di vendetta. Fui percorsa da un brivido di paura e disgusto. Seppur di una bellezza totalmente diversa da suo fratello, il suo viso affascinante, avrebbe potuto incantare chiunque, ma non me. Io sapevo cosa si celava dietro di esso. Ancora avevo ben impresso nella mia mente quel volto raccapricciate che mai più avrei dimenticato. E ora che sapevo tutto quello che era stato in grado di fare, non avrei mai più dimenticato nemmeno quello. Lui non era una persona, né un mostro. Lui era il male. Vestito completamente di nero, sembrava il signore della morte. La mia morte.

«Che cosa vuoi da me?» Mostrai i denti, infuriata. Avevo paura, sì, ma ora che sapevo di poter morire da un momento all'altro, quella paura si stava trasformando in forza, sfida e rabbia per tutto quello che aveva fatto a Viktor, alla sua famiglia e anche a me. Mi guardai intorno e notai che mi trovavo in quelle che sembravano delle celle sotterranee. Antiche, come la pietra che ricopriva ogni angolo di quel posto, e fredde, esattamente come il mostro che avevo davanti. Guardai i miei polsi sporchi di sangue incrostato, imprigionati in delle vecchie catene arrugginite. La sua risata squallida come la prigione in cui mi trovavo, mi fece accapponare la pelle.

«Uhm... La risposta mi sembra così ovvia. Ma prima c'è una persona che muore dalla voglia di vederti.» Mi informò con voce compiaciuta, mentre i suoi occhi si accendevano di una luce divertita e soddisfatta. Con un semplice schiocco delle dita, fece sparire quelle maledette catene che mi intrappolavano e sostenevano, facendomi crollare a terra di botto, priva di ogni forza. Gemetti dal dolore, mentre lui rideva nel vedere il mio patetico tentativo di rialzarmi. Doveva avermi drogata con qualcosa perché non ricordassi nulla e avessi la forza a stento per respirare.

Rise di nuovo, afferrandomi con forza i capelli, costringendomi a rialzarmi. Urla di dolore uscirono dalle mie labbra, insieme alle lacrime, avvertendo un bruciore lanciante alla testa. Il bastardo continuava a ridere e a godere della mia sofferenza, trascinandomi su per una scala. Non sapevo minimamente dove mi stesse portando. L'unica cosa che cercavo di fare era camminare provando a restare in equilibrio.

Inciampicai più volte sui miei stessi passi, tentando di farmi forza e continuare a salire. Dopo essere caduta e rialzata non so quante volte, ero quasi convinta di svenire da un momento all'altro. I polmoni mi bruciavano insieme alle gambe per lo sforzo e, mentre mi conduceva in una stanza dall'aspetto familiare, mi diede un ultimo spintone, facendomi cadere ancora una volta. La mia mente posseduta dal dolore e dalla rabbia, impiegò circa dieci secondi prima di riconoscere la stanza in cui mi trovavo. Ero nella stessa in cui avevo incontrato il verme viscido alle mie spalle per la prima volta. Il camino era acceso, esattamente come allora, solo che adesso ero io a trovarmi per terra davanti ad esso e non lui. Feci dei lenti respiri, cercando di riprendere fiato e forza.

Cercai di concentrarmi sul tappeto rosso sotto di me, nell' inutile speranza di distrarmi e riuscire a gestire il dolore. Sentii dei passi, dei tacchi che ticchettavano sul pavimento, ma non osai spostare lo sguardo. Qualsiasi cosa sarebbe successa, sapevo che non avevo alcuna speranza di uscire viva di qui, ed io ero stanca. Stanca di lottare. Non c'era una parte del mio corpo che non provasse dolore e non tremasse. La mia vista era offuscata e i miei polmoni riuscivano a stento a respirare. Quindi pregai, pregai con tutte le mie forze che tutto questo finisse al più presto.

«Finalmente ci rincontriamo, Miya.»

La mia preghiera non fu ascoltata. Al contrario, mi resi conto che l'inferno era appena iniziato.

29

Miya

L'inferno è vuoto. E tutti i demoni sono qui
-William Shakespeare-

Sentire quella voce fu come ricevere una pugnalata al cuore, ma fu nulla in confronto a quando osai guardare da dove realmente arrivasse e a chi appartenesse.

I miei occhi non riuscivano a credere a quello che stavano davvero guardando e, mentre la mia mente stava cercando di capire se quello che stavo vedendo fosse un sogno oppure effettivamente la realtà, mi resi conto che avevo smesso del tutto di respirare. Ogni arto del mio corpo si era bloccato, paralizzato, di fronte ad una cosa tanto assurda e completamente insensata.

«N-Non è possibile.» Furono le uniche parole che riuscii a balbettare, e con fatica, mi misi in ginocchio. Se prima non avevo la forza di reggermi in piedi, ora non avevo nemmeno quella per ragionare.

«Oh, cara! Sono molte le cose possibili, invece.»

«No, non è possibile.» Continuai come una specie di disco rotto e con occhi lucidi.

«Ormai sai dire solo quella frase, bambolina?» Mi derise Nikolai a pochi passi da me, prima di mollarmi un ceffone così improvviso, da farmi perdere di nuovo l'equilibrio.

Il bastardo mi aveva colpito solo per il gusto di farlo e fu così inaspettato e brutale, che non riuscii a trattenere un urlo. Gemetti, prima di sentire il familiare sapore metallico del sangue nella mia bocca.

Mi rialzai lentamente, ormai incapace di provare qualsiasi genere di emozione che un umano potesse sentire. Il labbro mi bruciava terribilmente, ma era nulla in confronto a quello che sentivo guardando la persona che avevo davanti. Avrebbero potuto uccidermi in quel preciso momento, sarebbe stato meno doloroso e scioccante.

«Suvvia, Nikolai! Non essere così scontroso. Dalle un po' di tempo per riprendersi dallo shock.» Non fu quella frase a ferirmi, no, né tanto meno il manrovescio di qualche secondo prima.

Fu vedere il sorriso quasi diabolico della persona che avevo davanti.

Il volto di mia madre.

Quella donna, il cui corpo avevo sempre creduto all'interno di una fottuta bara, privo di vita, era invece proprio davanti a me e in piena salute. Il mio cervello stava provando in ogni modo a cercare una spiegazione plausibile, logica, ma per quanto si sforzasse, non riusciva a trovare una risposta sensata. Non poteva essere altro che un'allucinazione, un brutto scherzo della mia mente esausta. Doveva essere così, lei era morta. Io ero presente al suo funerale e avevo visto la sua maledetta bara!

«Tu dovresti essere morta!» La accusai quasi urlando, con il dolore che mi travolgeva come una valanga. Lei sorrise, avvicinandosi con passo voluttuoso a pochi passi da me.

Portava un paio di pantaloni in pelle e degli stivali fino al ginocchio, neri come la sua anima. Era decisamente diversa da come la ricordavo. Così perfetta, così bella... E il suo volto, i suoi occhi, un tempo pieni di gioia, ora erano contagiati dalla stessa oscurità di Nikolai. Rabbrividii. Quella donna non poteva essere assolutamente mia madre.

«Sì, è vero. Tecnicamente è così che doveva essere. O meglio, era quello a cui tu dovevi credere.» Continuò come se quella conversazione fosse del tutto normale, e io non potei fare a meno di guardarla sempre più sconvolta. Non sapevo se fosse perché era viva di fronte a me, oppure perché si trovasse insieme a Nikolai.

«Ti sei mai chiesta perché sei arrivata fin qui con così tanta facilità?» Mi chiese sorridendomi, inginocchiandosi vicino a me.

«Cosa?» Le chiesi con un filo di voce, guardandola completamente disorientata. Quando ero stata rapita, avevo immaginato che mi avrebbero torturata, uccisa, ma questo, forse era anche peggio. Trovarsi di fronte una madre che credevi morta. Una madre cui affetto non era mai stato vero. Perché meritavo un destino così tanto orribile?

«Povera bambina mia. Come sei ingenua. Non sei stata altro che una pedina fin dall'inizio.» Continuò a deridermi con quel sorriso dannatamente perfetto e orgoglioso.

«Smettila di girarci intorno, dannazione! Dimmi cosa cazzo succede!» Urlai furiosa, dandole uno spintone con la poca forza che avevo, facendole a stento perdere l'equilibrio. *Mossa decisamente sbagliata, Miya.*

Fu un secondo, un attimo. Mi afferrò per i capelli e, sollevandomi con una forza inumana, come fossi una piuma, mi immobilizzò con tutto il suo corpo contro il muro. Urlai di dolore, sentendo le mie ossa comprimere i polmoni quasi da togliermi il respiro. Il suo volto, ad un centimetro dal mio, mi fece raccapricciare la pelle non appena vidi i suoi occhi nero pece. Lei era un demone.

Chiusi i miei e scossi la testa, incapace di fare altro. Non poteva essere vero. Doveva sicuramente essere un effetto collaterale di qualche droga che avevano usato per stordirmi, un brutto sogno da cui presto mi sarei svegliata.

«T-Tu non sei mia madre.» Osai balbettare, mentre una lacrima silenziosa rigò il mio viso. Non poteva essere lei, perché se lo era realmente, la mia vita era stata tutta una menzogna. Non c'era nulla di vero a cui potermi aggrappare, nulla di quello che un tempo era stata la mia banale vita. Pezzo dopo pezzo, il mondo mi stava crollando addosso e presto io sarei sprofondata con esso. La sua risata risuonò in tutta la stanza, viscida quanto lei.

«Ah, no? Eppure sembrava che mi amassi ogni volta che ti rifugiavi tra le mie braccia, nei tuoi momenti di sconforto. Quando avevi bisogno di un consiglio... O quando avevi paura. *Sei la migliore mamma del mondo* mi dicevi, ti ricordi? *Ti voglio bene mammina...* Dopotutto, devo ammettere che è stato anche divertente impossessarmi del suo corpo e recitare la parte della madre di una famigliola felice.» Mi guardò con occhi spietati.

Le sue parole erano taglienti come lame che a poco a poco, riducevano il mio cuore in minuscoli brandelli. La mia mente era ormai sconvolta da tutta questa storia.

«Io ti credevo morta! Ho pianto per te, ho provato un dolore così forte da togliermi il fiato, ed ora ti vedo qui, viva e vegeta davanti a me... Ma tu non sei mai stata la mia vera madre. Tu sei soltanto uno stupido demone che l'ha uccisa per prendere il suo corpo. Sei un mostro!» Le urlai in faccia quelle parole, disperata e completamente inondata dalle lacrime.

Continuò a ridere con la tutta la cattiveria di cui era capace, appagata e divertita di fronte alla mia sofferenza. Da quanto tempo aveva preso possesso di quel corpo? L'avevo amata con tutto il mio cuore, ma la mia vera mamma, la mia dolce mamma, era stata ucciso molto tempo fa.

«Vedi, mia cara Miya... È incredibile di come sia stato così facile mentirti e manipolarti in tutti questi anni. Sei così accecata dal tuo buon cuore che non riesci mai a capire cosa sia buono, cosa sia reale e cosa invece non lo è. Sei così abbagliata dall'amore che non riesci a vedere il marcio che gira intorno a te. Mi hai amato come una madre, la stessa che ha ucciso tuo fratello. Quel moccioso, almeno, era più sveglio e più furbo di te, devo dargliene atto. Mi aveva quasi scoperto e, siccome sapevo che avrebbe rivelato tutto, mi sono assicurata che crepasse. Aspetta, com'è che si chiamava?» Si portò un dito sulla bocca, fingendosi pensierosa. Un singhiozzo mi uscì dalla gola, con gli occhi ormai colmi di lacrime e il cuore distrutto.

Ogni parola che sentivo era come ricevere una pugnalata al cuore. Il dolore che stavo provando in quel momento era così forte che non riuscivo nemmeno più a respirare. *Basta!*

Non volevo sentire più niente. Volevo morire. Smettere di provare tutto quel dolore straziante che mi stava logorando dall'interno.

«Perché? Perché ci hai fatto tutto questo?» Le chiesi ormai sfinita. La mia voce era spezzata dai singhiozzi, che mi distruggevano anima e corpo e, mentre tutto intorno a me crollava, sentii chiamarmi da quel legame che ormai credevo distrutto come la mia esistenza. Viktor.

Piccola, tieni duro, sto arrivando. La sua voce era lontana, sfocata come la mia vista annebbiata dalle lacrime. Tenere duro? In quel momento non avevo nemmeno più la forza per respirare. Morire probabilmente sarebbe stato il male minore.

«Oh, tesoro... Tuo padre era un uomo molto importante e conosciuto da molti. Ho sempre avuto un debole per la sua mente brillante, ma quando è stato capace di creare un'arma così perfetta, è diventato per me speciale.»

«Il tuo sangue è in grado di distruggere ogni maledetto vampiro su questa terra, ed è per questo che useremo ogni singola goccia di esso per annientarli tutti.» Concluse Nikolai al posto di quella donna, di quel mostro che avevo a pochi passi da me.

«Proprio così. Non ti sei mai chiesta perché tuo padre, la sua vita negli ultimi tempi, fosse sempre così misteriosa? Tutti quei improvvisi congressi, tutti quegli esperimenti in cui ti ha coinvolto...» Continuò quella donna viscida - che ormai non definivo più mia madre - sempre più soddisfatta del suo piano.

Ad un tratto, come se non stessi già soffrendo abbastanza, tornarono a tormentare la mia mente miriadi di immagini di me e mio padre che portavamo avanti il nostro progetto con orgoglio, senza sapere che invece non erano altro che menzogne e ancora menzogne. La consapevolezza di non aver concluso nulla nella mia vita era sempre più difficile da digerire.

La certezza di essere stata anche io l'artefice di tale abominio, mi faceva sentire ulteriormente una persona spregevole.

Non potevi saperlo, mi sussurrò Viktor attraverso il nostro legame.

Sì, era vero. Non ero consapevole di quello che stavo realmente facendo, ma non bastava comunque. Dovevo cercare di più e quando mio padre non mi permetteva di conoscere ogni parte di quel progetto, io avrei dovuto impormi e chiedere di più. Sapere e conoscere più a fondo le sue formule e le sue idee.

Tanto valeva aver creato una bomba atomica, il risultato sarebbe stato lo stesso. Avrei ucciso milioni di persone senza sapere che cosa stavo creando.

Bugie... Soltanto bugie e io ero stata una stupida. Mi chiesi se almeno io fossi vera o soltanto un'altra menzogna.

Non sarebbe stato così assurdo considerando quanto lo fosse la mia vita in questo momento. Una consapevolezza però si fece strada nella mia mente, nonostante questa fosse ancora sotto shock.

«Voi... Voi avete raggirato mio padre perché creasse tutto questo. Perché rovinasse la mia vita!» Urlai a denti stretti, mentre la presa salda di quella donna che repudiavo come madre e come persona, mi teneva incollata al muro. Provai a divincolarmi, ma fu del tutto inutile. Non era umana e non avrei mai avuto vittoria contro di lei.

«Non esattamente, mia cara. Tuo padre in parte era consapevole di quello che stava creando, io gli ho solo dato qualche piccolo incoraggiamento e suggerimento. Non era sicuro che funzionasse, ma sapeva perfettamente quello che stava facendo. Ho fatto in modo che mi vedesse uccidere tuo fratello, che credesse che io fossi un vampiro, tenendo ben nascosto il mio volto. Non ha mai saputo chi fossi, ma mi bastava perché pensasse che chi aveva ucciso suo figlio, fosse un vampiro. Ho soggiogato la sua mente e quella del suo collega, il signor Smith, perché lo spronasse e lo spingesse a portare avanti il suo progetto e il suo odio per i vampiri, così da creare la sua vendetta. Quando ho finto la mia morte, ho continuato a sorvegliarlo di nascosto, e quando tuo padre ci è finalmente riuscito, l'ho ucciso. Pensavo che avesse nel sangue quello che cercavo, ma il bastardo ha pensato bene di sperimentarlo prima su di te, così, se non fosse andato a buon fine, avrebbe potuto lavorarci ancora e trovare il virus perfetto. Ti ho aspettato perché tu tornassi in casa, ma purtroppo ci sono state delle complicazioni che mi hanno portato ad andare via. Così mi sono assicurata che tu trovassi le formule. Sapevo che quando avresti trovato tuo padre morto, avresti provato a cercare risposte, così mi sono assicurata che tu trovassi quei fogli e poi, ho fatto in modo che il signor Smith e sua nipote ti portassero qui in Romania così da avere tutti i mezzi per poter portare a termine il nostro piano.» Concluse la bastarda, fiera di avermi appena rivelato tutto il suo maledetto piano.

Constatai che avevo avuto una famiglia orribile, anzi no, io non avevo mai avuto una vera famiglia.

Mio padre, che diceva di amarmi, mi aveva testato come un fottuto animale, e quella che pensavo fosse mia madre, non aveva fatto altro che muovermi come una pedina verso la distruzione.

Anche mio fratello mi aveva mentito? Non avevo più nessuna certezza. Ora era chiaro perché il signor Smith fosse stato rinchiuso. Non era pazzo, ma solo succube delle cattiverie di quei mostri. Sia lui che sua nipote erano stati semplicemente soggiogati perché svolgessero il loro sporco lavoro al momento giusto. Un mezzo per arrivare ad un fine.

Mi lasciò andare per poi riafferrarmi con forza, facendomi voltare perché guardassi entrambi in faccia. Non sapevo chi tra i due mi facesse più schifo.

«Siete spregevoli. Avete complottato tutto questo perché arrivassi fin qui così da potermi uccidere e avere il mio sangue!»

«E ci sarei anche riuscito se quel bastardo di mio fratello non fosse arrivato proprio in quel momento e ti avesse portato via sotto i miei maledetti occhi. Senza saperlo, quel figlio di puttana ti ha salvato la vita.» Concluse Nikolai, spietato quanto infuriato.

«Sei un mostro!»

«Oh, mia cara... Non immagini quanto.» Fece un sorriso, rivelando i suoi denti perfettamente bianchi. Il suo sguardo era quello di un predatore spietato e io ero la sua stupida preda. Tuttavia, nella mia mente balenò una piccola ed inutile vittoria che mi provocò un debole ma spontaneo sorriso.

«Forse. Ma come vedi, il destino continua a stare dalla mia parte. Forse dovresti rassegnarti all'idea che sei semplicemente nato per uno stupido errore e che Viktor resterà sempre la parte dominante. Il vero re.» Sputai quelle parole nella speranza di ferirlo o farlo infuriare. Mi aspettavo un altro ceffone o di venir scaraventata chissà dove, invece, scoppiò semplicemente a ridere.

«Dalla tua parte? Non direi, visto che sei qui. È nobile da parte tua continuare ad avere ancora il coraggio di sfidarmi, e mi dispiace deluderti, ma ora che tuo padre ha fatto del tuo sangue un virus, lo useremo per distruggerli tutti e tu morirai con loro. Credo che sarebbe stato contento di sapere che vendetta è stata fatta. Odiava i vampiri e ha fatto in modo di lasciare un'arma per ucciderli. Non sapeva che un giorno la sua amata figlia si sarebbe schierata dalla parte di chi ha assassinato suo figlio, però. Sei un fallimento su ogni fronte.» Mi accusò sempre più divertito. Il bastardo stava cercando di farmi crollare emotivamente, ma non sapeva che ormai non ero in grado di provare più alcuna emozione.

«Voi lo avete ingannato. Non è stato un vampiro, ma un maledetto demone ad ucciderlo, e pagherete per questo. Viktor non permetterà che la passiate liscia, perché a differenza tua, lui ha un cuore e sa amare. Un sentimento che tu non sarai mai in grado di provare.» Pronunciai quelle parole a testa alta, vedendoli entrambi ridere.

«Oh, ma certo, ora è tutto più chiaro. È innamorata di lui, che cosa romantica. Ma dimmi, sei sicura che invece, lui ami te? In fondo, pensavi la stessa cosa della tua famiglia, eppure, mi sembra di capire che nessuno ti ha mai amato realmente. Forse sei destinata a restare sola? Dopotutto, uccidendoti, ti sto solo facendo solo un gran favore, e alla fine lo sai anche tu. Nessuno ti ama davvero e quando morirai, non mancherai a nessuno.» Sussultai davanti a quelle parole così dirette e crudeli che mi colpirono come un pugnale dritto al petto.

Aveva ragione? Nessuno mi amava? Nemmeno Viktor? Forse tutto quello che avevamo provato insieme si sarebbe rivelato un'altra menzogna, un'altra bugia come era successo con la mia famiglia?

Dubita di qualsiasi cosa su questa terra, Miya. Ma non dubitare mai di quello che provo per te. Io ti amo e sto venendo a prenderti, amore mio.

30

Viktor

Finalmente ero riuscito di nuovo a riavere un contatto con Miya. Era in pericolo, ma almeno era viva.

Una miriade di emozioni si stavano scatenando dentro di me, a partire dalla rabbia. Nikolai stava provando a distruggere Miya, fisicamente ed emotivamente, facendola dubitare perfino di noi, ma non lo avrei permesso. Dovevo agire in fretta e salvarla. Aveva sofferto abbastanza e io non potevo permettere oltre.

Le innumerevoli informazioni che avevo acquisito, mentre ero in contatto con la sua mente, avevano sconvolto persino me, e potevo solo immaginare il dolore che in quel momento lei stava provando.

Lo sentivo, così come sentivo la sua paura che tutto quello che c'era tra noi fosse solo una menzogna. Lo avevo letto nei suoi pensieri quando mio fratello, mettendola davanti a tale argomento, aveva dubitato, facendola andare nel panico.

Dovevo andare a riprendermela per dirle, guardandola negli occhi, quanto lei fosse importante per me. Quanto io la amassi e di come, dove prima la mia vita non aveva avuto nessuno scopo, ora lei era il centro di tutta la mia esistenza.

Era mia e nessuno avrebbe dovuto farle del male. E con quella consapevolezza, ero ancora più determinato a salvarla. Nikolai l'avrebbe pagata perché aveva osato colpirla e ferirla, così come quella donna misteriosa che si era finta sua madre, per averla ingannata e fatta soffrire.

L'avrebbero pagata tutti.

Tremavo dalla rabbia, ma in quel momento mi imposi di controllarla e dominarla. Non era il momento di perdere lucidità.

Diedi ordine a Peter di avvertire ogni guardia della nostra destinazione e quale sarebbe stato il piano. Con l'aiuto di mia madre, ci saremmo intrufolati grazie ad uno scudo che avrebbe occultato la nostra presenza, così da superare le guardie del castello in modo silenzioso e senza intoppi.

Chiunque avesse trovato Miya per primo, avrebbe dovuto portarla al sicuro, mentre io mi sarei occupato di Nikolai. Ogni secondo era prezioso ora che sapevo quale fosse il vero piano di mio fratello.

Ancora non riuscivo a credere quanto potesse essere spietato e pericoloso. Aveva cospirato tutto questo tempo alle mie spalle e Miya era stata solo un imprevisto nel loro piano. E, mentre io e mia madre cercavamo un modo per aiutarlo ad essere una persona migliore, lui architettava la nostra distruzione.

Non faceva parte della nostra famiglia e non ne avrebbe mai fatto parte. Ci odiava e non sarebbe mai stato capace di provare qualsiasi sentimento se non l'odio, la distruzione e la sua folle ossessione per il potere. Voleva sterminare la nostra razza, senza farsi problemi ad uccidere anche l'unica persona che lo aveva messo al mondo.

Lo avrei ucciso per questo e per tutto il male che ci aveva causato, anche a costo della mia vita.

«Signore, i nostri uomini sono pronti a partire.» Mi avvisò Peter, vestito e pronto per affrontare una battaglia. Perché era questo che avremmo affrontato. Una guerra, che avevo sempre cercato di evitare, era ormai alle porte. Ci sarebbe stato uno scontro in cui probabilmente nessuno ne sarebbe uscito vincitore.

Non appena varcai l'enorme portone, sulla terrazza trovai ad attendermi mia madre, affiancata da Jared, che mi guardava con gli occhi di chi guarda un vero re. Mi affacciai dalla balaustra e vidi l'orda di vampiri allineati, in modo impeccabile, che mi ammiravano anch'essi con orgoglio e prontezza nel combattere e donare la propria vita.

In quel momento mi resi conto che avevo perso troppo tempo e che questo era realmente il mio posto. Un re, un leader, pronto a difendere e a combattere per salvare il proprio popolo.

L'urlo assordante di Miya riecheggiò nella mia mente, facendomi scattare istintivamente in avanti. Mia madre, Peter e Jared, mi guardarono con sguardo preoccupato. Mi appoggiai alla balaustra cercando di respirare e riprendermi dal dolore.

«La stanno torturando, dobbiamo muoverci, subito!» Ringhiai a denti stretti, mentre vedevo il volto pieno di dolore di Miya nella mia mente.

Le stavano procurando dolore solo per il semplice divertimento di farlo. Strinsi i pugni accecato dalla rabbia e prima di abbandonare il castello, afferrai il mio pugnale e incisi le parole "*sto arrivando*" sul mio braccio.

Sapevo che stavo mandando all'aria un piano ben strutturato, ma bruciavo d'ira e in quel preciso instante, volevo che mio fratello sapesse che stavo arrivando e che l'avrei ucciso a qualsiasi costo.

31

Miya

La morte è sempre brutta.
Arriva silenziosa, spietata. E per quanto ci provi,
non sarai mai preparato ad affrontare il suo arrivo.

Il dolore che stavo provando in quell'instante era insopportabile. Le mie urla dovevano riecheggiare in tutto il castello. Avevo la fronte bagnata di sudore, mentre sentivo la mia pelle bruciare, letteralmente.

Dopo aver saputo l'orrenda verità sul mio passato, avevano pensato bene di divertirsi un po' prima di mettere in atto il loro spietato piano.

Mi avevano quindi trascinata in un'altra stanza e legata a delle catene, penzolante.

Non avrei mai pensato che potesse esistere tale sofferenza, finché non avevo sentito alle mie spalle un ferro incandescente, bruciarmi e logorarmi l'anima.

Il dolore che avevo provato in quell'instante era stato talmente forte che il mio cervello sembrava stesse bruciando davvero. L'urlo che era uscito dalla mia gola era stato così spietato che nemmeno sembrava appartenermi. Non so se stavano cercando di marchiarmi qualcosa, ma ad un certo punto la mia mente si era completamente staccata dal mio corpo.

Dovevo trovarmi in una situazione davvero disperata se il mio cervello stava iniziando a confondere la realtà con la fantasia. Vedevo il volto di Viktor che mi sorrideva come solo lui aveva saputo fare in quell'ultimo periodo. Era stato, e lo era soprattutto adesso, un'ancora di salvezza al quale mi aggrappai per cercare di sopportare quel dolore infernale. *Sto arrivando, amore mio. Resisti, per favore.*

Sentire la sua voce così dolce e profonda, fu come una boccata d'ossigeno in mezzo ad un mare in tempesta. Facevo sempre più fatica a non confondere la realtà con la fantasia, un chiaro segnale che il dolore mi stava decisamente facendo iniziare a delirare. Urla. Ad un tratto fui scossa da delle urla e mi chiesi se stessi immaginando anche quelle.

«Fottuto psicopatico bastardo!» Nikolai urlò come un forsennato allontanandosi di scatto da me. Avevo la vista sfocata, ma fu sufficiente per vedere la vipera che aveva al suo fianco correre preoccupata verso di lui. La scansò con un gesto rabbioso, facendola indietreggiare bruscamente, quasi da farla cadere. Lo vidi reggersi il braccio grondante di sangue, cercando di placare il dolore. Soffiò aria tra i denti e i suoi occhi pece si accesero di rabbia. Un brivido di repulsione mi percorse lungo tutta la schiena, ma fu nulla in confronto a quando vidi apparire sull'avambraccio di Nikolai, lettera dopo lettera, la frase: *sto arrivando.* Se un attimo prima stavo tremando di dolore e paura, la consapevolezza che solo una persona poteva fare una cosa del genere, mi diede una nuova forza che nemmeno sapevo più di possedere. Viktor stava arrivando, ed io dovevo solo resistere e combattere.

«Hai letto, stronzo? Sta arrivando e spero che questa volta ti spedisca dritto all'inferno.» Gli sorrisi con le poche forze rimaste, fiduciosa che presto Viktor sarebbe venuto a salvarmi. Lo amavo e non potevo morire senza prima averglielo detto guardandolo nei suoi meravigliosi occhi.

Dovevo aver perso i sensi perché, quando mi svegliai, non ero più legata alle catene, bensì ad un enorme poltrona di legno scuro. I miei polsi erano stati bloccati saldamente con una corda e nel mio braccio destro era stata infilata una flebo che conduceva a delle enormi sacche trasparenti che si stavano riempiendo del mio sangue. Provai a divincolarmi, ma senza il minimo successo. *Merda!* Qualcuno doveva aver medicato le mie ferite mentre ero fuori uso, perché resistessi il più a lungo a questa trasfusione che implicava comunque la mia morte. Sarebbe stato solo questione di poco tempo, prima che iniziassi a perdere ogni briciola di forza fino a perdere i sensi e cadere in un sonno eterno. Fui invasa di nuovo dal panico e, nonostante i miei polsi feriti bruciassero come carboni ardenti, iniziai a strattonare quelle maledette corde con forza.

«Rilassati. Con un po' di fortuna te ne andrai da questo mondo senza nemmeno accorgertene.» Mi avvisò quel mostro che avevo creduto essere mia madre, in piedi di fronte al camino. Non vedevo Nikolai. Era forse arrivato Viktor? Ma se realmente era qui, sarebbe venuto a salvarmi subito, giusto? Presto sarei morta dissanguata e io non volevo morire. Non prima di aver rivisto di nuovo il suo meraviglioso sguardo.

«Perché fai tutto questo?» Le chiesi disperata, guardandola nei suoi occhi gelidi come il ghiaccio. Non ricevetti alcuna risposta, tuttavia, fu il suo sguardo a rispondere per lei e ad un tratto mi fu tutto molto più chiaro.

«Ma certo. Non sono l'unica ad essermi innamorata qui, non è vero? Hai fatto tutto questo perché tu lo ami.»

«Tu non sai proprio niente!» Ringhiò, distogliendo il suo sguardo dal mio.

«Ah, no? Allora perché non mi guardi negli occhi? Tu lo ami, ma sai bene che Nikolai è un mostro senza cuore, incapace di amare o provare qualsiasi sentimento. Non è vero?» Iniziavo a sentire freddo, e mantenere la concentrazione stava diventando una missione sempre più difficile. In un secondo me la ritrovai ad un centimetro dal mio viso, facendomi sussultare.

«Zitta! Tu non sai nulla di noi. Non sei stata in grado di capire la tua vita e ora vorresti capire la mia? Stai zitta!» Mi urlò furiosa e fui consapevole di aver toccato un tasto per lei dolente.

«Dimmi, *mamma*... Sei più arrabbiata perché ho capito che lo ami, oppure, perché sai che lui non ti amerà mai?» Le chiesi con un sorriso bellicoso sul volto. Avevo scoperto un suo punto debole e avrei cercato di sfruttarlo in ogni modo. Le mie forze fisiche stavano iniziando ad indebolirsi, ma avevo ancora le parole come arma da poter usare. Mi diede un manrovescio che mi fece voltare di scatto la testa. Quest'ultima cominciò a girare vorticosamente, facendo diventare tutto più sfocato intorno a me.

«Povera piccola bastarda. Stai provando a ferirmi, quando tu presto morirai e nessuno sentirà la tua mancanza. È ammirevole, te lo concedo.» Mi sputò in faccia tutto il veleno della vipera che era, tuttavia, trovai la forza di alzare di nuovo la testa e guardarla in faccia. Nei suoi occhi vedevo la sua sicurezza che piano piano stava svanendo, lasciando spazio all'odio e al dolore, perché una parte di lei sapeva che avevo ragione.

«F-Forse... Ma tu continuerai a vivere una vita al fianco di una persona che non ti ama. E quando si sarà stancato di te - perché lo farà - ti butterà via come un giocattolo rotto, o peggio, ti ucciderà.» La vidi vacillare, presa dalla consapevolezza che quello che stavo dicendo si avvicinava sempre di più ad una verità che aveva sempre temuto. Da qualche parte in quel castello si sentirono dei forti tonfi, seguiti da urla e colpi di pistola. Provai a chiamare Viktor attraverso il nostro legame, ma fallii miseramente. Stavo diventando troppo debole, biascicavo a malapena le parole e non sarebbe passato molto tempo prima che perdessi di nuovo i sensi. Non sapevo se Viktor riuscisse a sentire i miei pensieri, ma sperai con tutta me stessa che arrivasse al più presto a salvarmi.

«Lo senti? Stanno venendo a prendermi. Viktor mi salverà, perché mi ama. Ma chi salverà te?» Respirai a fatica con la gola secca, ma mi imposi di non mollare questa terribile battaglia. I suoi occhi nero pece si incendiarono di odio spietato, facendomi rabbrividire.

«La trasfusione del tuo sangue sarà anche preziosa, ma questo non mi impedisce di torturarti. Ti rimane poco tempo e non vedo perché non approfittarne per farti soffrire ancora un po'.» Mi afferrò con forza e brutalità i capelli, tirandomi di colpo la testa all'indietro. Urlai per l'improvviso dolore e quando pensai che mi avrebbe tagliato la gola, qualcosa di impercettibile ai miei occhi, fece irruzione nella stanza. Non riuscii a scorgere nulla se non un'ombra e la consapevolezza che non fosse Viktor. Troppo esile per poter essere il suo corpo.

«Khilia... Ne è passato di tempo dall'ultima volta che ci siamo viste.» La voce della mamma di Viktor arrivò alle mie orecchie tagliente come una lama. Mi voltai lentamente e la vidi a pochi passi da noi, completamente zuppa e con gli occhi colmi di odio, morte e distruzione. Rimasi di ghiaccio nel vedere quanta spietatezza c'era sul suo viso. Non sembrava nemmeno lei. Khilia?

Dunque, era quello il suo vero nome?

«Eva... Ma che piacevole sorpresa. Devo dire che il lutto ti rende ancora più bella.» Khilia fece un sorriso demoniaco, rivelando tutta la sua malvagità. Mollò la presa e, allontanandosi da me, iniziarono entrambe a girare in tondo come due leonesse pronte all'attacco. Mi chiesi come Eva conoscesse il suo nome, ma era chiaro che si erano già incontrate in passato e non per cose belle.

«E-Eva...» Provai a chiamarla priva di forze, ma quest'ultima sembrò non sentirmi minimamente. I suoi occhi erano iniettati d'ira che quasi non la riconoscevo. L'unica cosa che riuscivo a vedere era la certezza che presto l'avrebbe uccisa.

«Devo dire che il ruolo di schiava ti si addice perfettamente. Mi fai pena.» Ringhiò Eva, con una voce tagliente, da farmi accapponare la pelle. Gli occhi di Khilia erano neri come la morte, iniziando a tremare di rabbia, perché sapeva che era esattamente così che la riteneva Nikolai. Una schiava modello che serviva ed esaudiva ogni suo ordine.

«Maledetta! Proprio tu mi fai la morale? Tu che in questi anni non hai fatto altro che essere una lurida puttana umana. Non vali niente, e se non fosse stato per quell'inutilità di tuo marito, saresti già morta. Quel giorno dovevi morire prima tu e non lui, ma tranquilla, stai per raggiungerlo presto all'inferno.» Sputò quelle parole con tale disprezzo da farmi rabbrividire. Ecco il vero motivo per cui era morto Julian, il padre di Viktor. Khilia aveva cercato di uccidere Eva e lui era morto per salvarle la vita, mentre Nikolai, non aveva alzato un dito per salvarlo. Venni invasa da un senso di nausea. Erano dei mostri.

Lei e Nikolai erano delle persone spregevoli e senza cuore. La stanza iniziò di colpo a tremare, e con essa, ogni cosa al suo interno iniziò a muoversi in ogni direzione. Stava decisamente svegliando il cane che dormiva e la cosa non si sarebbe messa affatto bene. La mia sedia vacillò e sapevo che l'artefice di tutto questo era Eva. Avevo già visto una cosa simile con Viktor e avevo sperimentato sulla mia pelle il casino che ne seguiva. Provai a divincolarmi ancora, ma le mie forze erano pari ad un moscerino. Mi sentivo leggera come una piuma e la testa pesante come un elefante. Ad un tratto avvertii la presa intorno ai miei polsi allentarsi lentamente, come per magia, e mi resi conto che soltanto una persona in quel momento poteva fare un gesto del genere. Guardai Eva, cercando di ringraziarla con lo sguardo, ma quest'ultima, continuò a non prestarmi la minima attenzione, al contrario, tutta la sua concentrazione era impegnata verso Khilia, che la guardava con uno sguardo letale. Mi liberai da quelle corde infernali con tutta la velocità di cui ero capace, raccolsi le ultime briciole della mia forza e, nonostante il senso di repulsione, chiusi gli occhi e sfilai l'ago dal mio braccio. Nello stesso instante, fui investita da una folata di vento che fu come una boccata d'ossigeno.

Quando riaprii gli occhi, però, vidi, come previsto, l'inferno. Diversi oggetti volavano per la stanza, mentre il corpo di Khilia era ormai divenuto fumo. Si stava per scatenare un'apocalisse da quale non si sapeva se ci sarebbe stato ritorno. Eva, protetta da uno scudo magico, aveva in mano delle sfere di fuoco pronta a scagliarle senza la minima esitazione, mentre Khilia sferrava i suoi attacchi uno dopo l'altro, senza pietà. Sconvolta e debole, cercai, barcollando, di trovare riparo dietro un mobile. Vidi Eva lanciare le sue sfere con una violenza inaudita contro Khilia che, tuttavia, le schivò senza fatica, facendole schiantare contro la parete, lasciando un segno scuro su di questa. Il suo corpo - se così si poteva definire- si dissolse come lo sfarfallio di una lampadina, prima di scaraventare un'ondata di fumo contro Eva, che riuscì a respingere, malgrado l'innumerevole sforzo. A differenza di quel demone di mia madre, che sembrava forte e inarrestabile, Eva appariva affaticata, con la fronte bagnata di sudore e il fiatone, e mi chiesi per un instante se fosse in grado di combattere quella battaglia. Viktor sosteneva che non aveva più la forza di un tempo e forse aveva ragione. Dovevo scappare di lì e cercarlo per salvarci. Nel totale caos di grida, provai ad alzarmi, ma le mie gambe cedettero, tanto da crollare di nuovo a terra. Gemetti per il dolore, provando in ogni modo a riprendere le forze.

«È tutto qui quello che sai fare, strega?» La provocò Khilia con un sorriso beffardo, riprendendo le sue sembianze umane, per poi scaraventarle addosso alcuni oggetti che erano nella stanza. Riuscì a schivarli tutti tranne uno, che la colpì dritta al petto, facendola rovesciare a terra più volte. La sentii gemere, tuttavia non si arrese. Al contrario, si rialzò con una nuova ira e forza negli occhi. Dove diavolo era Viktor? Avevamo bisogno del suo aiuto prima che la situazione si mettesse davvero male. *Non posso raggiungerti, piccola. Vai via di lì.* La sua voce arrivò nella mia mente calma, ma era come se riuscissi a percepire il suo stato d'animo rabbioso. Qualcosa lo stava bloccando, evidente che non fosse l'unica battaglia che si stava svolgendo in quel posto. Dovevo cavarmela da sola e trovare un modo per salvare me ed Eva. La risata demoniaca di Khilia rimbombò in tutta la stanza facendomi tremare.

«Povero tesoro. Prima hai perso tuo marito e ora stai perdendo anche i tuoi poteri? Rassegnati. Ormai non ti resta più nulla a cui aggrapparti.»

L'urlo che uscì dalla gola di Eva fu inumano e spietato. I suoi occhi erano completamente annebbiati dall'ira e dal dolore mentre le pareti di legno esplosero intorno a noi in una miriade di schegge che volarono in tutta la stanza e, nonostante provassi a coprirmi e ad accovacciandomi su me stessa, sentii la pelle del mio viso e del mio corpo lacerarsi. Il dolore fu lanciante quanto l'adrenalina e la paura che scorrevano nelle mie vene. Eva stava decisamente perdendo il controllo e mi chiesi quanto ancora sarebbe riuscita a resistere.

«Miya, scappa. Trova Viktor e andate via di qui!» Urlò, tendendo una mano verso il camino acceso. Sgranai gli occhi, quando vidi le fiamme fameliche, danzare verso di lei come nastri infuocati. Formarono una specie di barriera tra noi e Khilia, così da tenerla intrappolata. Cominciò ad abbattersi contro di essa come un'ossessa, cercando di buttarla giù in ogni modo possibile. La fronte di Eva era impregnata di sudore per lo sforzo e sapevo che non avrebbe resistito ancora a lungo. Khilia dall'altro lato, invece, imprecava come un'indemoniata continuando a scagliarsi contro quella barriera che sembrava cedere ogni secondo di più. Il mio cuore batteva all'impazzata, consapevole che Eva era ormai arrivata al termine delle sue forze e che mi stava semplicemente dando un'ultima possibilità di scappare.

«Eva, andiamo via! La barriera non resisterà ancora a lungo, dobbiamo scappare!» La implorai con fatica, cercando di sovrastare il rumore assordante che infestava l'intera stanza. Si voltò verso di me e nei suoi occhi vidi la determinazione di finire quello che aveva iniziato. Quel conto in sospeso che per troppo tempo era stato rimandato. La barriera diventò sempre più debole fino a cedere come carta bruciata e Khilia non perse tempo nel fiondarsi di nuovo su di lei. Le vidi combattere senza sosta. Il fumo nero avvolgeva entrambe da non sembrare altro che dei grovigli indistinti. Il mio cuore batteva ormai come un cavallo impazzito, non sapendo minimamente cosa fare. Ad un tratto, la pistola che mi aveva donato

Viktor sembrava essere diventata pesante nel suo fodero, legato alla mia caviglia. La afferrai lentamente e la guardai più volte tra le mie mani prima di riportare la concentrazione sulle due donne che non accennavano a smettere di combattere. Vidi l'abilità e la velocità con cui Khilia sferrava i suoi colpi e vidi Eva che, malgrado le sue fatiche, riusciva a stento a proteggersi. Puntai la pistola verso entrambe, cercando di prendere la mira verso quelle due figure troppo veloci e quasi indistinte. La testa mi stava letteralmente scoppiando, mentre cercavo di mettere a fuoco, con la mia vista troppo debole. Deglutii, attanagliata dalla paura e dalla consapevolezza dei miei limiti. Non sarei mai riuscita a prendere la giusta mira senza rischiare di ferire anche Eva. Mi sentii inutile ed incapace di poterla aiutare in qualche modo. Viktor mi aveva detto che non servivano solo i poteri per potersi difendere, ma che possibilità avevo io contro una forza così disumana? I lamenti di dolore di Eva mi riportarono alla cruda realtà e il mio cuore smise di battere quando la vidi cadere in ginocchio, sofferente. Khilia era a pochi passi da lei che sorrideva trionfante, lanciandole un'altra sfera di fumo che la colpì in pieno petto. Gemette di nuovo, prima che vedessi il suo volto sbiancare e i suoi occhi sbarrarsi dal dolore. Si accasciò violentemente a terra.

«No!»

«S-Scappa! V-Vattene, Miya, ti prego.» La voce di Eva era un debole sussurro che mi fece spezzare il cuore. Scossi violentemente il capo e una lacrima silenziosa rigò il mio volto. Non potevo lasciarla lì, non senza provare a fare prima qualcosa. Khilia si avvicinò silenziosa, come fa un serpente prima di attaccare. L'afferrò per i capelli con un gesto brusco, facendole uscire l'ennesimo urlo straziato.

«Sei una stupida! Tuo marito è morto per salvarti la vita e tu invece di metterti in salvo, sei tornata di nuovo da me. Sei riuscita a scappare dalla morte quel giorno, ma non riuscirai a salvarti adesso.» La derise, perfida. Allungò una mano, facendo apparire su di essa l'attizzatoio che un secondo prima era vicino al camino. Lo roteò con un gesto del tutto teatrale, quasi fosse un giocoliere di un circo. Senza nemmeno pensarci due volte, sparai, senza però centrare il bersaglio. L'impatto improvviso e le mie poche forze, mi fecero cadere bruscamente a terra. Khilia si voltò verso di me, trafiggendomi con uno sguardo omicida, e con una folata di fumo, mi fece volare via la pistola dalle mani, letteralmente.

«Non ti preoccupare, tesoro. Dammi qualche instante e sono subito da te.» E con un movimento deciso, le conficcò l'attizzatoio nello stomaco. Eva sgranò gli occhi, seguito da un urlo disumano. Emise un rantolo prima di accasciarsi.

«No! Oh, mio, Dio! No, no, no!» Urlai portandomi entrambe le mani alla bocca, tremando come una foglia, mentre fui invasa da un conato di vomito per lo shock. Non potevo credere a quello che avevo appena visto, tuttavia, fui invasa dall'ira e dal dolore che presero completamente il sopravvento. Mi fiondai verso Khilia, ma si girò di scatto e mi afferrò per il collo prima ancora che potessi anche solo sfiorarla. Gemetti, provando inutilmente ad annaspare aria. Lei mi guardò con un sorriso vittorioso nutrendosi e compiacendosi del mio palese dolore.

«Dove eravamo rimaste?» Mi chiese con tono duro, scaraventandomi dall'altra parte della stanza. Rotolai sul pavimento, andando a sbattere contro la poltrona dove poco prima ero seduta. Non riuscii a trattenere un gemito di dolore. Ormai la mia vista era del tutto sfocata e faticavo persino a respirare. L'odio che provavo verso quella donna, che avevo da sempre creduto mia madre, era indescrivibile. Aveva ucciso mio fratello, mio padre, e ora aveva ucciso Eva. Non era una persona e non meritava di vivere un secondo di più su questo mondo. Vidi un luccichio nei suoi occhi, afferrando la pistola che brillò di luce propria non appena la strinse nel suo pugno.

«Proiettili di argento e frassino... È con questi che volevi uccidermi? Interessante... Chissà che effetto avranno su un'umana.» Si portò un dito vicino alla bocca, fingendosi pensierosa, giocherellando divertita con la piccola pistola. Si materializzò ad un centimetro da me, mi afferrò di nuovo per i capelli, tirandomi indietro la testa di scatto. Gemetti dal dolore sentendo il freddo metallo sotto la mia gola.

«Vedi... Se proprio vuoi ucciderci con una di queste, devi almeno saper mirare al cervello. Vuoi che ti mostri come si fa?»

Iniziai a sudare freddo. L'adrenalina scorreva nelle mie vene come lava ardente. Sarebbe bastato un attimo, un frangente di secondo e sarei morta. Continuò a prendersi gioco di me, facendo scorrere come una danza mortale, la piccola pistola contro la mia gola, aumentando la pressione di tanto in tanto. Lacrime di paura e rabbia, iniziarono a scorrere lungo il mio viso, non potendo fare altro che restare lì, bloccata, alla mercé di quella maledetta.

«Non piangere, tesoro. Tra poco sarà tutto finito.» Mi consolò come una madre fa con il proprio figlio. Peccato che non lo fosse. Lei era soltanto un mostro pronto ad uccidere. L'urlo disumano di Viktor si riversò nella mia mente talmente forte da farmi tremare. Dove era? Sapevo che anche lui da qualche parte in quel posto infernale, stava combattendo una battaglia, ma per quanto ancora? Per quanto ancora avrebbe resistito? Io stavo per morire e non c'era nessuna possibilità che saremmo usciti vivi da questo castello, uccidendo Nikolai senza che anche Viktor perdesse la sua vita. Era una battaglia persa in partenza. Sgranai di colpo gli occhi quando vidi una sfera di fuoco colpire Khilia alle sue spalle. Emise un urlo assordante, mollando di colpo la sua presa su di me. La pistola le scivolò dalle mani, perdendo l'equilibrio e crollò in ginocchio. Guardai dietro le sue spalle e vidi Eva che tentava di sollevarsi da terra con fatica. Con una mano cercava di sorreggersi, mentre nell'altra fece apparire una seconda sfera di fuoco. Il suo corpo era interamente ricoperto di sangue e il suo volto era bianco e contorto dalla sofferenza.

«D-Dannazione Miya, vattene!» Urlò a denti stretti ancora una volta, implorandomi con lo sguardo, ma non l'avrei abbandonata, non prima di finire quello che lei aveva iniziato. Guardai Khilia rialzarsi lentamente e io approfittai del suo momento di debolezza per fiondarmi sulla pistola a pochi passi da noi. Provò a fermarmi, ma fu colpita di nuovo da una sfera di fuoco. Afferrai la pistola e mi girai di scatto, ritrovandomela inginocchiata a qualche centimetro di distanza. Le puntai la pistola con fermezza e lei fece un sorrisetto, nonostante sul suo viso fosse dipinta la sofferenza pura.

«Sappiamo entrambe che non hai il coraggio di usarla.» Mi incitò con sfida, tenendo i suoi maledetti occhi demoniaci incollati ai miei. Iniziai a sudare freddo, presa dalla consapevolezza di quanto mi sentissi codarda in quel momento. Nonostante tutto, una parte di me aveva paura a premere quel fottuto grilletto. Il panico si impossessò della mia gola, facendomi respirare a fatica. Sorrise vittoriosa, provando a fiondarsi verso di me. Sparai, centrandola in pieno petto, facendola urlare e barcollare dal dolore. Mi inchiodò con uno sguardo sorpreso del mio inaspettato gesto.

«T-Tu... Inutile umana, come...» Ringhiò, premendosi una mano sulla ferita. Lacrime copiose bagnarono il mio viso, mentre una rabbia sconosciuta si impossessò del mio corpo e della mia mente.

«Questo è per mio fratello, per mia madre, per mio padre e per tutto il male che ci avete fatto! Com'è che hai detto? Per uccidervi devo mirare al cervello, giusto? Spero che tu brucerai all'inferno.» Ringhiai con la voce impastata dalle lacrime. Provò di nuovo a scagliarsi contro di me, ma questa volta le scaraventai l'intera carica della pistola addosso. Si accasciò lentamente, guardandomi con occhi sbarrati e con un sorriso tirato sul volto. Il suo corpo si illuminò di luce propria prima di svanire con una folata di fumo. Un singhiozzo uscì dalla mia gola, lasciando cadere la pistola a terra, con un tonfo.

«Eva!» Urlai, correndo verso di lei. Mi inginocchiai vicino al suo corpo pieno di sangue e, mentre tremavo come una foglia, cercai di tamponarle la ferita.

«Ti prego, Eva... Resisti!» Un altro singhiozzo mi strozzò la voce guardando il suo volto bianco come un bicchiere di latte per l'enorme quantità di sangue che stava perdendo.

«M-Miya... Tu, lui... Ora può...» Iniziò a biascicare parole senza senso, sforzandosi di restare cosciente.

«Non affaticarti, ti prego. Vado a cercare aiuto, okay?» La implorai non riuscendo a smettere di piangere. Continuava a perdere sangue nonostante io cercassi di tamponare inutilmente la sua ferita. Avevo le mani tremanti, sporche di sangue e di morte. Avevo appena ucciso quella che per tutti questi anni avevo creduto essere mia madre, eppure, in quel preciso instante non provavo il minimo rimorso. Più tardi, forse, avrei vomitato al pensiero di quello che avevo fatto, ma ora ero consapevole che l'avrei uccisa altre mille volte. Peccato che non avrebbe comunque salvato Eva.

«No, io devo dirti... Viktor!» Continuò, agitandosi ulteriormente.

«Shh... Ti prego, non parlare.» La implorai terrorizzata, piangendo ormai senza sosta.

«I-Il legame... Nikolai, lui... Quando io morirò...» Fu interrotta da un forte colpo di tosse, che le fece perdere altro sangue e la fece contorcere dal dolore. Stava cercando di dirmi qualcosa, ma in quel momento non riuscivo ad essere abbastanza lucida da capirla.

«Cosa stai dicendo, Eva? Tu non morirai... Vado a cercare Viktor, lui ti aiuterà.»

«No! Ascoltami, dannazione! Q-Quando io morirò, il legame che lega Viktor e Nikolai si spezzerà. L'unica cosa che li ha tenuti uniti fino ad ora sono stata io e quando morirò, le loro vite non saranno più legate.» Sussurrò ormai del tutto sfinita. Sgranai gli occhi scioccata di quello che mi aveva appena detto. Come poteva essere? Il mio cervello, anche se completamente sotto shock, lavorava ad una velocità scioccante per cercare di trovare un senso a quello che mi aveva appena rivelato. L'unica cosa che legava Viktor e Nikolai per la vita era lei?

«Eva, perché?» Le chiesi semplicemente non sapendo cosa altro aggiungere.

«P-Perché anche se ho sempre cercato di non vederlo, in cuor mio sapevo che, se avessi rilevato loro la verità, N-Nikolai avrebbe fatto qualsiasi cosa pur di uccidermi, così da potersi liberare da questo legame e uccidere anche suo fratello.» Una lacrima silenziosa le rigò il viso, e in quegli occhi vidi tutto il suo dolore per aver tenuto quel segreto nascosto per tutto quel tempo. Provai a dire qualcosa, ma le parole mi morirono in bocca. Non poteva morire anche se quello che diceva era vero.

«Ti prego... Devi farmi un favore. Devi uccidere Nikolai. Non è mai stato parte della nostra famiglia e io l'ho capito troppo tardi. Uccidilo e salva la nostra specie. Salva Viktor, ti prego.»

«Eva, tu non morirai! Ti prego, resisti.» Continuai imperterrita, mentre iniziò a tossire come una forsennata.

«A-Ascoltami... Tu hai un dono, Miya, un dono molto grande. Trova il tuo punto di equilibrio e combatti. T-ti prego, salva tutti noi.» E con quelle ultime parole, si accasciò, priva di vita.

«No! Eva, svegliati. Ti prego, non morire! Resta con me... Ti prego, ti prego, ti prego.» Iniziai a scuoterla, mentre fui scossa dai singhiozzi, consapevole che ormai non c'era più niente da fare. Era morta. I suoi occhi ormai spenti, mi guardavano sereni. Come se sapesse che avrebbe raggiunto presto suo marito. Il dolore che provai in quel momento fu inspiegabile. Rimasi lì, accasciata affianco al suo corpo ormai morto continuando a singhiozzare senza sosta. Mi guardai le mani graffiate e incrostate dal sangue, lo stesso che era anche sulla pistola legata al fianco di Eva. L'afferrai, pulendola sui miei vestiti ormai lerci. Restai qualche secondo ancora a fissare il corpo ormai privo di vita e non potei fare a meno di essere invasa dal senso di colpa. Si era distratta per me ed era stata colpita. Era morta per colpa mia. Indietreggiai di scatto, iniziando a tremare come una foglia. Altri rumori. Altri spari.

«M-Mi dispiace. Mi dispiace così tanto.» Balbettai, accarezzandole il volto ormai spento. Le chiusi dolcemente gli occhi, depositandole un bacio sulla fronte.

«Vado a cercare Viktor e poi torneremo a prenderti. Manterrò la promessa, te lo giuro.» Le sussurrai con la voce spezzata dalle lacrime. Non so se poteva sentirmi, ma sperai con tutta me stessa che in quel momento avesse trovato, al fianco di suo marito, la pace che tanto cercava. *Un giorno riuscirai a gestire tutto questo proprio come me,* mi aveva detto, e ora sapevo che aveva ragione. Quel giorno era arrivato, ed io non solo riuscivo a gestire tutto questo, ma avrei portato a termine il suo ultimo desiderio ad ogni costo.

32

Miya

«Viktor!» Urlai piena di rabbia e senza un valido motivo. Sentii un formicolio sotto la mia pelle, seguito da quello che sembrava essere un ruggito. Un ringhio pieno di ira e sofferenza.

Viktor mi stava ascoltando attraverso il nostro legame e tramite esso, potevo udire anche il suo dolore. Sapeva quello che era successo e mi chiesi se avesse anche sentito quello che sua madre mi aveva rivelato. Ero disperata e, nonostante la stanchezza per l'enorme quantità di sangue perso, mi misi in piedi e corsi fuori da quella stanza in cerca dell'uomo che amavo.

Mi ritrovai ad un bivio con due scale su entrambi i lati, che portavano al piano terra. Senza pensarci nemmeno un instante, ne presi uno e iniziai a scendere i gradini con tutta la velocità di cui ero capace. Mi feci guidare dai rumori e, nonostante barcollassi ad ogni passo, non mi arresi. Feci leva su tutta l'adrenalina che circolava nel mio corpo in quel momento, aggrappandomi ad essa, continuando a scendere. Andai a sbattere contro il corpo di qualcuno, urlai come una forsennata e, cercando di riprendere equilibrio, impugnai la pistola con forza. Due braccia esili quanto forti mi strinsero la vita, facendomi mancare l'aria.

«Calmati, Miya. Sono io, Electra.» La sua voce era dolce, ma preoccupata al tempo stesso. Il mio cuore ebbe un tumulto ed iniziai a divincolarmi come una furia. Dovevo calmarmi? Davvero mi stava chiedendo di calmarmi? Era lei che mi aveva portato qui. Lei che aveva creato tutto questo casino.

«Lasciami!» Urlai come una iena, avvertendo la mia poca forza abbandonarmi di nuovo. Con mia sorpresa mi lasciò andare.

Barcollai penosamente, cercando di riprendere fiato e quando mi voltai ed incrociai i suoi occhi, notai che questi erano rossi e colmi di lacrime.

«Non avvicinarti!» La avvisai puntandole la pistola contro, nonostante le mie mani tremassero visibilmente.

«Miya... Cosa ti è successo?» Mi chiese distrutta e completamente fradicia, arretrando con le braccia alzate. Dovevo avere un aspetto orribile perché i suoi occhi mi guardavano con orrore.

«Davvero? Davvero mi stai chiedendo cosa mi è successo dopo che mi hai consegnato senza la minima esitazione nelle braccia di quel porco bastardo?» Urlai come una pazza, lasciandomi avvolgere dalla rabbia che sentivo crescere dentro di me ogni secondo di più, come un vulcano pronto ad eruttare.

«Lo so che non ti fidi di me e hai tutte le ragioni, ma l'ho fatto solo per cercare di salvare Blake. Ti chiedo perdono, ma ti prego, lascia che ti aiuti.» La sua voce era incline alle lacrime, ma io non mi lasciai intimorire, non questa volta. Non potevo fidarmi di nessuno, soprattutto non di lei dopo che mi aveva letteralmente rapito per portarmi da quel mostro.

«Allontanati! Allontanati o giuro che ti ammazzo, cazzo! Dov'è Viktor? Dimmi dov'è!» Continuai a gridare, completamente fuori di me, assicurandomi di tenere la pistola sempre puntata verso di lei. Tremavo come una foglia e mi resi conto di quanto fossi sotto shock e terrorizzata al tempo stesso. Sapevo che, se avesse voluto, mi avrebbe ucciso in un attimo, ma ero talmente disperata che la cosa non mi importava minimamente.

«Miya...» La vidi abbassare lo sguardo e fu soltanto allora che notai i suoi vestiti sporchi, come i miei, di sangue. Una paura si fece strada dentro di me, divorandomi.

«Di chi è quel sangue?» Chiesi con voce tremante, indicando con la pistola i suoi indumenti logori, sentendo il mio cuore pietrificarsi. Non poteva essere di Viktor.

«Cosa?»

«Di chi è quel sangue! Dimmi di chi cazzo è!» La aggredii non riuscendo a trattenere le lacrime. Ero completamente fuori controllo.

«Di Blake, è di Blake. Ho provato a salvarlo ma lui l'ha ucciso lo stesso.» Si affrettò a dire notando la mia agitazione. La sua voce fu spezzata da un singhiozzo, mentre si stringeva le mani al petto.

Vederla in quel modo mi dilaniava l'anima, ma non riuscii comunque a provare pietà. La mia vista, così come la mia anima, erano possedute dall'ira e dal dolore per tutto quello che avevo e stavo continuando a perdere.

«Dovevi aspettarti che non l'avrebbe risparmiato, Electra. Nikolai è una persona spregevole e tu ci hai trascinato dritti all'inferno!» La accusai furiosa.

Per un momento ebbi paura all'idea che non avrei esitato un solo momento a premere quel grilletto. La Miya di un tempo avrebbe provato compassione e avrebbe cercato di consolarla, ma quella me era ormai morta insieme ad Eva. La nuova Miya, invece, era determinata ad avere vendetta per tutto il male che aveva subito e l'avrebbe ottenuta anche a costo della sua stessa vita.

«Miya...» Pronunciò di nuovo il mio nome, distrutta dai sensi di colpa e dal fallimento. Per un breve instante mi lasciai contagiare dalla sua tristezza, poi scossi violentemente la testa al pensiero di quello che era successo poco fa al piano di sopra.

«No! È colpa tua se ci troviamo qui, è colpa tua se Eva è morta!» Sputai quelle parole con la voce incrinata dalle lacrime e piena di rabbia. Nei suoi occhi spalancati, vidi la sua anima frantumarsi in mille pezzi, distrutta. Fece un passo indietro, barcollando, mentre vidi il suo viso sbiancare visibilmente.

«Eva, cosa?» La sua voce era scioccata così come la sua mente. Mi guardò negli occhi nella vana ricerca di una mia negazione e quando vide che non arrivò, lacrime silenziose rigarono il suo viso. Si portò una mano alla bocca, cercando di soffocare i suoi singhiozzi.

«Non c'è tempo per disperarsi, ora. Ho bisogno che mi aiuti a trovare Viktor.» Continuai con tono fermo e deciso.

«No, dobbiamo andare via. Viktor mi ha chiesto di metterti in salvo.» Si oppose scuotendo la testa e cercando di riprendere un minimo di controllo.

Provò ad avvicinarsi a me di qualche passo, ma io ne feci subito un paio indietro. Lei si arrestò di colpo, guardandomi con occhi visibilmente sopresi quanto feriti.

«Non mi fido di te e ho fatto una promessa ad Eva che intendo mantenere. Aiutami a cercare Viktor oppure, fatti da par...» Non riuscii a terminare la frase che vidi Electra spalancare gli occhi e fiondarsi verso di me. Provai a puntare la pistola ma la vidi muoversi ad una velocità troppo elevata perché la mia vista riuscisse a seguirla.

Mi oltrepassò come un fulmine e quando mi girai, si stava già scagliando contro quello che doveva essere un demone. Li vidi lottare nonostante il dissolversi del demone.

Electra sferrava colpi senza pietà, scagliando su di lui tutto il suo dolore, obbligandolo a mantenere costantemente la sua forma umana.

Un ringhio disumano uscì dalla sua gola, la stessa che vidi lacerare dal pugnale d'argento di Electra, con un movimento preciso quanto fatale. Uno strano liquido scuro uscì da essa e dalla sua bocca, prima che il demone si accasciò privo di vita, per poi scomparire in una folata di fumo.

Electra pulì il pugnale sui suoi vestiti in modo decisamente poco femminile. L'angelo della morte che avevo visto a casa di Viktor, aggraziato ed elegante, era ora stato sostituito da una vera e propria guerriera, spietata e letale. Ci scambiammo un'occhiata in cui la ringraziai silenziosamente per avermi salvato.

«Ora ti fidi di me?» Mi chiese inserendo di nuovo il suo pugnale nel fodero legato intorno alla sua vita. Deglutii. Potevo fidarmi ancora di lei dopo tutto quello che mi aveva fatto? Dopo tutto il dolore che avevo e stavo ancora subendo per causa sua?

«Miya, lo so che ho sbagliato e ti chiedo scusa. Hai tutto il diritto di essere arrabbiata con me, ma ti supplico di darmi una seconda possibilità. Se non vuoi permettermi di portarti al sicuro, almeno concedimi la possibilità di proteggerti. Hai bisogno di me per trovare Viktor.» Mi implorò con i suoi meravigliosi occhi tenaci e, nonostante tentassi di nasconderlo, una parte di me sapeva che potevo ancora fidarmi di lei. Dovevo farlo.

Chiusi gli occhi tirando un sospiro di sollievo, cercando di racchiudere tutta la forza per affrontare questa battaglia, ma non appena li riaprii, fu come ricevere una pugnalata al petto.

Il volto di Electra, prima radioso e pieno di forza, ora era grigio e racchiuso in una smorfia di dolore. Una macchia rossa si allargava sempre più visibilmente sui suoi vestiti. Tenendo il suo sguardo annebbiato dalla sofferenza incollato al mio, sfilò di nuovo lentamente e con visibile sforzo, il suo pugnale. Mi fece un debole sorriso tirato dal dolore, distruggendomi l'anima, poi, con un movimento rapido e decisivo, si girò verso l'artefice del suo male e lo uccise senza la minima esitazione.

Un urlo mi uscì dalla gola senza che io potessi controllarlo, quando vidi Electra barcollare ed accasciarsi a terra con un terribile tonfo.

«Electra, no!» Corsi verso di lei e il mio cuore smise di battere alla vista del pugnale di legno conficcato all'altezza del suo cuore. Le sollevai con sforzo la testa, poggiandola sulle mie gambe, prima di stringerla forte tra le mie braccia.

«Non puoi lasciarmi anche tu, ti prego, Electra, non morire.» La mia voce era ormai una supplica disperata e spezzata dai singhiozzi. Potevo sentire il mio cuore spaccarsi in due, mentre vedevo le persone a cui tenevo morire davanti ai miei occhi, una dopo l'altra. Le sfiorai delicatamente il viso, cercando di alleviare inutilmente il suo dolore.

«Tranquilla... È tutto okay.»

«Dimmi cosa posso fare. Ti scongiuro, aiutami a salvarti.» La supplicai, sconvolta.

«Il pugnale. P-Prendi il mio pugnale.» Balbettò, indicando il posto dove poco prima giaceva il corpo del demone. Scossi violentemente la testa stravolta, cercando inutilmente di tamponare la sua ferita. Sangue. Usciva troppo sangue.

«T-Ti prego, Miya.» Mi morsi il labbro per cercare di soffocare un singhiozzo e mi imposi di darle ascolto. Gattonai velocemente verso il pugnale, nonostante le lacrime annebbiassero la mia vista, lo afferrai e tornai di nuovo vicino a lei.

«Molto bene, ora ascoltami... Devi trovare Viktor, lui ti proteggerà ed insieme riuscirete a sconfiggere Nikolai.»

«No, io non posso farlo da sola. Sto perdendo tutti e non so cosa fare per rimediare. Non ho la forza per combattere questa battaglia.»

«Sì, che puoi. Io credo in te, Miya, e so che invece puoi farcela. Sei una donna forte, vivi e combatti per tutti noi. Resta viva.»

«Electra, dannazione non morire!» Imprecai furiosa, singhiozzando.

«V-Va bene così, Miya. Presto raggiungerò Blake e potremmo stare di nuovo insieme. T-Ti chiedo scusa per tutto il male che ho causato a te e Viktor, e se puoi, ti chiedo di perdonarmi.» Mi fece un debole sorriso, nonostante la sua voce fosse impastata dalle lacrime.

«Ti perdono, Electra. Io ti perdono. Ti perdono per tutto.» Chiusi gli occhi esausta, scuotendo violentemente la testa. Sentii le lacrime scorrermi silenziose e dolorose lungo il mio viso, sconfitta per aver fallito ancora una volta nella mia vita.

Quando li riaprii, il viso di Electra era ormai spento. Sembrava quasi una bambola di porcellana e nel suo volto vidi la pace. Feci un respiro profondo, cercando di contenere il dolore e la rabbia che ardevano come benzina sul fuoco. Non facevo altro che vedere persone morire davanti ai miei maledetti occhi senza che io potessi fare nulla. Ero stanca. Stanca di provare dolore. Stanca di sentirmi impotente.

«Adesso trova la pace insieme al tuo amato.» Le carezzai dolcemente il viso un'ultima volta, prima di alzarmi e continuare verso l'inferno. Mi asciugai velocemente le lacrime sulla maglietta, consapevole di non avere nemmeno più il tempo di piangere. Avrei ucciso Nikolai e avrei fatto giustizia a tutte le persone che aveva fatto soffrire.

33

Viktor

Erano morte.

Mia madre, Electra e molteplici miei uomini erano e stavano morendo. Potevo sentirli, come potevo sentire la sofferenza di Miya, attraverso il legame che spesso non riuscivo a tenere saldo a causa della debolezza di entrambi.

Aveva urlato il mio nome, sfinita dal dolore e piena di rabbia, tuttavia, per quanto il mio unico desiderio fosse quello di correre da lei, abbracciarla, proteggerla e portarla via da tutto questo inferno, non potevo far altro che restare qui a combattere e resistere. Nonostante avessi mandato quel messaggio crudele e spietato a mio fratello, avvisandolo del nostro arrivo, grazie all'aiuto di mia madre, eravamo riusciti ad entrare senza essere visti, avendo un buon vantaggio. Mia madre... Ancora non riuscivo a crederci, come non riuscivo a credere di aver perso anche Blake ed Electra. Le avevo mandate a cercare Miya, nella speranza che riuscissero a trovarla e portarla da me, e invece erano morte. Per causa mia.

La mia famiglia... Un pezzo alla volta, li stavo perdendo tutti. Aveva ancora un senso lottare e cercare di restare vivo?

Vacillai per un momento devastato dal dolore, e dovetti ricorrere ad ogni mia briciola di autocontrollo per resistere e non crollare a terra. Un senso di vuoto mi percorse lungo tutto il corpo lasciandomi senza fiato. Sembrava che ogni cosa succedesse a rallentatore. Nikolai mi sferrò un nuovo colpo che fu quasi mortale.

Respirai profondamente nel tentativo di incanalare tutto quel dolore e seppellirlo nel più profondo della mia anima, perché, per quanto avessi voluto correre da Miya e salvarla, abbracciare il corpo di mia madre e riportarlo in vita, sapevo di non poter fare niente di tutto questo. Potevo solo stringere i denti e continuare a lottare.

Forse avrei avuto tempo per piangere le loro morti dopo, se fossi riuscito a sopravvivere. Adesso, nonostante tutto, era il momento di essere forti.

Non so da quanto tempo stavamo combattendo, sembrava un'eternità. Diedi uno sguardo veloce verso le mie guardie, la cui maggior parte erano feriti, con vestiti lerci e macchiati di sangue e sfiniti quanto me. Sembrava quasi un déjà-vu.

Stavo combattendo contro mio fratello cercando di distrarlo e tenerlo impegnato in ogni modo possibile, nella speranza che mia madre, Electra e Miya riuscissero a mettersi in salvo, ma non era servito a molto. Il bastardo era stato molto attento nel cercare di stancarmi nel miglior modo possibile, piuttosto che ferirmi. Farmi del male, implicava rendermi debole e rendermi debole, e ciò comportava indebolire anche lui. Il legame che ci univa era una maledizione a cui non vedevo uscita. Ecco perché avevo chiesto di trovare Miya e di battere la ritirata.

Non aveva senso continuare a combattere, quando nessuno dei due sarebbe potuto uscirne vincitore, tuttavia, anche se Peter non era d'accordo con la mia scelta, avrei sacrificato la mia vita se fosse stato necessario a salvare Miya e la mia stirpe.

«Era questo il tuo piano? Distruggere me e la mia stirpe? Direi che ti è andata male.» Urlai furioso, facendomi scudo contro i suoi attacchi.

«Tu credi, Viktor? Io non direi proprio. La nostra cara Miya è ancora nel mio castello e quindi ancora nelle mie mani. Davvero pensi che uscirete vivi da qui? Li stai perdendo tutti, un pezzo alla volta e presto non ti resterà nulla su cui poter piangere.» Sorrise soddisfatto, girando in tondo come un predatore. *Maledetto.* Mi concessi un momento per guardarmi intorno e constatare che i miei uomini, nonostante continuassero a combattere con ogni grammo di forza, erano ormai sfiniti. Persino Peter, nonostante continuasse a distruggere corpi senza sosta, stava iniziando ad essere stanco come tutti.

Eravamo nell'enorme prato fuori dal castello che combattevamo da ore. Molteplici statue erano andate distrutte e quello che poco prima era stato un bel giardino, ora era un insieme di fiamme e fumo.

La pioggia scendeva incessante, quasi a volerci inghiottire, fulmini minacciosi illuminavano il cielo, esibendosi nei suoi disegni.

«Lo sai anche tu che uscirò vivo da qui. Altrimenti perché stancarmi soltanto, invece di uccidermi?» Gli chiesi con un luccichio di sfida negli occhi.

«Non preoccuparti, Viktor. Io ottengo tutto. In un modo o nell'altro.»

Continuammo a lanciarci attacchi e a creare scudi di protezione, facendo attenzione a non ferirci mai. Una debolezza di uno, poteva essere la vittoria dell'altro. Era diventata una specie di azione meccanica, ormai. Colpisci, difendi, colpisci e difendi ancora.

Il caos che regnava in quel castello era qualcosa di apocalittico. Ogni cosa in quel giardino era diventata cenere, fumo, oppure un cumulo di fiamme. Perfino il mucchio di corpi che bruciavano era una vera e propria carneficina, che non accennava a smettere.

«Che senso ha, Nikolai? Perché dobbiamo continuare a farci del male quando possiamo vivere ognuno nella propria pace?» Gli chiesi, continuando a farmi scudo contro i suoi colpi. Eravamo entrambi stanchi e completamente grondanti dalla pioggia. Le forze stavano iniziando a calare, così come la concentrazione. Nikolai si fermò per un secondo, facendomi un enorme sorriso.

«Perché sono io l'unico re.»

34

Miya

Spalancai l'enorme portone con le mie poche forze rimaste e mi precipitai fuori.

Un vento forte e minaccioso, mi investì violento come un treno in corsa, scompigliandomi i capelli e limitandomi la vista. La pioggia fredda e incessante, mi colpì il viso quasi come lo schiocco di una frusta. Rapido e tagliente.

Chiusi per un secondo gli occhi cercando di isolarmi da quell'orrenda realtà, assaporandone il contatto gelido sulla mia pelle, che nonostante irruente, lavava un po' del mio sangue e del mio dolore. I polmoni mi bruciavano per l'immenso sforzo di correre e mantenere il mio corpo in piedi.

Avevo recuperato una piccola parte delle mie forze, ma avevo perso decisamente troppo sangue, che faticavo a restare vigile e attenta.

Non appena riaprii gli occhi, fui travolta da scene di dolore e atrocità. Il giardino, per quanto fosse sempre stato cupo e abbandonato, ora, però, era un insieme di fiamme, macerie e fumo.

Il fetore di sangue e carne bruciata, si sentiva da un chilometro di distanza, anche in mezzo a tutto quel caos. Congerie di uomini urlavano e combattevano senza sosta, mentre altri, giacevano per terra con il volto perso, ormai privi di vita. Deglutii faticosamente nel vano tentativo di placare il mio senso di nausea e di terrore. *Dove era Viktor?*

Potevo percepire la sua presenza, quasi come fosse una seconda pelle, ma c'era talmente troppa confusione che era impossibile vederlo. Senza cercare di perdere la speranza, mi feci coraggio e, barcollando penosamente, attraversai quel manto di cadaveri, stando attenta a non colpirli.

La pistola fra le mie mani, nonostante fosse una finta sicurezza, tremava visibilmente, e il pugnale di Electra, legato alla mia vita, sembrava un fardello troppo grande da portare con me.

Mi appoggiai un momento sul bordo della fontana al centro del giardino e dovetti reprimere un conato di vomito, non appena guardai al suo interno. Dove prima c'era stata un'acqua limpida, ora era totalmente piena di sangue. Alcuni cadaveri galleggiavano dentro di essa, altri, sporgevano oltre il bordo, insanguinati. Non riuscii a trattenere un singhiozzo nel vedere i loro occhi spenti, ma comunque colmi di dolore.

Quanta sofferenza si stava consumando inutilmente in quel posto? Fui scossa da un brivido. La pioggia continuava a cadere copiosa e senza sosta, esattamente come il sangue che si stava versando in quel momento. Avvertii a stento qualcosa muoversi dietro le mie spalle, e voltandomi di scatto, vidi una figura irriconoscibile, fiondarsi verso di me.

Il mio cuore perse un battito alla vista di due occhi pece, colmi di ira. Provai penosamente a prendere mira con la pistola contro quel mostro, anche se sapevo fosse troppo vicino.

Urlai, chiusi gli occhi, e, consapevole che ormai non avevo più scampo, sparai lo stesso. Il colpo fu assordante, poi avvertii una folata di vento e non appena riaprii gli occhi, davanti a me non c'era più nessuno. Voltandomi di scatto vidi inginocchiato a pochi passi da me qualcuno che si stava scagliando minaccioso sopra quel mostro che un momento prima aveva cercato di aggredirmi. Quest'ultimo cercò di liberarsi e ribellarsi, ma senza nemmeno avere la minima possibilità di riuscirci, fu ucciso senza nessuna esitazione. Lo sentii ringhiare dal dolore, con gli occhi spalancati, che mi fissava ancora una volta con odio, per poi dissolversi come nebbia.

Quasi avesse avvertito il mio sguardo su di lui, il mio attuale salvatore si voltò e il mio cuore perse un battito quando venni inchiodata dallo sguardo minaccioso di Peter. Il suo volto, così come i suoi vestiti erano completamente sporchi di sangue e polvere. Un brivido mi percorse lungo tutto il corpo, scioccata nel vedere quella guardia sempre cordiale e vestita in modo impeccabile, in quello stato.

«P-Peter.» Balbettai, faticando quasi a riconoscerlo.

Mi inchiodò con i suoi occhi sfiniti e pieni di rabbia, quasi da sembrare non riuscire più a provare alcuna emozione. Si precipitò verso di me come un treno in corsa e per un momento il cuore perse un battito. Sembrava quasi volesse uccidermi.

«Tu ora vieni con me.» Ringhiò tra i denti, lasciandomi completamente spiazzata. Il gentiluomo che avevo conosciuto un tempo sembrava essere sparito insieme alle sue buone maniere.

«Dov'è Viktor, Peter?» Gli chiesi con voce roca, cercando di ignorare la sua furia.

«Dov'è Viktor non ha importanza. Tu ora vieni con me in un posto sicuro. Basta giocare a fare l'eroina, Miya.» Mi gelò con la sua voce tagliente, facendo un passo verso di me, continuando a tenere ogni senso in allerta. Stavo per replicare, quando un secondo demone si fiondò contro di noi, urlando come un forsennato. Peter, senza nemmeno staccare per un secondo gli occhi da me, afferrò il suo pugnale e lo infilò dritto nel petto del demone, senza battere ciglio.

Questo si dissolse in una folata di fumo. Inarcai un sopracciglio, non potendo fare a meno di guardarlo con occhi sgranati.

«Peter, che cosa ti succede?» Sembrava una macchina della morte. Veloce, letale. Programmata solo per uccidere.

«Succede che sono stufo di vedere persone morire davanti ai miei fottuti occhi. Mi dispiace, Miya, ma sarò brusco. Non puoi combattere questa battaglia senza che tu non muoia. Sei fragile, debole e la tua vita umana è ogni secondo appesa ad un filo. Viktor mi ha chiesto di proteggerti, quindi è quello che farò. Puoi scegliere di venire con me di tua spontanea volontà, oppure no. Ma il risultato sarà lo stesso. Tu verrai via con me.» Le sue parole ebbero lo stesso effetto di una pugnalata al cuore.

Deglutii, con i miei polmoni che ormai sembravano aver dimenticato come respirare. Le lacrime minacciavano di uscire, ma mi imposi con ogni forza di trattenerle. Quelle parole avevano appena spezzato il mio cuore in tanti piccoli pezzettini, ma quello che mi aveva fatto più male, era che fosse stato proprio Peter a pronunciarle.

«P-Peter...» Balbettai di nuovo il suo nome, con la voce ormai incline alle lacrime.

«Non posso più permettermi di perdere altro tempo con te, Miya. I nostri uomini stanno morendo e io non posso aiutarli se ci sei tu da dover proteggere. Qui non sei di alcuna utilità. Non essere sciocca, ragiona! Quando Viktor ti ha intorno diventa vulnerabile e questo lo sai anche tu. Abbiamo bisogno del nostro re. E non può combattere questa battaglia cercando di proteggere anche te. Hai lottato dignitosamente, ma adesso è il momento di abbandonare.» Ormai sembrava essere diventato una specie di robot senza cuore.

Era chiaro che fosse stato addestrato per questo, per isolare ogni genere di emozione e combattere e uccidere senza alcuna pietà o rimpianto. Perché le emozioni rendevano deboli, giusto? Ma io ero stufa di essere debole. Voleva giocare a fare i duri? Bene, allora era quello a cui avremmo giocato.

Fece per afferrarmi un braccio, ma con una velocità sorprendente, sfoderai la pistola che avevo al mio fianco e la puntai contro Peter, senza alcuna esitazione.

«Davvero pensi di potermi dare dei cazzo di ordini? Di potermi umiliare così? Sono stufa di essere trattata come una fottuta bambola di porcellana. Se è la morte il mio destino, che venga pure a prendermi! Ma adesso tu mi dici dove diavolo si trova Viktor o giuro su Dio che ti uccido, Peter!» Urlai quelle parole con una voce persino a me sconosciuta.

Un'inaspettata ondata di rabbia e adrenalina invase il mio corpo. Peter sgranò di colpo gli occhi, inclinando leggermente la testa, in segno di ammonimento. Ora era lui quello sorpreso dal mio improvviso cambiamento.

«Miya...» Pronunciò il mio nome, guardandomi con sguardo preoccupato.

«È così che funziona con persone come voi giusto, Peter? Ci si isola da ogni emozione e si pensa solo a combattere e ad uccidere, non è vero?» Continuai, impugnando la pistola verso di lui, questa volta con mano ferma. Ero stufa di avere paura. Stufa di vivere ogni secondo con il terrore di morire. Se era la morte il mio destino, almeno lo avrei affrontato lottando con dignità e non come una codarda.

«Non fare la stupida, Miya. Sai bene che tu non sei in grado di non provare emozioni, di essere come noi. Persino adesso non sei lucida.» Mi sfidò, sottolineando ancora una volta le mie debolezze. Con un movimento rapido e deciso, alzai la pistola poco più su dell'altezza della sua spalla e sparai tre colpi. L'urlo del demone fu una melodia del tutto soddisfacente, ma fu nulla in confronto alla soddisfazione di aver visto Peter sussultare.

«Sbaglio, oppure era paura quella che ho visto un attimo fa nei tuoi occhi? A quanto pare nemmeno tu riesci ad isolare completamente ogni emozione, Peter. Potrete essere forti, veloci, ma vogliamo vedere se sei più veloce di un proiettile? Non mi conosci affatto, Peter, perciò, te lo chiederò un'ultima volta. Dove si trova Viktor?» Gli domandai, incoraggiandolo con un movimento della pistola.

Lui rimase a fissarmi completamente sbalordito. Nei suoi occhi vidi balenare una scintilla di ammirazione e di orgoglio, prima di scuotere lievemente la testa, rassegnato.

«Io non so se ne uscirai viva da tutto questo, ma sono certo che tu sia la persona più testarda, impavida ed altruista che io abbia mai incontrato.» Un lieve sorriso di vittoria si accese sulle mie labbra. Lui ricambiò, prima di estrarre lentamente una pistola dal suo fodero e porgermela.

«Se devi affrontare l'inferno, almeno fallo con una pistola del tutto carica. Non so se sia ancora vivo, ma se lo è, si trova nel labirinto di siepi. Stai attenta, Miya. Correre questo pericolo è una scelta da cui non si può più tornare indietro.» Mi avvisò, inchiodandomi con uno sguardo serio e preoccupato al tempo stesso. Lo guardai e feci un breve cenno di assenso, ringraziandolo con lo sguardo e afferrando la pistola carica.

«Buona fortuna. E non farmi pentire di aver concesso alla tua cocciutaggine di vincere ancora una volta.»

«Non lo farò.» Gli sorrisi prima di precipitarmi verso il giardino che conduceva al labirinto di siepi.

«Miya!» Peter urlò il mio nome, facendomi arrestare e voltare di scatto. La pioggia continuava a scendere su di noi, indemoniata, quasi volesse inghiottirci, mentre per un secondo, tutto intorno a noi sembrò fermarsi.

«Fammi una promessa. Salva entrambi.» E con quelle parole, si ributtò in mezzo a tutto quel caos di morte e sangue.

Mi infilai in quell'intrico di siepi con il cuore che mi batteva a mille e, nonostante mi sentissi ancora debole e scossa, cercai con tutta me stessa di raggiungere Viktor. Quell'enorme labirinto sembrava una gabbia enormemente grande e spaventosamente raccapricciante, nel quale perdersi appariva pericolosamente facile. Una lieve nebbiolina aleggiava all'interno di quegli altezzosi muri di siepe, rendendo l'atmosfera, se possibile, ancora più orripilante.

Svolta a destra, poi a sinistra, poi ancora a destra. Ora dritto. Continuavo a correre con il cuore in gola senza nemmeno avere una meta precisa. La paura, mista ad un inaspettato attacco di claustrofobia, si scaraventarono sul mio corpo come un treno in piena corsa, quando mi resi conto di essermi persa. Intorno a me c'erano solo folte siepi, accompagnate da un silenzio agghiacciante e dal rumore dei miei respiri accelerati.

Deglutii faticosamente. *E adesso?*

Provare ad urlare il nome di Viktor era decisamente una pessima idea, così come tentare di farlo attraverso il nostro legame, visto che avevo a stento la forza di reggermi in piedi. *Pensa, Miya. Calmati e cerca di ragionare.* Poi lo udii. Uno schianto forte, seguito da un urlo assordante, provenire a forse un paio di metri da me.

Sussultai. *Viktor.*

Senza pensarci nemmeno un attimo, mi precipitai verso quella direzione, correndo con ogni briciolo di forza e di ossigeno. La paura rischiava di inghiottirmi. Il mio cuore mi dilaniava il petto al pensiero che potesse essere stato ferito, o peggio, ucciso. Barcollai ed inciampai sui miei stessi passi più volte, ma continuai ad obbligare alle mie gambe di correre. Non appena svoltai l'ultima siepe, mi ritrovai esattamente al centro del labirinto. Il mio cuore perse un battito e i miei occhi rimasero sbalorditi di fronte a quello che stavano osservando in quel momento.

Un immenso roseto circondava l'enorme spiazzo. Il suolo era interamente ricoperto di petali di rose rosse, così come l'acqua che scorreva nell'enorme fontana. I miei occhi si sgranarono ulteriormente quando videro al centro di questa, una statua che ritraeva Eva e quello che doveva essere Julian, abbracciati. Avvertii come un formicolio nel petto.

Quando avevo iniziato a correre in quella direzione, mi sarei aspettata di vedere sangue, morte, ma quello spettacolo, quell'angolo magico nascosto al resto del mondo, sembrava qualcosa di estremamente favoloso. La magia di quel momento, però, durò l'esatto instante di un battito di ciglia. Dall'estremità di una siepe, uscì Nikolai con il volto incrostato dal sangue e con una sfera di fumo nero in mano.

«Continui ad essere un piccolo topolino che corre verso la sua trappola, bambolina! È così facile ingannarti che inizia quasi ad annoiarmi.» Mi fece un sorriso sghembo, avvicinandosi con passo felpato nella mia direzione, esattamente come fa un leone con la sua preda. Silenzioso... Letale.

Feci istintivamente un passo indietro, con il mio cuore che galoppava alla stessa velocità di un cavallo inferocito. Il suo corpo trasudava morte da ogni poro. Il suo sguardo era spaventosamente micidiale. Rabbrividii e alzai lentamente la pistola verso la sua direzione, cercando in ogni modo di non tremare. Lui inarcò un sopracciglio, riservandomi un sorrisetto del tutto divertito.

«Credi davvero che mi sparerai? Che riuscirai ad uccidermi senza che il tuo stupido compagno muoia? Sappiamo entrambi che non ne hai il coraggio.» Mi beffeggiò continuando ad avanzare come in una specie di danza mortale. Deglutii faticosamente e tenendo la pistola, così come i miei occhi, puntati verso di lui, indietreggiai ancora di qualche passo. Il sudore impregnava la mia fronte e l'adrenalina minacciava quasi di togliermi il fiato.

«La pensava così anche Khilia, eppure... È morta, lo sai?» Risposi satirica, mostrando un sorrisetto provocatorio. Dove presi esattamente tutta quella forza per sfidarlo rimase un mistero, tuttavia, lo guardai con tutta la determinazione e il coraggio di cui ero capace. Lo vidi abbozzare un sorriso, inclinando leggermente la testa, del tutto divertito.

«Lo deduco dal fatto che tu sia ancora viva, mio dolce tesoro. Un piccolo incidente di percorso necessario. Ma ora è giunto il momento di finire quello per cui abbiamo iniziato, non sei d'accordo? Sono stanco di giocare. Prenderò il tuo sangue, Miya, che tu lo voglia o no, poi ti ucciderò e annienterò ogni vampiro su questo mondo. Non avete alcuna possibilità di vittoria.» La sua voce sembrava pericolosamente troppo calma, mentre mi guardava quasi fosse annoiato.

Diedi poca o quasi nessuna importanza alle parole che mi stava dicendo. In quel momento la mia attenzione era totalmente concentrata sul fatto che era ormai a pochi passi da me, e io non ero ancora stata in grado di premere quel fottuto grilletto.

Un tuono squarciò il cielo, illuminando il suo volto terrificante, rendendolo, se possibile, ancora più diabolico e, quando pensai che ormai fosse troppo vicino per potergli sfuggire, Viktor si materializzò di fronte a me come una furia. Mi afferrò per un braccio e mi fece voltare come una trottola, spingendomi dietro il suo possente corpo che fungeva da scudo.

Cercai di riprendere fiato per lo shock, totalmente zuppa. Il tocco di Viktor mi scaldò l'anima, restituendomi un barlume di speranza, nonostante il vento e la pioggia continuassero a soffiare e a colpirmi il volto come lo schiocco di una frusta. Freddo e tagliente.

«Nikolai... Lei non c'entra niente. Questa è una battaglia tra me e te, lasciala andare.» Ringhiò Viktor a denti stretti, mentre da dietro il suo possente corpo, intravidi quello di Nikolai iniziare a dissolversi.

«Perché vuoi sempre togliermi il divertimento, fratellino? Lei è esattamente il centro di tutto. Il mio trofeo... Ed intendo anche prendermelo.»

«Non hai alcuna possibilità di farle del male, come non hai alcuna possibilità di vincere questa battaglia.» Lo minacciò Viktor con voce glaciale. Non potevo vedere i suoi occhi, ma non mi serviva per capire che erano pieni di rabbia, odio e vendetta.

«Tu credi, Viktor? È chiaro che la morte di tuo padre non ti è servita a molto come lezione. Io non solo vincerò questa battaglia, ma ucciderò anche lei e tutta la vostra inutile specie. Puoi combattermi, ma non puoi fermarmi.» E con la sua voce ormai ovattata, si scagliò come una furia contro Viktor.

35

Miya

Un secondo prima ero dietro di lui, l'attimo dopo ero stata scaraventata diversi metri a terra ad una velocità talmente celere, da non riuscire nemmeno ad urlare. Gemetti per l'impatto e per l'improvvisa ondata di dolore. Avevo le mani, così come il viso, graffiate.

Ogni parte del mio corpo mi doleva e bruciava terribilmente, insieme ad i miei polmoni in cerca di aria. Le orecchie mi fischiavano talmente forti da sembrare un treno a vapore e la testa mi pulsava tremendamente.

Lacrime di disperazione e di dolore minacciavano di inondare i miei occhi, ma mi imposi di rialzarmi, nonostante ogni parte del mio corpo protestasse.

Afferrai di nuovo la pistola e feci un respiro profondo. Di fronte a me, i due fratelli combattevano di nuovo senza sosta, schivando e affondando colpi mirati. Erano veloci e completamente avvolti dal fumo, da riuscire a stento a distinguere le loro figure.

Dovevo aiutare Viktor, e soprattutto, anche se ero troppo debole per usare il nostro legame, dovevo assicurarmi che sapesse con certezza che non erano più legati per la vita.

Barcollai penosamente in avanti, nel vano tentativo di raggiungerlo, quando qualcuno mi afferrò bruscamente da dietro e mi puntò qualcosa di freddo e tagliente contro la gola. Sussultai e rabbrividii per quell'improvvisa aggressione, paralizzandomi come una statua di marmo.

«Ferma… Calma. Stai calma e nessuno si farà del male.» Il mio cuore fece una capriola, iniziando a sudare freddo.

«C-Chi sei? Che cosa vuoi?» Balbettai, inondata dal terrore. Deglutii faticosamente.

La mia gola era talmente secca da sembrare di ingoiare tanti piccoli pezzettini di vetro. Il mio cervello si stava muovendo ad una velocità folle per cercare di trovare un modo per sfuggire da quella situazione, ma per quanto si sforzasse, tutto ciò che riusciva ad elaborare era la paura.

Chiusi gli occhi, pregando qualsiasi persona fosse in mio ascolto di aiutarmi e, mentre ogni singola particella del mio corpo gridava di scappare, rimasi ferma, immobile.

«Chi sono non ha importanza. Quello che voglio, invece, è il tuo prezioso sangue. Ho sentito dire che è in grado di uccidere ogni stupida sanguisuga su questa terra. Devi essere un gioiellino davvero molto raffinato. Che ne dici di donarci qualche piccola gocciolina del tuo pregiato liquido vitale?» La sua voce era così ripugnante, da farmi venire la nausea.

Il suo odore fetido si insinuava nelle mie narici, stordendomi.

«Lasciami, ti prego...» Lo supplicai con la voce incline alle lacrime. Sentivo la lama graffiarmi la gola e la testa pulsarmi così forte da sembrare di voler esplodere. Il mio cuore minacciava di uscirmi fuori dal petto e, nonostante fossi totalmente paralizzata per lo shock, tutto quello che volevo, era riuscire ad avvertire e salvare Viktor.

«Shh... Non aver paura. Vedrai che non sarà poi così doloroso.» Mi derise, spingendomi con forza a camminare in avanti.

Persi più volte l'equilibrio, ma cercai di continuare ad avanzare, nonostante tremassi come una foglia. Viktor e Nikolai stavano combattendo ormai a pochi metri da noi senza tregua.

L'odore di morte e distruzione era talmente forte da far mancare l'aria. Avevo la vista completamente annebbiata dalle lacrime e un singhiozzo di terrore mi uscì dalla gola senza che nemmeno io potessi controllarlo. Ero completamente sotto shock.

Viktor si voltò di scatto verso di me, inchiodandomi con i suoi meravigliosi occhi, proteggendosi con uno scudo dagli inarrestabili attacchi di suo fratello. Il suo viso stanco e segnato dalla sofferenza, si spalancò pieno di terrore quando vide cosa avevo puntato alla gola, e Nikolai, incuriosito dalla sua improvvisa ritirata in difesa, si arrestò seguendo il suo sguardo.

Non appena le sue iridi nere come la morte, si posarono su di me, il suo sorriso si allargò in modo sproporzionatamente terrificante e maligno.

«Molto bene, Zarach, ottimo lavoro!» Si complimentò con il verme viscido dietro le mie spalle, avvicinandosi silenziosamente verso di noi quasi da sembrare che fluttuasse.

Una barriera di fiamme ardenti si innalzò improvvisamente di fronte a noi, bloccando di colpo il passaggio di Nikolai. Quest'ultimo, voltandosi verso il fratello, assunse un'espressione alquanto sorpresa ed al tempo stesso irritata.

«Sei sicuro di volermi sfidare in questo modo, fratello? Non credo che tu sia nell'esatta posizione di poter dettare regole. Basta una mia parola e la vedrai morire proprio davanti ai tuoi occhi.» Lo avvisò Nikolai con una voce piena di cattiveria e rabbia.

Il demone dietro le mie spalle, nel sentire quelle parole, rafforzò maggiormente la sua presa, lasciandomi sfuggire un altro gemito. La lama premuta contro la mia gola iniziava a bruciare terribilmente, ormai certa che avesse iniziato a lacerarmi la pelle.

«Io, invece, credo che lei in questo momento ti serva molto più da viva che da morta. Se la uccidi adesso, io non avrò più un valido motivo per vivere. Quindi, se uccidi lei, io la seguirò, e tu morirai con me. A quanto pare nemmeno tu sembri essere nella giusta posizione di dettare regole, non ti pare?» Lo sfidò Viktor guardandolo in modo spietato e, con un sorrisetto vittorioso, alzò lentamente una mano verso il suo petto, puntandosi un pugnale all'altezza del suo cuore in segno di sfida.

Il mio perse un battito nel vedere nei suoi occhi la determinazione in quello che stava per fare.

Non mentiva.

Iniziai a sudare freddo, muovendomi inquieta. I miei occhi sgranati dal terrore, cercavano in qualche modo di avvisarlo di non fare quella pazzia.

«Viktor, non farlo.» Sussurrai quelle parole con la voce incline alle lacrime, avvolta dal panico. Il demone alle mie spalle rafforzò la presa contro la mia gola. Viktor non mi degnò di uno sguardo, quest'ultimo, completamente incollato a quello di suo fratello.

«Che brutta fine che hai fatto, mio caro Viktor... Mi fai quasi pena. Allora è vero il detto che dice: la mela non cade mai troppo lontano dall'albero. Ti sei lasciato abbindolare da questa inutile umana che può addirittura ucciderti. Puoi essere più sciocco di così? Hai perso tuo padre, Viktor, tua madre... Adesso stai per perdere anche lei, eppure, continui a combattere senza tregua. La tua determinazione ti fa onore, davvero... Ma dimmi, chi resterà solo? Chi perderà ogni cosa? Sei talmente esausto che a stento riesci a reggerti in piedi. Davvero pensi di potermi minacciare? Davvero pensi di poterla salvare? La ucciderò ancor prima che tu riesca anche solo a pensare di proteggerla e non appena l'avrò fatto, sarai così debole che sarà un gioco da ragazzi per me catturarti. Non posso ucciderti, è vero, ma posso incatenarti e rinchiuderti per il resto della tua vita. Hai perso, fratello. Rassegnati a questa idea.» Lo insultò, sputando tutto il suo veleno verso suo fratello, mentre i suoi occhi si iniettarono di rabbia e morte.

«Almeno io ho qualcuno da amare. Tu, invece, fratello... Cosa hai? Sei solo a questo mondo e per tua scelta. Avresti potuto avere una famiglia pronta ad amarti, e invece hai preferito circondarti di inutili schiavi disposti a servirti solo perché ti temono. Esattamente per cosa stai combattendo, Nikolai? Stai sacrificando ogni persona al tuo fianco per questa inutile battaglia, e quando tutto sarà giunto al termine, cosa ti sarà rimasto? La solitudine? La distruzione? Credimi... Sei tu quello che fa pena. Ma se proprio insisti, vediamo se sei così veloce da riuscire a fermarmi.» Viktor lo sfidò, portandosi lentamente una mano verso il cuore.

«Non ne saresti mai capace.» Lo beffeggiò Nikolai, nonostante il suo tono preoccupato.

«Tu dici, mio caro fratello? Allora, vediamo...» E con un gesto del tutto teatrale, iniziò a conficcarsi le punta del pugnale nel petto. Gemette di dolore e quella fu la goccia che fece traboccare il vaso.

«No!» Urlammo io e Nikolai all'unisono con il volto terrorizzato, mentre lo vidi portarsi istintivamente le mani al petto.

«No, no, no! Viktor, ti prego, fermati. Il legame non c'è più. Ora che Eva è morta le vostre vite non sono più legate. Fermati, ti supplico!» Urlai quelle parole con il volto rigato dalle lacrime, prima ancora che il mio cervello le elaborasse.

Viktor saettò i suoi occhi ai miei, guardandomi con sorpresa e terrore al tempo stesso.

Sorpresa perché non credeva possibili le mie parole, e terrore... Perché avevo appena rivelato l'unica cosa che poteva tenere a bada Nikolai.

Mi voltai verso questo, che si limitò a guardarmi con un sorrisetto del tutto vittorioso.

«Ti sei appena data la tua condannata a morte, lo sai questo, vero, bambolina?»

«Vaffanculo!» Sputai quell'insulto, iniziando a muovermi irrequieta, nonostante sentissi ancora la lama graffiare contro la mia gola.

Lo odiavo.

Odiavo lui e tutti i suoi dannati seguaci.

Era solo un mostro capace di infliggere dolore ed uccidere pur di arrivare al suo stupido obiettivo.

Sorrise divertito, prima di fare un cenno con la testa al verme dietro le mie spalle, che mollò subito la sua presa. Completamente inondata dall'adrenalina e dalla rabbia, mi voltai come una furia verso di lui e lo incenerii con lo sguardo, prima di rivolgere di nuovo la mia completa attenzione a Nikolai.

Quest'ultimo, incrociò le sue mani portandosele davanti alla bocca, iniziando a girare in tondo euforico, come un bambino quando riceve il proprio giocattolo preferito. Non stava nella pelle, mentre portava tutta la sua concentrazione verso Viktor.

«Interessante. È davvero tutto molto interessante. Finalmente quell'inetta donna che chiamavi madre, Viktor, è riuscita a fare qualcosa di utile. È buffo di come, per quanto tu ti sforzi di combattere, la situazione continui sempre a pendere a mio favore. Forse anche il destino ha riconosciuto chi deve essere il vero re?» Gli domandò beffandolo e sputando quelle parole velenose quanto un serpente. Viktor sembrava come paralizzato. Continuava a fissarmi incapace di muoversi, o anche solo reagire a quelle ignobili parole.

«Mi chiedo... Come farai a tenermi a bada adesso, visto che non hai più nulla per fermarmi?» Nikolai gli riservò uno dei suoi migliori sorrisi.

«No, non può essere vero.» Viktor pronunciò quelle parole con incredulità, mentre potevo quasi vedere gli ingranaggi del suo cervello lavorare ad una velocità folle, nella disperata ricerca di una soluzione. Nikolai fece un sospiro quasi fosse dispiaciuto.

«Mi dispiace, bambolina... Ma sembra che siamo giunti al termine, dopotutto.» La voce di Nikolai sembrava triste, quasi volesse consolarmi. E avrei anche quasi potuto credergli, se non fosse stato per lo sguardo traditore e compiaciuto che era apparso sul suo viso, mentre si avvicinava a me, gelido come la morte. Chiusi gli occhi e, dopo avergli trasmesso tutto il mio amore, mi scusai con Viktor per non essere stata abbastanza forte da aiutarlo in questa battaglia.

Ed infine, pregai.

Pregai che la morte arrivasse veloce e indolore. Avvertii come una forte pressione al centro del mio petto e strinsi ancora di più gli occhi, inondata dal terrore. Il mio cuore smise completamente di battere così come i miei polmoni di respirare.

Eravamo giunti davvero al termine.

Per tutto questo tempo, per tutta la mia inconcludente vita, non avevo fatto altro che sperare di morire e di raggiungere la mia famiglia... Ma adesso,

adesso che avevo incontrato Viktor, adesso che stavo imparando ad amarlo, avevo mille motivi per vivere. Eppure, avevamo fallito.

Dopo tutti gli innumerevoli sforzi e i problemi che avevamo affrontato, dopo tutte le persone che erano morte nel vano tentativo di sconfiggere il male, avevamo fallito.

Non è ancora finita, amore.

Venni inondata da quelle parole piene di amore e, quando riaprii gli occhi, vidi la mano di Nikolai, bloccata e tremante di fronte ad una specie di velo invisibile che impediva di raggiungere e affondare nel mio petto. Era come se fossi avvolta in una bolla protettiva. Mi voltai un secondo, solo per vedere il corpo agonizzante del verme che poco prima teneva puntato una lama tagliente sulla mia gola.

Deglutii faticosamente, allontanandomi lentamente da Nikolai e, con gli occhi lucidi, lo guardai sorpresa.

Lui mi restituì uno sguardo gelido e pieno di ira, tanto da lasciarsi sfuggire un urlo di frustrazione. Nonostante lo shock, mi precipitai nella direzione di Viktor e non appena fui tra le sue braccia, mi lasciai sfuggire un singhiozzo.

«Mi dispiace, Viktor, mi dispiace tanto.» Singhiozzai quelle parole con il volto completamente avvolto dalle lacrime e dal dolore, mentre mi aggrappavo a lui come fosse la mia unica ancora.

«Shh... Va tutto bene, piccola mia, va tutto bene.» Mi consolò dandomi un lieve bacio sulla fronte, stringendomi ancora di più tra le sue braccia.

In quel momento necessitavo di lui così come i miei polmoni dell'ossigeno. Avevo bisogno di sentirmi protetta dal suo possente corpo, di sentire la sua voce rassicurarmi.

Semplicemente avevo bisogno di lui.

«Ti amo, Viktor.» Pronunciai quelle parole silenziose, quasi timorosa che il vento e la pioggia potessero portarle via.

Il mio cuore si sentì di colpo leggero. Come se si fosse tolto un grosso fardello, nella paura di non riuscire a dirgli quelle parole. Lui fece un forte sospiro, stringendomi ancora di più.

Aspettavo da così tanto queste parole e sono le più belle che potessi dirmi. Sei la mia unica ragione di vita, amore mio.

Sentii quelle parole carezzarmi la mente, piene di amore e dolcezza.

«Adesso, amore, devi ascoltarmi molto attentamente. Voglio che quando te lo dirò, tu scapperai il più veloce e il più lontano possibile da qui, senza esitare. Mi hai capito bene?» Il suo sguardo adesso era diventato serio esattamente come il tono della sua voce, mentre Nikolai stava abbattendo quella barriera che diventa ogni secondo sempre più fragile. Gli occhi si riempirono di colpo di lacrime senza che potessi impedirlo.

«Viktor, ti prego non chiedermi di andarmene. Se il mio destino è quello di morire posso anche accettarlo, ma non di non provare a combattere al tuo fianco.» Lo supplicai con la voce ormai incline alle lacrime.

«E tu non chiedermi di non poterti proteggere, Miya. Non potrei sopportare l'idea di perderti. Adesso sei tutta la mia vita.» Mi stampò un bacio frettoloso sulle labbra, pieno di tutto il suo amore, per poi staccarsi bruscamente da me. Il velo invisibile crollò e con lui il mio cuore.

«Vai, adesso!» Urlò Viktor, spingendomi bruscamente dal lato opposto, prima di scaraventarsi contro suo fratello.

Barcollai fin quasi a perdere l'equilibrio, poi, senza farmelo ripetere una seconda volta, mi precipitai di nuovo in quel labirinto ormai divenuto la mia trappola e la mia salvezza al tempo stesso.

E pregai.

Pregai che tutto quel maledetto incubo finisse.

Pregai che Viktor ne uscisse illeso.

Ed infine, per la prima volta, pregai la morte di qualcuno.

Pregai la morte di Nikolai.

36

Miya

Credo che in ogni instante della nostra vita,
abbiamo il potere di cambiare il nostro destino.
Anche negli ultimi.

Ricominciai a svoltare fra quelle folti siepi di nuovo senza un senso. La mia vista era completamente annebbiata dalle lacrime, i polmoni bruciavano per l'enorme sforzo e la testa mi pulsava così forte da rischiare di esplodermi. Dove stavo andando?

Continuai a correre, cambiando di continuo direzione, sperando che prima o poi, uno di quei sentieri, mi avrebbe portato fuori da quell'inferno. In quel momento mi sentii una nullità. Nikolai aveva ragione, così come Peter. Continuavo a scappare esattamente come un topolino scappa dalla propria trappola e seguitavo ad essere una distrazione ed un pericolo per Viktor. Mi arrestai di colpo. Di fronte a me ed in tutto il suo splendore, Nikolai mi guardava con due occhi agghiaccianti.

«Maledizione!» Imprecai a denti stretti. Scossi violentemente la testa prima di fiondarmi in un'altra direzione. Pochi attimi dopo, era di nuovo di fronte a me. Arretrai velocemente e cambiai ancora direzione. Il mio cuore galoppava ad una velocità folle e quasi esplose al pensiero del perché Nikolai si trovasse di fronte a me e non a combattere con Viktor. No! Mi rifiutavo di pensare che fosse morto.

«Ancora non sei stanca di scappare, bambolina?» Mi derise, materializzandosi di nuovo a pochi passi da me.

«Smettila di chiamarmi con quel nomignolo orribile!» Urlai frustrata, arretrando di qualche passo. Ormai era diventato inutile scappare. Per quanto Viktor cercasse di proteggermi, mi avrebbe raggiunto in ogni angolo di quel maledetto labirinto e le mie forze si stavano esaurendo ogni secondo di più.

«Preferisci topolino, allora? Perché è questo quello che sembri in questo momento, lo sai?» Mi derise, rigirandosi fra le mani una sfera di fumo nera, esattamente come fa un prestigiatore con il proprio mazzo di carte.

«Dov'è lui?» Gli chiesi arretrando ancora, e tenendo gli occhi incollati ai suoi. Deglutii. Avevo il fiatone, e la mia gola era talmente secca, da sembrare di inghiottire tanti minuscoli pezzettini di vetro.

«Viktor? È così esausto che non riesce nemmeno più a contrastarmi. Non riuscirà a difendersi da me ancora a lungo ed è solo questione di tempo prima che vi uccida entrambi. Stai rimandando l'inevitabile, Miya... Sarebbe tutto molto più semplice se ti consegnassi a me. Risparmieresti innumerevoli vite.» Il suo sorriso era finto esattamente come le parole che stava pronunciando in quel momento.

«Ah, sì? Non è forse per uccidere i vampiri che ti serve il mio sangue?»

«Uccidere non deve per forza essere l'unica soluzione. Se decideranno di servirmi spontaneamente, li risparmierò. Farò di loro i miei guerrieri. Il tuo sangue è solo un'arma che mi consente di avere il potere su di loro.» I suoi occhi sarebbero sembrati anche sinceri se non fosse stato che sapevo esattamente cosa si celasse dietro quel bel visino. Feci un sorriso amaro. Non era della mia vita che aveva bisogno, ma bensì del veleno che scorreva in essa. Stava cercando di manipolarmi, ma sapevo che mi avrebbe uccisa comunque, per poi prendere il mio sangue.

«Quindi vuoi tenerli al guinzaglio minacciandoli con il mio sangue? Far credere loro di avere la possibilità di scegliere quando invece non hanno altra scelta se non quella di diventare tuoi schiavi? Davvero molto carino da parte tua, Nikolai. Non ti credevo così di buon animo.» Lo sbeffeggiai senza cercare minimamente di mascherare il mio disprezzo. Lui sorrise.

«Sai... Se non fosse che mi odi così tanto, farei di te il mio braccio destro. La tua tenacia, la tua impavidità, e perfino la tua testardaggine, ti rendono una guerriera modello. Nonostante tu non sia poco più di una semplice umana, non riesci a vedere quanta forza tu abbia dentro.» Mi inchiodò con i suoi occhi pece e rimasi sorpresa quando vidi che questa volta non mentivano. Scossi la testa, non riuscendo a trattenere un sorriso.

«Il problema non è il mio odio, né tanto meno il mio disprezzo. Il problema è semplicemente la nostra diversità. Tu combatti per avere un mondo pieno di paura, di morte e di sofferenza. Io combatto per averne uno libero, pieno di amore e di vita. Anche se volessi, non potrei mai diventare il tuo braccio destro, perché io e te non saremo mai uguali. Non conosci cosa significa l'amore. Non conosci cosa significa il perdono. Non conosci cosa significa la vita. Tu pensi che il dono più prezioso sia il potere, avere delle persone al tuo servizio che ti sono fedeli solo perché sono terrorizzati dall'essere uccisi. Non hai nemmeno la minima idea di quanto ti sbagli. Vorrei poterti far aprire i tuoi stupidi occhi e dimostrarti tutto quello che ti stai perdendo, ma non si può salvare qualcuno che non vuole essere salvato, giusto?» Conclusi il mio discorso con una semplice scrollata di spalle e fui sorpresa di come, quelle parole, per un frangente di secondo, scaturirono nei suoi occhi lo stupore. L'adrenalina scorreva nelle mie vene come fuoco ardente, mentre cercavo di temporeggiare nemmeno io sapevo cosa.

«Hai ragione... Nemmeno tu puoi essere salvata. E tutto quello per cui dici di aver combattuto fin ora, morirà insieme a te e mio fratello. Sei solo una povera illusa.» Sputò quelle parole con disprezzo, quasi come se le mie lo avessero davvero ferito.

«Potrai anche uccidermi, ma continuerai a perderti la bellezza di questa vita. Sei così marcio e consumato dall'odio che infetti e distruggi ogni cosa che ti circonda. Il mondo che ti stai costruendo intorno è solo una farsa. Continua ad essere cieco e goditi la tua illusa felicità.» Le parole ormai mi uscivano come un fiume in piena, completamente avvolta dall'ira. Una scintilla minacciosa si accese nei suoi occhi, da farmi rabbrividire.

«Ah, sì? Vediamo allora se ti piace guardare il mio mondo attraverso i miei *ciechi* occhi.» Lo vidi alzare una mano di fronte a me per poi serrarla in un pugno. Provai a parlare ma la mia bocca sembrava come essersi paralizzata.

Il mio cuore iniziò a battere come un rullo di tamburi, mentre i miei polmoni respiravano a stento.

La testa iniziò a vorticarmi pericolosamente lasciandomi sfuggire un gemito di terrore mentre riconoscevo il familiare gusto della paura.

«Dimmi, bambolina... Riesci ancora a vederla tutta quella bellezza di cui mi parlavi?»

Deglutii, avvolta dal terrore. Riuscivo a vedere solo le tenebre. Tutto intorno a me si bloccò di colpo. La mente, il cuore, il respiro, ogni rumore. Non riuscivo a vedere più nulla. Non c'era più niente, se non il silenzio più assoluto. Il panico mi attanagliò il petto, dilaniando il mio cuore fino quasi a farlo esplodere. Un lento rivolo di sudore scese lungo la mia fronte, procurandomi infiniti brividi di paura. Ero in trappola. Afferrai di colpo la pistola di Peter dal fodero e la puntai di fronte a me, nella finta convinzione di avere una protezione. La scena sembrava ripetersi come quando Viktor aveva provato ad addestrarmi.

C'era soltanto l'oscurità, una pistola, e come mia unica risorsa su cui fare affidamento, me stessa. Avvertii il rumore di un ramo spezzato e subito mi voltai di scatto verso quella direzione.

«Che cosa mi hai fatto!» Urlai come una furia, cercando di restare lucida, sentendolo ridere alle mie spalle.

«Impressionante... Non hai più nulla a cui aggrapparti eppure, continui a non arrenderti...» La sua voce sembrava sorpresa, mentre lo avvertii spostarsi di nuovo. Stava cercando di depistarmi.

«Maledetto! Non mi fai paura. Dimmi cosa mi hai fatto!» Urlai piena di odio, provando con la pistola a seguire la sua direzione. Per tutta risposta, venni beffeggiata ancora una volta dalla sua risata. Continuai a girarmi intorno, completamente avvolta dalla paura e dalle tenebre, senza riuscire mai a capire dove fosse precisamente.

«Hai detto che sono cieco... Ti sto dimostrando cosa significa esserlo.» La sua voce era fredda e tagliente come una lastra di ghiaccio.

«Se stai cercando di spaventarmi privandomi della mia vista, ti assicuro che stai sbagliando palesemente strada. Se invece hai intenzione di uccidermi, ti consiglio di farlo alla svelta prima che sia io a farlo.» Lo minacciai con una voce che non sapevo appartenermi così come il coraggio che in quel momento stavo avendo nel pronunciare quelle parole.

Sembravo come essere diventata immune a qualsiasi emozione, come se fossi arrivata a toccare il fondo. Mi resi conto che ormai ero completamente alla sua mercé. Non avevo più la vista, era vero, ma la realtà era che a prescindere da essa, con la sua forza, sarebbe bastato un attimo per essere uccisa. Eppure in quel momento, la paura di morire, stava iniziando a passare in secondo piano. Quello che più bramavo, era avere vendetta.

«Perché ucciderti subito quando posso prima divertirmi un po'? È così bello vederti completamente disorientata ed impaurita come un povero gattino, lo sai?» Mi schernì, prendendomi in giro. Mi voltai di scatto verso il suono della sua voce e sparai.

«Sembra che tu abbia mancato il tuo bersaglio, bambolina.» Mi derise chiamandomi di nuovo con quel nomignolo orribile. Mi lasciai sfuggire un gemito di frustrazione. La pistola fra le mie mani sudate tremava come una foglia e la mia mente non riusciva a tenere un briciolo di lucidità. Un brivido di freddo mi percorse dietro la schiena, facendomi girare di scatto. Sparai di nuovo. Ancora la sua risata. La rabbia stava prendendo il sopravvento e io dovevo trovare un modo per calmarmi, per ragionare. Okay, mi aveva privato della vista, ma Viktor mi aveva insegnato che potevo contare anche sugli altri sensi, giusto? Dovevo solo ascoltarli. *Dove sei?* Mi concessi un secondo per provare a contattarlo, ma non ricevetti altro che il silenzio. Feci un profondo respiro, cercando di tranquillizzarmi. *Non è morto.* Lui sarebbe venuto a salvarmi come sempre. Io dovevo solo resistere. Mi concentrai sui rumori intorno a me, cercando di esternare ogni emozione proprio come mi aveva addestrato quella volta Viktor. Ci ero riuscita già una volta, ci sarei riuscita di nuovo. Ad un tratto mi sentii leggera. Mi aggrappai a quella sensazione, lasciandola penetrare dentro di me. Avvertii il rumore del vento... Poi lo scricchiolare delle foglie sotto i miei piedi. Il mio cuore famelico, assimilava tutte quelle sensazioni facendole proprie. Donando ai miei occhi un altro genere di visione.

«Già stanca di giocare?» Mi chiese curioso, ma la sua voce arrivò alle mie orecchie ovattata, lontana. La mia mente era focalizzata su ogni altra cosa che potesse aiutarmi a vedere.

Avvertii il suo respiro, il suo fruscio. In quel preciso instante, mi resi conto di essere in grado di avvertire persino il suo orribile odore.

«Sai, Nikolai... Adesso ti dimostrerò io una cosa. È cieco chi guarda solo con gli occhi. È sordo chi ascolta solo con le orecchie. Adesso che mi hai tolto la vista... Posso dire di non aver mai visto così meglio in vita mia. Ora posso guardare ed ascoltare con il cuore. La paura mi ha reso davvero cieca, ma è anche grazie ad essa, che ho saputo guardare dove prima non vedevo.» E con quelle parole, mi voltai di scatto e sparai verso la direzione che sapevo avrei trovato il mio bersaglio.

«No!» Avvertii l'urlo di Viktor, seguito dal lamento di Nikolai. Poi accadde tutto così velocemente. Il boato arrivò prima del colpo. Fu come essere investita da un treno in corsa. Sentii la terra mancarmi sotto i piedi, per poi rotolare di nuovo su di essa. Un urlo di dolore mi squarciò il petto. Iniziai a tossire, ma fu come se qualcuno mi stesse strappando le mie stesse viscere. Di colpo tornò la vista, ma adesso era totalmente accecata dal dolore. Una lacrima silenziosa scese lungo il mio viso mentre avvertivo il mio corpo andare in fiamme. Ogni singola parte di esso faceva male. Non riuscivo a respirare. Avvertii a malapena Viktor al mio lato. Dovevo avere davvero un aspetto orribile perché mi guardasse con occhi così terrorizzati. Non che il suo fosse meglio. Era completamente cosparso di sangue.

«No, no, no!» Viktor mi sollevò leggermente per avvolgermi tra le sue braccia, ma fu come essere infilzata da milioni di aghi. Un gemito sofferente uscì dalle mie labbra, mentre avvertii il mio respiro diventare sempre più corto.

«È m-morto?» Balbettai, completamente avvolta dal dolore.

«Shh... Non parlare, amore mio, non parlare.» La voce di Viktor era impastata dalle lacrime e dal terrore e fu come ricevere un'altra pugnalata. Stavo davvero morendo, allora? Provai a rassicurarlo, con lo sguardo, mentre ormai ero entrata in iperventilazione. Ogni secondo in più, era come se il mio cuore faticasse a pompare la giusta quantità di ossigeno, come se i miei polmoni stessero andando in fiamme. Mi sforzai di guardare oltre le spalle di Viktor e vidi che Nikolai si stava rialzando lentamente.

«V-Viktor, lui...» Provai ad avvisarlo, ma lui sembrò non curarsene. I suoi occhi lucidi mi guardavano colmi di sofferenza e paura. Scossi debolmente la testa per cercare di avvisarlo, guadagnandomi un'ondata di dolore insopportabile.

«Perdonami, amore mio... Perdonami se non ho saputo proteggerti... Perdonami per quello che sto per fare.» E prima che potessi anche solo metabolizzare quelle parole, avvertii un dolore lanciante alla gola.

Un urlo di dolore e di terrore mi sfuggì senza che io potessi dominarlo, quando mi resi conto che mi stava mordendo.

37

Viktor

La mia mente era del tutto annebbiata dalla paura di perderla, che non esitai nemmeno un secondo ad affondare i denti nella sua pelle.

Avvertii il suo urlo di dolore e fu come ricevere una pugnalata in pieno petto. L'idea di non averle dato la minima possibilità di scegliere, mi dilaniava l'anima dal senso di colpa, tuttavia, non avevo alternativa.

Nikolai l'aveva colpita con una sfera di fumo e il suo veleno si stava diffondendo nel suo corpo in maniera talmente celere, che sarebbe stato solo questione di pochi attimi prima che le avrebbe fermato il cuore, uccidendola. In quel preciso instante, il mio cervello stava semplicemente agendo d'istinto, accantonando tutte le possibili conseguenze. Dovevo trasformarla, a qualsiasi costo.

Le urla di Nikolai arrivarono alle mie spalle ovattate, e, senza nemmeno voltarmi, lo bloccai con uno scudo. Tutta la mia concentrazione era rivolta verso Miya, che ora si dimenava con le poche forze rimaste, fra le mie braccia mentre rilasciavo lentamente il mio veleno nel suo corpo e cercavo di ignorare il suo tentativo di ribellarsi contro di me.

Se ebbe la consapevolezza di quello che stava accadendo in quel preciso momento, non era chiaro, tuttavia, sperai con tutto me stesso che avrebbe trovato la forza di perdonarmi. La paura mi aveva portato a trasformarla pur di salvarla, eppure, non avevo la minima certezza che tutto sarebbe andato bene. Cosa sarebbe successo al veleno che circolava nel suo DNA? Sarebbe stato modificato? L'avrebbe uccisa? Oppure, avrebbe completamente annientato il veleno nel suo sangue?

Il terrore che la sua vita fosse appesa ad un filo rischiava quasi di soffocarmi, ma la verità era che sarebbe morta in ogni caso. E io avrei provato in ogni modo a salvarla. Nikolai, che continuava a dimenarsi contro la mia barriera come un forsennato, con molta probabilità si stava chiedendo esattamente la stessa cosa. Cosa sarebbe successo una volta che il mio veleno l'avesse resa una vampira? Avrebbe perso il suo sangue prezioso e con esso la possibilità di sottomettere ogni specie? Con ogni brandello del mio cuore, sperai che fosse così.

Non appena mi staccai da lei, mi concessi un momento per guardarla nei suoi meravigliosi occhi pieni di stupore, dolore e persino terrore.

«V-Viktor...» Balbettò quelle parole avvolte dal panico. Mi guardava ogni secondo di più con la consapevolezza di quello che stava succedendo.

«Farò qualsiasi cosa per salvarti.» Ammisi con voce dura, scansandole una ciocca di capelli dal volto. La vidi incominciare a tremare, iniziando ad avere le prime convulsioni.

La trasformazione sarebbe stata piuttosto dolorosa e mi maledissi perché non avrei potuto affrontare quell'agonia insieme a lei, sostenendola ed aiutandola a superare tutto quel dolore.

Contattai Peter mentalmente nella speranza che riuscisse ad arrivare il prima possibile in mio soccorso. Avevo bisogno che qualcuno si occupasse di lei mentre io cercavo di distruggere mio fratello, e che l'aiutasse a superare l'inferno che sapevo stava provando in quel momento.

Torno presto, amore. Le comunicai quelle dolci parole attraverso il nostro legame, poi le diedi un bacio veloce sulla fronte e, annullando lo scudo, mi preparai ad affrontare una volta per tutte, quel mostro che per troppo tempo avevo chiamato fratello.

«Che cosa diavolo pensi di fare?» La sua non era proprio una domanda, piuttosto un'affermazione dell'ovvio. Iniziammo a girare in tondo come due avvoltoi, mentre Nikolai mi guardava con due occhi glaciali e letali quanto la morte.

«Te l'avevo detto, Nikolai. Non riuscirai a portarmela via. Io la proteggerò. Sempre. In un modo o nell'altro.»

«Sei uno sciocco se pensi che il tuo sangue la salverà! È molto più probabile che la uccida ancora prima che riesca a trasformarsi. Cosa pensi di ottenere?» La sua voce era colma di rabbia, muovendosi irrequieto come un toro fa nella sua arena mentre aspetta di sferrare il suo attacco.

«È della sua salute che ti preoccupi, oppure, del fatto che il mio sangue potrebbe annullare l'effetto del veleno cambiandole il DNA? Non ti è mai importato tenerla in vita, Nikolai. L'unico tuo vero obiettivo è sempre stato il suo sangue. Ma se io lo avessi appena cambiato? Se ti avessi appena tolto anche l'ultima possibilità di vittoria? È vero… Non ho alcuna certezza che la trasformazione funzioni, né tanto meno l'effetto che avrà su di lei. Ma se non provo a trasformarla, lei morirà comunque... Quindi, è un rischio che sono disposto a correre.»

«Maledetto... Giuro che questa volta ti uccido. Fosse l'ultima cosa che faccio!»

«Per una volta condividiamo la stessa idea!»

Vidi Nikolai dissolversi di fronte ai miei occhi e fiondarsi verso di me come una furia.

Creai immediatamente uno scudo, ma l'impatto fu talmente forte da sbalzarci entrambi come un'esplosione. Atterrai in ginocchio, frenando la mia caduta per poi scattare di nuovo verso di lui.

Evocai i miei poteri, scaraventandogli contro una pioggia di fuoco alimentata da tutta la mia ira e il mio odio, e senza neanche dargli il tempo di riprendersi, mi fiondai verso di lui, colpendolo con violenti pugni ripetuti. Li schivò quasi tutti, ma adesso che non eravamo più legati per la vita, iniziavo a vedere sul suo volto aleggiare la stanchezza. Al contrario, in me si stava risvegliando la vendetta per tutto il male che mi aveva causato.

Le urla di Miya mi fecero voltare di scatto verso di lei e vederla contorcersi sul suolo fu come ricevere un milione di pugnalate.

Quell'attimo di distrazione, seppur rapido, fu sufficiente per essere colpito da Nikolai, facendomi balzare di nuovo lontano. L'impatto con il suolo fu abbastanza violento da farmi uscire un gemito di dolore. Feci un profondo respiro e mi rialzai velocemente in piedi. Ogni secondo di vulnerabilità poteva essere decisivo. Il mio corpo chiedeva riposo, la mia mente chiedeva vendetta. Lo vidi fluttuare verso di me quasi in una danza mortale, totalmente avvolto dai suoi artigli di fumo che si contorcevano come fossero dei nastri di seta neri.

Combattemmo senza tregua, infliggendoci ferite piuttosto gravi e cercando l'uno di prendere la vita dell'altro. Sembravamo delle macchine mortali, programmate soltanto per uccidere. I suoi occhi nero pece, pericolosi e letali, erano ormai diventati completamente accecati dall'odio.

Mi fece un sorrisetto da brividi e senza scomporsi minimamente, avvertii il suo potere attaccare la mia vista. Chiusi immediatamente gli occhi e, lo annullai velocemente con un incantesimo, creando uno scudo bello saldo nella mia mente.

«Non provare a fare questi giochetti con me, Nikolai. Non un'altra volta.» Ruggii tra i denti con rabbia. Da vigliacco quale era, preferiva sempre giocare sporco con i suoi trucchetti mentali, ma, nonostante la stanchezza, non glielo avrei permesso. Mi fece un sorrisetto divertito quanto diabolico.

«Stai diventando sempre più bravo, fratello, ma non più furbo.» Un secondo prima era di fronte a me, l'attimo dopo lo avvertii dietro le mie spalle. Mi afferrò con forza brutale, bloccandomi inaspettatamente contro il suo corpo. Provai a divincolarmi, ma, avvolgendomi in una nuvola di fumo, spiccò il volo, tenendomi ancorato a sé come una calamita.

Continuò a sollevarsi ad una velocità talmente celere, da non permettermi di avere nemmeno un momento per reagire. Mi fece vorticare più volte nel suo tornado di fumo, disorientandomi, per poi scendere in picchiata con altrettanta rapidità.

Tentai di liberarmi dalla sua presa, ma proprio quando eravamo ormai a pochi metri dal suolo, lo avvertì dietro di me, smaterializzarsi. Provai ad attutire l'atterraggio, ma la distanza era troppo breve perché ci riuscissi. L'impatto fu così violento da farmi ruzzolare e volteggiare diverse volte.

La vista era sfocata e le mie orecchie fischiavano in modo assordante. Mi presi la testa fra le mani, cercando di riacquistare un briciolo di controllo. Barcollai e gemetti penosamente e, nonostante ogni parte del mio corpo protestasse, mi imposi di rialzarmi il più velocemente possibile, preparandomi ad un altro attacco, che, con mio grande stupore, non arrivò. Mi guardai rapidamente intorno, restando del tutto spiazzato quando non percepii nessuna traccia di Nikolai. Feci un profondo respiro senza abbassare la guardia.

«V-Viktor!» L'urlo di dolore di Miya riecheggiò nelle mie orecchie, facendomi rabbrividire. Mi voltai di scatto e senza pensarci due volte, l'istinto mi fece precipitare da lei. Nikolai era apparentemente scomparso, ma sapevo che non avrebbe tardato molto prima di sfoderare un nuovo attacco. Dovevo cercare di restare lucido e proteggere entrambi.

«Shh, amore mio, va tutto bene. Ci sono io qui. Presto passerà tutto, resisti.» La supplicai, non potendo fare altro che sentire i suoi lamenti strazianti. Mi voltai un attimo, ma di Nikolai ancora nessuna traccia. Provai ad evocare di nuovo un debole scudo, ma questo non durò più di dieci secondi. Le mie forze stavano iniziando ad abbandonarmi. Chiamai di nuovo mentalmente Peter. Stavano cercando di respingere gli uomini di Nikolai, ma io avevo bisogno di rinforzi e subito.

«F-Fa male.» Si lamentò, sfinita dal dolore.

«Lo so, piccola. Prestò passerà, te lo prometto.» Continuai a confortarla, carezzandole dolcemente il suo viso sofferente. Era fradicia di sudore e il suo volto era pallido come un bicchiere di latte. Un brivido di paura mi corse lungo tutta la schiena, quando la mia mente si concesse un momento per pensare che lei non ce l'avrebbe fatta. Mi sentii mancare il respiro e il mio cuore perse un battito.

Mi scrollai immediatamente di dosso quella terribile preoccupazione, rimproverandomi per averlo anche solo pensato. Lei ce l'avrebbe fatta, perché lei era forte. Avvertii una folata di vento quasi impercettibile alle mie spalle e io mi maledissi per aver abbassato stupidamente la guardia. Un attimo prima di voltarmi, avvertii un forte gemito. L'attimo dopo che mi fui girato, trovai a pochi centimetri dal mio volto, gli occhi sgranati di Peter che mi guardavano avvolti dal terrore. Quando spostai lo sguardo sul suo corpo, il mio cuore smise di battere.

La sua camicia, un tempo bianca, ora era completamente inzuppata di sangue e, all'altezza del suo cuore, sbucava la punta di una lama intagliata nel frassino. Riportai i miei occhi nei suoi e lo vidi farmi un sorriso tirato, prima di accasciarsi brutalmente tra le mie braccia.

Avvertii l'esatto momento in cui, dentro di me, crollò anche l'ultima colonna portante della mia infanzia. Distrutta, demolita. Il mio baricentro vacillò pericolosamente, e in quell'instante, fu come essere tornato di nuovo bambino. Lo stesso che piangeva quando si feriva o non riusciva a vincere un combattimento contro Peter.

Deglutii faticosamente, cercando di reprime un singhiozzo. Le urla di Miya arrivarono alle mie orecchie ovattate, e la mia vista sfocata a stento riusciva a scorgere la figura di Nikolai a pochi passi da me che mi guardava trionfante.

Un urlo disumano uscì dalla mia gola senza che io potessi minimamente controllarlo. Poi accadde tutto così velocemente. Mi fiondai verso Nikolai, afferrandolo per il collo con tutte le mie forze, slanciandomi verso di lui come un demonio inferocito. Ruzzolammo per terra più e più volte, mentre tentava di smaterializzarsi con scarso successo.

Iniziai a colpirlo in modo rapido e preciso, negandogli la possibilità di difendersi. Completamente accecato dall'odio, ero ormai privo di qualsiasi emozione. Lo afferrai brutalmente, per poi scaraventarlo contro un enorme sasso.

Provai un immenso piacere nel sentirlo gemere, tuttavia, venni inghiottito da un'improvvisa ondata di dolore, da farmi mancare il respiro. Con il corpo tremante, iniziai a fare dei corti respiri avvertendo la rabbia, alimentarsi dentro di me come una fiamma rovente. Sentii la terra tremare sotto i miei piedi, per poi squarciarsi in due. Il vento iniziò a vorticare pericolosamente intorno a noi come un tornado.

La pioggia era ormai diventata una vera e propria tempesta, mentre i fulmini squarciavano il cielo, quasi a volerci inghiottire e, nonostante la forte pioggia, fiamme immense, ardevano ogni cosa intorno a noi, fameliche come la mia ira. Stavo decisamente perdendo il controllo dei miei poteri, pilotati ormai solo da una unica emozione. Il dolore. Vidi Nikolai alzarsi con uno sguardo sorpreso, continuando a guardarmi ancora con quel suo maledetto sorriso.

«Allora sei in grado di provare anche tu l'odio, fratello. Non sei così innocuo come tutti pensano, dopotutto. Eccolo qui, il grande e temuto re. È bastato uccidere la tua balia per farti mettere su tutto questo teatrino?» Mi derise, indicando con un gesto della mano, tutta la catastrofe che si stava svolgendo intorno a noi. Non risposi.

Mi limitai a guardarlo intensamente nei suoi occhi con sguardo vitreo, mostrandogli tutto il mio vero odio. Lo vidi vacillare, tornando di colpo serio e solo allora, si accorse che lo avevo completamente circondato con i mei poteri. Il terreno intorno a lui era crollato, imprigionandolo. Le fiamme lo avevano accerchiato, creando una barriera, mentre il vento vorticava intorno a lui, intrappolandolo come una bolla invisibile.

Chiusi gli occhi, isolandomi da ogni cosa. Entrai in pieno contatto con la natura, richiamando ogni particella di potere intorno a me.

«Che stai facendo?» Sentii la voce di Nikolai tentennare insieme alla sua spavalderia. Riaprii gli occhi e dovevano essere uguali a quelli del diavolo perché lo avvertii sussultare. Guardai le mie mani che erano avvolte dai fulmini così come il mio corpo. Sentii l'energia di essi avvolgermi come una seconda pelle.

«N-Non puoi uccidermi. Non puoi voler uccidere davvero tuo frate...»

Non riuscì nemmeno a finire la frase che gli scaraventai addosso un'intera scarica di fulmini. Il suo corpo si dimenò ferocemente, mentre vidi i suoi occhi sgranarsi. La sua testa si inclinò di scatto all'indietro, così come il suo corpo si contorceva come il serpente viscido quale era.

Lo sentii urlare in modo straziante, implorandomi di smettere, ma la mia rabbia era indomabile. Mi lasciai avvolgere dal suo dolore, assaporandolo e godendo di esso. Quando fui sazio solo in piccola parte dei suoi lamenti, richiamai indietro i miei poteri, facendo cessare intorno a me ogni cosa. Crollò penosamente a terra, ormai sfinito, tossendo in cerca di ossigeno.

«S-Sono esterrefatto, fratello. Per un secondo ho pensato che mi avresti...»

Mi mossi velocemente. Un urlo feroce uscì dalle sue labbra. Lo vidi sgranare i suoi occhi stupiti e pieni di dolore ancorati ai miei, per poi distoglierli e guardare all'altezza del suo petto, dove ora c'era conficcata la mia mano destra.

Urlò di nuovo, dimenandosi come un ratto in trappola, cercando, invano, di tirare fuori la mia mano, ma era troppo tardi. Con i miei poteri, evocai il calore e sprigionai il mercurio presente nel mio anello, diffondendolo nel suo corpo come un veleno.

Il suo petto iniziò a brillare di luce propria, come lo sfarfallio di una lampadina, mentre ormai la sua bocca non riusciva a emettere alcun suono che non fossero urla.

«Io non ho mai avuto un fratello. Dimmi, Nikolai... Prima mi hai chiesto se riuscivo ad avvertire le urla di Miya, mentre, adesso, riesci a sentire le tue di urla? Riesci a sentire il dolore straziante che sta richiamando la tua morte? Io le sento. Gioisco di esse e spero che tu marcisca all'inferno e patisca tutte le sofferenze che hai arrecato su questo mondo.» E con un ultimo affondo rapido, strappai per sempre la sua inutile vita su questa terra.

Vidi il corpo di Nikolai svanire sotto i miei stessi occhi, tuttavia, in quel momento non provai nulla. Non provai gioia, non provai rabbia, né orgoglio. Provai solo un enorme senso di pace, di liberazione.

Mi concessi un paio di secondi per cercare di riprendermi, per poi precipitarmi barcollando verso Miya e Peter. Miya giaceva in posizione fetale, mentre il suo corpo aveva ancora quale spasmo. Peter, invece, sembrava immobile.

«Peter. Peter, rispondimi.» Gli ordinai brusco scuotendolo con la voce impastata dalle lacrime. Il suo volto era ormai grigio. Vidi le sue palpebre muoversi in un leggero tremolio, seguito da un lieve gemito.

«S-Signore...» La sua voce era appena udibile.

«Peter, ti supplico. Non abbandonarmi anche tu.» Lo implorai, con il cuore colmo di paura.

I re non supplicano mai. Ma in quel momento non mi sentivo un re, né un eroe. Non riuscivo a sentire più nulla. Lo vidi sollevare leggermente le palpebre, guardandomi con i suoi occhi ormai vitrei.

«V-Va tutto bene. È tutto finito, adesso.»

«No! Io non posso governare senza di te, non posso. Tu sei stato come un secondo padre... Io...» Un singhiozzo spezzò la mia voce, squassandomi il petto. Lo vidi fare un debole sorriso, nonostante il suo volto fosse completamente avvolto dal dolore.

«F-Finalmente... Adesso sei un vero re, Viktor. Finalmente sei riuscito ad aprire il tuo cuore permettendogli di provare quelle emozioni che per troppo tempo hai represso. S-Sono loro a renderti forte, non averne paura. Mettile sempre alla base di ogni cosa e lasciati governare da esse. Solo così potrai essere un vero re. Ti ho voluto bene come un figlio, e non c'è stato dono più grande per me, se non quello di servirti e combattere al tuo fianco. Prome...» Un violento colpo di tosse lo fece contorcere dal dolore.

«Peter...» Lo chiamai con la voce avvolta dal panico. Fece un gemito di dolore, poi lo vidi rivolgermi un ultimo sorriso, prima di vedere scomparire nei suoi occhi quella sua meravigliosa luce vitale.

«No!» Urlai, mentre vidi le sue palpebre abbassarsi lentamente con il viso ormai rilassato. Lacrime che nemmeno sapevo più di possedere, scendevano copiose sul mio viso. Tutto quel dolore che per troppo tempo avevo tenuto dentro, adesso mi investiva come un treno in corsa. Urlai. Urlai e piansi come non avevo mai fatto prima d'ora, liberandomi da tutto il dolore e le paure che per troppo tempo mi avevano oppresso.

Ormai stremato, mi accasciai per terra e, afferrando il corpo di Miya, chiusi gli occhi, lasciando che ogni emozione mi inghiottisse. Restai lì, mentre cullavo il corpo di Miya, incapace di provare qualcosa. La pioggia continuava ad investire il mio corpo, quasi a volerlo lavare da ogni sofferenza.

Avevo finalmente ucciso colui che per tutti questi anni aveva reso la mia vita un inferno. Avevo finalmente reso giustizia alla mia famiglia e a tutte le persone che erano morte, tuttavia, non riuscivo a provare nessuna emozione che potesse essere paragonata alla gioia. Il mio cuore sanguinava e ringraziai il cielo perché, anche se debole, riuscivo ancora a sentire il cuore di Miya battere. Completamente sfinito dal dolore, per la prima volta nella mia vita, supplicai di non morire.

Chiusi gli occhi, pregando di essere salvato, mentre, aggrappandomi alla mente di Miya, la imploravo di non smettere di lottare.

E, concedendo al mio cuore una tregua da tutto quel dolore, permisi alle tenebre di inghiottirmi.

Epilogo

In alcune storie c'è spesso il lieto fine.

Nella nostra, per quanto benevolo, non si poteva di certo definirlo tale. Feci un respiro profondo nel vano tentativo di non crollare, osservando in silenzio ogni dannata bara nera lucida, allineata di fronte a me. Avevo a stento ripreso le mie forze e, dopo la trasformazione, faticavo ancora ad adattarmi e a superare il fatto che avessi perso definitivamente la mia vecchia vita umana.

Viktor non aveva avuto scelta, tuttavia, nonostante la mia trasformazione avesse annullato ogni particella di veleno nel mio corpo e fossi ancora viva, mi sentivo come sull'orlo di un enorme precipizio. Deglutii, cercando di reprimere le lacrime.

Avevamo sconfitto Nikolai, eppure, non avevamo nulla per cui festeggiare. Il peso di tutte le persone che avevamo perso in quella battaglia, rischiava di inghiottirmi e soffocarmi. Viktor, in piedi alla mia sinistra, mi teneva stretta a sé, come se potessi sfuggirgli da un momento all'altro. Mi strinse forte la mano, cercando di trasmettermi quella forza che al momento sembrava mancare ad entrambi.

Dopo la morte di Nikolai, gli altri demoni erano scappati, e noi avevamo raccolto ogni corpo dei nostri uomini, insieme a quello di Eva, Peter, Electra e Blake, per poter concedere loro almeno una degna sepoltura.

Una lacrima silenziosa rigò il mio viso, guardando tutte quelle bare allineate a pochi centimetri da noi. Mentre veniva svolta la cerimonia funebre, non potei fare a meno di pensare a quanto fosse sbagliato tutto questo. Perché per quanto mi sforzassi di pensare che adesso fossero in pace, il loro posto era quello di essere vivi al nostro fianco e non in quelle maledette bare.

Gli uomini di Viktor, riuniti in cerchio intorno ad esse, sembravano delle statue di marmo. Tutti vestiti rigorosamente in nero e con lo sguardo assente, erano ognuno immerso nelle proprie pene e fallimenti. Jared, con le braccia incrociate davanti, mi fissava serio, quasi fosse pronto ad intervenire nel caso fossi crollata. Nel caso avessi perso il controllo.

Deglutii, muovendomi irrequieta. Doveva vedersi da un miglio di distanza la mia instabilità. Avvertii la presa di Viktor farsi più forte.

Sono qui.

Furono le uniche parole che fu in grado di pronunciare, ma ebbero comunque lo stesso effetto di una boccata d'ossigeno in mezzo a tutta quell'agonia di dolore. Feci un respiro profondo, provando a darmi un contegno. Stavo soffrendo, ma sapevo che Viktor, in quel momento, stava soffrendo molto di più.

La morte di Peter era qualcosa che aveva destabilizzato ogni persona lì presente. Jared si era concesso una sola silenziosa lacrima sul viso, mentre Viktor non aveva più pronunciato una parola. Era come se avesse spento qualsiasi emozione, come se un pezzetto di lui fosse morto insieme a Peter. E molto probabilmente era così. Aveva perso suo padre, sua madre, Electra... Ed infine Peter. Sapevo quanto fosse importante per lui e vederlo adesso, guardare la sua bara con occhi freddi come il ghiaccio, colmi di dolore, mi dilaniava l'anima.

Avrei voluto far qualcosa, aiutarlo ad alleviare le sue sofferenze, ma mi resi conto che forse in quel momento l'unica cosa giusta da fare era accogliere quel dolore, e cercare di trovare la giusta forza in esso per andare avanti.

Chiusi per un secondo gli occhi, facendo un breve sospiro. Potevo quasi avvertire ancora il dolore scorrere in ogni singola particella del mio corpo, come venisse trafitto da milioni di schegge infuocate, mentre affrontavo la mia trasformazione.

Avevo urlato fino a perdere i sensi, avevo avuto paura... Avevo sofferto così tanto da pregare che la morte arrivasse in mio soccorso e al tempo stesso mi risparmiasse. Potevo ancora sentire la voce di Viktor che mi implorava di lottare, nonostante ogni parte di me si rifiutasse.

Riuscivo a sentire ogni cosa intorno a me. Ogni rumore, ogni odore, erano completamente nuovi. Avevo difficoltà a moderare la mia velocità e cosa più importante... Faticavo a controllare la mia sete di sangue. La sola idea mi disgustava, tuttavia il mio corpo lo bramava come un assetato brama la sua acqua. Viktor mi strinse ancora più forte a sé, e io non potei fare altro che accogliere quel contatto, quel conforto. Mi aveva chiesto perdono per avermi reso come lui, eppure, nonostante la cosa mi spaventasse a morte, era come se avessi sempre avuto la consapevolezza che quello era realmente il mio posto.

Il mio destino.

Non avevamo che entrambi su questo mondo e, anche se sapevo che adesso sarebbe stato tutto difficile e che la strada sarebbe stata completamente in salita, avrei lottato con ogni forza per restargli accanto. L'assenza di Peter era un vuoto incolmabile e il mio cuore si strinse dolorosamente nel petto, mentre ripensavo alle sue ultime parole.

Salva entrambi, mi aveva chiesto e io avevo cercato in ogni modo di mantenere quella promessa. Sì, avevamo salvato entrambi, ma non eravamo riusciti a salvare lui. Una colonna portante nella vita di Viktor e che stava iniziando a diventare pian piano anche la mia. Peter era stato e sarebbe continuato ad essere una persona importante.

Mi voltai verso Viktor, incrociando i suoi meravigliosi occhi che, seppur colmi di dolore, erano pieni di amore. La nostra vita era cambiata completamente, ma avremmo pian piano ricostruito la nostra stirpe, la nostra famiglia, lottando e governando insieme. Non avevamo idea di cosa ci avrebbe riservato il destino, tuttavia, l'unica certezza che avevo in quel momento, era l'immenso l'amore che provavo per quell'uomo.

Perché sapevo che, nonostante tutte le difficoltà, tutte le paure, lui mi avrebbe sempre protetta, amata, e soprattutto, mi avrebbe donato quella felicità, quella completezza che da troppo tempo avevo desiderato.

Feci un debole sorriso.

Mi ero spesso chiesta perché nella vita eravamo destinati ad incontrare solo determinate persone...

Ora lo sapevo.

Ringraziamenti

Scrivere i ringraziamenti per me è sempre una parte difficile. Le emozioni per essere appena arrivata alla conclusione, sono davvero molte. Allo stesso tempo, mi pervade una lieve sfumatura di nostalgia per aver finito di vivere questa magnifica avventura.
Grazie a te, caro lettore, per essere arrivato fino all'ultima pagina di questo libro. Scriverlo, è stata un'esperienza unica, piena di emozioni, alti e bassi ed un pizzico di amore e magia, quelli non possono mai mancare!
In alcuni instanti, mi sono ritrovata a soffrire, amare, gioire e, addirittura, ad aver paura insieme ai nostri personaggi. In fondo... farci sognare ad occhi aperti è il segreto di ogni buon libro, giusto?
Un grazie immenso va alla mia famiglia. Il mio papà Mario, che ha sempre, e continua a credere in me con orgoglio. Alla mia mamma Antonella, che con il suo affetto super protettivo, non smette mai di aiutarmi e sostenermi. Ed infine, a mio fratello Simone, che, nonostante il nostro continuo punzecchiarci, so che sarà sempre il mio punto Nord.
Grazie al mio amore Paolo... per essermi stato accanto in ogni momento, ascoltandomi e consigliandomi in modo prezioso. Grazie per avermi fatto sorridere quando avrei voluto mollare tutto. Ti prego, non smettere mai di farlo.

Grazie alla mia fedele e insostituibile compagna d'avventura Sara. Per la tua pazienza, per il tuo prezioso aiuto e le nostre innumerevoli risate! Perché so che nonostante la morte di Peter, continuerai ancora a volermi bene!
Un grazie davvero speciale va alla mia cara amica Dalila, per aver realizzato la copertina di questo libro, dando vita ad un qualcosa di veramente unico e meraviglioso. Grazie, perché senza il tuo aiuto e la tua inesauribile pazienza, tutto questo non sarebbe stato possibile.
Ed infine... Grazie ancora una volta a tutti voi, miei dolci lettori, per avermi sostenuto in questa meravigliosa esperienza, per i vostri meravigliosi commenti, pieni di dolcezza e calore.
Siete la mia forza!
Spero che attraverso queste pagine, sia riuscita a farvi amare, odiare e addirittura commuovere con i nostri personaggi come è successo a me.
Con affetto, ad ogni singola persona che crede ed ha ancora voglia di sognare.

Sabrina

Printed in Great Britain
by Amazon

80425945R00201